KB073280

숨비소리

숨비소리

초판 발행 • 2009년 1월 30일

지은이 • 홍명진
편집인 • 박일환
편집주간 • 김영숙
편집부 • 엄기수 임현숙
영업부 • 김원국
펴낸곳 • 도서출판 삶이 보이는 창
등록번호 • 제18-48호
등록일자 • 1997년 12월 26일

(150-901) 서울시 영등포구 영등포2가 94-141 동아빌딩 402호
전화 • (02) 848-3097 팩스 • (02) 848-3094
홈페이지 • www.samchang.or.kr

값 10,000원
ISBN 978-89-90492-70-8 03810

⊙이 책은 인천문화재단 문화예술육성지원금을 일부 지원받았습니다.

홍명진 장편소설

숨비소리

삶이 보이는 창

차례

프롤로그

내 손엔 사진이 들려 있다.

사진 속의 얼굴은 꽉 조이는 고무모자 탓에 이스트를 넣어 부풀린 빵처럼 탱탱하게 불어 있다. 골이 팬 인중과 늘어진 턱이 고무모자에 조여들어 그런지 일흔 넘은 나이가 실감나지 않는다.

나는 막 작업을 끝내고 뭍으로 올라오고 있었다. 동그란 수경을 이마 위로 올린 채 한 손엔 오리발을 들고 다른 손으론 홀쭉한 망사리에 해삼 몇 마리와 성게가 든 테왁을 끌고 있었다. 갯바위로 올라서자 저만치 있던 딸애와 딸애가 데려온 손님이 미끌미끌한 바위를 디디며 내게 다가왔다.

"뭣허젠 이리 옴시냐?"

바위에서 미끄러져 옷이라도 버리면 어쩌나 염려되어 소리를 지르자 딸애 옆에 있던 손님이 나를 향해 사진기를 들이댔다. 나는 순간 얼굴을 찡그리며 고개를 돌리려 했다.

"엄마, 잠깐만. 잠깐만 그렇게 있어 봐요."

사진기를 든 여자 뒤에 한 발 물러나 있던 딸이 말했다.

딸이 손님을 데리고 온다는 전갈은 받았지만 하루 이틀 관광 삼아 구경이나 하고 가는 줄 알았다. 한데 딸년 하는 말이 해괴했다. 나를 취재하러 온 기자라고, 그 애가 직장을 옮기기 전에 한 삼 년 같이 근무했던 잡지사 식구라고 했다.

"무사 날 취재핸?"

어이가 없어 딸에게 화를 냈다. 다 늙어 빠진 어멍을 물옷 입혀 바다에 보내놓고 무슨 구경난 일 있다고 그걸 사진으로 찍고 녹음기로 이야기를 담아가고 한단 말인가. 한사코 싫다고 하는 나를 따라다니면서 기자라는 여자가 사진을 찍고, 손바닥만 한 녹음기를 무릎 앞에 켜 놓고 내가 하는 쓸데없는 군소리까지 담아갔다. 텔레비전 방송국에서도 이 촌구석에 처박힌 바닷가까지 찾아와 요란법석을 떤 적이 있었다. 여럿이 바다에 들어 물질하고 나오는 해녀들에게 마이크를 들이대고 무어라 묻던 그 사람들의 눈에 우리들은 신기한 구경거리였을 것이다. 검은 고무옷 허리에 두른 납띠, 망사리와 오리발, 빗창 하나하나까지 손으로 가리켜 가며 묻던 사람들. 벌어먹고 사는 일이 부끄러울 건 없었지만 그렇다고 세상에 내놓고 자랑하고 싶은 마음도, 또 그만큼 장하다고 생각해 본 적도 없었다. 농사꾼이 소를 부려 밭을 갈고 어부가 그물을 던져 고기를 잡는 일과 하나 다를 것 없었다. 그런데 내 딸년은 또 무슨 심보로 나를 세상에 드러내 놓고 구경거리를 삼으려는지…….

"이 무슨 해괴한 짓거리라."

손님들 없는 데서 딸을 되게 나무랐다. 나잇살이나 먹은 것이 남부끄러운 줄도 모르는지, 딸년은 내 겨드랑이에 손을 끼워 넣고 어리광 부리듯이 콧소리를 냈다.

"난 엄마가 자랑스러운데. 해녀의 딸로 태어난 걸 한 번도 부끄러워한 적이 없어, 엄마!"

딸이 아양을 떨며 그렇게 말해도 하나도 반갑지 않았다.

억지웃음을 짓는 사진 속의 얼굴은 우는 듯 일그러져 보인다. 내가 사진기의 정면을 향해 얼굴을 폈을 때 코앞에 사진기를 들이댄 여자가 말했다.

"어머니, 한 번만 웃어 주세요, 네?"

작업을 하고 나와 느닷없이 받는 주문도 그랬지만 그때까지도 딸애 하는 짓거리가 마음에 들지 않았다. 멀리까지 손님이 찾아왔으니 대접할 건 없고 성게, 해삼이라도 서너 마리 건질 수 있다면 섭섭지 않게 먹여 보낼 수 있겠구나 싶어 창고에 처박아 두었던 고무옷을 꺼내 물질을 나온 참이었다.

평생 못 벗을 것 같던 물옷, 육십 년 가까이 오로지 물질만 하면서 살아온 세월이었다. 이빨 빠지고 늙어 살비듬 떨어지는 몸으로도 벗지 못했던 물옷을, 죽어서야 벗을 줄 알았더니 어느 한날 무너지듯 주저앉고 나서는 늙은 몸에 더는 그 옷을 껴입을 엄두가 나지 않아 여름이 다 가도록 집구석에만 틀어박혀 있었다.

지난겨울까지는 촐랭이할망과 바람 자고 물밑이 맑은 날 드문드문 물질을 했었다. 젊은 날 같지 않아서 기력도 달렸지만 그래도 배운 것이 도둑질이라고, 앉아 놀면서 마른 숨 쉬느니 움직일 수 있을 때 물에라도 들자 싶어 가까운 동네 바다에 들었다. 바다도 옛날 같지 않아서 웬만큼 깊은 곳에 들어가지 않는 한 전복은 구경조차 하기가 어려웠다. 그래도 네댓 시간 물에 들었다 나면 사오만 원, 아쉽지 않게 푼돈이나마 만질 수 있었다.

우리 동네에는 제주집들이 아직 일곱이나 남아 있다. 전에는 물질하는 제주집들이 스무 가호가 넘었다. 모두들 고향으로 들어가거나 자식들 따라 도회지로 나가고, 젊은 축이라 봤자 예순 다 된 사람들이다. 일흔 넘어 물질하는 사람은 나 말고 축항 들어가는 입구에 살던 촐랭이할망이 있었다. 박복하고 험하게 산 것으로 친다면야 그 할망이나 나나 굳이 견줄 것도 없었다. 촐랭이할망은 소생이라곤 달랑 아들 하나에 딸 하나 본 게 전부였다. 나이 마흔 넘도록 장가를 못가 팔불출 소리 듣던 아들은 몇 해 전 교통사고를 당해 죽고, 그 보상금으로 받은 돈을 딸이 챙겨 달아나 버렸다. 제 속으로 난 자식은 어디다 버렸는지 남을 주었는지, 남자를 숱하게 갈아 살면서 속도 무던히 썩이던 딸이었다.

날이 차가워도 바람만 불지 않으면 촐랭이할망과 둘이 동무 삼아 물질을 다녔다. 먼 데 나가지 않고 동네에서 하는 물질이라 집에서 고무옷을 입고 나가 작업을 끝내고는 젖은 고무옷 위에 핫퉁이로 둘둘 감고 돌아와 고무옷을 벗고 뜨신 물로 몸을 닦았다. 젊었을 적에는 한겨울 엄동설한에도 바람 부는 갯바위에 불턱을 지어 불을 피워 놓고 무리지어 앉아 서로 고무옷을 입혀 주고 벗겨 주곤 했었다.

두 늙은이가 배양장 근처 바다에 들어 한나절 작업을 한 것이 고작

골뱅이 한 조래기였다. 소살(작살) 들고 물에 든 지 오래니 고기 한 마리를 찍을 수 있나, 얕은 물에서 잔 돌멩이나 뒤적이니 문어 한 마리를 잡을 수 있나, 전복 · 해삼 · 멍게 심지어 아이들 책상 위에 올려놓던 산호초까지 망사리가 불거지도록 작업을 했던 옛날과는 댈 것도 아니었다.

촐랭이할망과 마지막 물질을 하던 날—그러니까 그것이 마지막이 되리라는 생각도 못했던 일이지만—우리 두 사람은 골뱅이 조금 잡은 걸 부산으로 차 몰고 다니면서 장사하는 고바우식당 배불뚝이한테 넘기고, 겨울 성게 한 움큼을 까서 장 조리듯이 지져 촐랭이할망네서 이른 저녁을 먹고 구들방에 등을 지지고 누웠다.

밤톨만 한 겨울 성게는 씨알이 잘지만 야물고 오돌토돌한 게 여름에 잡는 보라성게보다 속살이 훨씬 검붉은 색이었다. 그걸 까서 채에 가시와 똥창을 발라내고 가마솥 뜨거운 밥 위에 쪄 내면 짭조름한 것이 입맛 없을 땐 그만이었는데 남편은 그걸 아주 좋아했다.

"삼춘마씸, 머리가 허연 두 늙은네가 꼬물딱거리며 물질을 핸나난(하고 나니) 무사 웃음이 나옵네까게. 허리는 곱둘라져 망사리는 하꼼허영(조금밖에 안 돼) 이젠 설러불(그만둘) 때도 되었수다양."

나보다 나이가 서너 살 아래인 촐랭이할망은 젊어서부터 물질을 한 것이 아니고 육지 남자를 만나 결혼해서 살다가 이리로 와서 물질을 배운 사람이라 한창일 때도 상군 축에 끼지 못했던 이였다. 고향이 조천 어디라고 했던가. 옛말을 하면, 말도 맙서 그 난리 때 나만 혼자 살아남았쑤다, 남의 얘기하듯 하고 말던 사람이었다. 왜정 시대에 태어나 사태를 겪고 젊은 날 겨우 목숨 부지한 제주 사람들은 누구라도 그 시절에 원한 없는 사람이 없었다. 사돈의 팔촌까지 갈 것도 없었다. 촐랭이할망처럼 온 식구가 몰살을 당하고 혼자만 살아남은 사람들도 수두룩했으니. 그때 혼자되어 육지로 떠돌면서 고생하며 산 얘기는 책으로 엮으면 몇 수레나 실어갈 거라고 말하던 사람이 촐랭이할망이었다. 통통하니 살이 붙어 주름살도 별로 지지 않은 데다 난쟁이 겨우 면한 자그마한 키에 걸음이며 행동거지가 어찌나 잰지 젊어서 붙은 촐랭이라는 별명이 늙어서도 그렇게 불렸다.

나는 등허리로 올라오는 구들장의 뜨거운 열기를 느끼면서 가물가물 졸고 있었다.

"딴디강 살젠혀도 이 몸땡아리 한나뿐인 거 어디가나 매한가지 아니우꽈? 게난(그러니) 이디가(여기가) 고향이나 한가진디, 삼춘은 아주방 살았실디 고향으로 들어가주 뭣허랭 이디 이선마씸?"

배부르고 등 뜨뜻하니 온갖 생각이 다 드는 모양인지 촐랭이할망이 그런 말을 했다.

십여 년 전에 남편이 세상을 버릴 때도 고향 말은 입 밖에도 꺼내지 않았었다. 마지막 숨이 넘어가는 그 순간, 남편이 무어라 입술을 달싹였지만 끝내 나는 알아듣지 못했다. 아들 없이 사위 둘이 나서서 치르는 큰일은 동네 사람들 보기에도 초라하고 썰렁했다. 여섯 형제의 맏이였던 남편, 그러나 고향을 버리고 부모 봉제사조차 하지 않았던 남편이나 막내로 태어나 남편을 따라 고향을 버렸던 나나 찾아올 피붙이들이 없었다. 그때 고향에선 막내시누이만 용케도 큰오빠 가는 길이라고 잠깐 나왔다 들어갔을 뿐이다. 제 몸으로 난 자식 하나 없이 세 번씩이나 개가를 해서 늘그막에 남의 자식 눈치 보며 사는 막내시누이의 처지도 그랬지만 고향에 사는 식구들도 다들 사는 게 편치 않아 보였다. 서로 살 만큼 살고 자식들이 무탈하게 커 줘서 옛말하며 살 수 있었다면 내가 왜 고향 식구들을 애써 잊고 살았을까. 말만 들어도 가슴이 울렁거리고 머릿속이 아득해지면서 혼자 설움에 눈물짓기도 했던 내 피붙이들……. 그들은 이제 다 세상을 떠나고 없다. 죽기 얼마 전에 남편은 병든 몸으로 혼자 고향을 다녀왔지만 내 딸들은 관광으로도 제주도 한 번 다녀온 적 없고 나 역시 그쪽으론 고개도 돌리지 않고 살았다.

"기다리는 사름이 누게가 이서 그디간? 고향 떠나올 때에 다 버리고 와신디 따시(다시) 어떵 돌아간."

내 말에 아무런 대꾸도 하지 않았지만 몸을 돌려 눕는 촐랭이할망의 소리 없는 한숨이 느껴졌다. 조상 몇 대로 살아오면서 나고 자란 고향인데 뒤져 보면 살가운 피붙이 하나 없겠는가. 고향을 오래전에 가슴에 묻어 버리기는 촐랭이할망이나 나나 다를 게 없었다.

내 뒤를 졸졸 따라다니며 보는 것마다 신기해하며 묻던 기자라는 여자도 내게 그렇게 물었었다. 왜 고향으로 돌아가지 않고 여기 혼자 계시냐고, 왜 이 먼 타향까지 와서 물질을 하게 되었냐고. 그렇게 대놓고 묻는 말에 나는 대답할 수 없었다. 그 시절이면 사삼사태도 겪었겠네요? 야무지게 생긴 여자는 내게 그렇게 물어 놓고 잠시 입을 다물었다. 궂은날은 한라산 쪽을 쳐다보지도 않았주게. 여자는 내 말을 알아들었을까. 혼잣소리로 중얼거리듯 씹고 넘어간 그 한숨 같은 소리를. 무서웠던 그 세월, 한 번도 입 밖에 내본 적 없던 얘기를 누구라 쉽게 마음 놓고 할 수 있을까. 내 자식들에게도 입을 연 적 없는 얘기였다.

한겨울 다 넘기고 흐물흐물 양지의 언 흙이 녹기 시작할 무렵, 이른 삼월에 때 아닌 폭설이 내렸다. 온 동네 집과 길, 산과 하늘마저 눈에 파묻혔다. 아무도 찾아오는 이 없는 적막한 집구석에 틀어박혀 변소나 왔다 갔다 하면서 움 속에 갇힌 짐승처럼 지냈다. 아무 마련 없이 이렇게 혼자 죽어갈 수도 있겠구나……. 가슴이 짓눌리는 듯한 기운에 방문을 열면 눈을 뒤집어쓴 앞산이 허옇게 눈앞을 가로막았다. 추녀 끝에 달린 고드름이 줄줄 녹고 지붕에 쌓인 눈이 비 오듯 쏟아질 때야 끊겼던 전화선이 터지고 하늘이 개기 시작했다. 촐랭이할망은 그 며칠 상간에 내린 눈 속에 갇혀 언 보일러가 터진 냉골 방에서 죽은 채 발견되었다. 한밤의 깊은 잠에서 꿈을 꾸었던가? 그 꿈에서 깨지 못하고 말았던가?

그 후로 나는 다시 물옷을 껴입을 엄두가 나지 않았다. 가슴속에 차고 있던 열두 동짜리 무거운 납띠가 툭 끊어져 버린 듯한 허망함. 목숨은 그래서 무서웠다.

딸이 보낸 사진은 여러 장이다. 언제 따라붙어서 이렇게 많은 사진을 찍었는지, 처마 밑의 빨랫줄에 널어 놓은 검은 고무옷을 찍은 사진도 들어 있다. 몸이 빠져나간 형해대로 흡사 사람의 모양을 하고 걸려 있는 고무옷은 낯설고도 기이하게 보인다. 딸애는 엄마 표정이 풍부하게 살아 있는 현장 사진들이라 가보로 간직할 만하다며 속없이 호들갑을 떨어댔다.

나는 사진을 누런 봉투 속에 넣어 머리맡에 던져두고 다시 자리로 돌아와 눕는다. 보내 준 사진은 잘 받았냐고, 다 된 밤에 전화를 걸어 초저녁에 깊이 빠진 단잠을 딸애가 깨워 놓지만 않았다면 굳이 자다 말고 사진을 꺼내 보진 않았을 것이다.

추분 절기가 지났으니 밤은 길어질 테고, 그믐께니 문밖은 달도 없이 깜깜한 절벽이었다. 언제 동이 틀지……. 이렇게 한 번 잠이 깨면 다시는 잠들기 어려웠다. 등이 배기고 쑤시지 않는 데 없이 온 몸뚱이가 저리고 아파 차라리 죽어지면 편안하지 싶었다. 물질도 하지 않고 방 안에 들어앉은, 이제 죽을 일만 남은 목숨. 이 긴 밤에 단잠을 깨고 앉아 검불처럼 여위어 가는 나를 생각하는 자식이 누가 있을까.

잠을 자야주……. 날 밝으면 큰년헌터레 전화나 한번 넣어 봐사주…….

그러나 그런 생각도 허사였다. 남은 자식 어느 것 하나 변변한 어미 노릇도 못 해준 게 새삼스레 가슴 아팠다. 위로 언니와 오빠를 잃고 졸지에 맏이 노릇을 해야 했던 정숙이는 공부도 제대로 못했다. 어린 나이에 남의집살이로 들어가 고생하더니 아직도 그 고생바가지로 제 집 한 칸 없이 살면서도 대놓고 내게 따지거나 서운한 소리를 한 적도 없었다. 성미가 느긋하고 우둔한 정숙이가 제 못사는 설움을 내 탓이라고 원망해도 그 애한텐 할 말이 없다.

자식은 모두 내 가슴에 박힌 못이었다. 그 못이 녹슬어 가슴이 곪도록 어디 한 군데 꽃이 핀 시절도 없이 칠십 년을 넘은 세월, 질기고도 모질었다.

"자식들이 많으민 고 속엔 똑 어멍 닮은 것이 있을 거라. 박복한 어멍 팔잔 돎지 말아사 헐컨디."

살아볼수록 어머니가 하던 그 말이 떠올랐다. 허리 꼬부라져, 머리 희어져, 귀가 미어지고 정신이 흐려질수록 늘 누워 지내던 어머니가 앙알앙알 우는 소리로 하던 말이 왜 그토록 새록새록 새겨지는지…….

형광등을 끄자 오 촉짜리 알전구만 밝혀 놓은 방 안이 붉게 떠오르면서 자꾸만 온갖 생각들이 감겨들었다. 아무리 떨쳐내려 해도 소용없었다. 문밖의 바람소리가 가슴을 파고들었다. 대숲을 쏴아 빗질하듯 쓸어내리던 바람소리, 구멍 숭숭 뚫린 올렛담 돌구멍 사이로 휘파람 소리를 내며 불어오던 바람소리……. 죽어서나 다시 찾아가 보리라 생각했던 그곳, 이미 오래전에 가슴에 묻어 버렸다고 생각했던 고향 섬이 내 눈앞에 둥실 떠올랐다.

제1부

섬

1

내 고향은 북제주군 신도리, 논깍이라 불리던 바닷가 마을이다. 이백여 호 남짓 되는 낮은 지붕의 초가집들이 오목조목 들어앉은 제법 큰 마을로 간조 때 멀어졌던 바닷물이 만조가 되면 바로 올렛길 돌담 밑까지 후려치고 들어왔다. 왜정시대에 논깍에서 태어나 시집을 가고 육이오 동란보다 더 끔찍한 일을 겪고 고향을 버릴 때까지 나는 제주섬을 떠나 본 적이 없었다.

어머니는 자식을 열하나나 낳았다는데, 남은 자식은 반타작도 안 되는 다섯뿐이었다. 나보다 열일곱 살 더 먹은 큰오빠는 내가 태어나기도 전인 열넷에 조혼을 했는데 아들 없는 집 맏사위로 처가살이를 하러 들어갔다. 말이 처가살이지, 열네 살 나이에 머슴살이나 한가지였다.

큰오빠는 한라산 기슭 오름을 오르내리며 말을 방목하고 소 풀을 뜯기고 땔나무를 해대며 처갓집의 온갖 궂은일을 다 해냈다. 아버지를 닮아 타고나길 어깨가 벌어지고 혈색이 발그레하니 힘깨나 쓰게 생긴 골격에 한창 자랄 나이였으니 일 부려먹기는 오죽 좋았을까. 하지만 고된 들일을 끝내고 돌아와도 먹는 것은 형편없었다. 가시어멍(장모)은 손이 짜고 품이 좁은 사람이었는데, 인심이 박해 어린 사위 밥에 쌀알이 섞이는 걸 아까워했다. 쌀알 섞인 밥은 고사하고 잘 먹어야 하루 두 끼, 푸슬푸슬 날아갈 것 같은 보리밥이라도 맘껏 먹어 보는 게 소원이었다.

큰오빠가 장가를 갔을 때 가시어멍은 배가 불러 있었는데 이듬해 또 딸을 낳았다. 실심한 가시아방(장인)은 물푸레나무 작대기로 조랑말의 잔등을 사정없이 후려쳤다. 과수밭을 갈고 짐을 실어 나르는 순하고 명민한, 적갈색의 갈기가 풍성한 말이었다. 퉁방울 같이 툭 불거진 검푸른 눈에 물기가 맺힌 말 잔등을 쓸며, 큰오빠는 자기가 끌고 다니는 말이나 자신의 처지가 다르지 않다는 걸 깨달았다. 왜 그런 맘이 들었는지 모르겠더라고 했다. 반편이같이 나잇값도 못하는 각시와는 마음 한쪽 나눠 보질 못하고 짐승처럼 일만 해야 하는 자신이 한순간 그렇게 한심스러울 수가 없었다. 마음 같아서는 도망질이라도 치고 싶었던 처가살이 삼 년, 열병이 들어 앓아누웠던 각시가 죽어 버리자 큰오빠는 미련도 두지 않고 빈손으로 돌아와 버렸다고 한다. 장가를 갔던 큰오빠가 돌아온 그해 어머니는 나를 낳았는데 그 후로는 월경이 끊어져 더 이상 출산을 못하게 되었다.

소장수였던 아버지는 역마살이 끼어 집에 붙어 있질 못하고 쇠전을 따라 온 데 타관으로 돌아다녔다. 섬을 떠나 뭍으로, 저 충청도 지방까지 나돌아 다니면서 장사를 한답시고 집을 나가서는 소식 한 자 없다가 불쑥 돌아오곤 했는데, 타지에서 돌아온 아버지의 몸에선 깻묵 썩는 냄새에 섞여 쇳내 같은 바람 냄새가 풍겼다. 아버지는 성품이 괄괄하고 씨억씨억하니 걸대가 훤칠한 사람이었다. 거멍물을 들인 두루마기 자락을 펄럭거리며 들어서는 아버지 얼굴엔 텁수룩한 턱수염이 거멓게 덮여 있었다.

내가 예닐곱 살 될 무렵부터는 타관으로 나가지 않고 중문의 산간 부락을 돌아다니며 떼어 온 얼멩이(대나무로 엮은 굵은 체), 차롱(광주리) 등속을 한림, 모슬포, 제주 읍내 장바닥을 돌아다니며 팔았다. 차롱을 줄에 꿰어 양쪽 어깨에 넘치도록 짊어지고 장에 나간 아버지는 그날로 돌아올 때도 있고 장바닥의 주막집 뒷방에서 날밤을 샐 때도 있었다. 골패에 맛을 들인 것이다.

"니 아방은 썩은 골방에 들어앉았신디 이 어멍은 자식들광 어떵 살아야 헐커라."

열어 놓은 덧문이 바닷바람에 펄럭펄럭 소리를 내며 부딪치면 어머니는 한숨 섞어 어눌한 소리로 앓는 시늉을 했다. 성미가 급한 어머니는 귀가 미어져 듣지를 못하게 되자 반벙어리가 되어 따따따 음절이 부러지는 말들을 쏟아냈다. 내가 열 살 먹어 아버지가 돌아가신 후, 삼 년 남짓을 더 산 어머니는 이후부터는 아예 말문마저 막혀 벙어리 노릇을 하고 살았다.

어머니 귀가 먹은 것은 마당에 있는 샘을 잘못 건드려 동티가 난 때문이라고 했다. 샘은 올렛담이 터진 바깥마당 한 귀퉁이에 있었다. 원래는 동네 사람들도 길어다 먹을 만큼 물이 흔한 샘이었다. 그러던 어느 해인가 섬 전역에 심한 가뭄이 돌았는데 그때부터 샘이 마르면서 물맛이 뜨기 시작했다고 한다. 시름시름 고는 것처럼 샘의 물이 말라 버리자 먼 데로 물허벅(물 긷는 항아리)을 지고 다니며 물을 길어야 했던 어머니는 샘만 보면 저놈의 것을 메워 버리든지 해야 한다고 속을 끓였다. 그 잔소리가 듣기 싫었던지 대나무 오리로 너스레를 짜서 대충 덮어 두었던 샘을 아버지가 아예 돌을 쑤셔 넣고 흙을 끼얹어 메워 버렸다. 알게 모르게 부정을 타서 그랬던 건지는 모르지만 지금 생각해 보면, 산후 조섭이 좋지 못한 데다가 원래부터 병약했던 어머니가 귀를 앓아 그렇게 된 것이려니 싶다. 하지만 우리 궨당(일가친척)들은 모두 동티 때문이라 믿고 있었다.

어머니는 마흔에 나를 가졌을 때부터 몸이 몹시 좋지 않았다고 한다. 노산인 데다 먹는 것까지 부실해서 늘 입술은 가맣게 말라 있었고 산달이 가까웠을 때는 부종으로 몸이 부어올라 걷지도 못했다. 하루하루를 보내는 것이 너무나 힘들고 고통스러워 날이 밝는 새벽마다 뿌연 문창호지를 쥐어뜯었다고 한다. 사산의 경험이 있어서 어머니의 두려움은 더 컸었고, 이번엔 아기를 낳다가 죽는 건 아닌가 그런 생각까지 들더라고 했다.

어렵게 몸을 풀고 난 어머니는 기운을 차리지 못하고 한동안 미음조차 넘기지 못했다는데 윗목에 밀쳐 두고 거들떠보지도 않았던 아기는 꼬물꼬물 살아나더라고 했다. 꼬물거리는 어린것을 죽일 수도 없어 아픈 몸으로 아기에게 젖을 물렸지만 고름 짜내듯 쥐어짜도 바짝 마른 어머니의 몸에선 젖 한 방울 나오지 않았다. 암죽 끓일 쌀 한 톨 없는 집안이라 보리쌀을 서너 번씩 갈아 웃물을 걷어내고 죽을 쑤거나 콩가루를 연하게 끓여 뭉클뭉클하게 멍울이 진 것을 숟가락으로 이겨 가며 떠먹였다고 한다.

아파 누운 어머니 대신 물애기(젖먹이)를 젖동냥해서 키운 건 열세 살 먹은 큰언니였다. 물 길으러 다닐 때 쓰는 물구덕에 아기를 짊어지고 이웃의 가가호호를 다니며 젖을 얻어 먹였는데, 나는 한 번 젖꼭지를 물면 놓지 않을 만큼 젖 빠는 욕심이 악착같았다고 한다. 배가 고파 숨이 넘어가게 울 때는 꼭 껍질을 벗겨 놓은 쥐마냥 조막만 해서 누구도 내가 백일을 넘기고 돌을 지내리라고는 생각하지 않았다.

젖에 곯아서 그랬던지 어릴 적에 나는 숱한 잔병치레를 했다. 그 때문인지 큰 병은 없이 여태 살았지만 쉰도 못 되어 이가 빠지고 일찍부터 허리가 굽기 시작했다. 내 딸들은 물질을 해서 그렇다고들 하지만 타고나길 내 몸은 건강한 체질이 아니었다. 그런데도 나는 물질을 해야 했다. 달리 먹고살 방도가 없었다. 악으로라도 버티지 않으면 불쌍한 내 새끼들은 누가 먹이고 입히고 가르칠까. 그때마다 나는 생각했다. 이미 나는 죽었어야 할 목숨, 천신만고 끝에 덤으로 붙은 목숨으로 이날 이때까지 사는 것이라고.

2

아버지를 닮은 큰언니는 사내처럼 덩치가 좋고 기운찼다. 월경 꽃이 터지기도 전에 이목구비가 큼지막한 얼굴이 두루뭉술해지고 허벅지며 팔뚝에 살이 올라 어린 나이부터 뒤웅박을 껴안고 마을 앞의 바다에 들어 어른들을 흉내 내어 물질을 했다. 마을의 아낙들 대부분이 물질을 하면서 집안 살림을 살고 농사일을 했다. 새벽같이 밭에 나가 일을 하다가도 바람 자고 풍랑이 가시는 기미가 보이면 호미를 내던지고 물옷 짐을 챙겨 바다로 나갔다. 물에 들어가는 걸 두려워해서 물질을 못하는 여자들도 있고 딸자식한테까지 그 험하고 힘든 일을 시키고 싶지 않아 바다에 못 들게 하는 집들도 더러 있었지만, 시어머니들은 물질 잘하는 며느리를 제일로 쳤다.

보통 어린 나이의 여자아이들은 물에 들어갈 때 뒤웅박을 껴안고 자맥질하는 법부터 배웠다. 상체를 곧추세웠다가 허리에 힘을 주어 머리를 물속으로 처박으면서 날렵하게 두 다리를 쭉 펴고 물속 깊은 데로 들어갔다. 저절로 머금은 숨으로 가슴이 옥죄어 오고 이내 눈앞이 캄캄해지다가 엉겁결에 놀라 물을 먹고 버둥거리며 올라오기를 수십 번, 그렇게 자연히 숨을 머금고 내뿜는 법을 터득하면서 물질을 하기 시작했다.

덩치가 좋고 담력이 셌던 큰언니는 타고난 해녀라 하여 애기 상군 소리를 들었는데 어머니는 그런 큰언니를 두고 늘 이렇게 말하곤 하였다.

“저 앤 누겔 돎안? 호썰도(조금도) 고르치질 아나신디(않았는데), 보라게.”

작업을 끝내고 뭍으로 올라오면 큰언니는 불턱에 모여 앉은 어른들 틈에 껴 앉아 토닥토닥 타는 불씨를 뒤집어 가며 천연덕스럽게 소리도 잘했다.

이여싸나 이여싸나

너른 바당 앞을재연

혼질두질 들어가난

저승질이 왓닥갓닥

이여싸나 이여싸나

너울을 타고 바다 한가운데로 나가 곤두박질칠 때마다 저승길이 눈 앞에서 왔다 갔다 할 만큼 목숨이 위태로웠던 심정을 어린 내가 알 리 없었다. 그저 나도 얼른 큰언니처럼 소중의(물질할 때 입는 잠수복)를 입고 내 가슴에 꽉 차는 둥그런 뒤웅박을 끌어안고 바다에 풍덩 뛰어들어 바다 밑을 휘젓고 다니며 미역도 따고 오분자기며 전복도 캐 오고 싶었다.

"보라, 설운 애기 막냉아, 널랑 영 헐 수 이시냐? 바당에 들어가 보라게, 어디 호꼼한(작은) 그 몸으로 젼뎌지크냐?"

큰언니의 눈에는 내가 무얼 하든지 어설프고 애처롭게 비쳤을 것이다. 더구나 내가 막내여서 큰언니는 입버릇처럼 나를 설운 애기라고 불렀다.

그러나 나를 업어 키웠던 큰언니는 일찍부터 집안 살림을 거드느라 부산으로, 원산으로 상군 해녀들을 따라 물질을 나다니다가 일본으로 건너가 오사카 미나미 지방의 조선인 부락에서 한 고향인 북촌 사람을 만나 그곳에서 결혼했다. 나중에는 큰오빠도 일본으로 드나들면서 등짐장사를 하고 작은언니도 일 년 남짓 살다 나왔는데, 큰언니가 그곳에서 결혼을 한 덕에 아버지도 왜정 시절에 일본 구경을 해봤다.

그때는 오사카와 제주로 연락선이 수시로 드나들 때여서 고향을 떠나 일본으로 나가 사는 사람들이 많았다. 큰언니가 사는 일본의 미나미현에는 품을 팔러 오는 고향 사람들이 많았다고 한다. 그들은 따로 마을을 이뤄 살면서 유리 공장, 고무 공장, 철공소에 다니거나 막노동을 하고, 장바닥에서 모찌며 술을 만들어 팔았다. 공사판 막노동자로 일하는 사람들 대부분은 불기 없는 다다미방에서 겨우 이불 한 채씩 놓고 오글오글 모여 살았다고 한다.

큰형부는 양철 다락을 만드는 이모노 공장에 다니는 사람이었다. 일가족 여덟 식구가 모두 건너와서 일찍부터 그곳에 터를 닦은 집안이었다. 열일곱 살 때부터 이모노 공장에 다녔다는 큰형부는 공장에서만 잔뼈가 굵은 사람이었다. 시아버지 되는 양반은 유리 공장에 다녔는데, 시어머니도 놀지 않고 시장에 나가 양철 함지를 이고 다니면서 국수 장사를 했다고 한다.

큰형부는 키는 작달막한데 얼굴은 동글납작하고 눈두덩이 툭 불거진 두꺼비상이었다. 올케언니는 큰형부의 관상을 보고 타고난 복이 붙은 사람이라고 했다. 째진 눈이거나 하관이 빠른 사람은 인상이 날카로워 제 성미에 복을 깎아 내는 반면, 얼굴이 우묵한 사람은 거기에 복이 고인다고 했다. 당꼬바지에 검은 머리에 포마드 기름을 발라 뒤로 바싹 빗어 넘긴 앙바틈한 인상의 큰형부는 아주 야무지고 당찬 사람으로 보였다.

큰형부는 사회주의자였다. 그때 일본에는 사회주의자들이 많아서 어딜 가도 그들이 진을 치고 있었다. 그들은 직공들을 움직여 파업도 하고 일본인 업주들을 상대로 싸움을 하면서 멸시와 차별을 당하고 사는 조선 사람들을 위해 싸웠다. 파업을 모의한 죄로 큰형부가 숨어 다니느라 큰언니의 형편이 말이 아니더라고 일본에 나가 살다 들어온 작은언니가 말했다.

큰언니네는 시집과 같이 살지 않고 일본인 주택에 세를 들어 따로 살고 있었다. 일층은 주인집이 혼자서 쓰면서 이층 다다미방을 한 칸씩 세를 놓아 먹는 집이었다. 일본인 주인 여자는 성미가 어찌나 파르르한지, 계단을 오르내리는 사람들이 발소리만 크게 울려도 종종거리며 뛰어나와 머리가 아프다고 갖은 인상을 다 쓰고, 물을 많이 쓴다고 빨래도 함부로 하지 못하게 했다. 얼마나 인심이 각박하고 괄시가 심한지, 집세를 하루만 밀려도 좀팽이 조센징들이라고 달달 볶아치면서 욕설을 퍼부었다. 작은언니는 앙큼한 그 여자를 생각하면 여우 턱에 뾰족한 주둥이가 먼저 떠오른다며 일본 여자들을 싸잡아 욕하고는 했다.

작은언니는 일본에서 큰언니와 함께 살며 방직 공장엘 다녔다. 공장엔 젖멍울도 생기지 않은 어린 여자아이들도 많이 있다고 했다. 침침한 불빛에 실밥 먼지 날리는 공장에서 하루 종일 일하다 돌아오면 목에 먼지가 잔뜩 끼어 밥이 넘어가지 않았다. 일은 고되고, 일본인 관리들은 어찌나 무섭게 닦달을 해대는지, 실이 끊어진 기계 사이에 허리를 구부리고 늑장을 부리면 목덜미를 집어다 내동댕이치고 가죽띠로 등짝을 사정없이 후려친다고 했다. 그래도 어린 여공들은 그 모진 수모를 다 겪으면서 꾸역꾸역 공장으로 나왔다. 대개 그 어린 여공들에겐 병든 부모나 굶는 식구들이 딸려 있기 마련이었고 몸을 팔거나 들병장수가 되지 않으려면 그나마도 공장이 일하기가 훨씬 수월하다는 것이었다. 성품이 괄괄하고 별난 작은언니는 덩치는 큰언니보다 못했지만 꾀가 많고 여간한 악바리가 아니었다. 그런 작은언니조차 일 년 남짓의 방직 공장 생활에 기가 다 꺾이고 폐병 걸린 사람처럼 얼굴이 반쪽이 되어 고향으로 돌아왔으니 남의 나라 종살이가 그만큼 무서웠다.

큰언니 내외가 고향에 들어온 것은 아버지 돌아가셨을 때였다. 큰형부를 본 것은 그것이 처음이자 마지막이었다. 큰언니 역시 그 후로는 보질 못했으니 어머니가 돌아가실 때도 오지 못한 큰언니는 해방이 되어도 돌아오지 않았다.

3

내가 다섯 살 나던 해 다시 장가를 든 큰오빠는 우리 집과 몇 발짝 안 떨어진 곁에서 살았다. 큰오빠가 두 번째 장가를 든 여자는 논깍 사람으로 늙은 심방의 무남독녀였다. 심방인 아버지가 늙도록 혼자 살다가 딸 하나를 얻었는데 출산 후 삼칠일 만에 아내가 죽어 버려 혼잣손으로 키웠다는 딸이었다. 올케언니는 두터운 귓불이 길게 늘어진 것이며 동글납작한 얼굴에 오목조목한 이목구비가 복스러운 인상이었다.

"이제 보라게, 저 얼굴에 다 복이 붙었신디, 똑 부처상이라."

심방의 딸을 며느리로 들인다고 궨당들이 꺼렸지만 어머니는 올케 언니를 마음에 들어했다.

가진 것도 없이 초막 같은 집 한 채만 마련해 나갔지만 천성이 부지런한 큰오빠는 무슨 일이든 가리지 않고 했다. 소를 먹여 새끼를 내어 팔고, 돼지도 쳤다.

그때는 집집마다 통시에 돼지를 넣어 키웠다. 헛간처럼 돌담을 쌓은 돗통이 통시와 연결되어 있어서 똥을 누면 돗통에서 놀던 돼지가 와서 깨끗하게 핥아먹었다. 돼지들은 보리쌀뜨물이나 구정물을 그릇에 받아 놓았다가 보릿겨와 조껍질을 섞어 먹였는데, 그것만으로는 돼지가 먹을 게 부족했다. 사람도 먹을 것이 부족한 시절이었다.

골패에 미쳐 며칠에 한 번씩 집에 들어오는 아버지는 집안일은 아예 거들떠보지도 않았다. 메고 간 물건들은 다 팔았는지, 장터 어디에다 처박아 두었는지 보이지 않았다. 아버지가 술에 취해 이리 비척 저리 비척 큰 몸을 흔들며 마당으로 들어서면 나는 우선 겁부터 났다. 어머니의 눈에 벌써 독기가 오르면서 몸을 달달 떠는 것이 보지 않아도 어머니의 앙탈에 집안이 무사할 것 같지가 않았다. 성미 급한 어머니는 아버지가 신발을 벗고 낭간(마루)에 올라서기도 전에 바락 소리부터 내질렀다. 어머니의 입귀가 한쪽으로 쑤욱 올라가면서 얼굴이 파들파들 떨렸다. 더더부리처럼 말을 더듬는 어머니는 말을 쏟아내기도 전에 숨이 꼴깍 넘어갈 듯, 풍 들린 사람처럼 몸을 떠는 버릇이 붙어 있었다. 아버지가 한 손으로만 밀쳐도 어머니는 방바닥으로 벌렁 나자빠지거나 방문턱에 걸려 낭간 아래로 구르기 일쑤였지만 그래도 기를 쓰고 아버지에게로 달려들어 옷섶을 부여잡고 우는소리를 했다.

"보라, 요 어른아, 메눌아기 보기 부끄럽지도 않으우꽈. 집이 든 마누래는 다 죽어가멘 새끼들은 어떵 살아신디 요령도 못허는 어른아, 어느 지집년광 놀당거네 거렁뱅이처록허영 빈손으로 집이 들어와집디꽈?"

음절이 반이나 부러지고 울음소리에 걸려 꺽꺽거리는 말을 나는 한 마디도 놓치지 않고 다 알아들을 수 있었다. 그래도 아버지는 꿈쩍도 하지 않고 발로 어머니를 방구석으로 밀쳐내면서 대자로 쭉 뻗어 누워 코를 골았다. 가슴에 이는 분을 삭이지 못한 어머니는 방문이 미어져라 활짝 젖혀 놓고는 올렛담이 떠내려갈 듯 소리를 질러댔다. 어머니의 악다구니에도 아랑곳없이 태산같이 드러누워 무심하게 코를 불며 자는 아버지도 원망스러웠지만 식구들을 편안하게 놔두지 않고 우는소리로 달달 볶아 대는 어머니도 보기 싫었다.

병든 몸 때문에 남들과 다른 어머니는 사는 게 구차하고 신경질이 잦았겠지만 그때는 그런 어머니를 조금도 이해하지 못했다. 왜 다른 어머니들처럼 마음을 넓게 쓰지 못하는지, 왜 아버지를 못살게 굴고 싫은 소리만 하는지…….

어머니는 신세한탄도 잘했다. 밥상 앞에 앉아서도, 솥강알(아궁이) 앞에 앉아서도, 누가 옆에 있든 없든, 어린 나를 앉혀 놓고도 박복한 팔자를 탓하며 어머니 자신을 괴롭히고 옆엣사람을 힘들게 했다. 술 먹고 행패 부리는 남편과 살면서 나도 어머니와 같다는 생각을 나중에야 하게 되었다. 각박한 세상살이가 사람의 성질까지도 그렇게 만들었다고 생각했지만 그것만은 아닌 듯했다.

"우리 막냉이는 똑 어멍을 닮안. 생긴 것도 그초록헌디 걸음걸이, 뒤태도 똑 어멍이라."

올케언니는 내게 그런 말을 잘했다. 생긴 모양만을 두고 그런 말을 하지는 않았을 것이다. 사람이란 생긴 대로 속도 그와 다르지 않을 텐데, 그 말이 까다로운 시어머니에 대한 욕이었는지는 모르겠지만 사람이란 저마다 타고난 성정이라는 게 있는 법이었다. 내가 남편이나 아이들을 닦달하면서 우는소리를 할 때는 올케언니가 했던 말이 하나도 그르지 않다는 걸 느끼면서도 타고난 성질은 쉽게 버려지지 않았다.

아버지가 술에 취해서 들어오면 올렛길을 내달아 큰오빠네 집으로 가곤 했다. 그럴 때면 왠지 모르게 서럽고 쫓겨나는 것 같은 기분이 들었다.

숨 가쁘게 뛰어와도 나는 방으로 성큼 들어가질 못하고 안에서 인기척을 듣고 올케언니나 큰오빠가 문을 열고 나올 때까지 어두운 마당 한가운데 우두커니 서 있거나 슬그머니 물팡(부엌문 옆에 있는 물허벅을 올려놓는 자리)에 걸터앉아 있을 때도 있었다. 나는 나보다 여섯 살이나 어린 조카 순영이가 커서 나와 친구처럼 지낼 때도, 순영이보다 숫기가 없어서 남 앞에 잘 나서지도 못했고 요망진(야무진) 구석도 없었다.

시집온 이듬해 아기를 가진 올케언니는 내가 일곱 살 나던 해 딸 하나를 낳고 태기가 없다가 십 년 뒤에 아들 둘을 더 낳았는데, 그때까지 조카 순영이는 큰오빠의 무남독녀, 귀하디귀한 자식이었다.

올케언니가 밭에 나가 일할 때는 내가 순영이를 보면서 놀았는데, 순영이는 커 갈수록 나를 이겨 먹으려고 했다. 성질은 사납고 욕심은 또 얼마나 많은지, 무엇 하나 지는 게 없었다. 한번은 올케언니가 삶은 감저(고구마)를 담은 차롱을 방으로 들여오자 순영이가 차롱을 제 사타구니 사이로 끌어당겼다. 차롱을 잡은 손이며 눈에 힘이 잔뜩 들어가 있었다. 욕심을 부리는 순영이를 올케언니가 나무랐다. 그때 순영이 나이 대여섯 살 때였을 것이다. 먹을 것만 보면 무조건 다 제 것이라고 차지하고 심통을 부렸으니까. 그래서 올케언니가 차롱을 빼앗아 정지(부엌)로 들고 나가 몫을 지어 들어왔다. 박세기(나무로 판 바가지)에 조막만 한 보시기를 엎어 놓고 그 위로 수북하게 감저를 덜어 줬는데 움푹 들어간 그릇에 담긴 내 몫의 감저를 보고는 자기 것이 제일로 많다며 손뼉을 치고 좋아했다.

"저 보라게, 셈허는 머리는 어디로 들었신디 순 헛똑똑이라."

순영이가 손뼉을 치며 좋아하는 것을 보고 내가 입을 씰룩거리며 그런 말을 하자 올케언니는 무엇이 우스운지 순영이를 쳐다보면서 빙긋빙긋 웃었다.

순영이는 우리 어머니 사랑도 독차지했다. 어머니는 다정다감한 사람은 아니었지만 하나뿐인 손녀딸이라고, 입에 문 것을 쪽쪽 빨아 순영이 입에 넣어 주고 침을 흘리면 닦아 줄 줄도 알았다. 나는 어머니 품에 답삭 안겨들거나, 어리광을 부리면서 들러붙어 본 적이 없었다. 왜 그랬는지 어머니 곁으론 선뜻 다가가지지 않았다. 어머니 성질이 워낙 파르르하기 때문이기도 했지만 가끔씩 보는 아버지, 그 너른 품을 더 좋아했다. 아버지의 버선발 냄새, 텁수룩한 수염으로 뒤덮인 턱 언저리에서 느껴지는 들척지근한 술 냄새도 좋았다. 그러나 나는 나중에야 술 먹는 남편을 겪으면서 술이라면 치를 떨었다. 아버지에게서 어린 날 느꼈던 연민 어린 그 냄새와는 다른, 포악하고 잔인한 것이 남편이 내뿜던 술 냄새였다. 그래서 나는 딸들에게 버릇처럼 말했다. 노름꾼, 술주정뱅이, 살인자만 아니면 절름발이, 곰보도 상관없다고. 훗날, 내가 술에 오죽 포한이 졌으면 시집가는 딸들에게 그런 말을 했을까. 그래서였는지 내 사위들은 술을 잘 마시지 못한다. 그러니 고약한 술버릇도 없다. 제 아버지의 술에 치여 산 내 딸들은 술 먹는 남자라면 나보다 더 치를 떨었으니까.

아버지는 잔정을 표현하는 사람은 아니었지만 가끔은 어린 나를 한번씩 가슴에 꽉 차도록 안고 내 머리에 턱을 비볐다. 그것도 막내로 태어나 받은 아버지의 사랑이라면 사랑일 것이다. 작은언니도 작은오빠도, 모두들 아버지를 어렵고 무서워만 했지 감히 그 품에 안겨들 생각 같은 걸 하지 않았으니까. 나를 안고 어르던 아버지의 듬직한 품은 깊고 따뜻했다. 이미 술과 노름으로 몸이 많이 상해 있었던 아버지는 아직은 한참 키워야 사람이 될 나를 보며 당신의 창창한 기운이 사위어 가는 것을 느끼지 않았을까 싶다. 쑥 꺼져든 깊은 눈으로 나를 바라볼 때 어리던 물기 같은 것, 그것이 심정이 북받칠 때 괴는 눈물이라는 것도 그때는 몰랐다. 그래서 나는 시샘 많은 조카 순영이가 할머니 무릎을 저 혼자 차지하겠다고 우리 어머니 곁에 다가붙어 나를 밀쳐낼 때도 투기하지 않았다. 그래 봐야 기껏 어머니는 금방 순영이를 내려놓고 숨을 할딱거리며 벽에 등을 기대거나 드러누워 버렸기 때문이다.

욕심 많고 심통 맞은 순영이는 고집도 셌다. 무엇이든 제 뜻대로 되지 않으면 발짓으로 걷어차는 시늉을 하며 씩씩거렸다. 내가 솥강알 앞에 앉아 불을 때면 순영이도 옆에 쪼그리고 앉아 나무를 마구 쑤셔 넣었다. 밥이 끓고 나서 뜸을 들이느라 불땀을 줄이고 솥강알 속의 알불 덩어리를 재로 덮어 토닥토닥 두드리고 있을 때 서툴게 나무를 쑤셔 넣으면 냇내가 정지에 가득 찼다. 내가 밥을 할 때 순영이는 그게 재미 삼아 하는 일인 줄 알고 저도 한사코 하겠다고 고집을 부리며 덤벼들었다. 한번은 장난 삼아 자꾸 쑤셔 넣는 나무가 아까워 순영이 손에 들린 부지깽이도 빼앗고 움켜쥔 나뭇단도 빼앗았다. 내게 나뭇단을 빼앗긴 순영이는 약이 올라 신고 있던 검정 고무신 한 짝을 벗어 내 어깨를 탁 치고는 달아났다. 정지 문턱을 넘어 마당으로 쫓아나가며 뒤돌아 욕하는 것도 잊지 않았다.

"니 아방 식게상(제사상)에 날 심어다(잡아다) 올리라. 나 모가지가 돍 모가지난 나 모가지 심어다 모냥내라게."

혓바닥을 날름거리며 고무신짝을 집어던지는 시늉을 하며 순영이는 그런 모진 욕을 했다. 우리는 고모 조카 사이지만 친자매처럼 붙어 싸우면서 그렇게 자랐다.

4

작은언니는 아버지가 돌아가시기 전, 내가 여덟 살 먹었을 때 열아홉의 나이로 제주 읍내로 시집을 갔다.

큰언니를 따라 일본에 나가서 바깥세상 구경도 하고 세상 돌아가는 문리도 일찍 텄던 작은언니, 꾀 많고 요망졌던 작은언니는 누구보다 인물이 고왔다. 우리 고향 마을에서 소장수집 둘째딸이라면 인물 예쁘고 행동거지 싹싹하다고 칭찬이 자자했다. 중신도 여러 군데서 들어왔지만 작은언니는 제 성에 차는 남자를 골라 시집을 갔다. 그때는 얼굴을 보고 혼인을 하는 것이 아니라 중매쟁이 말이 사진이고 그림이나 한가지였지만 어쩌면 그렇게 인물도 맞추듯이 골랐는지, 작은형부도 웬만한 인물 부럽지 않게 잘나고 신체가 늘씬하니 좋은 사람이었다. 작은언니 가문(家門) 잔칫날에는 잔치를 먹으러 온 사람들이 신랑 신부 얼굴을 보겠다고 야단법석이었다.

신식 뉴똥 치마에 굽이 있는 검정 구두를 신고 하얀 꽃무늬 칼라가 긴 목을 꽃술처럼 감싸고 늘어진 블라우스를 입고 찍은, 일본에서 찍어 왔다는 그 사진을 작은언니는 시집갈 때까지 거울 보듯이 들여다보며 소중히 간직했다. 단벌뿐이었던 그 신식 옷 역시 작은언니가 시집갈 때 챙겨간 소중한 품목이었지만 그 옷을 입고 나들이를 할 만큼 시집은 그리 넉넉지가 못했다. 읍내 장터에서 잡화점을 하던 집안이었는데 시할아버지 대에나 가게를 거느리며 번창했지 작은언니가 시집갈 무렵에는 겨우 난전을 면하고 남의 가게 처마 한 귀퉁이에 벌인 잡화점 하나에 온 식구가 목을 매고 있었다.

"난 저초록 안 살커라."

한겨울에도 허벅다리 허옇게 드러내 놓은 소중의 차림으로 물에 들어가 몸이 시퍼렇게 얼어 나오는 걸 생각하면 끔찍하다고 늘 입버릇처럼 말하던 작은언니였다. 형부를 도와 아예 가게에 나앉아 장사를 하는 작은언니는 처녀 적 그 곱던 얼굴에 기미가 앉고 거칠어진 손이며 수다스런 말솜씨며, 장사꾼 티가 완연했다. 장사치 밑지는 장사한다는 말, 입에 발린 말이라지만 물자가 귀하고 일본놈들의 갖은 공출과 수탈로 백성들 살기가 점점 각박해져 가던 때라 장사도 수월치가 않은 모양이었다. 그래도 작은언니는 친정에 올 때는 가루종이에 사탕이며 구운 과자 따위 군입거리를 싸 와 어머니 앞에 펼쳐 놓고 자랑을 했다.

사람 좋고 인물 반드르르하던 작은형부. 천상 장사꾼으로 나서 그 바닥에서 살 사람이었던 작은형부도 제주읍에 주정 공장이 들어섰을 때 작은언니에게 장사를 맡겨 놓고 주정 공장에서 월급을 받는 공장살이를 한 적도 있었다.

동양척식회사가 제주읍에 지은 주정 공장은 사라봉 아래 우뚝 치솟은 굴뚝에서 시커먼 연기를 뿜으며 돌아갔다. 수십 개의 곡물 저장 창고와 일본인 관리들의 사택과 구락부 건물이 돌산을 깎아내고 들어선 그 모습부터가 예사롭지 않았다. 주정 원료를 제조한다는 그 공장에서는 제주 전역에서 감저를 사들였다. 감저 농사를 크게 짓는 사람들은 감저를 캐는 철이 되면 소달구지에 감저를 잔뜩 싣고 수십 리씩 되는 자갈밭 길을 걸어 주정 공장까지 감저를 팔러 왔다.

형부는 주정 원료를 배합하는 기술자의 조수로 근무를 했는데, 거기서 생산되는 주정 원료는 전쟁 물자로 일본에 가는 것이라고 했다.

해방이 되고 주정 공장은 더 이상 돌아가지 않고 멈춰 섰지만 '난리'가 터졌을 때는 제주에서 제일 큰 수용소로 사용됐다. 곡물 저장소마다 폭도라고 잡혀온 사람들이 꽉꽉 들어찼다. 날마다 고문하는 소리, 피범벅이 되어 죽어나가는 사람, 임시 재판을 받고 형무소로 이송되거나 총살터로 끌려가는 사람과 용케 살아나오는 사람들로 희비가 엇갈렸다. 나중엔 작은오빠도 폭도로 몰려 도망을 다니다 주정 공장으로 끌려갔다는데 말만 무성할 뿐 그 후로는 생사를 알 길이 없다. 주정 공장에 붙잡혀 있던 사람들 중엔 사라봉 앞바다에 수장된 일도 있다 하고, 총살을 시켜 사라봉 야산에 몰래 파묻었다는 흉흉한 소문도 나돌았지만 소문만 무성할 뿐이었다. 그때 행방불명이 되어 수십 년 세월 속에 흔적도 없이 사라진 작은오빠……. 새삼 이제 와서 생각을 해봐도 그 먹먹한 아픔은 풀리지 않는다.

나와는 세 살 차이로 가장 살갑고 만만하고 또 나를 많이 아껴주었던 작은오빠. 심성이 착하고 성격이 무던했던 작은오빠는 어려서부터 남달리 총명했다.

"우리 아돌 영멩(영명)이는 후제 벼슬 한자리 헐큰디, 더러(그저) 일만 시켜불고 공불 못 시켜부난 이 어멍이 애가 닳아짐져."

어머니 살아생전 정신이 올바를 때 늘 안타까워하며 푸념처럼 입에 올렸던 말이었다.

작은오빠는 일곱 살 먹어 서당에 다니기 시작했다. 그때 한 서당에 다니던 육촌 오빠가 좌편장을 맡아 하고 있었다. 서당 훈장을 가운데로 두고 양쪽으로 학생들이 앉아 공부를 하는데 오른쪽의 반장 격이 되는 이를 우편장, 왼쪽은 좌편장이라고 불렀다. 육촌 오빠는 나이가 제법 찼는데 서당에 다닌 지 몇 해가 되도록 천자문도 다 떼지 못해 빙충이 소리를 들었다. 땋아 내린 머리를 일본 순사들이 잡아가서 기계로 싹둑 잘라 버려 산발을 하고 다녔던 육촌 오빠는 공부하는 머리는 없어도 털털한 성격에 동무들을 끌고 다니면서 대장 노릇을 곧잘 했다.

작은오빠는 서당에 들어간 그해, 천자문을 달달 외워 훈장을 놀라게 했다. 스무 명 남짓한 서당 학동들이 시험을 치렀는데, 일곱 살짜리가 장원을 했다고 육촌 오빠가 우리 집에 와서 일렀다. 천자문을 뗀 기념으로 책거리를 한다고 해서 어머니는 없는 살림에 콩 석 되를 볶고 술을 내리고 빙떡을 만들어 구덕으로 한 짐을 지고 서당으로 갔다.

빙떡은 잔치 때나 제사 때 빼놓지 않고 오르는 음식이고 인사치레를 가거나 귀한 손님을 접대할 때도 우선 챙기던 음식이었다. 돼지기름을 두른 번철에 곱게 빻은 메밀가루를 얇게 부치고 그 위에 곱게 채 썬 파와 무, 쇠고기를 양념해서 올려 돌돌 말았다.

서당 학동들 먹을 빙떡을 부치고 콩을 몇 됫박이나 볶고 훈장 몫으로는 작은 차롱에 따로 빙떡과 볶은 콩, 차조로 빚은 오메기술을 내린 청주를 됫병에 담고 가루담배 두 덩어리를 싸서 갔다. '한 살림 차려 내갔다' 고 말하면서도 어머니는 그보다 더 못해준 게 가슴 아프고 '높은' 학교로 보내 공부시키지 못한 것을 안타까워했다.

나는 아홉 살이 될 때까지 눌은 애기처럼 집에만 있다가 마을에 새로 생긴 강습소엘 나갔다. 교본이며 말 쓰는 것, 마당에 나가 운동하는 것이 다 일본식이었다. 우리가 강습소 마당에 나가 훈련을 받을 때는 칼을 찬 헌병이 와서 지켜보거나 직접 호루라기를 불어 가면서 훈련을 시키기도 했고 선생이 학생들에게 무엇을 가르치는지 수시로 감시했다. 나는 한문도, 한글도 제대로 배우지 못하고 어설프게 일본글만 배우다 말았다.

나중에 내게 '가갸거겨'를 가르쳐 준 건 작은오빠였다. 자기 이름자 쓸 줄 알고 부모 이름자, 형제지간 이름자는 알아야 한다고 한문을 가르쳐 준 것도 작은오빠였다. 누런 갱지를 방바닥에 펼쳐 놓고 거기다 아버지, 어머니, 형제들의 이름을 쓰고 내 이름자를 가운데다 크게 적어 놓고 나보고 한 자 한 자 짚어 가며 읽어 보라고 했다. 내가 머리를 긁적거리며 딴전을 피우면 "여자도 글을 알아야 살아진다" 하면서 게으름을 못 부리게 했다.

"김은 쇠 김, 우린 경주 김씨 손이라. 영은 길 영, 봉은 봉할 봉. 아버지가 지어 주신 이름인디, 따시 잊어불티냐?"

내가 눈치를 보면서 내 이름 석 자를 뜨덤뜨덤 읽으면 작은오빠는 낭창낭창한 물푸레나무 회초리로 방바닥을 탁탁 두드리면서 서당 훈장 흉내를 냈다.

그때, 작은오빠가 잠깐 눈을 틔워 주었지만 공부하는 머리는 영 없었던지 세월이 지나고 글을 쓰지 않게 되자 나는 읽는 것조차 다 까먹어 버렸다. 머리가 굳어져 쓰고 읽는 것이라면 내 머리에 통 박히지 않을 때, 초등학교 졸업을 앞둔 막내딸 정해가 겨울방학 때 나를 앉혀 놓고 글을 가르치겠다고 한 적이 있긴 있었다. 몽당연필을 깎아 내 손에 쥐어 주고 자기가 쓰던 공책을 펼쳐 놓았지만 내 눈엔 밥상 위의 공책이 눈에 들어오지 않았다. 물일을 하고 들어오면 눈앞이 캄캄하게 잠기는 것이, 뜨끈한 아랫목에 누워 쑤시는 뼈마디를 지지고 싶게 몸이 된데 집안일은 해도 해도 끝이 없고 마음 써야 할 곳은 왜 그리도 많던지. 한시도 편한 마음으로, 느긋한 심정으로 살아 본 적이 없었다.

글을 몰라서 못살 일은 없었다. 저울눈 읽을 줄 알면 셈은 머릿속에서도 척척 암산으로 가늠이 되고 달력에 날짜 넘어가는 것 볼 줄 알고, 전표를 받으면 나만 아는 장부에다 나만 알아먹을 수 있는 산표를 그려 셈을 표기해 두었으니까. 누구네 집에서 며칟날 돈을 얼마 가져갔는지, 그 원금과 이자가 얼마인지, 그런 것들은 문자로 표기해 두기보다 내 머릿속에 담아 두는 게 훨씬 정확하고 마음 든든했으니까.

열두 살 때부터 작은오빠는 읍내에 새로 생긴 활판소에서 인쇄 보조원으로 일을 했다. 매일 찍어 내는 한글 신문을 만드는 곳이었는데 글자체를 하나씩 일일이 손으로 다 조합해서 활판을 짜야만 했다. 그나마 그 일도 일본 사람들 방해가 심해서 얼마 가지 못해 활판소가 문을 닫아 버리자 열네 살 먹어서부터는 옹포에 있는 통조림 공장에 다녔다. 소를 공출 받아 만든 쇠고기 통조림을 전량 군수물자로 일본으로 가져가던 공장이었는데 작은오빠가 받는 월급은 쌀 한 가마니값도 채 안 되는 삼십오 원이었다. 작은오빠는 월급을 받으면 그 돈으로 꼭 어머니 약을 지어 왔다.

5

어머니는 내가 열세 살, 작은오빠가 열여섯 살 나던 해 돌아가셨다.

작은오빠는 통조림 공장에 다니느라 집에 없었고 등짐장사를 한다고 일본으로 드나들던 큰오빠도 집에 없을 때였다. 큰오빠는 아버지가 돌아가시고 나자 큰언니가 사는 일본에 눌러 있으면서 리어카를 한 대 구해 고철 장사를 해서 돈을 벌었다. 큰오빠가 돈을 부쳐 오면 올케언니는 돈이 생기는 대로 밭을 사서 농사처를 늘렸다. 그 당시 우리 집 농사라는 것이 식구들 일 년 양식 거두기도 변변치 못한 처지여서 큰오빠가 장사를 나섰던 것이다. 아버지가 노름을 하느라 다른 사람에게 잡혀 먹었던 우리 집을 되찾은 것도 큰오빠가 일본으로 건너가 고생해서 번 돈이었다. 그래서 어머니는 아들이 얻어 사는 집으로 쫓겨 가지 않고 우리 집에서 돌아가실 수 있었다.

어머니가 돌아가시던 날, 나는 올케언니가 일하는 밭으로 나가 팥꼬투리를 따고 있었다. 흙먼지가 풀풀 이는 밭떼기에 몸을 구부리고 다니면서 몽당 치맛자락을 펼쳐 누렇게 익어 시든 팥꼬투리를 하나씩 따서 담았다. 치마폭 가득 팥꼬투리가 모이면 밭두둑에 놓아둔 큰 구덕에 쏟아부었다. 구덕이 한가득 차면 그걸 올케언니가 짊어지고 집으로 날랐다. 밭일은 끝이 없었고 쉴 틈 없이 바빴다. 보리농사에 조농사, 콩 농사에 메밀 농사, 뙈기밭으로 사들인 돌짝밭은 검질(밭에 나는 풀)을 매기도 힘들었다. 또 땅이 가물기도 해서 육도(밭벼) 농사를 지어도 소출이 얼마 나오지도 않고 애만 말렸다. 추수를 할 때도 밭에서 집까지 일일이 다 져서 날라야 하고 타작도 여자들 몸으로 손

수 해야 하니, 남정네 없는 살림에 농사는 힘에 부칠 수밖에 없었다. 그래도 올케언니는 얼마나 악착같은지 우리 집 살림을 일군 건 다 올케언니 힘이었다. 심방인 아버지가 돌아가신 후 산에서 살면서 절 손님들 밥을 해 주고, 불심으로 산 사람이라 고생을 고생답다 여기지 않고 일했다.

밭일을 하다가 때가 되면 내가 집으로 내려가서 어머니 점심을 차려 주고 올케언니 밥을 날랐다. 순영이는 밥을 담은 동고량(대로 만든 도시락 그릇)을 들고 나서는 내 뒤를 따라오며 자기도 밭에 가겠다고 폴짝폴짝 뛰었다.

"닌 집이 있시라. 하르머니가 아파부난 집이 있시야 안 헐꺼?"

주둥이를 여우마냥 내어 문 순영이는 올랫담에 등을 붙인 채 버티고 서서 집에 들어가지 않겠다고 떼를 썼다.

"바깥티서만 놀지말앙 하르머니 지킴시라."

내가 단단히 일러두었는데도 골이 난 순영이는 성난 숨만 씩씩거리며 들은 척도 안 했다.

두 순배나 치마폭의 팥꼬투리를 구덕에 쏟았을라나. 밭에 들어온지 얼마 되지 않았을 때 순영이가 숨을 헐떡거리며 뛰어왔다.

"어머니, 어머니 큰일났쑤다."

순영이는 가뭄에 말라 건드리기만 해도 꼬투리가 쏟아져 버리는 얼크러진 팥밭을 겅중겅중 밟으며 뛰어들어와 호들갑을 떨었다.

"촐람생이처록 무사 설레발이라?"

올케언니는 팥꼬투리가 가득 담긴 치맛자락을 움켜쥔 채 허리를 펴며 순영이를 나무랐다.

"혼저 집이 강 봅서. 하르머니가마씸, 영 이상허우다."

순영이는 낡은 고무신을 뒤집어 흙을 털며 헐떡거리는 소리로 말했다. 나는 순영이가 또 아픈 할머니의 심정을 건드려 놓거나 요강 단지라도 엎어 놓고 온 게 아닌가 싶어졌다.

"잘 고라 보라게. 하르머니가 어떵 헌디?"

올케언니가 밭두둑으로 나가 구덕에 팥꼬투리를 쏟아부으며 물었다.

"이디 봅서. 영 눈이 돌아강마씸. 방이서 막 기었신디, 방이 몬딱 엎어졌쑤다. 하르머니허고 고만이 불러도 호꼼도 꼼짝 안해부난 막 겁나마씸."

느려 터진 순영이의 말이 채 끝나기도 전에 올케언니가 집으로 내달았다. 그때 올케언니는 순영이가 눈꺼풀을 까뒤집으면서 손짓 발짓으로 흉내를 내는 것이 이상했던 모양이었다. 평소의 행동거지로 보면 올케언니는 아무리 다급한 일이 있어도 정신없이 서두는 사람이 아니었다. 올케언니 뒤를 따라 집으로 뛰는데 내 가슴도 덩달아 벌렁거렸다. 희한하게 나도 모르게 눈물이 쏟아졌다. 아마도 두려움 때문이었을 것이다. 무슨 일이 벌어졌으리라는, 내가 한 번도 당해보지 않은 그런 일이 우리 어머니에게 닥쳤으리라는 두려움. 그것은 아마도 피로 이어진 부모 자식 간의 어떤 마음이지 않을까 싶다. 아무런 마음의 준비도 되어 있지 않은 때, 느닷없이 당하게 되는 일들. 골골 삼십년이라고, 나는 벙어리 노릇을 하는 어머니가 벽에 똥칠을 하고 자식들을 골탕 먹이며 애간장이 다 녹을 때까지 죽지 않고 살 것이라 생각했었다. 왜 그런 생각을 했었는지 모른다. 그렇게 비명에 가듯이, 아들딸에 며느리까지 있는 양반이 아무도 없는 집에서 그리 험하게 돌아가시리라는 생각은 해 본 적이 없었다.

집으로 뛰어가면서 들던 두렵고 떨리던 그 마음은 꼭 귀신에 홀려가는 것 같았다. 무슨 일이 났는지 알 수는 없지만 눈앞이 캄캄하고 목에서 매운 내가 나면서 가슴이 저리던 그때의 심정, 그게 아마도 내 힘으로는 어찌할 수 없는 죽음에 대한 두려움이 아니었을까 싶다.

올렛길로 들어서니 돌담 너머로 벌써 올케언니의 기가 막힌 울음소리가 들렸다.

어머니는 혼자 안간힘을 쓰며 기어 나왔는지 문지방에 팔 한쪽을 걸치고 고꾸라진 채 숨을 거두었다. 긴 손톱으로 벽을 할퀴었는지, 부러진 손톱 밑엔 퍼렇게 독이 올라 있었다. 말 못하는 어머니, 벙어리 아닌 벙어리로 살다 간 어머니. 어떻게 사람의 명이 끊어지는 그 순간에 그렇게 악을 쓰며 갈 수 있을까. 마치 문밖에 있는 누군가를 부르듯 방문턱에 걸쳐져 덜렁거리던 손이 잊히지 않는다.

어머니가 돌아가시고 한동안 나는 어머니 꿈에 시달렸다. 참 희한한 일이었다. 꿈에서 방문턱 밖으로 덜렁거리던 어머니의 손을 본 날이면 온몸에 한기가 끼치면서 고열이 올랐다. 한밤에 헛것을 보고 놀라 방문을 열고 마당으로 뛰쳐나가기도 했다. 올케언니는 내게 어머니의 넋이 씐 게 아닌가 했다. 기가 허해져 있을 때 그럴 수도 있다고 했다. 그 시절은 너나없이 혼이 붙어 있을 만큼만 먹으면서, 겨우 배곯기를 면하던 때였으니 그럴 수도 있었겠지만 어머니가 내 꿈에만 보이는 게 이상했다.

"기운 차리지 못하민 귀신이 몸에 붙엉 해코지를 험니다. 호썰이라도 마음 약하게 먹지 말앙거네 단단히 혀야주. 이제 어멍 아방 다 돌아가시고, 옆에 형제 동기간들이 있긴 허우다만 다 이녁냥으로 살아야 헐커라마씸."

올케언니는 안타까운 마음에 내게 그렇게 말했다.

어머니의 소상(小祥)을 치른 후에야 차츰 악몽에 시달리는 일이 없어졌다. 올케언니는 마음이 어지럽고 집안에 궂은 기운이 보인다 싶으면 새벽같이 일어나 깨끗한 치마저고리로 갈아입고 암자로 기도를 하러 올라갔다. 불쌍하게 돌아가신 내 어머니의 넋을 빌고, 흉흉한 시절 천리 밖 남의 땅에 나가 있는 식구들이 무탈하게, 변고 없이 살아서 돌아올 수 있게 해달라고 부처님 앞에 비는 것이었다.

6

해방이 되던 1945년, 나는 열일곱 살이 되었다.

비바리(처녀)가 다 된 나는 봄부터 제법 물질을 하기 시작했다. 열서너 살 먹어서부터 뒤웅박을 끌어안고 퐁당퐁당 얕은 물에서 자맥질하던 것에서 벗어났으니 이젠 물질이 몸에 붙을 때도 되었다. 소나무 테를 메워 그물로 얼기설기 짠 망사리를 단 둥그런 테왁과 오분자기나 전복을 딸 때 쓰는 빗창, 작은 작살, 물안경 등속의 연장을 모두 갖추고 마을의 해녀들 동아리에 껴서 작업을 다녔다.

구멍이 숭숭 뚫린 검은 갯바위 아래로 찰락찰락 이는 잔파도가 허벅지를 허옇게 드러내고 앉은 내 발끝에 와서 부서졌다. 갯바위에 앉았던 해녀들이 바다로 풍덩풍덩 뛰어들었다. 나도 테왁을 잔물결이 이는 바다 멀리 내던졌다. 그리곤 물안경을 쓰고 바다로 풍덩 뛰어들어 테왁이 있는 곳까지 헤엄쳐 갔다. 테왁에 몸을 의지해 울렁거리는 물결을 타고 휘유, 휘유, 숨소리를 내뿜으며 먼 바다로 나가는 동아리들 뒤를 좇았다. 아직 내 숨은 짧았지만 처음 물에 들 때와는 달랐다.

처음에는 곤두박질을 쳐서 물속으로 내려가면 바위틈을 뒤지다가 올라오기 바빴다. 빗창을 든 오른손을 뻗쳐 바위틈에 몸의 하중을 붙이기도 전에 무엇인가가 내 엉덩이를 들어 올리는 듯한 느낌이 들면서 물살에 밀려나기가 예사였다. 숨을 길게 먹고 몸을 바닥에 붙이듯이 바위틈 가까이 다가가도 눈에 보이는 것들이 얼른 손안에 들어오지 않았다. 겹겹이 포개진 듯한 바위틈사리에서 전복을 발견하고 빗창을 몇 번 대 보기도 전에 나는 다시 물 위로 떠올랐고 한번 떠오른 후에는 봐둔 자리를 찾지 못해 다시 물속을 헤매야 했다.

물안경을 치고 들어올 듯 어린 고기 떼들이 내 머리 위를 휙휙 지나갔다. 물안경 없이 맨 눈으로 재미 삼아 미역 오리며 바위에 간당간당 붙어 있는 소라를 주울 때와는 천양지차였다. 그래서 어른들은 물질을 시삐(쉽게) 볼 게 아니라고 했던가. 무슨 일이든 그랬지만 마음먹고 덤벼들어도 '일'이라는 건 마음먹은 대로 되지 않는 법이었다.

나는 테왁에 몸을 의지해 가쁜 숨을 뿜어내며 한동안 출렁이는 바다에 떠 있었다. 여기저기 퍼져서 자맥질을 치며 작업하는 무리들이 내뿜는 날숨소리가 가파르게 들렸다. 해녀들은 홀로 떨어져 물질을 하지 않았다. 해물에 욕심을 내고 정신이 팔려 혼자 멀리 떨어져 작업을 하다가는 언제 무슨 일을 당할지 알 수 없었다. 그래서 물 위로 떠오르며 내뿜는 날숨소리는 내가 살아 있다는 신호이기도 했고 내가 작업하는 곳을 알리는 신호가 되기도 했다. 그런데 나는 작업은 제대로 하지도 못하면서 맥없이 가쁜 숨소리만 짧게 내뱉을 뿐이었다. 깊은 바다에 들어가 작업을 하는 상군 해녀일수록 그 숨소리는 길고 가늘게 치솟았다. 흡사 풀피리를 불어대는 듯, 폐부 깊은 곳에서 떨려 나와 차츰 가늘게 잦아드는 날숨소리는 그만큼 숨을 오래 물고 있었다는 증거이기도 했다.

마을의 해녀들 틈에 껴서 작업을 나간 첫날, 내 망사리 속엔 성게 몇 줌과 빈 깍지뿐인 오분자기며 자디잔 전복 몇 개가 고작이었다.

물이 줄줄 흐르는 망사리를 메고 뭍으로 올라오자 불턱에 모여 앉은 어른들이 거의 빈 채로 올라온 내 망사리를 보고 제가끔 한마디씩 거들며 왁자지껄 웃음을 터뜨렸다.

"그처록 설른(미숙해서) 어떵 시집가주?"

같이 작업을 했던 육촌 아주머니가 내 망사리에 덜렁덜렁 달려 있는 해초 나부랭이를 떼어 내며 쉰 듯한 소리로 웃으며 말했다. 쉰 줄인 아주머니는 망사리에 담긴 해산물 외에도 소살로 찍은 어른 팔뚝만 한 넙치며, 촘촘한 그물로 짜서 매달아 놓은 작은 망사리엔 시뻘겅한 문어가 오글오글했다.

"무사, 성만큼은 못할커라? 와리지(서둘지) 말랑거네(말고) 촌촌히 배워사주. 그초록 허영은 시집 못 가주."

내가 시집을 가기 전까지, 바다에 들어 작업할 때마다 육촌 아주머니는 재미난 듯이 그때 얘기를 하며 내 얼굴이 붉게 달아오르도록 농을 했다.

돈 벌어 시집가라는 말, 물질이 서툴러 어떻게 시집을 갈 거냐는 어른들의 농이 아니더라도 나는 이젠 내 힘으로 벌어야 한다는 야무진 생각을 먹기 시작했다. 여자가 소중의를 입고 물질을 하기 시작하면 그때부턴 부모에 의지하지 않고 제 살 궁리를 하거나 집안을 도와야 했다. 그러나 나는 육지로 물질을 나갈 만큼 대담하지 못했고 세상물정 어둡고 겁 많은 비바리였다.

해녀들이 잡은 전복이나 소라, 성게, 모든 해산물들은 어업조합에서 거두어 갔지만 제값을 받기는 어려웠다. 일본인들이나 일본인 앞잡이들이 어업조합에 자리를 차지하고 앉아 공출이란 명목으로 가져가고, 겨우 죽 끓여 먹을 만큼의 벌이도 안 되는 헐한 값을 매겼으니까. 큰언니가 고향에서 물질을 할 때는 공출로 감태를 거두기도 했다. 바다에 작업하러 들어가는 해녀들 모두 감태를 채취했다. 공업용 원료나 화약을 만드는 군수물자 원료로 들어간다는 감태는 한때 씨가 마를 정도였다.

재주가 좋은 사람들은 집에서 끼니때 쓸 것들을 요령껏 숨겨 가기도 했다. 전복이나 문어로 끓인 죽이나 소살로 찍은 고기들은 더없이 좋은 끼니거리가 되고도 남았다.

그때는 하루 세 끼를 먹고 살기가 힘들었다. 밭농사 지은 곡식들은 고팡(곳간)에 쌓일 겨를이 없었다. 아침 끼니부터 굶는 집들도 많았다. 이런 때 식겟날이 다가오면 올케언니는 그때 쓸 요량으로 고팡 바닥이나 정짓간 지붕 아래 숨겨 두었던 입쌀을 꺼내 멧밥을 지었다. 나는 쌀밥 한 번 원 없이 먹어보는 게 소원이었다. 입쌀은 워낙 귀한 양식이라 식게 때도 구하기가 힘들었다. 섬에는 논이 거의 없다시피 해서 육도를 지어도 그 소출이 얼마 되지 않아 겨우 명절이나 식게 때처럼 긴요한 때 쓸 것밖엔 나오지 않았다. 그나마 육도를 심어 먹을 밭이 없는 집들도 허다해서 일 년 내내 쌀 구경을 못하는 집들도 많았다. 보리가 주식인 농사에 가을에 거둔 감저를 고팡에 쌓아 두었다가 겨우내 양식으로 먹고, 서속에 콩을 섞은 보리밥도 제대로 된 농사를 지을 땅이 있는 집들이나 가능했다. 어죽을 끓여 먹거나 말린 톳나물에 갯것들도 양식이 되던 때였다.

식게상엔 쌀떡 대신 밀가루로 빵을 쪄서 올리는 게 우리 고향의 전통이었다. 간을 하지 않은 누런 밀가루를 반죽해 두툼하게 지지거나 빵을 만들어 떡을 쌓듯이 올려놓는 것이다. 떡 대신 빵을 올리는 풍습은 나중에 쌀이 흔해져서도 변하지 않았다.

"어머니, 맨날 하르머니 하르버지 식겟날이었으면 좋겠쑤다."

순영이는 식겟날이 돌아오면 떨어지지 않는 눈꺼풀을 비비며 제사를 지내고 물린 식게상 앞에 앉아 그렇게 말했다. 자던 밤에 일어나 먹는 식겟밥이 술술 목구멍으로 내려갈 리 없건만 식탐이 많은 순영이는 욕심껏 쌀밥을 퍼 넣으면서 다른 손으론 빵떡을 움켜쥐고 상 밑의 제 사타구니 사이에 숨겼다.

"욕심부려 곱주지(감추지) 말앙 곧지(같이) 먹어사주."

올케언니가 나무라도 순영이는 제가 챙긴 빵을 딱딱한 돌덩어리가 되도록 벽장이나 이불 속에 감춰 두었다가 저만 꺼내 먹었다.

상 위에 올랐던 음식들은 그날 날이 밝기도 전에 이웃으로 돌려졌다. 생선 지짐이와 털이 숭숭 박힌 돼지고기 산적 두어 점에 빵 한 덩어리, 궨당 간에는 밥과 국까지 돌려 먹는 것 또한 풍습이었다. 그런 심부름은 자연 내 차지였는데, 어둑새벽의 올렛길을 더듬으며 나가 두어 바퀴 돌고 오면 어느새 날이 밝았다. 그래서 우리 고향 마을 한 이웃들은 누구네 집, 어느 날이 식겟날인지 훤히 알고 있었다.

해방이 되던 그해, 일본에 나가 있던 큰오빠 대신 음력 오월에 있는 아버지의 식개를 작은오빠가 모셨다. 아버지 기일에 맞추어 고향으로 들어오곤 했던 큰오빠가 그해에는 들어오지 못했던 것이다.

해방되기 그 전해부터 일본과 왕래가 자유로웠던 뱃길이 자주 끊겼다. 작은오빠 말로는 태평양전쟁을 일으킨 일본이 본토는 물론이고 식민지인 조선까지 전쟁의 요새로 만들면서 연락선의 운항도 전쟁 상황에 따라 예측할 수 없다고 했다. 세상 돌아가는 문리에 어두웠지만 나는 작은오빠를 통해 그런 말을 들을 때마다 와락 무섬증이 들곤 했다. 동네엔 젊은 남자들이 남아나지 않았다. 작은오빠와 한 서당에서 공부했던 육촌 오빠도 그해 봄에 강제징집으로 남영(동남아)으로 끌려가서, 결국 살아서 돌아오지 못했다.

그때는 강제징집뿐만 아니라 강제 부역도 많았다. 작은오빠는 해방되기 전, 열아홉 살 먹어서는 모슬포의 비행장을 닦는 부역에 동원되었다. 작은오빠처럼 젊거나 어린 남자들뿐만 아니라 나이 먹은 남정네들, 심지어는 여자들까지도 농사일을 팽개치고 부역에 나가야 했다. 섬에 남아 목숨 붙이고 살아가는 사람들 누구도 부역에서 자유로울 수 없었다. 부역은 마을마다 할당량이 있었는데 한번 부역에 나가면 공사장의 숙소로 지어진 함바에 묶여 지내면서 일본인 십장들 밑에서 일을 했다. 일본인 십장들은 성질도 급하고 악독해서 곡괭이질을 하다가 허리를 펴면 게으름을 부린다고 채찍으로 후려친다고 했다. 잔등이고 팔뚝이고 어디 한 군데 성한 곳 없이 집에 돌아온 작은오빠는 며칠씩 끙끙 앓았다. 혹독한 매와 노역에 앓아눕는 사람도 많았지만 부역을 하다가 개죽음을 당하는 사람들도 많다고 했다.

그때 작은오빠는 두 달 거리로 부역을 다녔다. 한번 나가서 일을 하고 들어오면 두 달을 집에 머물렀다가 다시 일에 동원이 되어 나갔는데 변변한 연장 하나 없이 일일이 사람 손으로 삽질을 하고 돌을 져 날라야 했다. 훈련용 비행기를 보관해 두는 격납고를 파 놓은 굴도 여러 군데가 있다고 했다. 갈수록 부역이 부쩍 심해진 것이며 어린아이들과 노인들까지 동원하는 것도 다 태평양전쟁 때문이라고 작은오빠는 말했다.

그러던 어느 날, 부역에 나갔던 작은오빠는 다리를 다쳐 같이 부역에 나갔던 마을 사람에게 업혀 왔다. 거멓게 때 전 바지저고리 위로 광목 붕대가 친친 감긴 왼쪽 다리엔 피딱지가 말라붙어 있었다.

그 당시는 한의를 찾아다니면서 침도 맞고 약방문을 받아와 집에서 약초도 달여 먹으면서 치료를 했는데 그것으로는 부족했다. 지금에야 병원에 가서 수술을 받으면 '병신'은 면할 수 있었겠지만 그때는 병원을 찾아갈 형편도 못 되었다.

돌을 짊어지고 나르다가 무너지는 돌무더기에 깔린 왼쪽 다리는 완전히 부러진 것도 아니고 뼈에 금이 간 것도 아닌데 이상하게도 다리에 힘을 쓰지 못했다. 정강이뼈에 붙은 심줄이 크게 탈이 났다고 했다. 상처가 가라앉고 운신을 하게 되면서 작은오빠는 절뚝거리며 다리를 절게 되었다. 걸을 수 있게 되면서부터는 돗통의 똥을 쳐 거름을 만들고 집안의 잔일을 하기 시작했다. 멀쩡한 몸으로 살아도 서러운 세상, 팔자에도 없는 다리병신까지 되었으니 부모님들이 살아 계셨으면 그 포한이 오죽했을까.

불구가 된 탓에 작은오빠는 해방이 되던 그해 미친듯이 몰아치던 왜놈들의 강제징용을 면할 수는 있었지만 결국엔 빨갱이 폭도로 몰려 잡혀갔다. 벌써 반백년이 넘은 세월, 어느 구천을 떠도는지 알 길 없는 작은오빠의 주검조차 찾을 길이 없다. 해방이 되고 난 그 후, 몇 년간의 세월은 미친 세상이었다. 누구도 정해진 운명대로, 사주팔자대로 살 수 없었던 시절이었다.

해방이 되던 그해 여름, 미군 폭격기가 와서 한림의 매립지를 부셔놨다고 했다. 그곳은 왜놈들의 무기 창고가 있는 군사시설 지역이었다. 새벽같이 한림장까지 생필품을 구하러 갔던 작은오빠는 빈 자루를 지고 침울한 표정으로 돌아왔다. 올케언니는 일본에 나가 있는 큰오빠 때문에 애를 태웠다. 봇짐을 이고 진 사람들이 고향으로 돌아오고 있었다. 인편에 소식이라도 주면 안심을 하겠지만 큰오빠의 소식을 들을 길이 없었다.

그즈음 올케언니는 잠도 자지 않고 집에다 불상을 모셔 놓고 기도를 했다. 앉은 자리에서 날 밝을 때까지 꼬박 밤을 새운 올케언니는 다음날 아침이면 태연하게 밭일을 하러 나갔다. 속이 깊은 사람이라 숯검정이 다 된 그 속을 내보이지는 않았지만 순영이 밑으로 십 년 터울로 낳은 아직 어린 아들에, 아무 데도 의지할 곳이라곤 없는 올케언니는 갈수록 얼굴이 검게 타고 있었다.

"아지마님(형수님), 너무 속상해 말앙 기다려 봅서. 곧 좋은 소식이 올 거우다."

밤이 되면 어디를 돌아다니는지 집에 붙어 있지 않던 작은오빠가 어느 날 아침 밥상머리에서 그런 말을 했다. 그리고 조심스럽게 일본이 곧 망할 거라는 말도 했다.

"누게가 그처록 고람수꽈?"

올케언니가 조바심에 가슴이 타는 듯한 소리로 물었다.

"전세가 일본한테 불리하게 돌아간다고 허우다. 일전에 한림에 강 그처록 곧는 걸 들언마씸."

일본에 나가 살던 사람들이 들어오기 시작하는 것도 낌새가 이상하다고 했다. 작은오빠의 말처럼 정말로 일본이 망하면, 그래서 쉬쉬하며 한 입 건너 두 입으로 번져가던 말처럼 해방이 된다면 이제 우리도 마음 놓고 살 수 있겠구나 싶은 생각이 들면서도 너무 믿기지 않는 일이라 두렵기조차 했다.

하지만 누구도 함부로 그런 말을 입 밖으로 내어 발설하지는 못했다. 입 한 번 잘못 놀렸다가는 언제 어느새 쥐도 새도 모르게 잡혀갈 지 알 수 없는 일이었다. 일본 경찰과 군인들이 부쩍 늘어난 것도 그 해 들어서였다. 총을 든 일본 군인들이 삼엄한 경비 아래 훈련을 하는 것을 마을 밖으로 조금만 나가면 볼 수 있었다. 새로운 부대가 들어올 때는 털털거리는 고물 군용 트럭 소리를 들을 수 있었고 작은오빠가 부역을 나갔던 비행장에서는 가미가제 특공대들이 훈련을 한다고 했다. 물질을 나갔다가 돌아오는 길에 멀리서 비행기가 날아가는 소리가 들리면 금방이라도 머리 위로 포탄이 떨어질 것 같아 길섶으로 몸을 붙이고 오금이 저려 걸음을 제대로 걷지도 못했다. 한낮의 올렛길에는 뜨겁디뜨거운 햇살만 어지러울 뿐, 어른 아이 할 것 없이 사람 그림자도 볼 수 없었다.

해방이 되었다는 소리를 나는 작은오빠의 입을 통해 들었다. 점심 끼니때 읍에 나갔던 작은오빠가 쩔뚝거리며 집으로 뛰어 들어오며 소리쳤다. 그때 올케언니는 마당에서 콩을 까고 있다가 해방이 되었다고 소리치며 들어오는 작은오빠를 보고 놀라 그 자리에 주저앉았다.

"해방이 되엉마씸. 일본 천황이 항복한다고 방송으로 고란마씸, 해방되었젠 온 섬이 난리라마씸."

기가 넘어간 사람처럼 주저앉았던 올케언니가 머릿수건을 벗어 식은땀을 닦으며 무어라고 혼자 중얼거리는 소리를 하며 일어섰다. 반쯤은 얼이 빠진 듯한, 웃는 것도 같고 울 듯도 한 얼굴이었다. 내 머릿속엔 그 순간 일본에 있는 큰오빠가 퍼뜩 떠올랐다.

해방이 된 이튿날, 올케언니는 작은오빠와 함께 모슬포항으로 나갔다. 모슬포 앞바다에는 일본에서 온 연락선이 먼 바다에 정박해 있고 작은 배로 짐보따리를 이고 진 사람들이 끝도 없이 항으로 올라오고 있다고 했다. 이미 논깍 사람들도 많이 돌아온 뒤였다.

올케언니는 몇날 며칠을 부두로 나가 애를 태우며 큰오빠를 기다렸다. 하지만 해가 다 빠진 저녁녘에야 기진한 몰골로 돌아오곤 했다. 고향으로 살아 돌아온 사람들의 말로는 오사카항에 연합군이 무차별로 폭격을 가하는 바람에 배를 탄 수많은 사람들이 죽고 그나마 살아 돌아온 사람들은 간신히 폭격을 피해 온 운이 좋은 사람들이라고 했다.

그토록 강건하고 마음이 단단했던 올케언니도 그 말을 듣고는 몸져누웠다. 올케언니가 기운을 차리지 못해 마중을 나가지 못한 날, 큰오빠는 거짓말처럼 '살아서' 돌아왔다. 폭격이 가해진 일본 본토는 거의 다 쑥밭이라고 했다. 날마다 연합군의 비행기가 날아와 공습 사이렌이 울렸고 멀쩡하게 일을 하거나 길을 가다가 그 자리에 포탄을 맞아 꼬꾸라진다고 했다. 히로시마에 원자폭탄이 떨어진 후에는 살던 집 마당에 굴을 파고 들어가 거기 몸을 숨기며 피해 있다가 겨우 마지막 배에 탈 수 있었다고 했다. 덩치 좋고 양쪽 어깨가 떡 벌어져 떡판 같이 견고했던 큰오빠도 어느덧 중늙은이가 다 되어 있었다.

큰오빠가 돌아오면서 우리 집은 예전과 분위기가 달라졌다. 우선 기둥이 빠진 집안에 기둥인 남자가 들어왔으니 말로는 표현할 수 없지만 한결 든든해졌고, 밥상 둘레에 식구들이 앉으면 방이 그득하게 차는 듯한 느낌이었다. 집 떠나 있는 식구들이 있을 땐 아무리 좋은 일로 웃어도 그 웃음 끝은 길지 못했고, 웃음 뒤엔 구멍 숭숭 뚫린 갯바위에 물이 들락거리는 것처럼 마음 한쪽이 늘 비어 있는 것 같았었다.

나는 이제 큰오빠의 얼굴을 똑바로 쳐다볼 수 없을 만큼 나이 꽉 찬 비바리였다. 내가 물질할 연장들과 소중의를 담은 구덕을 지고 바다로 나갈 때 미안스러운 눈으로 쳐다보던 큰오빠의 물빛 서린 눈빛은 어린 날 아버지에게서 보았던 그 눈빛이었다. 이제 내가 믿고 의지하는 큰오빠는 아버지 대신이었고 집안의 어른이자 기둥이었다. 그때는 남정네 없이 사는 남편을 잃은 홀어멍 집들이 많았다. 그만큼 왜정 시대를 겪으면서 죽고, 끌려가 소식 없고, 돌아오지 못한 사람들이 많았다.

하지만 해방이 되어도 사는 게 전보다 나아진 건 없었다. 해방이 되고 일본이 패망하면서 정기 여객선이 끊어졌다. 그동안 돈도 부쳐 오고, 물품도 실어 나르던 길이 완전히 막혀 버렸다. 큰오빠는 거의 빈손으로 돌아왔다. 일본을 점령한 연합군들은 조선으로 귀환하는 피난민들을 부두에 지키고 섰다가 일일이 짐을 뒤지고 몸을 수색해 수중에 든 돈을 빼앗아 갔다. 그것이 전쟁법이라고 했다. 피땀 흘려 번 돈을 번연히 눈 뜨고 도적질을 당하는 꼴이었다. 그때 큰오빠는 돈을 잃어버릴 것이 염려되어 미리 신발 밑창에 고무 창 하나를 덧대고 그 속에 돈을 넣고 풀칠을 해서 들키지 않고 얼마간의 돈을 들여올 수 있었는데 그래봐야 쌀 두어 가마니 값이나 될까 말까 한 푼돈이었다. 그럴 줄 알았으면 아예 다른 방도를 취해 돈을 숨길 걸 그랬다며 어리석음을 한탄했다.

일본과 정기 항로가 끊기면서 고향으로 돌아오지 못한 사람들을 뒤늦게 실어 나르는 어선들이 현해탄을 넘나들었다. 몇 사람이서 돈을 출자해 배를 구하고 그 배로 물자를 실어 나르며 장사를 하는 사람들도 있었는데 큰오빠도 그 장사에 한몫 낄 요량을 하고 있었다. 한데 그것도 밀수로 취급해서 단속을 하기 시작했다.

해방 이듬해는 흉년이었다. 보리농사는 말할 것도 없이 모든 밭농사가 흉작이었다. 우리는 갯것을 해다 밀가루로 범벅을 해서 끼니를 때우며 양식을 아꼈다. 한여름에는 곰피라 불리는 이파리 넙적한 해초가 밀생하고 그것이 야들야들하게 보드라울 땐데, 그것을 따다가 박박 씻어 미끄덩거리는 끈기를 빼고 밀가루를 범벅해 찌면 달큰한 것이 제법 먹을 만했다. 하지만 그것도 하루 이틀이지, 곡기는 없이 멀겋게 푼 밀가루에 반죽한 것을 몇 끼씩 먹고 나면 거품이 끓는 것처럼 속이 더부룩했다. 또 톳나물을 캐다가 보릿겨를 섞어 밥을 해 먹는 집들도 많았는데 그렇게 먹는 것을 톳밥이라 했다. 겨울에 정게호미(손잡이가 짧은 낫)로 얕은 바다에 들어가 캐오는 톳은 부드러웠다. 늦봄이 되면 톳이 세서 먹기 힘들기 때문에 한창 제철일 때 캐서 나물처럼 말려 양식거리로 저장해 두었다가 물에 불리면 다시 보드라워졌다. 여름에는 우뭇가사리를 달여 묵을 쑤어 양념에 비벼 먹거나 물에 타서 그냥 후루룩 들이켜도 굶기 십상인 한 끼니 점심은 되었다.

큰오빠는 다시 일본으로 나갈 궁리를 했다. 거기서 하던 일도 있고, 큰언니네가 자리 잡고 있어서 아무래도 여기보단 일본이 먹고살기가 나은 편이라 생각한 때문이었다. 해방이 된 후에도 일자리를 찾지 못한 사람들이 다시 일본으로 이주를 하는 일이 더러 있었고 얼마 안 되는 밭때기를 팔아 치우고, 식구들을 데리고 일본으로 다시 가는 사람들이 우리 마을에도 여러 집 있었다.

"부모님 뼈를 이디 묻었신디, 고향을 어떵 떠나우꽈?"

큰오빠가 가족들을 모아 놓고 조심스럽게 일본으로 건너가면 어떻겠느냐는 말을 하자, 작은오빠는 수심이 가득한 얼굴로 말했다. 올케언니의 얼굴도 어두웠다.

"말 설고 물 설은 놈의 땅으로 강 어떵 살아질거우꽈. 아직 결혼도 안 한 동생들이 둘이나 이신디 큰일이나 치르고 생각해 봅서."

올케언니도 선뜻 일본으로 나가 살 마음을 먹지 못하는 것 같았다. 속마음을 내비치진 않았지만 큰오빠가 식솔들을 끌고 일본으로 나간다고 해도 작은오빠는 혼자 남을 생각이었을 것이다. 나 역시 그랬다. 내가 살던 고향을 버리고 큰오빠를 따라 일본으로 갈 생각 같은 건 해보지도 않았다. 하지만 어떻든 나는 큰오빠 슬하에 있었고 작은오빠나 나나 결혼도 하지 않은 처지였다.

7

하루 먹고살기도 힘든 이때, 열여덟 살이 된 내게 중매가 들어왔다. 작은오빠 혼사가 급하긴 했지만 몸이 그렇게 되어 조심스러웠다. 올케언니는 매파를 놓아 작은오빠의 혼처를 물색하고 있는 눈치였는데 정작 당사자인 작은오빠는 아무런 관심도 갖지 않고 가타부타 말이 없었다. 다리를 좀 절긴 하지만 인물도 남한테 빠지지 않고 심성 무던하고, 많이 배우진 못했지만 배운 것 못지않게 명민하고 부지런한 사람이었다. 나중에 무슨 일을 해도 자기 할 도리는 할 사람이라고 작은 오빠에 대한 마을 사람들의 평판도 좋았다. 그런데도 선뜻 작은오빠의 혼처는 나서지 않고 내 혼삿말이 먼저 나왔다.

"고몬 시집강 좋을커라."

투덕투덕 기운 무명 이불을 머리까지 뒤집어쓰고 아랫목에 들어앉은 순영이가 느닷없이 말했다. 까물까물한 등잔 밑에서 바느질을 하던 나는 무슨 말이냐는 뜻으로 순영이를 쳐다보았다. 불빛이 가 닿지 않아 어둠침침한 아랫목 쪽에서 얼굴만 내놓은 순영이의 그림자가 장옷을 뒤집어쓰고 있는 것처럼 벽면에서 너울거렸다. 저녁을 먹고 안구들(안방)에서 뭉그적대다가 건너가라는 꾸지람을 듣고 입을 도야지 주둥이처럼 내밀고 내 방으로 건너온 순영이는 필시 무슨 말인가를 듣고 온 게 분명했다.

"누게가 그런 말을 햄서?"

내가 태연한 목소리로 물었다.

순영이는 묻는 말에 대답은 않고 혼자서 고개만 갸웃갸웃했다.

"다리를 요처록 절록절록허는 사름이라는디, 어머니 말을 들어 보난 똑 삼촌처록 헌 사름이라마씸."

들썼던 이불을 벗고 벌떡 일어난 순영이가 내 눈치를 보며 다리 저는 시늉을 해 보였다. 내가 순영이를 빤히 쳐다보자 그 애는 하던 짓을 멈추고 방바닥에 쓰러지듯이 주저앉았다. 아무리 철딱서니가 없다고는 해도 절름발이 삼촌 흉내를 낸 게 마음에 걸렸던 모양이었다.

내가 아무 말이 없자 순영이는 다시 이불을 뒤집어쓰고 벽에 등을 기댄 채 나를 빤히 쳐다보다가 입이 간질거려 못 참겠다는 듯 다시 물었다.

“고몬 거디로 갈커라? 어머니가 고라신디 막 부제(부자)라 허영. 거디 가면 입쌀밥 먹곡 고생은 호썰도 안 할커라는디, 고몬 마음이 어떵 허여?”

나는 나도 모르게 된 숨을 내쉬었다. 작은언니는 자기 맘에 드는 잘생긴 남자를 만나 시집을 갔는데 절름발이라니. 시집 같은 건 안 가고 물질하면서 혼자 산다는 소리가 목구멍까지 올라왔지만 어린 조카 앞에서 속마음을 내보일 수는 없었다. 내 한숨에 까불리기라도 한 듯 미영씨(목화씨) 기름을 부어 놓은 등잔의 심지가 검은 연기를 내뿜으며 파르르 사그라지기 시작했다. 다 닳은 심지 끝이 오그라들고 있었다.

등잔걸이를 끌어당겨 불똥이 맺힌 등잔의 심지 끝을 바느질 가새(가위)로 잘라냈다. 불이 꺼진 방 안으로 열나흘 꽉 찬 달이 창호지 문에 어렸다. 멀리서 밀려오는 파도 소리가 들리는 듯했다. 달이 높이 뜨는 밤이면 올렛길 돌담 밑까지 들어오는 바닷물은 아침이 되어야 빠지기 시작해 간조 때가 되면 유리구슬 같은 백사장의 모래펄이 아득히 드러날 만큼 저만치 멀어져 갔다. 언젠가 마을 밖 멀리 가파도 근처로 물질하러 나갔을 때 보았던 섬이 떠올랐다. 내 눈 끝에 걸려, 파도 위에 떠서 가물거리던 가파도의 녹빛 섬. 내가 아는 세상은 이 섬 안에 걸려 있던 또 하나의 섬이 있을 뿐이었다.

어둠 속에서 그렇게 한참을 앉아 있다 보니 벽에 등을 대고 있던 순영이는 어느새 스르르 미끄러지며 그대로 바닥에 드러누웠다. 이내 차진 숨을 고르게 내쉬는 소리가 들렸다. 겨울 찬바람이 가시고 봄바람이 불기 시작하자 순영이도 볼이 발그레하니 생기가 돌았고 이제 막 젖가슴이 밤톨만 하게 부풀기 시작했다. 순하고 영민하게 크라고 순영이라 이름을 지었는데 행동거지가 거칠어서 음전한 맛은 없었다. 시커멓게 물들인 무명 책보를 낭간에 내던지고 갯가로 내달리기 일쑤여서 학교 갔다 오기만을 기다리는 올케언니한테 늘 매를 벌어도 그 버릇은 고쳐지지 않았다.

"소나이처록 설레발을 치당 어느제(언제) 철이 날거? 동생은 팽개쳐 불고 노는 데만 정신을 팔민, 이 어멍은 어떵 살안?"

올케언니가 손때 묻어 반질반질하게 닳은 몽당 빗자루를 집어 들고 쫓아가면 순영이는 잽싸게 줄달음쳐 올렛담 밖으로 쏙 빠져나가며 "무사, 날 못살게 험니까, 내가 이 집 머슴이라마씸?" 고래고래 소리를 지르며 사라졌다.

순영이를 바로 뉘이고 베개를 받쳐 준 뒤에도 나는 오래도록 잠들지 못했다.

이튿날, 아침 먹은 설거지를 하고 있는데 올케언니가 나를 방으로 불렀다.

"순영이가 어떵 고라신디 몰러쿠다만, 가이(그 아이) 이신디서 헌 말을 들었수꽈?"

올케언니가 나를 쳐다보면서 물었다. 내가 잠자코 있자 올케언니가 앉은걸음으로 내 무릎 가까이 다가오더니 내 손을 꼭 잡았다.

"어머니가 살아시민 알아서 헐 일이우다만, 이제 누게가 있어 아가씨 혼삿말을 꺼내우꽈? 오라방도 소끕(속)으로는 어떵 생각할지 몰러쿠다만."

올케언니가 그렇게 말문을 열었다.

내게 중신이 들어온 자리는 남자가 나보다 나이가 여덟 살이나 많았다. 순영이가 말한 대로 남자는 다리를 전다는데 어릴 때 소아마비를 앓고 난 뒤부터 그렇게 되었다고 했다. 먹고살 만큼 소출이 나는 밭과 임야도 있는 집안의 장남이라고 했다.

"이녘 맘이 가야 헐꺼우다만, 사름은 나가 잘 알암수다. 요새는 엿날(옛날) 같지 않앙, 재산만 이시민 어떵허든 살아집니다게. 다리 호꼼 전다고 일을 못하우꽈? 족은오라방(작은오빠)을 생각해 봅서. 넘들 보기에 좋지 않은거사 일이우다만, 사름만 착허면 되지 않으우꽈? 소끕으로만 욕허지 말앙 잘 생각해봅서. 난 양, 배곯으멍 물질헌당 찬 바당에 들엉 물질허는 막냉이 아가씨 보는 게 막 마음이 아판, 어떵허든 펜한 데로 보내고 싶수다게."

올케언니가 진심어린 눈빛으로 내게 말했다.

하지만 이상하게도 올케언니의 말이 하나도 귀에 들어오지 않았다. 내 신랑 될 남자가 다리를 전다는 말만이 귓가에 맴돌아 눈물이 쏟아질 것만 같았다. 어머니 아버지가 살아 계셨으면 배냇병신이나 한가지인 그런 자리로 날 시집보낼까. 작은오빠도 몸이 그렇게 되었지만 내가 그런 자리로 시집을 가는 건 원치 않을 것이다. 올케언니를 미워하고 원망해 본 적은 없었지만 그 순간 그렇게 야속할 수가 없었다. 그런 마음을 내색하지 않으려고 올케언니의 눈을 피해 고개를 숙였는데 나도 모르게 손등에 눈물이 툭툭 떨어졌다.

올케언니는 아무 말 않고 방을 나갔다. 그리고 그날 말이 나왔던 혼사 얘기는 없던 일로 되었다. 내가 울더라는 소리에 큰오빠가 보내지 않기로 작정을 했던 것이다.

그 일이 있고 난 후부터 나는 올케언니 얼굴만 보면 미안한 마음이 들었다. 부모도 없이 불쌍하게 고생하는 나를 배곯지 않는 데로 시집 보내고 싶다는 올케언니의 마음이 진심이라는 걸 알기 때문이었다.

한번 혼삿말이 나고 난 뒤부터 나는 마음이 뒤숭숭해졌다. 무엇을 해도 일손이 잡히지 않았고 낯선 사람이 집에 다녀가면 나를 선보러 몰래 왔다 가는 사람이 아닌가 싶어 가슴부터 철렁 내려앉았다. 그땐 신랑 집에서 사람을 놓아 혼처를 물색하고 신부 자리가 마음에 들어 허혼이 되면 신랑의 아버지가 중매인과 함께 집으로 찾아와 신붓감을 보고 갔다. 그 자리에서 신부 쪽에서는 혼인을 맺겠다는 표시로 신부의 생년월일이 적힌 사주단자를 신랑의 아버지에게 주게 되는데, 우리 고향에선 신랑 쪽에서 궁합을 보고 택일을 해서 막펜지(택일지)를 가지고 신부 집으로 오는 게 상례였다. 그런 절차 없이 중매인이 중간에 들어 그 모든 일을 대신하기도 했다. 궁합에 큰 탈이 없으면 혼례가 성사되는 것이고 그렇지 않으면 신랑 쪽에서 신부 쪽에 사주단자를 돌려주고 두 집안 간에 없었던 일로 여겼다. 사주궁합이 나쁘게 나왔다면 할 수 없이 인연이 없는 걸로 알고 쉽게 마음을 접겠지만, 그것조차 따져 보지 않고 사람 겉만 보고 혼인을 물린 걸 올케언니는 두고두고 아까워했다.

그러기에 사람 인연이라는 건 따로 있다고 말하는 걸까. 사주궁합이 좋지 않은데도 혼인이 이루어진 걸 보면.

구월에 내게 다시 중매가 들어왔다. 중신아비는 큰오빠와 같이 장사를 다니던 사람이었는데, 논깍에 사는 신랑의 팔촌 되는 이였다.

나보다 나이가 두 살 많은 신랑은 홀어멍 밑에서 자란 삼대독자였다. 중신아비가 내 사주단자를 받아 신랑 집에 가져간 며칠 뒤에 신랑 집에서 택일을 하여 중신아비를 통해 막펜지를 보내왔다. 아무리 일이 급하게 되어 가더라도, 아무리 명색이라 해도 사주단자 없는 혼인이란 상상도 할 수 없는 일이었으니까.

나는 더 이상 어른들 간에 이루어지는 일에 싫다는 말을 할 수 없는 처지였다. 큰오빠에게 짐이 되기 싫은 마음도 있었지만 혼사를 거부하려면 내 사주단자를 주기 전에 말을 했어야 했다.

나중에 올케언니를 통해 들었지만 그 사람과 나는 궁합이 좋지 않았다고 한다. 사주궁합이 좋지 않은데도 양쪽에서 혼사를 서두르려고 한 건 액막이를 하면 된다고 해서였다. 중간에 낀 중신아비가 양쪽을 부지런히 오갔다. 올케언니도 께름칙하긴 했지만, 별 탈 없을 거라 생각했다고 한다.

내 혼삿말이 났던 1946년, 그해는 봄부터 유난히 시절이 어수선했다. 남자들은 모이면 신탁통치에 대해서 얘기했다. 나라가 어떻게 돌아가는지 나는 아무것도 몰랐지만 작은오빠와 큰오빠가 밥상머리에 앉아 나누는 얘기를 들으면 다시금 가슴이 잔뜩 오그라들었다. 해방이 되었지만 왜놈들 대신 미군정청이 그 자리를 대신했다. 어업조합에는 왜정 때 조합장이었던 사람이 그대로 자리를 차지하고 앉아 있었고 왜놈 앞잡이 노릇을 하던 사람들이 버젓이 돌아다니면서 적산 가옥들을 차지해 살기도 했다. 한번은 이웃 마을에서 왜놈 앞잡이를 응징한다고 왜정 때 면장질을 하면서 악독하게 굴었던 사람을 집단 몰매를 해서 우리 마을까지 떠들썩하게 소문이 난 일도 있었다. 허울만 좋은 독립이지 이건 숫제 미국놈들 아가리에 나라를 통째로 들이미는 꼴이라고, 그러니 신탁통치는 어불성설이라고 작은오빠는 흥분해서 말했다.

"이제 봅서, 이대로 가다간 어느제 또 누게 아가리에 이 나라가 들어갈지 알 수 없는 일이라마씸."

작은오빠의 말에 큰오빠의 미간이 쭈그러들면서 검고 큰 눈썹이 꿈틀거렸다.

큰오빠는 입이 무겁고 행동이 신중한 사람이었다. 큰오빠는 일본에 나가 살 때 사회주의 운동을 하는 사람들을 많이 보았다고 했다. 그들은 모두 배운 사람들로 똑똑하고, 그들이 하는 말들은 다 일리가 있으며 귀가 솔깃해질 얘기라고 했다. 하지만 큰오빠가 사회주의 '구덩이'에 발을 들이지 않은 건 다 고향에 남은 식구들을 생각해서라고 했다.

그 무렵 작은오빠는 집안일에 마음을 붙이지 못하고 자주 밖으로 나돌았다. 스무 살이 넘은 청년이, 그것도 왜놈들에게 부역으로 끌려가 몸이 그 지경이 된 가슴에 어떤 불길이 타고 있는지 나는 조금도 알지 못했다.

"몸 조심허라. 젊은 혈기에 꼬딱 잘못허다간 큰일 당할커라."

큰오빠가 작은오빠를 꾸짖으며 당부했다.

작은오빠의 혼처가 쉽게 나섰다면 작은오빠 잔치부터 하는 게 상례였지만 큰오빠는 나 하나라도 탈 없이 치우고 싶었는지 혼사를 서둘렀다.

8

잔칫날은 동짓달 초닷새로 정해졌다. 막펜지가 오고 달포도 채 남지 않은 때였다. 신랑 쪽에서는 해를 넘기지 않으려고 했다. 시어머니 자리가 며느리를 보기로 작심하고부터 몸이 달아 한시라도 빨리 잔치를 치르고 싶어했다. 해방 되던 해에 강제징집 영장을 받아놓고 사지로 아들 보낼 걱정에 통곡했다는데 해방은 아들의 목숨을 건져준 것이나 다름없었다. 그때부터 삼대독자 아들을 한시라도 빨리 장가들여 든든하게 일가를 이루게 하는 것이 시어머니 자리의 소원이었다.

나는 신랑의 얼굴을 가문 잔칫날 처음 보았다. 잔치는 풍속대로 삼일 잔치를 치르는 게 보통이어서 아무리 시절이 어렵고 차릴 것이 없어도 일은 많고 번거롭기는 마찬가지였다.

잔치 첫날은 음식을 만들고 돼지를 잡느라 온 집안이 떠들썩했다. 떡은 쌀 대신 차조를 반나절 물에 푹 불린 후 가루로 빻았다. 익반죽으로 차조 가루를 둥글게 빚어 삶아 내고 거기다 보슬보슬하게 콩가루를 묻혀 오메기떡을 만들었다. 뜨거울 때 먹어야 제 맛인 오메기떡과 뒷맛이 텁텁하면서도 알싸한 오메기술은 잔칫집에 빠지지 않는 음식이었다. 돼지머리와 돼지뼈를 푹 고아 삶아낸 물에 말린 해초 몸을 부드럽게 불렸다가 넣고 몸국도 큰 가마솥 한가득 끓였다. 잔치 둘째 날인 가문 잔칫날에는 멀고 가까운 궨당들, 하객들이 신부의 집으로 찾아와 부조를 하고 밤새도록 음식을 먹으며 장구를 치고 놀면서 혼인을 축하했다. 혼인 당일보다 신랑이 신부집에 오는 가문 잔칫날이 더 번잡하고 즐거운 날이라 이날이 진짜 잔칫날이었다. 이날 저녁때 신랑이 우리 집으로 왔다.

"이디 봅서, 신랑이 오람쑤다."

누군가 마당에서 신랑이 왔다고 소리치는 것을 들었다.

하루 종일 오줌이 마려운 것처럼 조바심이 일고 가슴이 뛰던 것이 이상하게도 그 소리를 듣는 순간 온몸의 맥이 쑤욱 빠져 나갔다. 너무 오랫동안 긴장해서 앉아 있었던 탓일까. 작은언니가 와서 내 머리를 곱게 땋아 주고 한복의 옷고름도 다시 매 주고, 치장이랄 것도 없는 몸을 매만져 방 안에 들여앉혀 놓았는데, 잔치를 먹으러 온 사람들이 신부 얼굴을 본다고 수십 번씩 여닫은 문은 문고리가 닳아 빠질 지경이었다.

신랑이 왔다는 소리에 나는 얼굴이 붉게 달아오르기 시작했다. 내가 들어 있는 방문 앞에서 북적이는 소리가 들렸다. 여자들이 수군거리는 소리, 손으로 입을 가리고 쿡쿡거리며 웃는 소리도 들렸다. 그렇다고 방문을 열고 신랑 얼굴을 보겠다고 냉큼 나설 수는 없는 노릇이었다.

이때 올케언니를 거들어 부엌일을 하던 작은언니가 내 방으로 들어와서 신랑이 왔다고 일러 주었다.

"곱들락헌 거시 신랑 얼굴이 막 좋완게!"

희미하게 밝혀진 불항아리(호롱불) 아래 얌전하게 앉아 있는 나를 빤히 쳐다보며 작은언니가 속삭이는 듯한 소리로 말했다. 그 말끝에 웃음이 가득 물려 있었다. 작은오빠가 걸리긴 하지만 부모도 없이, 막내인 내가 탈 없이 혼사를 치르는 것이 뿌듯하고 좋은 모양이었다. 작은언니는 내 혼사에 쓰라고 보리쌀을 팔아 오고 옷감도 끊어 왔다. 넉넉잖은 살림에 내 혼사 부조를 하느라 애쓴 것도 고마웠지만 시집가서 잘 살라고 옷고름을 만져 주며 울먹일 땐 나도 울컥해서 눈시울이 붉어졌다. 그런 작은언니의 지친 얼굴에 언뜻 한숨이 고였다. 큰언니가 고향에 함께 살았더라면……. 어머니 대신 나를 업고 다니며 젖동냥을 해서 키웠다는 큰언니였다. 올케언니도 작은언니도 모두 큰언니가 옆에 없는 것을 섭섭해했다.

상방(큰마루에 해당하는 응접 공간)에 어른들과 함께 앉아 있는 신랑 앞으로 나갔을 때는 의외로 덤덤했다. 신랑이 왔다는 소리를 들었을 때 나도 모르게 심장이 쿵쾅거리며 뛰던 것이며 남모를 부끄러움, 무엇을 어떻게 해야 할지 모를 막연한 떨림은 차분하게 가라앉은 뒤였다. 큰오빠와 마주보는 자리에 상객들과 함께 평상다리를 하고 의젓하게 앉아 있던 신랑이 내가 들어서자 몸을 돌려 나를 잠깐 쳐다보았다. 스치듯 눈빛이 지나간 신랑의 얼굴이 발그레하게 젖어드는 것이 느껴졌다. 불항아리에서 번지는 불빛이 어려서인지, 이날, 신랑은 스무 살 나이보다 훨씬 어려 보였다.

그 자리에서 무슨 말을 나누고, 내가 어떻게 하고 그 자리를 물러나왔는지 이제 생각해 보면 꿈을 꾸고 난 것처럼 아련하고 희미하지만, 아무리 세월이 가도 말끔하게 잊히지도 않는 일이다. 목소리 한 번 내

보지 못하고 몸을 사리듯 앉아 있는 내 귀에 그 사람의 목소리가 더운 물을 끼얹는 것처럼 온몸에 달라붙던 기억, 내가 평생 살을 섞고 살 사람이 저 사람이구나, 그런 생각을 하자 깍지를 끼어 무릎 위에 올려놓은 양손에 자꾸만 미끄덩거리며 땀이 찼다. 그 자리를 물러나올 때 신랑의 눈길이 내 뒷덜미에 꽂힌 듯, 상방의 더운 김이 엉기듯이 목덜미며 귓불이 간질거리던 느낌. 나는 첫눈에 그가 싫지 않았고, 시집을 간다는 것이 두렵지 않았다.

그날 밤, 나는 한잠도 자지 못했다. 첫새벽에 닭 우는 소리를 듣고 잠깐 엎드려 눈을 감았는데 정신을 차리고 눈을 떴을 때, 지난밤에 보았던 신랑의 말끔한 얼굴이 마치 물안경을 쓰고 들여다보는 바닷속처럼 또렷이 떠올랐다. 이상하게도 가슴이 설렜다. 올케언니가 사주궁합이 좋지 않아 비방을 해야 한다고 해서 입고 있던 소중의를 벗어 주었던 일이 문득 떠올랐다. 혼사가 열흘 남짓 남았을 때의 일이었다.

마을 여자들이 와서 혼수로 가져갈 이불을 꾸미느라 올케언니를 도와주고 간 날이었다. 그때는 더도 없이 이불 두어 채 꾸며 가는 게 전부였다.

그날 밤에 나를 고팡으로 불러낸 올케언니는 내가 입고 있는 소중의를 벗어 달라 했다. 무슨 일인가? 의아하고 부끄러운 얼굴로 나는 올케언니 얼굴을 빤히 쳐다보았다. 물질을 할 때 검은 물을 들인 소중의를 입긴 했지만 속옷으로 여자들이 입는 소중의는 부드럽고 한결 톡톡한 무명으로 만든 것으로 좀 더 작고 앙바틈한 것이었다. 올케언니는 따로 정시(궁합을 보고 택일을 하며 묏자리도 보는 사람)를 찾아가서 액막이 부적과 비방을 해 왔다고 했다. 올케언니는 내가 입었던 소중의에다 댓살 먹은 계집아이 손바닥만 한 작은 붉은 헝겊에 싼 것과 부적을 돌돌 말았다. 그것을 잘 간수했다가 신부가 해 갈 혼수품의 베갯속에 넣고 꾸며 신랑 신부가 삼 년을 베고 자야 한다고 했다. 신랑 신부가 한 이불 속에서 잠을 잘 때 함부로 내치지 말아야 할 것이 부부가 함께 베고 자는 베개라고 했다. 베갯속에 부적이 들었다는 것을 신랑이 알게 되면 부정을 타기 때문에 절대로 발설해서는 안 된다고 올케언니가 내게 단단히 일렀다.

"뿔겅헌 주머니 속엔 칼과 활이 들언마씸. 아가씨 사주엔 공방살도 같이 들었신디, 이리 해놔야 신랑 멩이 길어지고 탈이 없다험니다."

올케언니의 그 말이 문득 떠오르자 오스스 새벽 한기가 끼쳤지만, 액을 막고 가는 것이니 뒤탈이 없을 거라 생각하자 불현듯 마음을 어지럽혔던 두려움조차 슬그머니 사라지는 기분이었다.

혼인날 밝은 데서 본 신랑은 붉은 관복에 사모관대를 해서 그런지 가문 잔칫날 보았을 때와는 달리 키가 크고 눈이 부리부리했다. 작은언니의 말처럼 여자처럼 곱게 생겼다는 말에 붉은 기가 돌던 그 얼굴이 수줍고 어리게만 보이더니 전날과는 다른 얼굴을 보는 것 같았다.

내가 타고 갈 뒤주짝만 한 독교가 마당에 부려져 있었다. 거리가 가까우면 가문 잔칫날 신부를 보러 왔던 신랑은 아침에 다시 왔지만 길이 멀면 가문 잔칫날에 신부집에서 하루를 묵기도 했다. 가문 잔칫날 왔던 신랑의 상객 중 한 사람이 짊어지고 온 홍세함(납폐함)을 낭간에 내려놓았다. 홍세함에는 무명 두 필과 예장을 싼 붉은 보자기가 들어 있었다. 큰오빠가 낭간 가운데에 상을 놓고 홍세함과 제주 한 병을 올려놓고 예를 갖추었다. 홍세함에 든 무명필은 살림의 기본으로 앞으로 시작할 새 살림에 보탬이 되라는 의미가 있었다. 무명은 그 시절 물애기 기저귓감부터 시작해 모든 의복의 기본이니 살림의 바탕이 됐다. 때문에 홍세미영은 혼례에 빠질 수 없는 것이었다.

홍세함을 놓고 양가가 예를 치르는 문전코시가 이루어질 때쯤 나는 고팡에서 신부치레를 거의 마치고 있었다. 예부터 신부치레는 곡식을 저장해 두는 고팡에서 해왔다. 고팡은 안구들 옆에 있는 공간이어서 불기 없이 추웠지만 가슴이 떨려서 추운 것도 느낄 수 없었다. 새각시를 단장해 주는 사람은 첫아들을 낳고 부부해로하고 복덕과 수덕을 두루 갖춘 부녀자가 했는데, 내 신부치레는 우리 마을에서 상군 해녀 소리를 듣던 양장군할망이 도와주었다.

덩치가 사내같이 크고 우람한 여장부라 하여 양씨 성에 붙여 양장군이라고 불렸던 할망은 환갑이 가까웠지만 아직도 물질은 젊은 사람들 못지않았다. 양장군할망이 젊었을 적에는 물질도 단연 으뜸이어서 남보다 서너 길은 더 깊은 바다에 들어가고 물을 박차고 자맥질을 하는 주위엔 허옇게 물보라가 피었다고 했다. 어디로 보나 고운 태는 없지만, 허우대가 작고 행동이 약삭빨라 '고냉이(고양이)하르방' 이라 불리는 하르방과 부부 금실이 좋기로 소문난 할망이었다. 양장군할망은 아들 셋에다 딸 둘을 두었는데, 큰딸 역시 타고난 상군 해녀였다.

늙어서 덩치는 쭈그러들었어도 할망의 넙죽한 쟁기 보습 같은 손엔 아직 기운이 창창하게 남아 있었다.

"어멍이 살앗시민 하간(온갖) 말고르며 기뻐헐틴디, 시집강 아돌똘 낳고 잘살앙 엿말(옛말)고르며 살라게."

양장군할망이 내게 붉은 활옷을 입히고 족두리를 씌워 주며 덕담을 했다.

신부치레를 마치고 부모님께 마지막 인사를 드려야 하는데, 나는 절을 드릴 부모님이 계시지 않았다. 올케언니와 작은언니가 용잠을 찌르고 족두리를 쓰고 있는 나를 보면서 눈물을 글썽였다. 나는 눈물이 떨어질까 봐 언니들 얼굴을 바로 쳐다보지 못했다.

문전코시가 끝나자 아침 일찍 나는 독교에 올랐다. 내가 태어나서 십칠 년 동안이나 자랐던 친정집, 부모님이 모두 돌아가시는 걸 내 눈으로 보고 올케언니의 손에서 자라다시피 한 나는 열여덟 살 먹어 논깍의 친정집 올렛길을 나서 시집인 한림의 산간마을로 앞선 신랑의 뒤를 따랐다.

동짓달 초닷새, 먼 바다를 허옇게 뒤집으며 불어오는 날 선 바람은 광목 찢어지는 소리를 냈다. 그 바람에 천지가 뿌옇게 흐렸다. 대정의 너른 들판 길을 지날 때는 돌풍이 일어 독교의 내리닫이 문짝이 펄떡거리고 가마꾼들의 걸음이 휘청거렸다. 쉬지 않고 부지런히 가야 반나절이 걸리는 먼 길, 가마는 한없이 출렁거리고 귀청을 뚫는 바람 소리밖엔 아무 소리도 들리지 않았다. 어느 마을의 모퉁이 길에선가 당집의 늙은 당산나무 가지가 독교의 지붕을 후려치는 소리에 놀라 잠시 가마가 멈추기도 했다. 왜 그때, 올케언니가 베갯속에 넣었다는 부적과 칼과 활이 들었다는 붉은 주머니가 떠올랐을까. 비방을 하면 괜찮으리라, 큰 두려움 없이 접어 두었던 생각이 불현듯 다시 떠오르며 온몸이 떨리기 시작했다.

코앞의 일도 눈곱만치 알 수 없어 이처럼 두려운데 운명에 대한 예감이란 걸 어떻게 할 수 있을까. 더구나 머리를 올리고 시집을 가긴 하지만 세상살이 이제 시작인 열여덟의 새각시, 그때 내게 두려운 건 오직 한 가지밖엔 없었다. 올케언니의 비방대로 내 사주팔자에 끼었다는 액을 때우고 아들딸 낳고 잘살 수 있을지……. 사람이 살아가는데 그것보다 더 큰 일이 무엇이 있을까. 남들처럼 먹고 입고, 사지육신 멀쩡한 대로 바지런히 놀려 열심히 살다 보면 좋은 세상 살겠지……. 서러움에 잠기려는 나를 스스로 달랬다. 늘 골골 앓아누워 한세상 살다 간 어머니는 해방도 못 보고, 작은오빠가 다리병신이 된 험한 꼴은 안 보고 갔지만, 내겐 앞으로 좋은 세상이 열릴 것이다, 그 생각을 하자 가슴이 묵지근하면서 무언지 모를 서러움이 다시 차올랐다.

그것은 어쩌면 부모 없이 시집가는 여자의 마음일는지 모른다. 하지만 언제든 마음만 먹는다면 아버지 어머니의 식게에도 참례할 수 있고, 친정의 크고 작은 경조사에도 시집간 딸이 관여하고 드나들 수 있는 게 우리 고향의 풍속이기도 했다. 큰언니처럼 멀리 섬 밖으로 나가 뱃길이 멀어 올 수 없다면 모를까, 마음만 먹는다면 나설 수 있는 친정나들이를 시어머니가 출가외인이라 하여 며느리를 탓하지 않았다. 작은언니도 일이 있을 때마다 친정에 드나들었다. 아무리 멀리 살아도 섬 안에서 뱅뱅 돌며 사는 시집은 그래서 크게 서러울 일이 없었다.

하지만 길이 멀어질수록, 바람 소리뿐인 들녘을 가로질러 낯선 마을을 지날 때마다 걱정도 되었다. 배운 것이라곤 물질 하나밖에 없는데 무얼 해서 시집 봉사를 하며 자식을 낳아 키울 것인지, 크게 배운 것도 없는 신랑은 가진 땅뙈기조차 변변치 않아 가뭄 들면 흙이 일어선다는 투박한 돌밭 농사를 지어 먹는다는데……. 그런 걱정을 하다가도 바람 소리에 몸이 휘어질 듯 가마채가 흔들리면 그 바람이 나를 후려치는 것 같아 바싹 긴장이 되었다.

바람이 머릿속을 헤적거리고 속이 울렁거렸다. 나는 앞으로 있을 좋을 일만 생각하려고 했다. 연지곤지 찍은 신부의 얼굴에 그늘이 드리우면 그게 무슨 꼴일까. 일 년 내내 바람이 자지 않는 섬이지만 바람의 해코지만이라도 그쳤으면, 나는 눈앞의 일을 빌었다. 그런데 거짓말처럼 시집 마당에 당도했을 때는 짓궂은 바람이 누그러들며 점심나절의 희미한 온기가 내비쳤다.

가마가 부려지고 잠시 후에 가마의 문이 들렸다. 조랑말도 없이 갈퀴 같은 거센 바람을 뚫고 걸어오느라 시달리기도 했을 신랑의 언 얼굴은 붉게 달아 있었다. 신랑은 홍조 어린 얼굴로 가마에서 내린 나를 바라보며 빙그레 웃었다.

아래위로 초가 두 채가 납작하게 엎드린 두거리집 좁은 마당엔 잔치 손님들로 북적댔다. 가마에서 내리는 며느리의 얼굴을 보면 고부 사이에 갈등이 생긴다는 속설이 있어 어느 곁으로 숨었는지 얼굴을 보이지 않던 시어머니. 아들 목숨 건진 해방에 만세를 불렀다는 시어머니는 나중에야 상방 아랫목에 앉아 며느리의 절을 받으며 치맛자락으로 콧물을 훔쳤다. 물색 고운 한복을 차려입긴 하였으나 바짝 마른 몸, 궁기에 찌든 표정엔 넉넉함은 찾아볼 수 없고 강파르게 살아온 세월이 한눈에 보아도 주름진 얼굴에 더덕더덕 붙어 있었다. 이제 내가 이 집 사람이 되는구나, 그런 생각을 하자 갑자기 가슴이 답답해졌다.

답답함은 밖거리채에 누워 있던 시할아버지에게 예를 갖추어 큰절을 할 때도 마찬가지였다. 해소 천식으로 일어나 앉기도 힘든 칠순의 시할아버지를 폐백 때 시중을 들었던 여자가 겨드랑이에 팔을 끼워 일으켜 앉혔다. 찌그러진 눈가에 들러붙은 누런 눈곱이 흘러내리고 있었다.

"이디 봅서. 손지며느리 막 곱지양!"

시할아버지를 등 뒤에서 받치고 앉은 여자가 시할아버지 귀에 입을 바짝 붙여 큰소리로 웃으며 말했다. 그 말에 시할아버지는 고개를 두어 번 끄덕거리고는 무슨 말인가를 웅얼거리듯 내뱉었다. 아마도 내게 덕담을 해주려는 것이었지만 걸걸걸, 담이 끓어올라 부걱거리는 그 말을 나는 제대로 알아듣지 못했다.

막사리 같은 밖거리채의 납작한 댓돌 위에 얹혀 있던 누렇게 바랜 미투리 한 켤레. 지붕을 엮는 '새'로 삼은 그 신발은 사람이 언제 신었던 것인지조차 알 수 없었다. 그것은 마치 저승 문전에 벗어둔 망자의 신발 같이 느껴졌다.

앓아누운 시할아버지와 가망게 마른 시어머니, 잔치 내내 온갖 궂은일을 도맡아 했던 시누이가 양식을 얻어 돌아가는 것을 보고 내가 살 가난이 무서웠다. 친정에서도 배불리 먹어 본 적이 없고, 쌀밥은 식게 때도 맘껏 먹어 보지 못했지만, 그땐 그것이 그토록 가슴 아프게

와 닿지는 않았다. 있는 집에 보내 배곯지 않고 더 이상 고생 안 하며 살기를 바랐다는 올케언니의 말이 왜 그 남루한 신발 한 켤레를 보는 순간 가슴에 얹히던지, 물애기를 업은 채 종종걸음 치며 양식 보따리를 이고 가는 시누이의 허름한 뒷모습에 왜 느닷없이 눈물이 차오를 듯하고 다리가 후들거리며 떨리던지…….

잔치마당은 어둡도록 시끄러웠지만 내 귀엔 가마의 독교 지붕을 후려치던 그 바람 소리만 들리는 것 같았다. 날이 저물 때부터 다시 심해진 바람은 진눈깨비마저 섞어 뿌리고 있었다. 바람 소리 때문인가, 왁자한 잔치마당의 소란에도 불구하고 어딘가 모르게 스산하기 그지없었다. 돼지고기 몇 점과 찰기 없는 빵떡 한 조각, 기름기 도는 전붙이며 몸국의 들척지근한 냄새에 보이지 않는 한숨이 묻어나는 듯 느껴졌다.

늘 듣던 바닷소리가 들리지 않는 밤이 낯설었다. 들바람이 돌아 내려간다는 우묵한 산간의 한가운데, 스무 채 남짓한 집들이 패를 짓듯 몇 채씩 들어앉은 마을 뒤로는 허연 눈을 고깔모자처럼 뒤집어쓴 한라산 영봉이 어두워지는 구름 위에 떠서 아득하게 보였다. 잎 털린 나무숲을 훑고 내려오는 첫날밤의 숭숭한 바람 소리, 그 바람 소리는 한라산이 품고 있는 높고 낮은 오름들을 훑고 내려와 서걱거리는 햇이불과 베갯머리에 스며들었다.

9

잔치를 치른 지 겨우 이레 남짓 지나자 양식이 떨어졌다. 이른 아침에 물허벅을 져 날라 물항아리를 채우고 가마솥에도 물을 부었다. 그리고 아침거리를 찾아 살레(찬장)까지 뒤져 보았지만 땟거리가 없었다. 어제 아침을 먹고 난 후에 시어머니가 겉보리 남은 것을 손방아로 찧었는데, 저녁에 끓여 먹은 것이 전부였던 모양이었다.

시할아버지가 안거리채로 옮겨 가고 우리는 밖거리채로 나와 살았지만 양식거리가 넉넉지 않으니 밥은 안거리채의 시어머니 정지에서 같이 끓여 먹었다. 설마 양식이 다 떨어졌나, 싶은 생각에 고팡으로 가서 올망졸망한 곡식 항아리를 열어 보았다. 항아리마다 바닥이 보였다. 속이 텅 빈 것의 뚜껑을 여닫을 때 울리는 소리가 가슴을 철렁하게 했다.

내가 시집가던 그해 보리농사는 냉해가 들어 알곡이 여물지 않더니 추수철 보리는 거의가 다 쭉정이였다. 보리농사뿐 아니라 밭농사가 모두 그 모양이었다. 연이은 흉년이었다. 여름엔 호열자까지 돌아 이장이 집집마다 돌며 물을 끓여 먹으라고 통문을 하고 이웃 마을로 왕래하는 것도 단속했다. 그때 우리 친정 동네에서는 물애기와 어머니까지 한날한시에 호열자로 목숨을 잃은 일이 있었다. 먹을 게 없어 근력 빠진 사람들, 굶주려 무엇이든 먹을 수 있는 것은 닥치는 대로 먹으며 살았던 시절이니, 약이라고 한번 써 볼 엄두도 나지 않았을 것이다. 이때는 쌀값이 천정부지로 솟아 감히 쌀을 팔아 올 엄두도 내지 못했지만 쌀을 팔자 해도 돈이 없었다. 아마도 시어머니는 집안의 남은 곡식을 긁고, 빚을 내어 잔치를 치렀으리라.

잔치가 사흘 가고, 남은 잔치가 또 사흘 간다더니, 딱 그만치 지나고 나니 양식이 떨어졌다. 빈 솥에 부어 놓은 물이라도 끓일까 하다가 나는 시어머니가 누워 있을 구들방 앞에서 시어머니를 불렀다. 그런데 아무런 기척이 없었다. 멀쩡한 우리야 괜찮겠지만 골골거리며 누워 있는 시할아버지까지 굶게 할 수는 없었다. 구들방 문을 열어 보니 방 안이 깨끗했다.

시어머니는 성미가 뚱한 사람은 아니었다. 속에 담아 놓은 말도 곧잘 하고 살림이 이러면 이렇다, 저러면 저렇다 말로 다 푸는 사람이었는데 한마디 말도 없이 새벽같이 보이지 않으니 걱정이 되었다.

이날, 시어머니는 골방 벽장에 아껴 두었던 무명필을 지고 새벽같이 장에 양식을 바꾸러 나갔던 것이다. 바깥일을 못하는 궂은 날이면 물레를 차고 앉아 실을 자으며 밤을 샜다는 시어머니는 빈속으로 한림장까지 다녀오느라 눈이 한 자는 쑥 들어가 있었다.

"물이나 호썰 가져오라게. 막 버천(고되)."

시어머니의 입언저리엔 침이 허옇게 말라붙어 있었다. 시커먼 보릿자루를 마루에 올려놓고 다리를 뻗치고 앉은 시어머니는 내가 물그릇을 내밀자 벌컥벌컥 들이켜더니 타령 같은 소리로 한숨 섞어 내뱉었다.

"메눌아기야, 이제는 어떵 살아질커라? 허리가 곱들라지두룩 이디 강(가서) 검질을 매고 저디 강 어푸러져도 먹고살긴 막 힘들언."

잘 먹으면 하루 두 끼, 차조로만 지은 강조밥에 지실밥(감자밥), 메밀가루에 무친 나물죽을 끓여 먹으며 봄 날 때까지 버티는 건 우리 집뿐만이 아니었다.

신랑은 양식을 구하러 자주 읍내로 나갔다. 겨울이라 농사일도 크게 없고 품을 팔려고 장터거리에라도 나가 보지만 번번이 빈손으로 돌아오기 일쑤였다.

장가들어 해가 바뀌자 이제 나이 스물하나가 된 새서방. 작은언니가 처음 신랑의 얼굴을 보고 했던 말처럼 생긴 대로 맘성이 고운 사람이었다. 나는 남자가 이렇게 푸근할 수 있구나, 하는 생각을 시집와서 처음 해봤다. 그는 잔정이 많았지만 여린 구석도 보였다. 딸 둘을 낳아 하나를 잃고 겨우 아들을 보았으나 아들이 세 살 때 남편을 잃고 과부가 된 시어머니가 아들을 아깝다고 받들면서 키워서 그런지 사람 곁을 파고드는 어리광스러운 데도 있었다. 그래도 사내는 사내라 그 품에 기대면 푸근하고 듬직한 생각이 들었다.

하지만 장터거리에 나갔다 빈손으로 털레털레 돌아오는 신랑을 보면 한심스럽고 앞으로 살 일이 걱정되었다. 무슨 궁리든 해야 어떻게든 먹고살아질 텐데, 그에겐 악착같은 면이 없었다. 눈앞에 보이는 일만 해서는 먹고살기 힘들었다. 나뭇짐이라도 해서 팔아야 살 수 있다면 지게를 지고 산으로 올라가야 했다. 하다못해 칡뿌리라도 캐 와야 마른입에 올라오는 쓴물이라도 막을 수 있지 않겠는가.

이러던 어느 날, 나는 구들방에서 늦도록 방구들을 지고 있는 새서방을 흔들어 깨웠다. 아침으로 차조 한 줌에 감저를 삐져 넣은 밥으로 겨우 끼니를 때우고 났을 때였다.

내가 구들방으로 들어가 이부자리 밑에 손을 넣으며 으스스 몸을 털자 신랑이 내 팔목을 잡아채어 이불 속으로 끌어들였다. 신랑이 들치는 이불에선 우리가 밤새 서로 살을 비비며 안타까워했던 들척지근한 몸내가 났다. 나는 귀밑까지 확 붉어졌다. 하지만 또 한편으로는 철딱서니 없이 구는 신랑이 한심스러운 생각이 불현듯 지나갔다. 밖에 나가 눈을 밝히고 무슨 일이라도 찾아야 될 때라는 생각이 들어 나는 신랑의 손을 뿌리쳤다.

"혼저 나강 봅서. 언 밭이라도 강 무신거라도(무엇이라도) 호썰 주워와사 도야지 죽이라도 쑬 거 아니우꽈?"

내 말에 신랑이 텁수룩하게 엉긴 머리칼을 북적북적 긁으며 미안한 표정을 지었다. 바가지를 긁어도 역정을 내지 않는 것이 나는 참 이상했다. 속에서 받치는 것이 있을 테고, 사내라면 마땅히 가족에 대한 책임감이 있을 텐데, 사람 하나 좋은 거, 한 사람이 열 가지 좋은 점을 다 가질 수 없듯이, 그가 그랬다. 시어머니 말이 내 신랑은 꼭 시아버지를 닮았다고 했다. 마누라 손톱 밑이 빠져 달아나는지도 모르고 그저 집구석에서 도야지통이나 들여다보고 게으르게 산 사람이 시아버지라고. 그런 사람이 뭐가 급해 그리 빨리 가 버렸냐고, 가문 밭의 돌을 고르면서 쪼그리고 앉아 뒤에 따라오는 며느리 들으라고 죽은 시아버지의 흉을 봤다. 그 소리를 한참 듣고 있으면 죽은 남편에 대한 애틋한 시어머니의 마음이 느껴졌다. 응달진 비탈밭의 귀를 먹먹하게 하는 바람이 물어 가고 반이나 잘라 먹힌 말들이 바람 소리와 섞여 내 귓가에 맴돌았다. 시어머니 속내에서 화통하게 내지르지 못한 말들은 모두 비탈밭의 그 모진 바람이 삼켰다.

시어머니는 한시도 집에 들어앉아 쉬지 않았다. 천을 덧대 기운 꿀래저고리(누비저고리)를 허리끈으로 질끈 묶고 깡깡 언 밭에 나앉아 돌을 골랐다. 따비로 걷어 내는 돌이 자연히 밭을 둘러치는 돌담이 되었다. 산자락 아래 비우듬하게 기운 밭은 콩이나 서속을 갈아도 가뭄을 잘 타 소출이 그리 많지 않았다. 그런 밭뙈기들이 누비 천을 다닥다닥 기워 놓은 것처럼 산 쪽으로 자꾸만 기어올라갔다. 보리를 갈아 놓은 옆으로 한 뼘이라도 땅을 늘리려는 욕심에 시어머니의 빠진 손톱은 새로 날 새가 없었다.

가을보리를 심은 밭은 거름 한번 제대로 못해 땅심이 없는 푸석 밭이었다. 친정에서는 갯가가 가까이 있어도 이처럼 밭이 척박하진 않았다. 바닷속에 잡초처럼 뒤덮이는 감태를 베어다 거름을 만들어 쓰면 삼 년 동안 비료를 주지 않아도 될 정도로 땅이 걸었다.

보리이삭이 올라와 언 땅에 뿌리를 내리고 온 비탈이 보리이삭의 푸른 물결로 뒤덮인 철이 되었다. 이맘때쯤이면 고향에선 미역 채취가 한창일 때였다. 찰랑거리며 한결 순해진 봄바람이 피부에 와 닿고, 한라산 영봉이 말끔하게 가까이 다가들어 보이는 날이면 나도 모르게 마음이 바빠졌다.

친정에서는 미역 철이 되면 해녀들이 총동원되어 작업을 하고 미역 채취 작업이 끝나면 그동안의 수고를 서로서로 치하하며 잔치를 하곤 했는데, 한 해 물질의 시작이고 바탕이 되는 게 미역 작업이었다. 또 물질은 아무 바다에나 들어 마음대로 할 수 없었다. 멀리 외지로 원정 물질을 나가는 일이 아니면 대개는 자기 마을에서 물질을 하도록 되어 있었는데, 해녀들이 작업하는 바다는 제 집의 텃밭이나 한가지라는 마을 공동체의 오랜 습속이 깃든 탓이었다. 각 마을마다 이미 오래 전부터 어업조합이 형성되어 있었고 타지방이나 다른 마을 해녀들을 허용하지 않을 만큼 마을의 해녀들은 단단하게 결속이 되어 있었다. 더구나 나는 물질을 시작한 지 얼마 되지 않아서 다른 곳에서 물질을 할 수 있다 해도 거기에 끼일 엄두도 내지 못했다.

미역 채취가 한창일 이때, 나는 시어머니와 신랑 앞에서 친정으로 가서 물질을 하겠다고 했다. 내 결심은 이미 단단하게 굳어 있어서 시어머니가 말려도 신랑을 구슬려서라도 물질을 하러 갈 참이었다.

"벌어먹젠 허는디, 나가 무사 말을 고르커라. 집이 걱정일랑 호썰도 말앙 몸이나 조심허라이."

다행히 시어머니는 해녀인 나를 며느리로 들인 걸 조금도 부끄러워하지 않고, 내 결심을 옳다고 받아 주었다. 시어머니의 말이 떨어지기 무섭게 나는 친정으로 갈 차비를 했다.

신랑과 간단하게 짐을 꾸렸다. 시집온 지 석 달 만에 처음 가는 길이었다. 이제는 내 손으로 악착같이 벌어서 살아야 한다는 생각밖에 없었다. 잘해야 한 달에 보름 정도 작업을 할 수 있으니 나머지 날들은 시집에 와서 살면 되지만 바다는 변덕이 심해 언제 어느 때 작업을 할 수 있을지 모르는 일이었다. 살림을 나서 아주 따로 사는 것은 아니었지만 시집을 가도 물질하는 여자들은 시집으로 들어가지 않고 신랑과 친정 마을에 정착해서 사는 일이 흔했기에 그건 흠도 아니었다.

우리는 친정 동네에 허름한 모커리(올래 쪽에 지은 곁채)를 한 칸 빌었다. 친정으로 돌아온 것이나 한가지여서 어려운 것은 없고 마음이 든든했지만 그리 편치만은 않았다. 시집을 갔어도 내 힘으로 벌어서 살아야 한다는 것이 오빠나 올케언니한테 면목이 서지 않았다. 하지만 그런 마음도 잠시였다.

이때 내 벌이는 시원찮았다. 상군 해녀들은 여남은 명씩 배를 빌려 타고 먼 바다로 나가는 뱃물질을 했지만 나는 고작 해야 갯바위에서 헤엄쳐 나가 치르는 갓물질을 했는데, 어설프긴 해도 내가 물질해서 번 돈으로 보릿자루를 지고 시집으로 갈 땐 세상 무엇보다도 뿌듯했다.

신랑은 집에서 어머니 농사일을 돕기도 했지만 한 달의 반은 우리가 얻은 모커리로 와서 살았다. 작업이 끝나갈 때쯤이면 갯가로 나와 테왁망사리를 끌어올려 주고 불턱에 미리 불을 지필 땔나무를 구해다 놓기도 했다.

"해끔한 새서방을 조끄테(곁에) 두고 물질허난 실픈(싫은) 것도 몰르커라이."

불턱에 모여 앉으면 나를 두고 아주머니들이 그런 농을 하며 우리 부부를 부러워했다. 물질하는 아낙들은 사는 게 제각각이었지만 저마다 험하고 고된 일에 입도 걸고 목청도 높아서 누군가 한마디를 내어놓으면 바람도 찢는 웃음소리가 터져 나왔다. 물이 질질 흐르는 소중의를 갯바위의 오목한 곳에 지펴 놓은 장작불에 말리면서 자식 걱정, 먹을 걱정, 병든 부모 걱정에, 오죽잖게 돌아가는 세상 걱정까지, 그렇게 한숨도 토하고 사는 얘기도 했다.

그때, 우리는 행복했다. 지금 생각해 보면, 길지 않았던 결혼 생활.

열여덟 살 먹어 생전 처음 보는 남자에게 내 인생을 맡기고 겁 없이 살 수 있었던 그 시절, 그 행복이 나는 오래갈 줄 알았다. 검은 머리가 파뿌리 되고 자식새끼들이 죽순마냥 우죽우죽 커서 시집가고 장가가고, 타령 부르며 꽃놀이 들놀이 온갖 구경을 다니며 그렇게 살 줄 알았다.

신랑은 집안일도 잘 도와주었다. 옹색한 솥단지에 둘만 먹기 알맞을 만큼 밥을 해내는 솜씨도 여자 못지않았다. 특히 조밥을 잘 지었는데, 불린 차조에 물을 알맞게 붓고 불을 때서 솥바닥에 따닥따닥 소리가 나도록 밥을 눌렸다. 끝이 이지러진 몽당 놋숟갈로 솥바닥을 아금받게 긁어내고도 밑에 눌어붙은 누룽지에 물을 자작하게 부어 끓여내는 차조 누룽지는 구수하고 달았다.

집안일뿐만 아니라 신랑은 연장도 잘 다루었다. 신랑은 나이 열여섯에 한림 장터거리에 있는 불미왕(대장간)에서 견습공으로 일했다는데, 주인이 어찌나 심술궂고 험한 사람인지 매를 맞아가며 일을 배웠지만 불미왕이 일본놈들 손에 들어가면서 결국엔 월급 한 푼 받지 못하고 쫓겨났다고 했다. 풀무질에 망치질을 했던 사람이라 그런지 여린 그의 생김생김에 비해 알이 불거진 팔뚝이며 딴딴하게 벌어진 어깨가 꽤 믿음직스러웠다. 벌어진 망사리 테를 메우는 일이며 날이 미어진 빗창이나 녹슨 정게호미를 벼르고 빠진 손잡이를 끼워 손에 맞도록 고쳐 주는 일들은 다 그의 차지였다. 해녀들이 쓰는 연장은 대개 집에서 남정네들이 뚝딱거려 손을 보았지만 홀몸으로 자식들 데리고 물질해 먹고사는 집들은 그 잘난 연장을 손보자고 일부러 불미왕까지

가는 일은 드물었다.

사람들이 연장을 들고 와 일을 부탁할 때면 신랑의 입가엔 뿌듯한 미소가 감돌았다. 어설픈 새서방이 연장 다루는 솜씨 하나는 쓸 만하다는 소리를 듣는 게 좋은 모양이었다. 특히나 신랑은 빗창을 잘 만들었다. 나무로 손잡이를 박지 않고 쇠만 단련해 만드는 빗창은 손잡이 부분이 뭉툭하면서도 알맞게 손 안에 쥐는 맛이 있어야 하고 그 끝은 칼끝처럼 너무 빨거나 창날이 날카로워서도 안 되었다. 위협물이 닿으면 온몸을 도사리고 악착같이 바위에 납작 들러붙는 전복을 떼어내는 데는 빗창만 한 것이 없었다.

한창 물질을 하던 이해 여름에 나는 첫아이를 가졌다. 임신한 지 두어 달이 지나도록 임신한 사실을 몰랐을 만큼 내 몸에 둔감했다. 그도 그럴 것이, 바쁜 미역 철 끄트머리에 붙었던 터라 미역 채취가 끝나자 소라고동이며 오분자기를 잡아서 돈을 버는 재미에 내 몸뚱어린 어떻게 되는지 자세하게 살펴보지도 않고 신경도 쓰지 않았으니까. 그저 물질을 끝내고 돌아오면 다른 때보다 더 힘이 들고 몸이 까부라져 내 손으로 물을 떠다 마실 힘조차 없었다. 한창 나이에 벌써 이렇게 고되면 어떻게 하나, 먹는 것이 실하지 못하니 몸이 맥을 추지 못하나 보다 그런 생각만 했다. 물질을 오래 한 사람치고 뼈다귀에 살집이 붙어 있는 사람이 드물었다. 쭈글쭈글 물에 불어 밀리고 겹치는 살갗들이 저마다 새카맣게 타고 시르죽어서 깡마르고 거칠었는데 기운이 쌩쌩할 나이의 내 몸은 누가 보아도 눈에 띄게 줄어 있었다. 불턱에 앉았던 한 아주머니가 나에게 애기 선 것이 아니냐고 물어도 나는 선뜻 대답을 못했다. 남들 다 한다는 입덧도 없었고, 몸엣것도 조금씩 비쳤기 때문이다.

하지만 이상한 조짐도 있었다. 바다에 테왁을 던져 놓고 물속으로 뛰어들 때 아찔하게 머리가 흔들렸다. 눈앞에 전복이 있는데도 물너울을 탄 것처럼 울렁거려 단번에 잡을 수가 없었다.

"추부나 더부나 바당에 들엉 자무질허단 죽을 팔자라부난, 밭검질 매단 아기 낳을 팔잔 상팔자주. 꼬딱 잘못허단 막 생겨난 애기 물쏘그베 빠뜨릴커라, 살방살방 혀사주. 하영(많이) 잡젠 욕심부리단 나 보라, 물쏘그베서 키운 애기 자무질허단 낳을 뻔핸."

막달에 물질을 나왔다가 물속에서 아기를 낳을 뻔했다는 아주머니가 해쓱해진 내 얼굴을 보고는 그런 말을 하며 웃었다. 만삭의 몸으로도 물질을 하고, 물질하다 나온 젖은 몸으로 구덕에 지고 온 아기를 받아 젖을 먹이는 게 해녀들에겐 예삿일이었다.

아기를 가졌다는 사실을 알게 되자 신랑은 내게 물질을 못 나가게 했다. 그 사실을 몰랐을 땐 괜찮았는데, 임신이란 걸 알게 되자 입덧이 심해졌다. 참 희한한 일이었다. 하지만 입덧 때문에 물질을 그만둘 수는 없었다. 내가 물질을 하지 않으면 돈 나올 구멍이 없었다. 나는 신랑의 걱정에도 불구하고 전처럼 시집에서 며칠을 머물다가 다시 친정 동네로 갔다. 입덧하는 깡마른 몸으로 물질할 생각을 하니 나도 모르게 설움이 북받쳤다.

농사는 작황이 좋지 않았다. 어제 굶던 사람들이 오늘도 굶고, 내일도 굶을 판이었다. 쌀값은 어마어마하게 치솟아 쌀 한 됫박을 팔아 오자면 돈이 무서운 게 아니라 사람 사는 게 무섭다는 생각이 들었다. 보리 공출도 왜정 때처럼 심했다. 마을 이장이며 관에서 나온 사람들이 집집을 돌면서 곡물 수집을 독려했다. 또 그들은 우익 단체의 청년들을 데리고 다니면서 강제로 곡물을 털어 갔다. 보리쌀 네댓 가마 소출 나오는 밭에서 보리쌀 다섯 가마를 할당해 놓으면 농사에 목매고 사는 농사꾼은 자식새끼들과 죽으라는 말과 같았다. 무거운 공출량 때문에 보리농사 짓는 시어머니는 목숨이 열 개라도 살아날 방도가 없다고 앓았다. 해방이 되었다는데 말뿐이지, 이건 왜정 때보다 더 심하면 심했지 덜하지 않았다. 이래 죽으나 저래 죽으나 죽어나는 건 없는 사람들뿐이었다.

우리는 모두 공출이라면 넌더리를 냈다. 왜정 때는 고팡 바닥이나 돌담 아래, 거름 더미 아래에 구덩이를 파고 거기 몇 줌 안 되는 곡식을 숨겨 놓고 살았지만 이때도 여전히 공출에 빼앗기지 않으려고 그 짓을 하며 살았다. 하지만 이때는 마을마다 보리 공출을 반대하는 벽보도 나붙고 삐라도 많이 뿌려졌다. 일제 앞잡이들을 모조리 가려내고 우리 손으로 해방 조국을 건설하자, 삼일 독립 만세, 조선 해방 독립이라는 내용들이 적힌 삐라도 있었다.

해방되고 맞은 첫 삼일절 기념행사 때는 온 섬 사람들이 만세를 부르며 거리로 쏟아져 나왔다. 그때 작은오빠는 삼일절 기념행사장에서 말을 탄 순경들이 총을 들고 서서 시위를 막았다는 얘기며, 제주 읍내 관덕정인가 어디선가는 순경들이 총을 쏴서 사람들이 여럿 죽었다는 말도 했다. 좌익이다 우익이다, 김구다 이승만이다, 남정네들은 앉으면 나라 돌아가는 얘기들로 어지러웠다.

내 신랑보다 한 살 더 먹은 작은오빠, 일곱 살에 서당에 들어가 천자문을 배울 때 나이 많은 학동들을 제치고 장원을 해서 어머니를 기쁘게 하지 않았던가. 노름과 술, 온갖 진창에 빠져 살았던 아버지 때문에, 병들어 늘 골골 앓았던 어머니 때문에 공부를 더 못한 작은오빠. 이때도 작은오빠 방에는 제주신보니 인민일보니 하는 신문들이 궤짝을 엎어 만든 책상 위에 놓여 있었고 또 문맹 퇴치 운동을 한다는 청년 단체에 가입해 밤이면 무슨 회의니 모임에 나가고 낮에는 집회에 쫓아다녔다. 나이는 차 가고, 혼사 들어오는 데는 없고, 부모 없이 큰오빠 밑에서 올케언니 손에 밥을 얻어먹는 그 심사야 오죽했을까. 남 앞에 나서기보다는 신중하고 얌전했던 작은오빠. 겉으로 드러나는 것 없이, 그림자처럼 조용조용 움직였던 사람. 작은오빠는 내 신랑보다 훨씬 더 겉늙어 보였다.

10

결혼한 이듬해 삼월에 나는 첫아이를 순산했다.

들쭉날쭉하는 진통을 삼 일이나 하고 난 뒤였다. 첫날은 보리방아를 찧는데 느닷없이 밑이 조이면서 명치끝이 따끔한 게 눈앞이 아찔했다. 방앗공이를 내던지고 구들방에 들어가 누웠는데 거짓말처럼 진통이 스르르 가라앉아 버렸다. 그리고 잊을 만하면 한번씩 길게 또 짧게 통증이 찾아왔다. 그때마다 하던 일을 버리고 드러누울 수가 없었다. 그러다 삼 일째 되던 날, 바느질거리를 붙잡고 앉았다가 몸이 뒤틀리는 바람에 방바닥에 고꾸라졌는데 서너 시간 후에 아이를 낳았다. 진통이 찾아오는 중간 중간에도 나는 소리 한번 제대로 내보지 못했다. 시어머니가 꾸었다는 태몽이 자꾸만 마음에 걸렸다. 삼대독자 아들에게서 보는 첫손주니 시어머니는 당연히 고추 달린 손자를 간절히 원했을 것이다. 그런 시어머니가 태몽 얘기를 하며 한숨을 폭 내쉬었다.

"영락어신 똘이라. 후제 보라게."

시어머니는 내가 딸을 가졌을 것이라고 장담했다. 시어머니의 꿈에 내가 샘에 앉아 빨래를 하고 있더라고 했다. 그때 마침 난데없이 바람이 부는데 그 주위에 널려 있던 지푸라기들이 발 달린 것처럼 오소소 일어서서 내 주위로 몰려들더라고 했다. 어쭙잖은 지푸라기가 사람처럼 일어서서 여자들이 드나드는 샘에 앉은 내 주위로 모여드는 걸 보면, 영락없는 딸이라는 게 시어머니의 해몽이었다.

딸을 낳은 내게 시어머니는 첫국밥으로 희끗희끗한 싸라기가 섞인 반지기(잡곡밥)에 피 삭으라고 메밀가루를 푼 미역국을 끓여 주었다. 뜨거운 미역국을 한 술 뜨는데 목구멍에 가시가 걸린 것처럼 울음이 컥컥 올라왔다. 딸을 낳았다는 설움 때문에 밥이 넘어가지 않았다.

"울지 말라, 아기 낳고 울민 눈이 몬딱 짓물런 망헌다게."

속엣말을 다스릴 줄 모르는 사람이어서 그렇지 시어머니는 성정이 나쁜 사람은 아니었다. 정낭(대문)에 금줄을 치고 들어온 신랑은 갓난 아기를 싼 강보를 들치고 얼굴을 푹 처박은 채 싱글벙글 웃었다. 신기

하고 좋은 모양이었다.

"저 손녀똘을 키완 어디 쓸커라."

끝내 서운함을 감추지 못한 시어머니는 개다리소반을 들고 나가며 구시렁거렸다.

삼칠일 드러누워 몸조리를 할 팔자는 아니었지만 겨우 한 이레를 누워 있는 동안 왜 그리 조청이 먹고 싶던지……. 어릴 때 어머니가 감저로 엿을 고아 주던 그 맛이 생각나 침이 고이면 입이 쩍쩍 달라붙는 것 같았다. 문풍지가 더펄거리게 바람 소리가 들리는데 시어머니가 군불을 어찌나 때 댔는지 엉덩이가 짓무를 정도였다. 꿈을 꾸면 테왁도 들지 않은 맨몸으로 바다에 풍덩 뛰어들기도 했다. 그런 중에도 '조청 먹고 싶다' 는 생각은 가시지 않았다. 속이 허해 견딜 수가 없었다. 조청을 두어 숟갈 퍼 먹으면 아기 낳은 허기를 메울 수 있을 것만 같았다.

하루는 시어머니 몰래 신랑에게 엿을 사다 달라고 했다. 신랑은 아기의 기저귀를 갈아주고, 씻기는 걸 도와주고, 내가 무슨 말을 하더라도 잘 들어주었다. 내가 엿이 먹고 싶다고 하자 두말 않고 엿을 사러 장으로 나갔다.

저녁 늦게 장에 갔던 신랑이 돌아왔다. 그는 종이에 싼 갱엿 한 덩어리를 품속에서 꺼냈다. 차돌멩이처럼 딱딱한 검붉은 빛깔의 덩어리진 엿이었다. 밤에 신랑이 내 곁에 앉아 엿을 조각조각 깨서 입에 넣어 주었다. 누워 지내는 동안 시어머니 몰래 그 엿 한 덩이를 다 먹고 났더니 잇몸이 들떠서 한동안 굳은 음식은 제대로 씹을 수도 없었다.

내가 평생 잊지 못하고, 다시 먹지 못하는 음식이 있다면 그건 바로 갱엿이었다. 아이들을 키울 때도 장에만 나갔다 돌아오면 혹시나 장보따리 속에 엿가락이 들어 있지 않나, 군입거리를 찾는 아이들은 장보따리를 풀기 바빴다. 장터에서 엿장수 소리가 나면 나는 매번 지나치지 못했다. 엿판 위에 늘어놓은 엿들 중에 내 눈에 유난히 띄는 것도 바로 그 갱엿 덩어리였다. 하지만 나는 단 한 번도 그것을 내 입에 넣어 본 적이 없다. 입 안에 괴는 단물의 기억 속에 끈끈하게 고여 있는 피비린내, 오래 묵은 사람들의 얼굴이 찐득찐득하게 들러붙을 것만 같은 고약하고 무서운 서러움……. 다시는 그 시절을 살고 싶지 않을 만큼 끔찍하고 죽어서도 잊히지 않을 일들……. 그게 내가 살았던 세월이라는 게 나는 아직도 믿기지 않는다.

첫이레 지나 겨우 몸을 털고 일어났는데 하루는 신랑이 이상한 소리를 했다. 무장한 폭도들이 산에서 내려와 마을마다 지서를 습격했다고 했다. 읍내에 일을 보러 나갔다 들어오던 신랑 말이 마을 입구에 무장한 군인들이 쫙 깔려 있더라고 했다. 나중에 알고 보니 아랫몰의 향사 부근에 사는 순경 가족이 폭도들의 습격을 받아 참변을 당했다고, 그래서 인근의 온 마을에 군인들이 깔려 벌집을 쑤셔 놓은 것처럼 난리라고 했다.

봄부터는 새 정부 수립을 위해 전 도민이 참여하자는 선거에 관한 방이 나붙었다. 여자들도 선거에 참여해야 한다고 관에서 사람이 나와 계몽도 하러 다녔다. 한편에선 선거를 저지하자는 삐라도 나돌았다. 남쪽에서 단독 선거를 치르게 되면 우리나라는 영원히 두 개로 쪼개진다는 얘길 하며 신랑은 어느 장단에 춤을 춰야 할지 모르겠다는 말을 했다. 그런데 정작 5월 10일에 우리는 선거를 하지 않았다. 신랑 얘기로는 선거 반대 세력들에 의해 선거가 무산되었다고 했다. 아무래도 일이 돌아가는 꼴이 심상치 않다고 말했지만 나는 신랑의 말을 깊이 알아듣지 못했다. 나라 돌아가는 얘기는 남자들이 관여할 일로만 생각했고 내겐 하루 세 끼 밥을 먹는 것보다 중요한 일이 없었다. 그런데도 죽창을 든 폭도들이 마을로 내려와 식량이나 옷가지를 약탈해 가고 남조선인민공화국이니, 조선의 통일이니 하며 일장 연설을 하고 올라간다는 흉흉한 소문을 들을 때면 온몸에 오싹하게 소름이 돋았다.

이때 유월 초닷새, 시할아버지가 돌아가셨다. 저녁에 먹은 것이라곤 죽 반 그릇밖엔 없는데 시할아버지는 시커먼 물똥 설사를 해서 서너 번이나 요강단지를 비우게 했다. 요강을 타고 앉은 그림자가 방문에 내비치는데 그 위에 앉아서 기침을 할 때마다 문이 흔들렸다.

"아멩해도(아무래도) 크게 탈이 나신 모냥이라게. 먹은 것도 어신디(없는데)."

요강을 비우러 나온 시어머니가 근심스러운 얼굴로 말했다. 남편 없이 시아버지 병수발만 십 년 넘게 해 온 시어머니의 복잡한 속내를 알 수야 없지만 그날 밤으로 시할아버지가 돌아가시리란 것은 생각지도 못했다.

이튿날 새벽녘이었다. 날 밝기도 먼 새벽녘이었는데 시어머니가 우리가 누운 구들방 문을 흔들었다. 숨을 거둔 지 얼마나 되었는지 알 수 없지만 시할아버지가 누운 방문을 열자 벌써 구역질이 날 정도로 악취가 풍겼다. 몇 시간 전까지만 하더라도 숨을 쉬었던 사람의 몸에서 그런 냄새가 난다는 게 도무지 믿어지지 않을 정도였다. 오래 앓은 사람이라 냄새가 역하다고 시어머니는 무덤덤하게 말했지만 나는 손으로 입을 가리고서도 속이 뒤집혀 그 방에 오래 있을 수가 없었다.

초상을 치르는 내내 바람이 심하게 불고 날이 흐렸다. 산에 가서 시할아버지를 모셔 놓고 오던 날까지 비가 추적추적 내렸다. 시절도 뒤숭숭하고 끼니도 어려웠던 때라 아무것도 없이 흉내만 낸 장례였다. 산역을 끝내고 내려와도 벌써 당도했을 시각인데, 날이 어두워지도록 신랑이 돌아오지 않아 시어머니가 애를 태웠다. 함께 상여를 메고 나갔던 남정네들도 돌아오지 않았다. 나중에 돌아온 신랑은 산에서 내려오던 길에 무장한 경비대 군인들을 만났다고 했다. 그들은 마을 외곽을 돌면서 순찰을 하던 중에 상복을 입고 내려오는 신랑과 남정네들의 길을 막았다고 했다. 누가 죽었나, 무슨 일로 죽었나, 폭도들이 들어왔나, 이것저것 캐묻는 그들에게 해소 천식으로 앓던 할아버지가 돌아가셨다고 했지만 그들은 쉽게 믿으려 하지 않았다. 결국 신랑과 산역을 갔던 남정네들이 아랫몰에 주둔한 경비대까지 끌려갔다가 간신히 풀려 나오는 길이라고 했다.

시할아버지의 초상을 치른 지 며칠 지나지 않았을 때 사건이 하나 터졌다. 우리 마을과 오 리 남짓 떨어진 웃뜨르에 사는 청년이 빨갱이와 내통했다는 죄목으로 대낮에 끌려간 뒤로는 감감무소식이었다. 읍내에서 중학교 공부까지 한 청년은 똑똑하고 심성도 올바른 사람이어서 이웃 마을까지 칭찬이 자자했었다. 그의 어머니가 아들 이름을 부르며 온 마을을 미친 듯이 돌아다녔다. 그 일이 있은 뒤부터 마을에 낯선 군인들이나 순경이 나타나면 지레 겁을 먹은 사람들은 하던 일을 팽개치고 쥐새끼처럼 숨었다.

우리 마을은 여남은 가호 되는 웃뜨르로 가는 길목에 있었다. 밭에 올라가 일을 하고 오던 시어머니도 육지 말을 쓰는 낯선 군인들을 보았다고 했다. 우리 마을에는 육지 사람들이 없었다. 큰 마을이나 관공서가 있는 읍내에 육지 사람들이 살긴 했지만 이 산 중허리 구석까지 들어와 사는 사람들은 거의 없었고 그들은 말씨에서부터 금방 표가 났다.

이때는 물질할 엄두도 내지 못했다. 초여름 들어 뭍으로 드나들던 연락선도 끊기고 배들이 바다에 나가 조업을 하지도 못하게 어획금지 조치가 내려졌다. 물애기 때문에 내 몸은 자유롭지 못했지만 해녀들 역시 물질할 엄두를 내지 못했던 것이다. 밤에는 함부로 집 밖으로 나가지 못했다. 통행증 없이는 이웃 마을도 갈 수가 없었다. 그래도 먹고는 살아야 했다. 출산하고 벌써 서너 달 작업을 하지 못했으니 집안엔 돈 한 푼 없이 바짝 말랐다. 더군다나 나는 친정어머니를 닮았는지 젖이 귀했다. 쌀가루라도 구해야 암죽이라도 끓일 텐데, 먹는 것이 시원찮은 아기는 밤이고 낮이고 울어댔다. 어찌나 울어대는지, 아기 울음소리를 듣고 누군가 우리 집으로 불쑥 쳐들어올까봐 겁이 날 지경이었다.

그때 우리는 어떤 일이 닥칠지 아무것도 몰랐다. 모르고 당하는 일들이 얼마나 무서운지, 무엇을 잘못했는지 모르고 숨죽인 채 살아야 하는 것이 얼마나 두려운 일인지 몰랐다. 사람의 목숨이라는 게 아무 것도 아닌 듯이, 개나 소를 잡듯, 돼지를 잡듯 그렇게 함부로 당할 수 있다는 걸, 무지렁이인 나는 몰랐다. 오직 먹고사는 일에만 매달렸다. 가난이 지긋지긋했다. 오죽했으면 늙어서도 자식들이 몸에 좋다고 잡곡밥을 먹으라고 권할 때도 나는 하얗게 꽃이 핀 것 같은 쌀밥만 먹었을까. 거친 밥이라면 넌덜머리가 났다. 쌀밥 한번 푸지게 먹어보지 못한 것이 원이 져서, 내 입엔 그것이 그렇게 다디달 수 없었다.

그해 여름은 유난히 후텁지근하고 질금거리며 비도 잦았다. 금방이라도 덜미째 잡혀가 살지 죽을지 모르게 살벌하던 분위기도 누그러졌다. 태풍이 불어오기 직전의 바다가 무섭도록 고요하게 가라앉아 있는 것처럼, 그 여름이 엄청난 폭풍을 싸안고 잠시 동안 한숨 돌리고 있을 줄을 누구라서 알았을까.

오뉴월 땡볕에 앉아 시어머니와 조밭을 매고 우는 아기 젖 주러 집에 내려와 멀건 죽이나 밀가루 범벅으로 점심을 한 끼니 때우고, 땡볕 열기가 조금 가시면 감저밭의 덤불이 뻗는 걸 올려 흙을 북돋아 주고, 콩밭을 맸다.

신랑은 묵은 미역을 등에 지고 장터에 나가 살다시피 했다. 내가 시집와서 지난해 첫 작업한 미역을 품삯 대신 받아 온 것이었다. 장터에 나앉아 한 오리씩 미역을 팔다가 다 팔지 못하면 그걸 지고 들어왔다가 이튿날 또 장으로 나갔다.

소요 상태의 그 잠깐 동안의 평화, 한낮에 꾼 꿈처럼, 갈증에 맛본 단물 같은 그 잠깐의 고요는 아마도 잘못된 기억인지도 모른다. 마치

이질에 걸린 사람들처럼 덜덜 떨면서 밥을 끓여 먹고 날이 새면 움직이고 숨을 쉬었으니까.

내 눈으로 말로만 듣던 폭도, 순경이나 경비대 군인들이 눈을 벌겋게 뜨고 찾아다니던 '빨갱이' 들을 본 건 그 여름의 어느 날 밤이었다. 장맛비가 걷히고, 날이 말갛게 개면서 한라산 영봉이 녹빛의 장옷을 뒤집어쓴 것처럼 늠연히 눈앞에 다가들었다. 장마 끝에 매미 울음소리가 더 맹렬해지고 그만큼 더위가 버겁게 몰아치던 밤이었다.

사타구니가 벌겋게 짓무른 아이의 기저귀를 벗겨 놓고 귀 떨어진 부채로 설렁설렁 부채질을 해주고 있었다. 백일이 지났지만 아이는 밤낮을 가리지 못해 밤엔 깨어 울고 날이 밝을 때쯤에야 축 늘어져 깊은 잠에 빠져들었다. 바람 없는 마당은 고요하고, 비루먹은 것처럼 더위에 늘어져 기신을 못하던 닭들도 마당가로 이리저리 몰려다니며 무어라도 쪼아 먹으려고 꼭꼭댔다. 부채질을 하다가 나도 모르게 깜빡 졸았던 모양이었다. 퍼드덕거리며 갑자기 마당 안쪽으로 달려드는 닭 날개 치는 소리에 깜짝 놀라 깨었으니까.

나는 누군가 마당 안으로 들어와 닭을 잡아가려고 하는 줄 알았다. 전에도 그런 일이 있었기 때문이었다. 생전 도둑이라곤 없던 마을에 외지 군인들이 드나들고부터는 닭이며 돼지 따위들이 종종 없어졌다.

나는 엉겁결에 벗겨 놓았던 아이의 기저귀를 채우고 두려움에 아이를 바짝 끌어다 안았다. 그건 어미의 본능이었다.

"누게우꽈?"

그때 밖에다 대고 소리치는 시어머니의 목소리가 들렸다.

밖거리채에서 새어나가는 등잔의 여린 불빛뿐, 시어머니가 있는 안거리채는 불빛이 없었다. 하지만 어둠 속에서도 방문이 열리고 적삼을 꿰고 밖을 내다보는 시어머니의 모습을 희미하게나마 알아차릴 수 있었다. 그때 마당을 가로질러 안으로 불쑥 사람의 그림자가 들어섰다. 나는 너무 놀라서 등잔걸이를 끌어당겨 불을 훅 불어 꺼 버렸다. 깜깜한 어둠 속에 앉아서 벌렁거리는 가슴을 쥐고 있는데 안거리채에 불이 켜졌다. 잠시 후 두런두런 말소리가 들리더니 한 사내가 내게로 와서 명령하듯 안거리채로 건너오라고 말했다.

그들은 시어머니와 내가 쪼그리고 앉은 무릎 앞에 얇은 종이짝 한 장을 내밀었다. 누런 갱지에 이미 여러 사람의 이름이 적혀 있고 그 옆에는 지장이 묻어 있었다. 남조선은 반동적으로 단독 선거를 했지만 우리는 조선민주주의인민공화국을 건설하기 위해 남과 북 모든 인민의 지지를 받아 재선거를 실시한다고 조끼적삼을 입은 사내가 말했다. 나는 그제야 그들이 산에서 내려온 사람들이라는 걸 알았다. 식은땀이 흐르면서 한기처럼 두려움이 몰려들기 시작했다. 내가 떠는 모습을 그들이 알아채면 위협이라도 가할까 봐 나는 어금니를 악물고 있었다.

"무사 우리드레 도장을 찍으렝 헙니까. 우린 세상이 어떵 돌아가는지도 몰라마씸."

질린 목소리로 시어머니가 말했다.

"찍으라민 찍주 무사 말이 많우꽈?"

챙이 없는 동그란 모자를 귀까지 푹 덮어쓴 사내가 위협적인 목소리로 말했다. 사내는 이름을 쓸 자리와 지장 찍을 자리를 손가락으로 가리켰다. 등잔의 불빛 그림자가 어룽거려 그들의 얼굴을 자세히 볼 수는 없었지만 사내들의 몸에서 후끈한 땀내가 끼쳤다.

"당신들이 우리한테 협조를 혀사주마씸. 우리가 왜 폭돕니까. 왜정 때 왜놈 앞잡이 노릇헌 놈들이 지끔은 미제 앞잡이가 되엉 우리 조국을 몬딱 들러먹젠 허는디, 왜 못 찍읍니까. 우리가 허는 일이 옳다고 생각하민 여기다 찍읍서."

조끼적삼이 쫓기듯 서두는 소리로 다시 말했다.

"이 집엔 남자 없수꽈?"

조끼적삼의 말을 가로채듯이 모자 쓴 사내가 성질이 돋은 음성으로 물었다. 아마도 집 안에 남자가 있는데 이런 정황을 알고 일부러 나오지 않는 걸로 생각하는 모양이었다. 그날 마침 신랑은 북촌에 사는 시누이의 집에 가고 없었다.

"여자들만 있쑤다."

내가 떨리는 목소리로 재빨리 대답했다.

"순 반동들이맹."

날이 선 사내의 목소리가 칼날처럼 등골에 와 박혔다. 시어머니는 당신의 이름자 석 자도 읽을 줄 모르는 까막눈이었다. 그들은 더듬거리며 내가 불러주는 대로 내 이름자와 시어머니의 이름자를 받아 적고 지장을 찍게 했다. 날인을 받은 사내들은 그날 아무런 해코지 없이 떠났다.

"무신 일이라게. 나가 멩이 열 개라도 모질라켜."

사내들이 가고 나자 시어머니가 겁먹은 얼굴을 풀지 못한 채 말했다. 그 일은 우리 집뿐만이 아니라 이웃 삼동네가 다 당한 일이었다. 우리는 그들이 원하는 것이 무엇인지 알지도 못한 채 그들이 시키는 대로 했다. 그래야만 살 수 있을 테니까. 무엇이 옳고 그른지, 세상물정 모르는 우리는 살아남기 위해 이쪽저쪽으로 몸을 사리면서 쥐 울음소리도 내지 못했다.

그 일이 있은 지 달포쯤 지났을 때였다. 우리 마을과 북동쪽으로 이어진 중산간 마을에 폭도들이 내려와 한바탕 난리를 치고 간 사건이 일어났다. 양식을 뺏기지 않으려고 저항을 하던 집주인 내외가 죽창에 찔려 죽고 어린아이들 둘만 살아남았다. 그 다음날로 무장한 군인들이 들이닥쳤다. 군인들은 폭도와 내통한 자가 필시 있을 것이라며 젊은 남자들을 무조건 끌고 갔다. 아무 방비 없이 집 안에서 일을 하다가 끌려나온 남자들은 신발조차 제대로 신지 못한 사람도 있었다. 굴비 두름처럼 노끈에 한 줄로 엮인 남자들이 우리 마을을 지나갔다. 시어머니와 조밭에 피를 뽑으러 갔다가 밭돌담 밑에 숨어 그 광경을 지켜보았는데 시어머니의 얼굴이 새파랗게 질렸다.

11

무엇엔가 홀린 것 같이 불안하고 어지러웠던 뒤숭숭한 그해 여름이 가고 찬바람이 불기 시작했다. '새'로 짠 둥우리에 감저를 캐서 저장하고 콩, 서속, 메밀을 거둬 한겨울 날 걱정에 바빴다. 네 식구가 배곯지 않을 만큼만 되어도 살아질 세월, 그 지긋지긋한 허기와 허기보다 더 무서웠던 공포감……. 계엄령 시절이었다. 가을 들면서 떠돈 계엄령이라는 말에 우리는 무서워서 벌벌 떨었다. 울던 아이들조차도 그게 무슨 뜻인지도 모르면서 계엄군이 온다는 말에는 울음을 뚝 그칠 정도였다.

계엄군들은 향사나 학교 건물, 지서를 차지하고 들어앉았다. 이때 민보단이란 것이 만들어졌다. 힘이 있는 청년들은 물론 집집이서 남정네들이 하나씩 뽑혀 민보단 단원이 되어야 했다. 민보단원은 하루 나가서 경계근무를 서면 하루는 쉬는 식이었는데 지서 정문과 군인들이 집결한 향사를 지키거나 올렛담에 세운 초소의 망루에도 두셋씩 조를 지어 망을 보았다. 지서에 사이렌이 설치되어 있어서 사이렌이 울리면 하던 일도 내던지고 경계령에 동원되어야 했다. 만약 그 동원령을 피했다가는 어느새 폭도로 내몰릴지 알 수 없었다. 남자들이 집에 없는 집들은 감시의 대상이 되었는데, 우리 마을에서는 공씨네가 지서의 시달림을 많이 받았다. 공씨네는 어느 날, 솥단지와 양식거리, 옷가지와 이불짐을 지고 일가족이 아무도 모르게 사라져 버렸다.

공씨는 해방 전부터 인민위원회 활동을 하던 사람이었다. 해방이 된 후에는 내놓고 사회주의 운동을 했는데, 난리가 일어나기 훨씬 전부터 자취를 감춰 행방불명이 된 사람이었다. 공씨가 없어지고 난 뒤 공씨네 안사람은 늙은 시부모를 모시고 농사를 지으며 살고 있었다. 공씨네가 감시의 대상이 된 데는 이유가 있었다. 어디서 죽었는지 소식이 없는 공씨를 봤다는 사람이 있었고, 그 사람이 지서에 신고를 했기 때문이었다.

공씨네가 사라진 그날, 온 마을이 또 한번 발칵 뒤집혔다. 무장을 한 군인들이 집집마다 쑤시고 다니며 수색을 했다. 남자들은 혹 무슨 꼬투리가 잡히지 않을까 몸을 사리고 여자들은 총검을 곧추세운 군인들 앞에서 무서워 벌벌 떨었다. 이때는, 밤에는 폭도들이 무서워 이불을 펴고 자지 못했고 낮에는 어느 때 들이닥칠지 모르는 토벌대가 무서워 밭일도 제대로 할 수가 없었다. 누군가 원한 가진 이가 저 사람이 폭도와 내통했다, 저 사람이 폭도다, 라고 한마디만 찔러 넣으면 바로 그날로 잡혀가는 세상이었다. 그저 죽은 듯이 엎드려 이 난리가 지나가길 빌 수밖에 없었다. 죄라면 이 척박한 땅, 바람 많고 사방이 물로 막힌 섬에서 태어난 죄밖엔 없었다. 왜정 시절에 겪은 설움과 핍박이 아직 다 가시지도 않았는데 서로 이웃하여 살던 사람끼리 죽이고 죽는 일들이 남의 일 같지 않게 일어나니 무섭고 두려울 뿐이었다.

그러나 그날의 일은 그걸로 끝난 게 아니었다. 공씨네가 사라진 이틀 뒤 지서가 폭도들의 습격을 받았다. 달도 없는 깜깜한 그믐밤, 바람까지 거세게 불었다. 지서 초소에서 망을 보던 사람은 어둠을 분간할 수 없는 지척에서 폭도들이 살금살금 다가오는 기척을 느끼지 못했다. 온 세상이 바람 소리에 묻혀 있었다. 그날 망루에 죽창을 들고 서 있던 민보단 두 사람이 총에 맞아 부상을 입고, 지서 순경들은 모두 달아났다. 폭도들은 순경들이 비우고 달아난 지서에 들어가 무기들을 약탈해 갔다. 그날 밤 보초를 서러 나갔던 남편은 폭도들이 습격했다는 소리에 놀라 먼저 집으로 달려왔다.

폭도들이 물러간 이튿날 계엄군들은 젊고 빠릿빠릿한 민보단원들을 앞세워 죽창을 들리고 산을 포위해 들어가면서 토벌작전을 펼쳤다. 그때 남편은 토벌작전에 끼지 못하고 마을에 남아 망루를 지켰는데, 남편이 토벌작전에 나서지 못한 것은 관찰 대상자로 끼어 있었기 때문이었다. 시누이의 남편 역시 공씨처럼 행방불명이 되었는데, 그 가족력까지 우리 마을의 지서에서도 훤히 꿰고 있었다. 혼렛날 시누이와 함께 와서 잠깐 얼굴을 비쳤던 시누이 남편의 얼굴이 떠오를 듯 말 듯했다. 강제징병으로 태평양전쟁에 끌려갔다 살아 돌아온 사람이었다. 말이 없는 사람이었고 더구나 나와는 내외를 하느라 서로 대놓고 말 한마디 나눠본 적이 없었다. 남편이 사라진 후에도 시누이는 가끔씩 혼자서 친정에 왔다. 시어머니는 딸에게 무어라도 하나 더 챙겨 주지 못해 안타까워했지만 우리도 먹고살기가 빡빡해서 그나마 보리쌀 몇 됫박 퍼 주는 게 고작이었다.

시누이는 알고 있었다. 사태가 일어나자 아무런 말도 없이 홀연히 사라져 버린 남편이 산으로 들어갔다는 것을. 그러나 그 말은 누구에게도 입 밖에 내어 말하지 않았다. 시어머니와 구들방에 문을 꼭 닫고 들어앉아 무어라 얘기를 나누며 훌쩍이는 시누이 울음소리를 듣고도 나는 모른 척했다. 남편 없이 자식들 데리고 여자 혼잣몸으로 살기가 어디 그리 쉬운 일인가. 시어머니는 그 불똥이 우리에게 튈까 늘 노심초사했다. 시어머니에겐 하나밖에 없는 아들, 오로지 바라고 사는 건 내 남편 하나뿐이었다.

어느 산간, 어느 오름을 타고 이 추운 겨울날을 버티며 사는지 모를 매형이 들어 있는 깊은 산중, 남편이 겨눈 죽창 끝이 매형의 심장에 닿을지도 모를 일에 나가는 것이 남편에게도 괴로운 일이었을 것이다. 시어머니나 나나 남편이 토벌대에 끼어 작전에 나가지 않은 것을 다행이라 생각하면서도 언제 무슨 일이 닥칠지 모를 불안감에서 놓여나지 못했다.

"지은 죄가 어신디 걱정맙서."

망루에 보초를 서러 나갈 때마다 남편은 불안에 떠는 시어머니와 나를 그렇게 안심시켰다.

그러던 음력 시월 상간의 어느 날, 남편은 남은 미역을 마저 팔아야 한다며 미역을 지고 집을 나갔다. 시어머니는 질빵으로 미역 오리를 묶어 짊어진 아들을 붙잡으면서 못 가게 했지만 무슨 고집인지 남편은 어머니의 말을 듣지 않았다. 꼭 무슨 일이 닥치려고 하면 불길한 조짐이 아귀를 맞추어 떨어지는 법이었다. 그날 시어머니는 나쁜 꿈을 꾸었다고, 꿈에 돌아가신 시아버지가 보이더라고 했다. 아주 험한 몰골로 나타나서 슬픈 얼굴을 하고 시어머니를 물끄러미 쳐다보며 무슨 말인가를 할 듯 말 듯하더니 말없이 돌아가더라는 것이었다. 시어머니는 돌아서는 시아버지를 붙잡으려고 허우적대다 잠이 깨었다고 했다. 남편이 나간 뒤에야 간밤에 꾼 생시 같은 꿈 얘기를 하며 시어머니는 아들을 붙잡지 못한 것을 후회했다. 지서에 신고를 하고 나가면 아무 탈이 없을 거라 말하며 미역짐을 진 채 기어코 집을 나가던 남편은 늦어도 내일은 돌아온다며 나를 안심시켰다.

그러나 가슴이 조였다. 그까짓 미역 두어 축 남은 거, 대단치도 않은 일을 만들어 나가는 게 꼭 내 탓인 것만 같았다. 양식이 떨어져 풀대죽만 먹고 산 게 하루 이틀 일도 아닌데, 그날 남편은 이대로 앉았다간 물애기까지 굶겨 죽이겠다며 입을 오물거리는 아기의 얼굴을 오래 들여다보더니 미역짐을 메고 일어섰다.

길게 잡아도 이틀이면 돌아왔어야 할 남편은 며칠이 지나도록 돌아오지 않았다. 시어머니는 아예 머리를 싸매고 드러누워 버렸다. 마당에 사람 발자국 소리만 들려도, 바람에 뒤란 숲이 일렁이는 소리만 들려도 나는 문을 열고 밖을 내다보았다. 그러나 사람 기척은커녕 캄캄한 어둠뿐이었다. 곡기를 끊어 버린 시어머니에게 멀건 숭늉을 만들어 들고 들어가는 내 가슴도 쓴물이 고여 가맣게 삭고 있었다.

남편을 찾은 건 집을 나간 지 아흐레 만이었다. 돌산 풀숲에 버려진 시체가 순찰을 하던 경비병들에게 발견되었다. 지고 간 미역은 다 팔았는지, 동저고리 바람에 얼굴이 뭉개져 있는 시신을 들추자 속주머니가 뜯겨져 나가고 없었다. 필시 미역 판 돈을 누군가가 빼앗아 갔을 것이다. 신발도 없는 맨발의 시체는 얼다 녹아서 얼굴이 검은 칠을 한 것처럼 알아볼 수 없었다.

남편의 시신을 인계한 군인들은 남편이 죽어 있던 그 자리가 폭도들이 드나드는 길목이라고, 폭도들에게 당한 것이라고 간단히 치부해 버리고 말았지만 나는 믿을 수 없었다. 꼭 돌아오마고 멀쩡하게 미역짐을 지고 집을 나가던 남편의 뒷모습이 생생한데 눈앞에 죽어 있는 남편의 모습이 거짓말인 듯 믿을 수 없었다.

아들의 시체를 끌어안고 시어머니는 혼이 나가 버렸다. 마을 남자들이 남편의 시신을 메어다 뒷밭 기슭에 묻었다. 시어머니는 손톱이 달아난 갈퀴 같은 손으로 귀신처럼 아들을 묻어 놓은 흙을 파 헤집었다. 그러나 나는 미쳐 버릴 수도 없었다. 차라리 시어머니처럼 혼이라도 나가 버렸으면 싶었다. 멀쩡한 정신으로 남편의 죽음을 받아들이기가 어려웠다. 내 나이 고작 스무 살이었다.

남편을 묻고, 그 흙이 채 마르기도 전에 학교 마당으로 불려갔다. 군인들이 집집을 돌면서 남녀노소 한 사람도 빠짐없이 아랫몰에 있는 학교 운동장에 모이라고 했다. 그때가 어두워질 때였으니 사람들이 학교에 모였을 때는 옆사람 낯을 겨우 분간할 수 있을 정도였다.

학교 마당에는 우리 마을뿐만 아니라 이웃 마을 사람들도 모두 나와 있었다. 나는 아이를 업은 채 그곳으로 갔다. 무슨 정신으로 나갔는지는 모르지만 학교 마당에 모여든 사람들을 보자 겁이 나면서 정신이 드는 것 같았다. 총을 든 군인들이 모여드는 사람들을 여자와 남자로 갈라 양쪽으로 서게 했다. 계단 양쪽에 횃불이 타고 있었다. 바람이 불 때마다 횃불의 꼬리가 바람에 불려가듯 길게 늘어나면서 그을음이 올랐다. 등에 업힌 아이가 추운지 발가락을 꼼지락거리기에 나는 손으로 포대기 바깥으로 나온 발을 꼭 쥐고 있었다. 그때 총을 들고 앞에 선 군인 한 사람이 모두들 눈을 감으라고 명령했다. 한참 후에 눈을 떠보니 양쪽으로 갈라선 사람들 가운데 여남은 명쯤 되는 사람들이 끌려나와 있었다. 여자도 두엇 섞여 있었다. 그들이 무슨 일 때문에 가운데로 끌려나와 있는지 알 수 없었다. 거친 불빛에 드러난 그들의 얼굴엔 불안과 공포에 질린 빛이 역력했다.

군인들이 그들을 향해 총검을 겨누자 대장인 듯한 군인이 똑똑히 보라며 고함을 질렀다. 그때야 무슨 일이 벌어질지를 안 사람들은 저마다 신음 같은 소리를 입에 문 채 몸을 떨었다. 등에 업힌 아이가 몸을 비틀어댔다. 검은 치마를 덮어씌워 놓은 쓰개 밖으로 고개를 내빼려고 버둥거렸다.

그때 총소리가 났다. 총소리는 여러 번 울렸다. 총에 맞아 쓰러진 사람 위에 다시 총 맞은 사람이 엎어지자 포개진 사람 위로 또 총질이 가해졌다. 총소리가 날 때마다 등에 업힌 아이가 꼬집힌 듯 울었다. 어둠 속에 선 사람들이 이를 악문 채 덜덜 떠는 소리가 들렸고 내 옆에 서 있던 열댓 살 먹은 여자애가 총질이 가해지는 가운데로 뛰어들려고 했다. 북어처럼 비쩍 말라 뼈만 남은 여자애였다. 그 애가 엄마를 부르며 소리치자 곁에 있던 사람들이 여자애의 양쪽 팔을 꽉 잡았다. 여자애가 몸부림을 치며 울부짖자 다시 총소리가 울렸다. 신발이 벗겨진 버선발에 솔기가 터져 솜이 비어져 나온 솜저고리를 입은 중늙은이 여자가 맥없이 앞으로 푹 고꾸라졌다. 쓰러진 여자의 복부에서 더운 피가 뭉클뭉클 쏟아졌다. 몇 번인가 팔을 허우적대며 몸을 뒤척이던 사람도 이내 흙바닥에 납작하게 쓰러졌다. 군인들이 총을 든 채 남자들이 모여 선 데로 가서 총구 끝으로 남자들을 한둘씩 불러냈다. 그들이 총에 맞아 죽은 시체를 한 구씩 들것에 실었다. 들것을 든 남자들은 총을 든 군인들의 재촉을 받으며 학교 뒤편의 텃밭으로 사라졌다.

“앞으로 폭도와 내통한 자, 그들에게 협조한 자, 이유 없이 부락을 이탈하는 자, 그 누구라도 오늘과 같은 꼴을 당할 수 있다. 해안부락으로부터 오 킬로 이내 중산간 부락민들은 내일부로 전원 해안부락으로 소개한다. 명령을 어길 시는 그 자리에서 사살을 해도 상관없다는 상부의 지시다. 지금은 전시 상황이나 마찬가지다."

횃불에 일렁거리는 얼굴, 어깨 위로 올라온 검은 총검에 횃불의 꼬리가 길게 늘어나 너울거렸다. 총성이 멎은 칠흑 같은 어둠 속에 정적이 감돌았고 위협적인 목소리가 울려 퍼졌다. 각지게 두 다리를 벌리고 계단 위에 선 군인의 얼굴이 마치 저승사자 같기도 하고 철갑을 칠해 놓은 동상처럼 번득대기도 했다.

그날 학교에서 무슨 정신으로 집까지 왔는지 모른다. 내가 살아 있다는 것이 믿어지지 않았다. 살아서 내 눈으로 죽어가는 사람을 똑똑히 봤다는 것이 믿어지지 않았다. 달도 없이 검은 밤, 바람 소리만 흉흉한 길에서 몇 번이나 정신을 놓고 길섶에 주저앉았는지 모른다. 아이가 숨넘어가는 소리로 울었지만 나는 아이를 달랠 정신이 아니었다. 울다 지친 아이는 내 등짝에 축 늘어져 죽은 듯 고요해졌다.

내가 집으로 돌아오자 사람 발자국 소리를 들은 시어머니가 밖에서 놋쇠 숟가락으로 문고리를 질러 놓은 구들방 안에서 미친 듯이 소리를 질러댔다. 미친 세상에 목숨 내놓고 사는 우리 같은 사람들은 미치지 않고 살아남은 게 용한 일이었다.

나는 짐을 쌀 엄두를 내지 못했다. 등에 업은 아이를 내려놓지도 않은 채 구들방에 고꾸라져 잠이 들었다 닭 울음소리에 눈을 떴다. 꿈을 꾸었다. 생시처럼 또렷한 꿈이었다. 얼굴 없는 남편이 나를 불렀다.

내 등에 업힌 아이를 뺏어 가려고 필사적으로 나를 쫓아왔다. 나는 남편을 멀리 떼어 버리려고 안간힘을 쓰며 달렸지만 발을 딛는 곳마다 허방이었다. 죽을힘을 다해 뛰다가 퍼뜩 아이 생각이 나서 포대기를 내려 보니 내 등에 업힌 것은 아이가 아니라 베개였다. 소름이 끼쳐서 소리를 지르려는데 재갈이 물린 것처럼 입이 열리지 않았다. 그때 닭이 울었다. 닭이 나를 살렸다. 나와 내 아이를, 이승에 남아 있는 내 하찮은 목숨을 거둬 가지 못하게 말렸다.

그날 저녁, 불길이 치솟기 시작했다. 낭간에 쪼그리고 앉아 넋을 뺀 채 멀거니 올렛담 밖을 내다보고 있었다. 축축한 날씨에 어둠은 젖은 채 왔다. 비가 올 듯도 했다. 날은 완전히 저물지 않았다. 활활 치솟는 불길이 먼 데서 펄럭이는 것도 같고 가까이 다가오는 것도 같았다. 눈앞이 일렁거려 꿈속의 불을 보는 듯했다. 치솟는 불길은 한두 군데가 아니었다. 마치 몸에 반점이 돋듯 흐린 대기에 붉은 불꽃들이 하나둘 옮아가기 시작하더니 마침내 한 덩어리로 타올랐다.

우리 집 마당으로 군인들이 들이닥쳤다. 그들은 다짜고짜 낭간에 넋을 빼고 앉아 있는 나를 끌어내 마당에 내동댕이쳤다. 등에 업힌 아이가 무 뿌리 뽑히듯 쑤욱 빠져나갔다. 나는 기어가 아이를 끌어안았다. 먼데 불빛이 이제 가까이 다가들어 앞집의 지붕이 날아가고 처마가 주저앉는 것이 환히 보였다. 그 새 군인들의 군복에 얼룩덜룩한 어둠이 내려앉았다. 불쏘시개를 든 군인이 안거리채의 낮은 지붕 위로 닭을 획 던지듯이 불쏘시개를 던졌다. 푸드득, 불길이 옮아 붙으면서 거친 닭 날갯짓 소리에 닭 울음소리가 들리는 듯도 했다. 마당에 흩어져 있던 닭들이 장대에 맞은 듯 날갯죽지를 퍼덕대며 한구석으로 몰려갔다. 시어머니가 든 방문의 잠긴 고리가 미친 듯이 덜컥거렸다. 나는 군인들에게 끌려가다 말고 안거리채로 뛰어들어 방문 고리를 벗겼다. 텅 빈 눈동자를 굴리며 시어머니가 내 눈을 쳐다보았다. 나는 시어머니의 다리를 잡고 밖으로 끌어내려 안간힘을 썼다. 그러나 시어머니는 나보다 더 악세게 문지방을 붙들고 버텼다.

"혼저 나옵서양, 혼저, 혼저!"

나는 악을 쓰며 소리를 질렀다. 울음이 꺽꺽 올라왔다. 그때 등 뒤에서 허공을 가르는 총소리가 들렸다. 총알이 내 머리 위를 휙 스쳐 낭간 벽의 어느 곳엔가 가서 박혔다. 치맛자락이 찢어진 채 시어머니가 그제서야 겨우 엉금엉금 기어 나왔다. 그러나 그것도 잠시, 내가 마당에서 놓친 아이를 끌어안으러 간 사이 시어머니는 낭간 밑으로 기어 들어갔다. 풀썩, 처마가 내려앉고 뼈대가 떨어지면서 지붕이 내려앉았다. 총소리에 놀라 꽁지 빠지게 뛰던 닭이 그 불더미 속에 파묻혔다. 안거리채가 완전히 불타 폭삭 주저앉는 걸 바라보며 나는 정신을 놓아 버렸다.

제2부

타관살이

1

1958년, 고향을 떠나던 때가 벌써 오십여 년 가까운 세월 저쪽의 일인가. 머릿속으로 셈해 보는 그 세월이 너무도 아득하게 느껴져 가슴이 답답하게 죄인다. 날이 밝는가 몇 번이나 방문을 쳐다보지만 창호지문엔 오 촉짜리 알전구의 여린 불빛만 발그스름하게 번져 있다.

나는 누워도 편치 못한 몸을 일으켜 벽장 벽에 등을 기대앉는다. 가슴이 풀을 먹인 것처럼 빡빡했다. 삼 타래처럼 꼬인 시간의 매듭을 풀 수야 없지만 머릿속이 차근차근 또렷해지는 걸 보면 날이 샐 때까지 잠자기는 다 그른 것 같다. 고약한 년! 하릴없이 앉은 채, 죽은 듯이 보내야 하는 이 시간이 마치 딸년의 해괴한 짓거리 같아 나는 속으로 딸년을 욕한다.

사람에게 생각할 마음의 여유가 생긴다는 것, 가만히 묶인 채 도리없이 무언가를 생각나게 하는 시간이 닥치면 가슴이 먹먹해서 어쩔 줄을 몰랐다. 내 머릿속에 잡귀가 들끓지 못하게 가루가 되도록 몸을 놀리며 살아온 세월, 그 세월이 녹록하게 풀어져 이렇게 힘없이 늙은 것을 생각하면 허망했다.

한림항에 정박해 있던 화물선에 올라 고향을 떠나올 때도 지금처럼 이렇게 온몸에 맥이 빠지면서 눈앞이 아득했다.

그때, 첫 남편에게서 보았던 딸아이 복자가 열한 살이었다. 생김생김 하나하나가 어찌나 제 아방을 탁했는지, 이맛전이며 짙은 눈썹, 도도록한 콧날이 다 제 아방이었다. 계집아이 티가 완연한 복자는 어린 나이에 이미 조숙해 눈치가 빤하고 심성이 조용하고 또 맑았다. 사내 동생인 다섯 살배기 기환이를 제 자식이나 되는 듯이 꼭 껴안고 짐 보따리 사이에 끼인 복자는 불안한 눈으로 나를 흘끔흘끔 쳐다보았다. 그 애의 눈빛이 열한 살짜리 어린것의 눈빛이 아니라 마치 어미인 내게 무언가를 묻는 듯 성숙해 있다는 걸 나는 그때야 느꼈다. 해 지는 저녁, 정짓간 앞의 물팡에 나붓이 올라앉아 천연덕스레 먼산바라기를 하곤 하던 그 애. 갓 백일이 지나 겨우 목을 가누기 시작한 정숙이를 가슴에 푹 싸안고 있던 나는 이상하게도 말 못할 설움이 올라와 그 애에게서 고개를 돌려 버렸다.

깃발을 펄럭이며 들어오는 고깃배들, 부두에 북적대는 사람들, 들고나는 배들의 고동 소리가 귓가에 먹먹하게 잠겨 들었다. 부둣가에 바싹 붙어 선 오막살이들, 돌담 위에 널린 그물과 해초들과 바람에 펄럭이는 빨래가지들……. 무엇 하나 눈에 선 것이 없었다.

마침내 부두에 매어 두었던 밧줄이 풀려 이물에 던져지고 배가 심하게 흔들리면서 몸을 틀어 항을 떠날 때 긴 고동 소리를 뿜어냈다.

우리가 탄 배는 여러 지방을 돌면서 쌀을 선적하고 들어온 화물선이었다. 부산까지 여객선을 타고 나가 다시 육로로 길을 나서는 건 엄두도 나지 않을 일이었다. 아홉 가구에 딸린 식구들과 이삿짐 보퉁이들은 산더미처럼 많았다. 그걸 이고 지고 오죽잖은 여객선을 탈 수는 없었다. 또 부산에서 버스를 두세 번이나 갈아타고 다시 걸어가야 할 길이 십 리가 넘는다 하니 거기가 어딘지, 듣지도 보지도 못한 낯선 곳으로 떠날 작정을 하고부터는 한시도 마음 편할 날이 없었다. 그러나 고향에 눌러 살면서 평생 죄닦음을 하고 살 자신이 없었던 나는 누구보다 절실하게 이 날이 기다려졌다.

이때 남편은 육지 배를 타고 오징어잡이를 나가 몇 달씩 살다 들어오곤 했는데, 남편이 한 반 년 묶여 지내면서 배를 탔던 경상도 아랫지방에 해녀들을 부리며 해산물 도매업을 크게 하는 제주할망이 산다고 했다. 그 할망이 육지로 나와 살면서 물질할 해녀들을 모집한다는 말에 남편은 육지로 나가 살 작심을 하고 함께 나갈 사람들을 수소문했다. 그리고 두어 달 전에 다시 나갔던 남편이 화물선을 타고 들어왔다.

입동을 며칠 앞둔 음력 시월 초사흘, 바람이 거세게 부는데 날씨가 궂어 추적추적 비까지 뿌렸다. 바람이 심해서 배가 뜨지 못할까 걱정했던 그날 아침, 부두에는 이미 작정을 하고 기다렸던 사람들이 새벽부터 나와 있었다.

부두에서 뱃머리를 돌린 배가 뱃전으로 바다를 가르며 항을 떠날 때, 짐 보따리 사이에 껴 앉아 멀어지는 포구를 바라보다가 나는 눈을 감아 버렸다. 열여덟에 시집가 첫 남편을 잃고, 핏물이 든 생목숨을 부지하고 살아남아 다시 남자를 만나 자식을 낳고, 아무렇지도 않은 듯이 산 것이 끔찍하면서도 말할 수 없이 복잡하게 떠올랐다.

2

그 난리에 내가 어떻게 살아남았나, 내가 살아 있는 것이 맞기나 한 건가, 한동안 나는 넋이 빠진 채 지냈다. 논깍의 큰오빠 집에서 도망치듯 빠져나와 작은언니네 집에서 숨어 지내듯이 달포를 살고 난 후에야 나는 제대로 밥을 넘기기 시작했고 조금씩 정신도 돌아왔다.

그새 해가 바뀌었다. 사람이 어떻게 모진 일을 한꺼번에 당하고도 정신이 온전하게 붙어 있을까. 나는 붙어 있는 내 목숨에 내 손으로 밥숟갈을 떠 넣고 아이 똥오줌을 가려 주고, 젖을 물리고, 우는 아이를 어르면서도 내가 산목숨이 맞는가 싶어 미친 사람처럼 혼자 흐물흐물 웃기도 했다.

내 나이 겨우 스물하나, 살아갈 일이 아득했다. 안거리채는 깡그리 불타 잿더미가 되었다. '새'로 엮은 지붕의 불길이 훨훨 날아가고 낮은 처마가 잿더미로 푹석 주저앉던 불길 속으로 기어들던 시어머니의 모습이 눈앞에 떠올랐다. 얼다 녹아 얼굴이 문드러진 채 추깃물이 흐르던 남편의 시체, 아들의 무덤을 손으로 긁어 파던 시어머니의 들린 눈빛……. 국물이 담긴 그릇에 숟가락을 담글 때면 구역질이 올라왔다. 그래도 목구멍으로 밥이 넘어가고 숨이 쉬어졌다. 말문도 트이지 않은 어린 딸이 내 곁으로 기어 와서 가슴을 더듬고 침이 흐르는 입으로 내 손등을 핥을 때면 넋이 빠져 흔들리던 눈동자에 겨우 힘이 돌아왔다.

집이 불타고 소개령이 내려진 후 미친 사람처럼 친정으로 갔을 때, 올케언니는 소리 죽여 울었다. 그동안 어떤 일을 당했는지, 내 입으로 말하지 않아도 다 안다는 눈빛이었다.

친정 마을 역시 온전치 않았다. 폭도들이 덮쳐서 구장 부부를 살해하고 달아나는 바람에 온 마을이 발칵 뒤집혔다고 했다. 경비대 군인들이 들어와 상주하면서 마을의 경계는 삼엄해졌다. 그들은 우선 폭도들과 내통한 불온한 자들을 색출해내는 데 혈안이 되어 있었고 폭도의 가족과 연루된 사람들을 함부로 붙잡아 갔다. 해방 후 인민위원회에 가입해 청년회 활동을 했던 작은오빠 역시 후환이 두려워 몸을 피하고 없었다.

나는 신경이 극도로 쇠약해져 있었다. 아이를 데리고 누웠다가도 마당에 낯선 발자국 소리만 들리면 화닥닥 일어나 골방의 벽장 속으로 숨었다.

"이 바램이 잠잠헐 때까지만이래도 살아만지민 좋을컨디양."

올케언니는 작은 일에도 깜짝깜짝 놀라 눈동자가 돌아가는 나를 진정시키며 그런 말을 했다. 남의 말을 함부로 할 수도 없는 세상이었지만 살아 있어도 죽은 사람인 양 입을 다물고 있어야 했다. 그땐 누구나 '죄'가 무서운 사람들은 산으로 들어가 '폭도 빨갱이'가 되어야 했고 '죄'가 없다고 남은 청년들은 죽창을 들고 망루를 지키거나 폭도 토벌에 동원되어야 했다. 번연히 개어 오는 하늘도 무서웠고 저무는 하늘도 무서웠다.

그런 어느 날 작은오빠가 경비대 군인들에게 잡혀 제주 읍내의 주정 공장으로 끌려갔다는 소식이 들려왔다. 작은오빠가 잡히기 며칠 전, 친정 마을의 인근 갯가에 숨어 있던 청년들 예닐곱이 한꺼번에 사살된 일이 있었다. 폭도들의 습격이 있은 후 온 마을을 이 잡듯 샅샅이 뒤진 토벌대들의 보복인 셈이었다.

작은오빠는 용케도 그때 토벌대들의 총을 피해 달아났는데 깊은 산으로 들어가지 못하고 갯가의 굴속에서 숨어 지내다가 발각되었다. 작은오빠는 완전히 '산사람' 편이 되지도 못했고 그렇다고 '죄' 에서도 자유롭지 못했다. 살을 에는 추위와 배고픔, 공포와 두려움으로 떨며 작은오빠는 근 한 달간이나 갯가에 숨어 지내는 도피생활을 했다. 가끔씩 깊은 밤에 집에 들어와 언 몸을 다 녹이지도 못한 채 날이 밝기 전에 몸을 피했다. 꺼끌꺼끌한 조밥으로 뭉친 식은 주먹밥 한 덩어리, 감저 몇 개, 생보리쌀을 씹어 가며 연명했을 것이다. 그런데 경비대 군인들이 마을을 점령하자 그것마저 자유롭지 않아 올케언니나 큰오빠는 속을 새카맣게 태우고 있었다.

작은오빠가 토벌대에 잡혀 주정 공장으로 끌려갔다는 소식은 식구들 모두를 불안에 떨게 했다. 나는 이미 이 미친 바람이 섬사람들 모두를 잡아먹은 뒤에야 잠잠해질 것이라는 것을 경험했던 터라 사지가 오그라드는 것만 같았다.

"꼭 가사 헐쿠꽈? 일이 어떵 되여가는지 호썰 두고보민 안 될꺼우꽈?"

작은오빠가 잡혀갔다는 소리에 당장 그곳으로 찾아가 보겠다고 집을 나서는 큰오빠를 올케언니가 말렸다.

작은오빠의 소식을 전해 준 사람 말로는 그곳에서는 죄가 있는지,

없는지 재판을 한다는 것이었다. 큰오빠나 올케언니는 그 말을 믿고 싶었을 것이다. 아무리 막돼 가는 세상이라도 죄가 있는지 없는지는 따져 보면 될 것이고, 지은 죄만큼 형량이 정해지지 않겠냐는 것이었다. 나 또한 믿고 싶었다. 그렇게 무서운 일을 당하고도, 내 눈앞에서 사람들이 어떻게 죽어 갔는지를 경험하고서도 나는 그렇게 믿고 싶었다. 작은오빠가 해방이 된 후에 인민위원회 활동은 했지만 그때는 인민위원회뿐만 아니라 온갖 단체들이 난립할 때였고 모두가 합법적이고 정당한 활동이었다. 작은오빠가 한 일이래야 기껏 청년회에서 잔심부름을 하고 야학에 동참한 것뿐이었다. 그러니 그건 어쩌면 큰 죄가 아닐 수 있었다. 이렇게 어리석은 생각을 하는 건 큰오빠도 마찬가지였을 것이다.

올케언니가 솜을 넣어 누빈 꼴래옷 한 벌을 싸서 작은오빠를 면회가는 큰오빠 편에 맡겼다. 이 한겨울에 입성이라고 어디 변변할 것인가. 그러나 겨울옷 한 벌을 가지고 작은오빠를 면회하러 갔던 큰오빠 역시 주정 공장에 갇혀 심한 고문을 당하고, 겨우 '살아서' 돌아왔다. 온몸에 피멍이 들고, 사타구니 살갗이 너덜너덜해지도록 당한 큰오빠를 보고 우리는 아무도 울지 못했다. 올케언니가 옷 보퉁이를 큰오빠에게 건넬 때만 해도 나나 올케언니는 우리에게 다시 닥쳐올 불행을 조금도 예감하지 못했었다. 이제 생각해 보면 사람이라는 짐승은 얼마나 어리석은가. 살았는지 죽었는지 행방을 알 수 없는 작은오빠보다 큰오빠의 생사가 턱에 걸렸다.

아직 어린 조카아이들은 앓아누운 제 아버지의 험한 몰골과 신음

소리가 무서운지 울다가 저만큼 떨어진 채 쪼그리고 앉아 잠에 곯아 떨어졌다. 가슴을 죄고 있는 울음의 빗장을 풀지 못한 채 악물고 있는 잇새로 새어 나오는 가슴 저릿한 울음, 그 울음소리조차 삼켜야 했던 올케언니에게 나는 아무 힘이 되지 못했다.

큰오빠가 그 지경이 되어 돌아온 후, 나는 나만 살겠다고 올케언니와 순영이에게 큰오빠를 맡겨놓고 친정을 빠져나와 제주읍에 있는 작은언니네로 갔다.

무슨 맘이었는지, 가다가 어느 길에서 무장한 군인들을 만나거나 폭도들을 만나 총에 맞더라도 하나도 두려울 것 같지 않았다. 내가 걸어가고 있는 길이 절벽이었다. 그때는 그렇게 길을 나섰다가 차라리 미쳐 버릴 수 있었으면 좋겠다고 생각했다. 언 고무신짝을 끌고 바람 부는 길로 나섰을 때는 오로지 맨가슴 하나뿐이었다. 그 맨가슴이 어딘가에 스치기만 해도 마지막 남은 삶의 희미한 끈이 툭 하고 끊어져 버릴 것만 같았다. 피 냄새를 품은 회오리바람 속에서도 미쳐 버릴 수 없었던 그 시절, 그래서 나는 산다는 게 더 이상 무섭지 않았다.

해가 바뀌었어도 난리는 끝나지 않았다. 작은언니의 막내 시동생 되는 사돈총각은 특공대로 뽑혀 산속 깊은 곳으로 숨어버린 폭도 토벌을 하러 다녔다. 토벌에 나가는 날엔 비상연락망을 통해 연락이 왔다. 한림, 모슬포, 서귀포, 제주읍 각지에서 차출된 특공대들은 모두 혈기 왕성한, 빠릿빠릿한 이십대의 청년들이었다. 팔뚝엔 완장을 차고 불미왕에서 벼른 창을 대나무 끝에 꽂아 만든 죽창을 들었다. 토벌대들은 노루 사냥을 하듯 한라산을 옥죄고 들어가 산 깊은 곳의 굼부리(분화구)와 숲을 뒤지는 소탕 작전을 벌였다. 토벌에서 돌아온 사돈 총각은 그날의 전과에 대해 열을 올리며 무용담을 늘어놓았는데, 토벌 갔다 온 얘기를 들을 때면 나도 모르게 오금이 저리고 북채로 두드리는 것같이 심장이 벌룽거렸다. 작은언니네 집도 내가 오래 있을 곳이 못 되었다.

작은언니네서 한 달가량 지내다가 정월 지나 집으로 돌아왔다. 안거리채가 홀랑 날아가 버리고 타다 남은 밖거리채는 흉물스런 막살이로 변해 있었다. 갯가로 소개해 내려갔던 사람들도 거의가 돌아와 있었다. 남정네들은 나무를 베어다 타 버린 기둥을 세우고 얼기설기 지붕을 엮어 올리고 무너진 돌담을 쌓았다. 그러나 양식이 없어서 굶거나 남정네가 없어 집을 건사하지 못하는 집들이 태반이었다. 뒷밭 남편 옆에 가매장했던 시어머니의 묏자리에 간신히 작은 봉분이나마 만들어 준 게 내가 할 수 있는 마지막 일이었다. 그것 역시 내 힘만으로는 버거운 일이었다. 먹고 입는 것이 거칠고 형편없던 시절, 가슴 도려내듯 끔찍한 일을 보고 당한 사람들은 정신이 홀랑 날아가 버린 것 같았다. 궂은일엔 나서서 상부상조하고 좋은 일엔 함께 장구 치고 어깨춤을 추었던 이웃들은 웃고 우는 일도 그래서 함께할 수 없었다.

도야지통 같은 막살이에서 겨우 죽을 끓여 먹으며 봄을 맞은 나는 날이 완전히 풀리자 어린 딸을 들쳐 업고 시집 마을을 떠났다. 삼 년을 채 못 산 시집이지만 삼십 년을 살아낸 것 같이 끔찍했다. 겨우 이름자 하나만 달랑 받은 두 살 먹은 딸, 이고 진 것도 없는 맨 몸뚱어리, 맨살 비빌 것밖에 없는 우리 모녀는 같은 날 한시에 죽어진다면 그게 남은 복이었다.

하지만 산목숨은 어떻게든 살아진다는 말이 있다. 나는 친정 쪽으로 먼 친척뻘이 되는 아주머니가 살고 있는 귀덕으로 가기로 작정을 하고 큰오빠네를 찾아갔다. 큰오빠는 병세가 차츰 나아지고는 있었지만 여전히 바깥출입을 못하고 누워 있었다.

"마음 단단히 먹엉 살아야 헙니다. 큰오라방이 저리 되야부난 누게가 아가씰 도와줍니까. 너무 설웁젠마랑 잘 견딥서. 견디멍 시땅보민(있다보면) 다 살아질 거 아니우꽈? 복잘 생각허여도 이 악물고 살아야 헐커라마씸."

내가 귀덕으로 살러 갈 때 올케언니는 내 손을 꼭 잡고 말했다.

어릴 때 어머니 손을 잡고 한 번 다녀간 적이 있을 뿐 귀덕은 내게 낯선 곳이었다. 내 잔치 때 잔치를 먹으러 왔던 아주머니는 나를 보자 눈물을 찍어 내며 안타까운 얼굴로 맞아 주었다.

아주머니 집 옆에 바싹 붙은 집을 한 채 얻었다. 집 바로 앞으로 바닷물이 들쭉날쭉하는 갯가의 단칸 오막살이였다. 썰물이 지면 낮은 축담 아래 손톱만 한 게들이 개미 끓듯 버글거리고 문을 열어젖히면 축축한 해초 이끼 냄새가 코끝에 묻어왔다.

귀퉁이가 어그러져 아귀가 맞지 않는 정지 문짝은 웬만한 돌풍에도 여지없이 귀가 떨어져 펄럭거렸다. 낮에 잔잔했던 바람도 밤사이 천지를 뒤흔들 듯이 돌변해 지붕을 물어뜯고 시퍼런 파도를 휘몰고 들이닥쳤다. 그런 밤이면 갯바람 소리에도 깜짝깜짝 놀라 자리에서 일어나 앉았다. 새근새근 숨을 고르며 잠든 아이를 그을음이 올라오는 불항아리 아래서 쳐다보고 앉았으면 속에서 매운 내가 올라와 가슴이 아렸다.

나이 스물 몇에 혼자되어 자식을 데리고 사는 팔자가 나뿐만은 아니겠지만 바람이 삼킬 듯이 노리고 있는 오막살이는 낡은 밧줄 하나에 매여 이리저리 흔들리는 돛배처럼 위태롭게 느껴졌다.

왜 그런 생각이 들었던지, 하루에도 몇 번씩 살아질 것 같지 않은 마음은 진정되지 않았다. 물속에 들어가면 갯바위 틈에라도 머리를 콱 처박고 그대로 떠오르지 않았으면……, 먼 바다로 한없이 쓸려나가 뭍으로 다시 돌아오지 말았으면……, 그런 마음을 품다가도 자식을 둔 어미라는 생각에 도리질을 쳤다.

"복자어멍아, 자식 보고 살아사주. 살다보민 좋은 날 올커라."

물질을 끝내고 갯바위로 올라와 불턱에 넋을 놓고 앉아 있는 내게 아주머니는 그런 말을 하곤 했다. 배를 타던 신랑을 바다에서 잃고 올망졸망한 어린 자식 셋을 키우며 혼자 살아온 아주머니는 남편 없이 사는 서러움이 어떤 것인가를 누구보다 잘 안다며 내 마음을 다독였다. 자식 때문에 함부로 죽지도 못할 목숨이라는 말, 그 말을 곱씹어 생각하면 가슴이 아렸다.

나는 아주머니와 같이 물질을 다니고 밭에 나가면 따라 나가 밭일을 거들었다. 아주머니는 한시도 몸을 쉬지 않았다. 두 집 다 남정네 없는 집이라 물질을 나가도, 밭일을 해도 무엇 하나 수월하지 않았다. 집구석에 작은 것 하나 틀어져 손볼 일이 있어도 애를 태우는 잔걱정거리가 되기 십상이었다. 그래서 우리는 아래윗집 살면서 힘이 되는 한은 서로 돕고 살았다. 잔손 가는 허드렛일이야 여자들 손으로도 급하게 땜질해 놓고 살 수 있지만 굴묵(부엌 뒤에 있는 난방용 아궁이)이 미어져 불이 내거나 문짝이 떨어져 나가거나 하는 일이면 어쩔 수 없이 남의 남정네 손을 빌어야 했다. 그런 일은 대개 한동네에 사는 아주머니의 친정붙이라는 목수가 와서 손을 봐주었는데, 우리 집에 일이 생기면 내가 부르지 않아도 아주머니가 알아서 그 사람을 데리고 왔다. 덩치가 좋고, 반고수머리인 목수는 눈썹이 숯처럼 검고 통 말수도 없는 사람이었다.

"저 홀아방은 각시 복이 어서부난(없어서) 사는 거시 막 형편어선."

사람을 보고도 밝은 낯으로 인사하는 법도 없고 무뚝뚝하기 그지없는 목수 남자를 아주머니가 두둔하며 말했다.

스물둘에 두 살 더 먹은 해녀를 각시로 얻었는데 무단히 작업을 잘하고 바다에서 돌아온 각시가 급살을 맞았는지 자던 밤에 죽어 버렸다고 했다. 각시를 얻어 일 년을 채 못 살았다고 했다. 창졸간에 변괴로 각시를 잃은 그는 사람이 변해 술로만 지냈다는데, 볼그레하게 헌 것 같은 거친 뺨이며 코끝이 술독이 올라 그랬던 것만은 아닌 게 눈빛이 예사롭지 않게 느껴졌다. 뭍으로 끌어올려 엎어 놓은 배 밑창에 땜질을 하거나, 대패질을 하거나, 바람 부는 갯바위에 무엇엔가 홀린 듯 앉아 술을 들이켜던 남자……. 꼭 내가 나타나는 길목을 지키고 섰던 사람처럼 그 사람은 내 눈에 자주 띄었다.

3

내가 귀덕으로 살러 간 이듬해 여름 전쟁이 터졌다. 전쟁이 터졌다는 소리를 듣고도 나는 하나도 무섭지 않았다. 우리같이 섬에 처박혀 사는 사람들이야 어디로 피난을 갈 수도 없었다. 정신이 홀랑 빠져 버린 채 하루 살아가기가 천년 같이 버거운 시절, 이래 죽으나 저래 죽으나 그저 앉은자리에서 겉목숨만이라도 붙들고 살아야 했다. 전쟁보다 더 무서운 일을 겪고도 살아남은 목숨이었다.

금방이라도 인민군들이 쳐들어올 것만 같은 불안한 시절이었지만 전쟁이 끝날 때까지도 촌구석에 처박혀 살았던 나는 인민군 씨알도 구경해 보지 못했다. 전쟁을 실감한 것은 겨울 들어 육지 사람들이 피난을 들어오면서였다. 낙동강까지 인민군과 중공군들이 밀고 내려오면서 부산 바닥이 차고 넘치도록 피난민들이 남쪽으로 몰리는 때여서 제주 섬에도 육지 사람들이 짐 보따리를 이고 지고 들어왔다. 벌어먹고 살 것도 없는 척박한 땅, 아무 데나 들어 헛간 같은 방에 얹혀살던 피난민들은 오래 버티지 못하고 다시 섬을 떠났다.

그러던 어느 때부턴가 목수 남자도 보이지 않았다. 전쟁이 나던 그해 겨울 목수 남자는 입영 통지서를 받고 뒤늦게야 전쟁터에 나갔다고 아주머니가 내게 말해 주었다. 스물일곱 나이보다 겉늙어 보이던 남자. 그 남자의 내력을 알아서 그랬던가, 이상하게도 나와는 상관없는 그 남정네가 안쓰럽다는 생각이 들었다.

그리고 그런 일은 까맣게 잊어버렸다. 총소리는 멀리 있지만 전쟁은 생활 곳곳에 스며들어서 뭍에서 들어온 피난민들이 한차례씩 훑고 지나간 뒤면 마음이 스산해지고 불안했다. 향사 곁의 다 쓰러져 가는 빈집에도 서울 어디에선가 왔다는 피난민 가족이 살았다. 그들은 장터가 있는 읍이나 번다한 데로 나가지 않고 꽤 한참 동안 우리 마을에 남아 있었다. 말이 집이지 손대기도 어설프게 다 쓰러진 움막집이었다. 여자는 얼굴이 반드레한 게 젊고 남자는 여자보다 훨씬 나이가 많이 들어 보이는데, 아이들은 어렸다. 발갛게 언 뺨이며 손이 트고 갈라진 댓살 먹은 사내아이와 눈확이 쑥 들어간 왕방울만 한 눈을 가진 예닐곱 살짜리 계집아이는 한시도 제 어머니 곁에서 떨어지는 법이 없었다. 의복이 넉넉지 않아서 아이들은 거적 같은 요때기를 둘둘 말고 있었고 여자도 항시 해진 남자 옷을 여러 겹 껴입고 낭간에 걸터앉아 멍하니 햇볕을 쬐곤 했다. 그 집에서는 갯가 풍경이 훤히 보여서 부두에서 일하는 뱃사람들이나 물질하느라 들고 나는 우리 같은 해녀들도 다 보였다.

남자는 일거리를 찾아 돌아다니는지 보이지 않고 여자는 아이들을 데리고 집구석에만 있었다. 피난 나온 길이니 이고 나온 양식도 변변치 않았을 것이다. 어느 하룬가는 아이들을 떼어 둔 그 여자가 물질하고 올라오는 우리들에게 다가와 춥지 않냐고 말을 걸었다.

"혈 만허난 허주게. 누겐 추분날 구들방에 들앉을 줄 몰라 이영허우꽈?"

테왁망사리를 끌고 불턱으로 올라오던 아주머니가 여자의 말에 턱을 들까불며 소리를 질렀다. 바람 때문에 여자의 묶지도 않은 수북한 검은 머리카락이 얼굴을 휘감치며 흩날렸다. 여자는 우리가 장작불을 피운 불턱에 다가들어 손을 쬐며 으스스 몸을 떨었다.

"저 같은 사람도 배우면 물일을 할 수 있나요?"

그냥 해보는 말인지 어쩐지 몰라도 여자가 얼굴을 붉히며 물었다.

"아이고, 맙서. 아기들 자무질허는 것초록 허영은 물질 못헙니다게. 어멍 배소곱에서부터 배워난 사람들이나 헐 수 있주 아무나 허여집니까?"

아주머니가 옆에 쪼그리고 앉아 장작불을 뒤적이는 여자를 빤히 쳐다보며 말했다. 사그라지던 불땀이 살아나면서 여자의 얼굴이 발그레했다. 가까이서 보니 험한 막일은 안 하고 산 것 같이 태가 고왔다.

더러 육지에서 온 사람 중에 물질을 배우려고 하는 축들도 있긴 있었다. 하지만 그렇게 생짜로 배워서 길게 물질하는 사람을 나는 보지를 못했다. 여자나 남자나 어디를 가서 살든 농사 부칠 수 있는 땅뙈기가 있고 생업을 삼을 만한 일이 있으면 뿌리를 내리고 살아지는 법이었다. 전쟁통에도 암거래를 하거나 시장통 난전에 자리를 깔고 국밥을 끓여 파는 피난민 장사치들도 보았지만 물질은 결코 쉽게 덤빌 수 있는 일이 아니었다. 누가 옆에서 붙여 주지도 않지만 그 여자는 언감생심 말 붙였다 말품도 제대로 못 찾고 민망만 당한 채 슬그머니 일어났다.

해녀들 사이에서도 예전의 풍속이 급속히 깨지고 있었다. 친정 마을에서만 물질을 해 먹던 예전과는 달리 벌어먹고 살 양이면 어느 곳이든 터전을 삼고 동아리에 들어 물질을 해 먹었다. 어업조합이 제구실을 못하면서 돈 있는 작자들이 나서서 해산물을 거둬들였다. 전쟁은 하찮은 생업의 형태뿐만 아니라 생활 습속도 크게 바꿔 놓아서 체면과 염치를 묵살하고 마는 경우도 허다했다. 그 어떤 것도 가난과 굶주림 앞에서는 견뎌 내질 못했다. 그 시절은 하나같이 서방 없는 서러운 세월이었고 자식들은 애물단지였다. 굶주림을 이기기 위해 체면 염치 불구하고 무슨 일이든 하지 않으면 안 되었던 시절이었다. 그러나 사람이 가져야 하고, 지켜야 할 가치들은 아주 사라지는 것이 아니었다. 그래서 사람은 짐승처럼 살 수 없는 것이었다.

궂은날이면 나는 한라산 쪽은 쳐다보지도 않았다. 마른 눈으로, 멀쩡한 가슴으로 내 눈앞에 버티고 서 있는 한라산을 쳐다볼 염이 생기지 않았다. 언제부턴가는 그 산에 금족령이 내려 민간인들은 함부로 접근할 수조차 없이 죽어 있는 산이었다. 섬의 한가운데 영물의 짐승처럼 등뼈를 길게 늘이고 드러누운 산, 이 섬이 한라산이 없는 민섬이었다면 그 난리가 없었을까. 마소를 놓아기르게 하고 땔나무를 주고 바람의 세기를 다듬어 주던 산이었다. 나는 그 산에서 돌아앉아 바다만 바라보고 살았지만 죽을 때까지 보지 않을 수도, 밟지 않을 수도 없다는 걸 잘 알고 있었다. 나 역시 이 섬 안에 갇혀 사는 사람들과 다르지 않게 살고 있는 목숨이었으니까.

어느덧 전쟁도 끝나가, 삼팔선 아래위에서 총질을 해대며 휴전이 되네 마네, 하고 있었다. 이대로 전쟁이 끝나면 남과 북이 반동가리로 영영 갈라서는 것이라고 했다. 미국과 소련이 반쪽씩 갈라 먹은 나라라고, 다 늙은 하르방들이 바람 부는 선창에 앉아 그물을 꿰매며 어디서 들은 그런 소리를 해도 내 염량은 그것까지 헤아릴 문리가 없었다.

밤낮이 바뀌며 날이 가고 달이 가고, 계절이 지나가며 사람의 염량이 바뀌듯, 꼭 어제 일만 같던 상처에도 부슬부슬 딱지가 내려앉았다. 아버지의 얼굴조차 기억할 수 없는 어린 딸이 어느덧 여섯 살이 되어 밥상머리에 앉으면 물심부름도 하고 군내 나는 입안엣 소리로 시름겨운 타령을 읊조리는 내 말동무도 되어 주었다.

"어떵 나 말을 궂다 허지 말앙 잘 생각해 보라게. 나이가 한창인디 어떵헐커라, 나처록 자식새끼가 여럿이난 고것들 수발들고 사름만들젱 헌다고는 못헐커고, 아맹해도 집안엔 소나이(사내)가 있서사 든든하주."

근근이 하루 벌어먹고 살기 바쁜 때, 어느 날 아주머니가 어렵사리 말을 꺼냈다. 내게 팔자를 고쳐 보라는 말이었다. 서방 없이 사는 홀어멍이라고 누가 홀대를 하거나 뒷말을 끌어다 붙일 새라도 있었던가. 하지만 그런 말을 들을 때면 나는 서러워졌다.

피난민들이 훑고 지나간 뒤에 전쟁터에서 살아남은 남정네들이 한둘씩 돌아왔다. 목수 사내, 그 사람도 돌아온 지 두어 달이 지난 때였다. 그는 부상을 당해 야전 병원에서 후방으로 후송되었다가 휴전 회담이 시작되자 제대를 해서 돌아왔다고 했다.

"그 사름도 여자가 옆에 있어 놔야 몸도 다스리곡 정신도 차릴커라. 복자어멍아, 나가 볼따구니 얻어맞을 중신어미 노릇이라도 할라 허는 거는 조끄테서 복자어멍 고생허는 거시 보기 막 안 되영. 벨란 사름 어서(없어). 가진 것은 암 것도 어서도 사름 한나만 보고 살아 보라게."

그런 말을 하며 아주머니는 그 남자가 나를 마음에 두고 있다는 말도 했다. 그 얘기를 듣고부터는 온몸의 맥이 쑥 빠졌다. 옆에서 아무리 뭐라고 해도 내 마음만 굳으면 상관없겠지만 진창처럼 뒤범벅이 된 내 마음을 나도 알 수 없었다. 그 남자는 죽은 각시의 모습을 내게서 본 것일까. 불현듯 그런 생각이 들었다. 자던 밤에 급살을 맞아 죽었다는 그 남자의 각시, 그 자리로 들어가는 것이 두려웠다.

"세상 벨 사름 어서. 조끄티서 누게라도 고라줄 사름이 이실 때 가사주."

내 마음을 어떻게 해야 할지 몰라 어지러울 때 아주머니는 마음이 뜬 것 같은 나를 자꾸만 흔들었다. 이때 큰오빠와 올케언니가 귀덕으로 찾아왔다. 큰오빠는 겉으로는 다 나아 멀쩡한 사람처럼 보였다. 오래 누워 있어서 얼굴이 많이 쇠하고 몸도 축난 것 같아 보였지만 그만하기가 다 올케언니의 정성이라는 걸 나는 알고 있었다. 큰오빠 내외가 귀덕까지 나를 보러 온 건 내가 사는 것이 궁금하기도 했겠지만 서울로 갈 작심을 하고 마음이 뒤숭숭해 큰맘 먹고 길을 나선 것이었다.

"어떵 우리도 자식새끼들광 벌어먹고 살젠혀도 방도가 어선마씸."

올케언니가 말했다. 큰오빠는 별 말 없이 내게 미안하다는 말만 했다.

올케언니의 친정 일가붙이가 서울에 있다고는 하지만 전쟁으로 쑥밭이 되었다는 그 먼 뭍으로 가서 무얼 해 먹고살지 알 수 없는 노릇이었다. 하지만 큰오빠가 고향을 접고 타관으로 나가는 데는 그만한 이유가 있을 것이다. 어쩌면 큰오빠는 피비린내가 묻어 있는 고향을 잊고 싶었는지도 몰랐다. 그때는 왜 큰오빠네를 따라 서울로 가서 살 궁리를 하지 못했던 건지. 나는 그저 두려웠다. 내 몸 하나로 벌어먹고 살아야 한다는 생각, 오로지 나는 물질밖엔 할 수 있는 게 없다는 생각뿐이었다. 왜 그리 어리석었는지, 그때 서울로 따라 나섰더라면 이 원수 같은 물옷을 벗고 살 수 있지 않았을까. 그랬다면 평생 업으로 짊어지고 산 이 삶이 조금은 달라지지 않았을까.

오빠네가 서울로 떠난다는 말에 내 가슴이 텅 비어 버렸다. 무어라도 잡지 않으면 견딜 수 없을 것 같은 생각이 들었다. 아주머니가 큰오빠 내외가 있는 데서 목수 남자 얘기를 꺼냈다. 당찬 올케언니가 온 김에 사람을 한번 보고 가자고 했고 큰오빠도 싫은 기색은 아니었다. 일이 되느라고 그랬던지 얼결에 상견례가 이루어졌다.

"사름 인연은 하늘이 만든거난 헐 수 있수까게. 고집도 쎄 보이난 고모가 살멩 마음고생도 많을 컨디, 경혀도(그래도) 남정네가 옆에 있시민 든든허곡 좋지 않으우꽈."

남자를 보고 나서 올케언니가 큰오빠 눈치를 보면서 내게 말했다. 코흘리개 어린 막내 시누이인 나를 딸처럼 키웠던 올케언니였다. 내게 비단 활옷을 입히고 족두리를 씌워 시집을 보내며 물질하고 사는 것이 안타까워 배곯지 않은 데로 보내고 싶었다던 올케언니였다.

"별 사름 없쑤다. 나가 고모헌티 해준 건 어서도 고모를 생각하는 마음 하나만은 옳게 있쑤다. 섭섭다 말망 고모 맘이 가는대로 합서."

올케언니는 내가 그 남자를 마음에 들어 하는 줄 알고 그런 소리를 하는 것 같았다. 액막이를 하고 시집을 갔어도 평탄치 못했던 팔자라면 내게 다른 팔자가 있을까 싶었다. 그랬으니 올케언니에게 그 남자의 각시가 급살을 맞아 죽었다는 얘기는 하지도 않았다.

큰오빠네는 귀덕에서 하룻밤을 묵고 논깍으로 돌아갔다. 새삼스레

육례를 갖출 처지도 아니어서 우리는 며칠 후에 찬물 한 그릇 떠놓고 살림을 합쳤다. 살림을 차린 기념으로 한림 읍내로 나가 새로 생긴 사진관에서 사진을 한 장 박았다. 검은 무명 치마에 깨끗하게 손질한 흰 저고리, 가르마를 곱게 탄 머리에 비녀를 찌르고 신랑은 시꺼먼 양복을 빌려 입었다. 상이군인으로 제대한 그는 옆구리에 수류탄 파편이 박혔던 상처 자리가 거의 다 아물어 엄지손가락이 들락날락할 만한 구멍이 나 있었지만 겉은 멀쩡한 사람이었다.

큰오빠네가 서울로 떠날 때는 남편과 함께 배웅을 나갔다. 논깍 친정에서 마지막으로 하룻밤을 묵고 부두까지 나가 큰오빠네가 떠나는 것을 보고 돌아오는데 마음이 허전해서 자꾸만 걸음이 헛놓였다. 이게 잘하는 짓인가, 고향에 남아서 살아갈 자신이 있나, 수없이 내게 물었지만 이미 되돌릴 수 없는 일이었다. 하지만 나는 그게 큰오빠와의 영영 이별이 될 줄은 몰랐다.

서울로 간 큰오빠는 옛날 일본에서 해 먹던 것이 있어 고철을 모아 파는 고물상을 해서 처음에는 재미를 좀 보았다고 했다. 그런데 고철을 리어카 가득 주워 돌아오다가 내리막길에서 리어카와 함께 구르는 바람에 머리를 크게 다친 큰오빠는 결국엔 일어나지 못하고 세상을 떠 버렸다. 그때 시댁 식구들이 있는 한림으로 가서 살 때였는데 서울에 가 보지 못했다. 시댁 식구들 몰래, 남편 몰래 얼마나 가슴을 치고 통곡을 하며 울었던지……. 그때 남편에게 가진 원망은 평생을 가도 지워지지 않았다.

그것도 내 팔자고 인연이라고 생각하면 그만이지만, 여섯 살 난 딸을 데리고 새살림을 차려서 그 사이에 첫아들을 낳을 때까지 나는 수십 번도 더 내 머리를 찧었다. 살아 보니 남편은 술버릇이 고약했다. 멀쩡한 정신일 땐 입 한번 뗄 줄 모르고 허튼 소리 한마디 할 줄 모르는 나무토막 같은 사람인데 그 입으로 술만 들어갔다 하면 딴사람이 되었다. 그런 남자를 한 번도 겪어보지 않았던 나는 세상 술 먹는 남자가 다 내 친정아버지 같은 줄로만 알았다. 술이 오르면 그저 아무데서나 드러누워 자고, 건드리지만 않으면 만사가 형통한 사람이 친정아버지였는데 남편은 달랐다. 나 혼자 당할 때는 내 속으로 삭이고 감당하면 그만이었지만 자식들을 여럿 두었을 때는 그때와 또 달랐다. 먹은 술이 깰 때까지 한 얘기를 하고 또 하고, 온 식구가 지쳐 넌더리가 나도록 말로 해코지를 하고 괴롭혔다. 이 버릇은 늙어갈수록 고약해져서 자식들은 술 먹는 아버지 때문에 상처를 많이 받았다.

막내딸 정해가 고등학교를 졸업할 무렵이었던가. 다 늙어빠져서도 술주정하는 남편 때문에 남의 집으로 피신을 하고 얼굴에 상처를 달고 있는 나를 보고 정해가 말했다.

"엄마, 아버지랑 이혼하세요. 보는 우리가 다 지긋지긋해 죽겠어."

나는 어처구니가 없어 그런 말을 하는 딸애의 얼굴을 물끄러미 쳐다보다가 중얼거렸다.

"나(내) 소곱으로 난 자식들을 따시 배소곱으로 집어넣을 수 있시냐?"

그랬다. 내 속으로 난 자식들만 아니라면 이혼이 아니라 그보다 더한 것도 나는 할 수 있었다.

붉덩물 같은 시간을 앙금으로 가라앉히고 다시 자식들을 줄줄이 낳아 살면서 하루에도 수십 번, 수천 번 손바닥 뒤집듯이 생각하고 또 생각해도 나는 나를 알 수 없었다. 더구나 그걸 누가 나에게 가르쳐 줄 수도 없는 일이었다.

새살림을 차리고 나서 내가 제일 먼저 당한 일은 전처의 식게였다. 식게 음식을 만드는데 기분이 묘했다. 집에 나 말고 누군가 꼭 다른 여자가 있어 그 여자의 손을 타고 있는 듯이 느껴졌다. 내가 정짓간에서 만든 음식을 들고 문턱을 넘나들 때 휙휙 스치는 스산하고 찬 기운에 오금이 저렸다. 내 몸에 바람이 든 것 같은 그런 기분은 처음이었다. 남편 혼자 상 앞에서 음복까지 하고, 남몰래 도둑 식게를 지내는 것처럼 깊은 밤의 절차는 조용히 끝났지만, 새벽이 올 때까지 한기처럼 스며드는 그 느낌은 끝내 사라지지 않았다.

그날 밤, 나는 꿈속에서 생시처럼 흠뻑 울었다. 무엇이 서러워 그렇게 울었던 건지, 온몸이 들썩거리게 아프도록 울고 나서 잠이 깨자 물밑에 잠긴 듯이 몸이 무거웠다. 오랫동안 묵정밭처럼 버려졌던 내 몸이 다시 남자를 받아들일 때도 그랬다. 더운 김을 뿜어내는 사내의 입김과 몸을 쓰다듬던 손길이 낯설고 부담스러운데 강물처럼 내 몸이 익숙한 데로 흘러가는 느낌만은 낯설지 않았다. 그 낯설지 않은 느낌 속에 떠오를 듯 말 듯 첫 남편의 얼굴이 아른거려 일을 끝내고 돌아누워 옷을 꿸 때면 온몸이 무겁게 가라앉곤 했다. 남의 남자 품에 안겨 있는 것 같은 어이없고 불편한 느낌은 자주 나를 꿈속에서 울게 했다. 첫아들 기환이를 낳을 때까지 나는 이런 감정에서 놓여나질 못했는데, 자식은 그렇게 반쯤 물 위에 뜬 것 같은 나를 잡아준 닻줄이었다.

쉰이 갓 넘은 시어머니는 돌아가신 시아버지의 세 번째 부인이었다. 남편이 첫 결혼을 하기 전에 돌아가셨다는 시아버지의 첫 부인은 소생 없이 돌아가셨고 둘째 부인이 내 남편을 낳은 어머니인데 남편이 일곱 살 먹었을 때 돌아가셨다. 세 번째로 들어온 시어머니가 아들 셋에 딸 하나, 내리 넷을 두었는데 그 험한 시절을 겪어 오면서도 하나도 잃지 않고 다 품 안에 둔 걸 보면 박복한 팔자라 할 수 없었다.

그러나 시어머니는 애살스럽고 욕심이 많은 사람이었다. 잔정 없고 무뚝뚝한 남편은 그런 다슴어멍(의붓어머니)과 성격이 맞질 않았다. 하지만 어쨌거나 남편은 집안의 장남이었다. 밥 먹는 입 하나 거두는 게 무서운 시절에, 식구들을 나 몰라라 하고 살았던 남편은 그래서 시어머니에게나 형제간들에게 환영을 못 받았다.

내가 시집을 갔을 때는 시어머니가 낳은 첫아들이 장가를 들어 시어머니와 한 집에 살고 있었다. 시할아버지 때 지었다는 집은 돌아가신 시아버지가 건사를 하면서 밖거리채를 새로 들인 집이었다. 우리는 귀덕에서 일 년 남짓을 살다가 한림으로 들어와 시집의 올렛길 저만치 나앉은 바깥쪽에 살고 있었다.

그때 시동생네는 세 살 먹은 딸 하나를 두었는데 동서는 둘째를 가져 배가 불러 있었고 나도 바로 아이가 들어서서 입덧을 하고 있었다. 하지만 나는 입덧하는 걸 식구들 누구에게도 드러내지 않았고 임신을 했다는 말조차 하지 않았다.

둔하면서도 시샘 많은 동서는 심술기가 있는 시어머니와 죽이 잘 맞았다. 내게 한동안은 형님 소리도 하지 않았다. 나 역시 집안 식구들 누구에게도 맏며느리라는 걸 유세하지 않았다. 하고 싶지도 않았다. 그저 나한테 싸움만 걸지 않으면, 얼마든지 그 비위 맞추면서 내 할 도리 하고 살면 그뿐이라고 생각했다. 하지만 동서는 그동안 어려운 살림을 꾸려 오면서 맏며느리 노릇을 했다는 유세인지 눈에 뻔히 보이는 일에도 나를 따돌렸다. 그런 불편한 사이는 내가 첫아들 기환이를 낳고 나서는 이상하게 돌아가 버렸다. 동서가 또 딸을 낳았기 때문이었다. 동서는 내가 별스럽게 요령을 부린다고 생각했는지, 내가 입덧조차 숨기고 배가 불러왔을 때는 이런 말을 했다.

"식미(성격)가 참 이상허우다. 한 식구헌티도 이초록 배가 불러와사 알게허고 그 몸으로 물질을 허영다니메 촘 독하우다."

형님이란 앞엣 말은 잘라먹고 동서는 대놓고 이죽거렸다. 하지만 동서끼리의 그런 시샘은 아무것도 아니었다. 우리는 그때 먹지 못한 빈 뱃속에 눈확이 퀭하니 뚫려 있었고 하루 세 끼 제대로만 먹을 수 있다면 그런 배부른 시샘 따윈 아무것도 아니었기 때문이었다. 그래서 우리가 고향과 부모 형제간들을 버리고 육지로 나가 살 작정을 했다는 걸 알았을 때 동서는 기어이 불편한 속을 드러내며 큰소리를 쳤다.

"아버님 식게는 어머님이 살아기시난 우리가 받들주만 다 내불고 나가불민 후젠 어떵헐커라양?"

우리가 짐을 쌀 때는 말젯아방(셋째 시동생)까지 장가를 들어 딴 살림을 나고 막내인 시누이만 시집을 안 가고 있었다. 오고 가기도 가깝지 않은 길, 배다른 형제들이지만 그들을 나 몰라라 하고 가서 잘살 수 있을지……. 그러나 나는 그런 것들보다 우선 떠나고 싶었다. 큰오빠가 덧정 떨어져 고향에 못 살고 서울로 갔듯이, 내게도 더 이상 섬에서 바랄 건 아무것도 없었다. 고향을 버리고 올 때는 상처 없는 먼 곳으로 가서 새롭게 잘살아 보고 싶은 맘, 그것 하나뿐이었다.

쌀을 선적한 화물선에 양식거리와 이삿짐을 싣고 우리는 1958년, 고향을 떴다. 하룻밤을 새워 부산항에 도착한 배는 구룡포를 거쳐 뱃멀미에 얼굴이 노랗게 뜬 사람들을 사흘 만에 마지막 귀항지인 경상도 땅, 이름도 낯선 항구에 우리를 내려놓았다.

4

항구는 볼품없고 작았지만 웅숭깊었다. 표주박처럼 뭍으로 쑥 기어들어온 부두는 풍랑과 바람으로부터 배를 보호하기에 안성맞춤이었다. 부두에는 수십 척의 크고 작은 배들이 빽빽이 정박해 있었다. 부둣가에 몰려 앉은 낮은 지붕의 초가집들과 마당으로 바닷물이 들락거리는 돌 축대 위에 얹힌 집들이 부두의 양쪽 끝까지 빈틈없이 앉아 있었다. 그러고도 집들은 더 물러날 것도 없이 부두의 양쪽으로 날개를 펼치듯 뻗어 내린 산기슭으로 다닥다닥 기어올라가 버섯 같은 지붕을 이고 검게 웅크리고 있었다.

배가 닻을 내릴 때 날이 어두워지기 시작했다. 검은 칠을 한 판자나 루핑 쪼가리를 뒤집어쓰고 부두의 한복판에 즐비하게 나앉은 밤의 술집들은 고향의 여느 부둣가와 별반 다르지 않은 풍경이었지만 내 눈엔 낯설기만 했다. 술집들에서 흥청거리며 흘러나온 불빛들이 스산한

밤 부두를 밝혔다.

우리는 우선 제주할망이 살고 있다는 기와집으로 들어가 짐을 풀었다. 마당이 넓은 집이었다. 대청마루가 높이 올라앉은 기와집을 가운데 두고 양쪽으로는 드난살이하는 사람들이 사는 우중충한 초가집을 두 채씩 거느리고 있었다.

바깥마당의 텃밭까지 탱자나무 울타리가 기와집을 둘러싸고 있었는데 안마당 한가운데 돌을 높이 쌓아 올린 우물이 있었다. 양철 지붕 가름대에 줄이 둘둘 감긴 두레박이 걸려 달랑거렸다. 짐을 부린 사람들이 우선 목을 축이려고 우물가로 모여들었다. 우물은 몇 길이나 되는지 밑이 보이지 않을 정도로 컴컴하고 아득했다. 남편이 두레박의 줄을 풀어 바가지를 우물 속으로 던졌다. 한참 만에야 첨벙하는 물소리가 났다. 우리 고향에선 두레박을 던져 넣어 물을 긷는 우물은 없었다. 깊이 땅을 파지 않아도 단물이 저절로 솟아나 앉은 채로 바가지질을 해서 물을 떠먹는 샘이었다. 땅이 가물어 단물이 부족한 산간 마을에서는 물허벅을 진 여자들이 줄을 지어 십 리 밖에 있는 샘으로 물을 길으러 다니기도 했다. 목이 탔던 나는 물 한 바가지로 달게 목을 축이고서야 비로소 육지에 닿았다는 걸 실감했다.

삼십 촉짜리 전깃불을 환히 밝힌 마루에서 내려선 할망이 오랜 여독에 시달린 사람들을 맞았다. 부르기 좋아 할망이지 나이 예순이 안 되어 보였다. 허리도 굽지 않고 사내같이 어깨가 벌어진 다부진 체격에다 이목구비가 굵직굵직하고 쪽찐 머리에 이마가 유난히 훤했다.

타관으로 나와 일찍 남편을 여의고 이재에 밝은 남다른 수완으로 가세를 일궈낸 여장부의 강건함이 몸에 밴 양반이었다. 여든여덟 수를 누릴 때까지 그 양반의 권세와 부는 마르지 않는 화수분과 같았는데, 세상을 버릴 때까지 제주에서 나와 여기 정착한 사람들은 그 그늘을 거쳐 가지 않은 사람이 없었다.

그때, 고향에서 나온 사람들은 우리처럼 온 식구가 다섯 가구, 홀어멍집이 네 가구였다. 나중에는 먼저 나온 사람들의 연줄을 타고 물질을 하러 나왔다가 눌러앉은 집들이 스무 가호 남짓까지 늘어난 적도 있었다.

미리 배가 들어올 날짜를 알고 준비해 두었던지 기와집 마당은 사람들로 복작거리고 잔칫집처럼 시끄러웠다. 할망의 말 한마디에 드난꾼들은 손발을 맞춰 척척 움직였다. 마당 한가운데 피운 장작불에 가마솥이 걸리고 철벙철벙 두레박을 던져 넣어 물을 길어 올리는 소리, 국밥 끓는 냄새와 돼지고기 삶는 냄새가 진동했다.

"먼길 오젠허난 몬딱(모두) 쏙았쑤다양(고생했습니다)."

툭툭한 명주 한복 위에 깃털 같은 털이 달린 은백색 조끼를 걸친 할망은 일일이 사람들 사이를 돌아다니며 음식을 권하고 인사치레를 아끼지 않았다.

먼 길이었다. 얼굴이 노래지도록 뱃길에 며칠씩 시달린 터라 먹는 것도 싫고 드러눕고만 싶었다. 짐 보따리와 자식새끼들을 끼고 앉은 사람들은 피난민의 행색이 따로 없지 싶었다. 그 와중에도 남자들은 걸쭉한 막걸리 사발을 돌리며 술을 나누고 어린것들은 기름기 도는 전 쪼가리와 뭉툭뭉툭 썬 돼지고기 조각을 들고 마당을 뛰어다니기도 했다. 밤이 이울도록 장정 팔뚝만 한 장작불이 불티를 내며 타들어갔다. 우리는 그 불이 다 사위기도 전에 지쳐 떨어졌고 옹색한 드난집에 칸칸이 들어 서로 엉긴 채 잠을 잤다.

고단하고 꿀 같은 단잠이었다. 내 생전에 그토록 깊이 잠들어 버린 적이 있었을까. 무사히 타향에 짐을 부렸다는 안도감이 꿈도 없는 깊은 잠을 자게 했다.

하지만 고생은 그때부터였다. 남의 집이라도 빌어 셋방살이라도 살 형편이 되는 우리 같은 집은 그래도 괜찮았다. 무작정 벌어먹고 살 길을 찾아 자식들을 끌고 홀몸으로 나왔던 집들 중에 두 집은 물설고 말설은 이곳에 정착을 하지 못하고 고향으로 돌아가고 말았다.

우리는 부두를 바라보고 있는 산기슭 바짝 올라붙은 곳에 판잣집 방 한 칸을 얻었다. 방세는 따로 낼 것 없이 양식을 얼마씩 내놓으면 된다는 조건이었다. 배를 타고 나올 때 남편 몰래 미역 짐 속에 감춰 온 돈을 헐어 양식이며 생필품을 샀다. 주머닛돈은 금세 흐지부지 없어졌다. 벌써부터 물질을 하면 갚기로 하고 양식이며 돈을 기와집에서 꾸어다 먹는 고향 사람들도 있었다.

이곳 날씨는 고향보다 훨씬 더 추웠다. 바람도 섬 바람 못지않았다. 한번씩 바람이 불 때면 바다가 허옇게 뒤집혔다. 부두에 묶인 배들이 키질을 당하듯 요동을 치고, 지붕의 낡은 서까래가 빠져 달아났다. 장독의 독들은 들들들 소리를 내며 울고, 갯바람에 당산목이 우두둑 꺾여 나갔다. 바람 불고 궂은 날이 며칠씩 이어질 때도 있었다. 하지만 바람 자고 물밑이 맑은 날이면 추운 것도 아랑곳없이 해녀들은 한 동아리로 모여 물질을 다녔다.

작업은 대개 마을 근방의 가까운 바다에서 이루어졌다. 겨울에는 주로 가시가 잘고 밤송이 크기만 한 겨울 성게 '앙장구'라는 것을 잡았는데 그때는 그게 큰돈이 되지는 않았다. 전복은 귀한 값에 팔렸는데, 해삼이나 돌문어, 멍게, 소라 등속 해녀들이 작업하는 해산물들은 모두 기와집에서 거래가 이루어졌다. 기와집 할망은 어업조합에서 조업권을 낙찰 받아 도매 장사를 했는데 해녀들한테 매입한 해산물들을 포항이나 부산 같은 큰 어시장으로 가서 넘겼다.

해녀들은 어디를 가나 악착같은 근성으로 살았다. 그렇게 악착스럽지 않으면 꽝꽝 언 날 바다에도 들어갈 수 없거니와 남들 보기에도 험한 그 일을 할 수 없었을 것이다. 남들은 핫옷을 껴입고 귀를 싸매고 다닐 때, 허벅다리를 다 내놓은 해녀들이 바다에 나가 작업을 하면 육지 사람들은 무슨 구경거리라도 난 양 했고 하나같이 독종이라고 혀를 내둘렀다. 하지만 물속은 오히려 따뜻했다. 작업을 시작할 때와 작업을 하고 나올 때 몸이 어는 걸 느꼈지 작업할 때는 추운 것도 몰랐다. 그래서 해녀들은 작업을 나갈 때 물옷 보따리에 장작개비를 챙겨갔고 작업이 끝날 때쯤에는 식구들이 불턱에서 불을 때며 기다리고 있어야 했다.

그땐 누구라도 배곯지 않고 사는 게 소원이었지만 우리 사는 꼴은 참 우스웠다. 혼잣몸인 주인집 할망은 어선들이 하역 작업을 할 때 뱃전에서 떨어지는 고기를 주워 먹고 살았다. 입성이야 말할 것도 없고 사는 것도 기가 막혔는데, 입도 걸어서 동네 어른 아이 할 것 없이 욕쟁이할망이라고 불렀다.

부두에 배가 들어올 때면 욕쟁이할망은 늘 부두에 나가 있었다. 성글게 엮은 그물 뜰채로 어창에서 고기를 한가득 퍼 올려 던지듯 궤짝에 담을 때는 노동이 몸에 밴 선원들의 노련한 삽질에도 떨어지는 고기가 적지 않았다. 그렇게 떨어진 고기들은 따로 긁어모아 다시 궤짝에 퍼 담는데 욕쟁이할망은 그 새를 파고들어 갈퀴 같은 손으로 떨어진 고기를 긁어 담았다.

부두에서 벌어먹고 사는 사람들 중 욕쟁이할망을 모르는 사람이 없었다. 불퉁스럽고 사나운 사내들은 눈을 부라리며 욕쟁이할망이 양껏 긁어모은 고기를 무지막지하게 훑어가거나 함지를 빼앗기도 했는데 욕쟁이할망은 절대로 그냥 당하는 법이 없었다.

"이노옴, 이 불쌍놈아!"

목청이 어찌나 크고 카랑카랑한지 당당하다 못해 기가 질릴 정도였다.

"다 늙은 쭈그렁바가지한테 뭐 뺏어 처먹을 것 있다고. 니 눈깔에는 니 밥그릇만 보이고 남의 밥그릇은 개밥그릇만도 몬하게 보이제. 이 놈, 남의 입에 들어가는 숟가락몽댕이를 칠 똥막대기 같은 놈!"

살기마저 띤 눈으로 온몸을 부들부들 떨어대는 욕쟁이할망을 당할 사람은 아무도 없었다. 아예 욕쟁이할망 함지에 선주 몰래 남은 생선을 그저 퍼 담아 주는 선원들도 있었다.

그렇게 해서 얻은 생선들은 운이 좋으면 선원들이 보는 바로 그 자리에서도 장사꾼들에게 천연덕스럽게 팔아 치웠지만 비늘이 찐득거리고 짠물이 뚝뚝 듣는 양철 함지를 이고 집으로 오르는 험한 비탈길을 나는 듯이 오르내렸다. 당산목이 있는 바위고개까지 올라와서는 함지를 내려놓고 허리 한 번 쭉 폈다가는 다시 함지를 이고 곱사등 같이 허리를 오그린 채 휘청거리지도 않고 잘도 걸었다.

하루에도 수십 번 오르내리는 산비탈에는 아래로 쏟아질 듯 위태롭게 앉은 집들이 드문드문 있었다. 마당이랄 것도 대문이랄 것도 없이 사는 오막살이 초가와 판잣집들이었다.

육지로 나와 나이 한 살 더 먹은 복자는 그 길을 물동이를 이고 오르내렸다. 어린것 고생이 말이 아니었다. 제 또래의 아이들은 책보를 허리에 둘러매고 학교에 가는데 복자는 집안일에 치여, 동생들 뒤치다꺼리하느라 학교는 엄두도 내지 못했다. 그래도 복자는 집안일이 힘들다 잔꾀 부릴 줄 몰랐고 어린것답지 않게 속이 깊었다. 더구나 죽은 제 아버지 앞으로 올라 있는 호적을 파 오지 못해 이렇게도 저렇게도 할 수가 없었다. 나 역시 자식을 둘이나 낳고도 남편의 호적엔 오르지 못했다. 나야 아무렇게 살면 어떤가 싶다가도 복자를 생각하면 가슴이 미어졌다.

그런 틈에 사람 사는 꼴을 갖춘다고 살림이 하나둘 늘어나고 식구도 또 늘게 생겼다. 아이가 들어선 것이다. 사람 입만큼 무서운 게 없다고, 이 지경에 아이를 가진 내가 싫었다. 돼지우리보다 못한 판잣집 방 한 칸을 빌어 온 식구가 오글거리면서 사는데 또다시 아이를 낳을 수는 없는 일이었다. 널판지 조각 몇 개 잇댄 마루엔 온갖 살림살이가 나와 있고, 변소에 똥이 차올라도 그걸 퍼 메고 올라가 쏟아부을 밭떼기 하나 없이 남의집살이 하는 주제에 또 어떻게 자식을 낳아 키울 것인가.

이때 나는 미역 철이 되어 미역 채취 작업을 하고 있었다. 사람들에겐 내가 임신한 사실을 알리지 않았다. 남편에게도 말하지 않았다. 나는 일부러 작업을 할 때면 아랫배에 물살이 세게 닿는 것이 느껴질 정도로 험하게 몸을 놀려 물속으로 뛰어들었고 험한 길만 골라 디디고 밑이 빠지게 무거운 걸 들고 비탈길을 올랐다. 저절로 뱃속의 핏덩이가 떨어져 나가 준다면 그보다 더 바랄 게 없었다. 그런데도 태중의 아이는 무럭무럭 자랐다. 세상에 제 몫이 있어 잉태된 목숨이었다. 그걸 내 힘으로 거부해 보려고 했던 어리석음을 나는 나중에야 뼈저리게 후회했다.

빚을 내서라도 오막살이를 하나 짓자고 남편을 졸랐다. 물미역을 건조해서 상품을 만들어 팔자면 날이 가야 할 텐데, 나는 마음이 조급했다. 그래서 기와집할망에게 나중에 미역 팔면 갚겠다고 하고 얼마간 돈을 융통했다. 남편은 그 돈으로 면 소재지의 오일장에 나가서 널빤지와 지붕을 일 루핑 쪼가리, 각목 몇 묶음을 몇 차례에 걸쳐 사다 날랐다. 차가 다니지 않던 시절이어서 지름길을 택한다고 골짜기 산길로 그것들을 일일이 지고 날랐다. 쌓아 놓을 곳도 마땅치 않았는데 무작정 일부터 치고 보자는 심산에서였다. 그때는 내 땅이 아닌 군유지에다 집을 짓는 사람들도 많았다.

우리는 장골산 아래, 공동묘지가 보이는 벌판에 잡풀 우거진 땅을 갈아엎고 터를 닦기 시작했다. 군청 직원이 나와 집을 못 짓게 할까 봐 얼마나 가슴을 졸였던지. 터를 닦는 데만도 그해 여름을 다 보냈다. 아무리 오막살이라지만 사람 살 집인데, 잡초 뿌리 우악스럽게 엉킨 황무지를 집터로 닦는 일은 생각보다 쉽지 않았다. 그땐 일손을 사서 집다운 집을 지을 수도 없는 형편이었다. 자식들과 등 편히 붙일 수 있는 오막살이 한 칸, 그때 우리가 짓고 있던 건 그런 집이었다.

물질을 나가지 않는 날에는 온 식구가 집 짓는 일에 매달렸다. 냇가에서 모래를 퍼 오는 일이며 진흙을 파 오고, 돌을 주워 나르는 일들도 리어카로 실어 나르거나 일일이 등짐으로 져서 날라야 했다. 물질을 못 나가는 날엔 함께 나왔던 고향 사람들도 우리가 집을 짓는 데 일손을 보탰다.

집의 마룻대를 올리던 날, 상량식을 했다. 남편이 소지를 사르고 고사를 지냈다. 고사떡을 이웃에 돌리고 고향 사람들을 불러 막걸리를 나눠 먹으며 그날 하루는 물질도 쉬고 집 짓는 일도 쉬었다.

처음에는 물이 새지 않게 시커멓게 방수 칠이 된 루핑 쪼가리를 얹고 진흙을 친 바람벽에 단칸방부터 시작했다. 살면서 방도 늘리고 볏짚으로 이엉을 엮어 지붕을 올렸다가 나중에 새마을운동이 한창일 때는 슬레이트로 지붕을 갈았다. 그때는 너도나도 지붕을 개량하고 부엌을 뜯어고치고 수도를 설치했다. 아이들이 한창 커갈 때는 시멘트로 창고도 짓고 창고 옆으로 아래채도 지었다. 지금이야 처마가 이지러지고 앞뒤로 들어선 크고 번듯한 집들 때문에 볼품없이 가라앉은 꼴이지만 백 평 가까운 텃밭에 건평이 사십 평이나 되는 이 넓은 집은 남편이 수년간 손질하고 가꿔 온, 순전히 남편 공력으로 이뤄진 집이었다. 남편이 고향을 떠나와 죽을 때까지 한 일이라곤 결국 이 집 건사한 것 하나밖에 없는 셈이었다.

남편은 무슨 일이든 진득하게 해내질 못했다. 배도 타고 조선소에 도 다니고 남의 집도 지어주고, 한때는 차부 근처에 가게를 얻어 이름을 걸어놓고 철물점도 했다. 철물점은 이미 동네에 여러 군데여서 별 재미를 못 보고, 고까짓 가게를 어린애들 과자 까먹듯 홀랑 까먹어 버렸다. 무슨 일이든 성실하게 해야 하는데, 그놈의 재주는 둘째 치고 술 때문에 무슨 일이든지 꼭 탈을 일으켰다. 집문서도 두 번씩이나 남의 손에 넘어간 걸 겨우 찾긴 했지만 남편과 내가 해먹은 자식들, 그에 비하면 정말 아무 일도 아니었다.

진흙을 이겨 바른 바람벽에 배급을 타 먹는 밀가루 포대 종이로 벽을 바르고 집이랍시고 꼴만 갖춘 곳에 살림을 들일 때 나는 거의 막달에 가까워 있었다. 나는 그저 아무 생각 없이 내 집에 들어가 몸 풀 생각만 했다. 아침마다 가래침 게워 내는 소리로 산 아래 판잣집 지붕이 들썩거리도록 욕을 해대는 욕쟁이할망의 잔소리도 듣기 싫었다. 아이들이 식전에 울면 아침부터 재수가 없다고 욕지거리, 손바닥만 한 마당도 마당이랍시고 마당 끝에 아이가 찔끔 싸 놓은 똥을 밟고는 온 집 구석에 똥칠을 해 놓는다고 욕지거리였다. 무슨 노인네가 먹는 게 다 입으로만 가는지 동도 트기 전부터 설쳐대는 꼴이 보기 싫어 나는 하루라도 빨리 그 집에서 나오고 싶었다. 속은 나쁜 사람이 아닌데, 사는 게 원체 험하고 고되서 그랬던지 한 귀로 듣고 한 귀로 흘리면서도 마음속으로는 수없이 욕쟁이할망을 욕했다.

그렇게 마음으로 부대끼며 넌더리를 냈는데, 결국은 그 할망 손에 아이를 받게 했다. 짐을 싸서 며칠에 걸쳐 조금씩 새집으로 나를 때였다. 새집의 젖은 구들과 벽을 말리느라 며칠 동안 천천히 군불을 때면서 흙내를 가시게 한다고 우리는 굼뜨게 움직였다. 부엌 살림살이까지 다 나가고 이불 보따리만 들고 나서면 끝나는데, 그날 아침부터 가벼운 산통이 느껴졌다. 새집 뒷손질을 하느라 여러 번씩 힘든 길을 오간 게 출산을 재촉한 것 같았다. 날짜를 꼽아 보니 보름 남짓은 남은 것 같은데 그랬다. 더 이상 부풀 수도 없이 딴딴하게 굳어 있던 배가 무엇으로 찌르는 듯이 아프면서 뒤가 묵직하게 당기기 시작했다. 나는 살림살이를 짊어지고 나가는 남편을 쳐다보면서 길에서 아일 낳으면 어떡하나, 혼잣소리로 걱정스럽게 중얼거렸다.

그렇지 않아도 새집에 들어가 아이 낳을 걱정을 하던 참이었다. 아직 삼신할미가 자리도 안 잡은 집에서 아이를 낳으면 동티가 난다 해서 새집에서 아이를 낳지 않았던 것이다. 어디 동티 날 일이 그뿐인가. 첫아들 기환이도 개똥이라 막 불렀다. 귀하고 고운 아이일수록 개똥처럼 굴려가며 키워야 명이 길어진다고 해서 사람들은 나를 개똥어멍이라 불렀고 집에서도 호적에 올려놓은 아들 이름을 부르지 않았다.

진통이 느껴지자 나는 기어이 들고 있던 짐을 떨어뜨리고 남편에게 새집으로 들어가지 못하겠다고 했다. 이삿짐이 나가고 시커멓게 때가 오른 벽이 그대로 드러난 욕쟁이네 뒷방에다 쌌던 이불짐을 풀었다. 욕쟁이할망이 언제쯤 아이가 나오나 당신 며느리 아이 받는 것처럼 조바심을 치며 들락거렸다. 고마웠다. 그날 밤새도록 진통이 오더니 새벽녘이 되어서야 산도가 벌어지며 아이의 머리가 보이기 시작했다. 내 머리맡에 앉아 들썩이는 어깨를 잡아 눌러 주면서 욕쟁이할망은 조금만 더 힘을 쓰라고 재촉했다. 입만 걸고 억센 줄 알았더니 허리 꼬부라진 그 양반은 생각보다 힘도 어기찼다. 내가 몸을 틀 때마다 무어라 씨월씨월 욕질을 해대면서 같이 용을 썼다.

"히야, 고추네. 시상에 이 쪼만한 불알 좀 보소. 남들은 하나도 낳기 힘든 아들을 둘씩이나 우째 이리 쑥쑥 잘도 뽑노. 복도 복도 이런 복도 없데이."

욕쟁이할망이 쭈글쭈글한 손으로 갓난아이의 불알을 위로 쓸어 올리며 나 들으란 듯이 기쁜 소리로 말했다. 세상에 자식만큼 큰 복이 없고, 아들만큼 더한 복이 또 없다고 말하던 욕쟁이할망은 한숨을 포옥 내쉬면서 치마폭을 뒤집어 진땀인지 눈물인지 모를 것을 닦아냈다.

생각해 보면 욕쟁이할망만큼 박복한 팔자도 없을 텐데, 남이 낳은 자식을 보고 그렇게 마음껏 좋아 흡족해한 사람도 없었다. 시퍼렇게 눈뜨고 남편이 시앗을 들이는 것도 참아내지 못할 일인데, 시앗이 몸을 풀 때마다 치다꺼리를 했다는 그 양반은 생전에 그 몸으로 아이 한 번 낳아보질 못했다고 한다. 자식만 낳을 수 있다면 찌그러진 깡통에 밥을 빌어먹은들 무슨 원이 있겠냐고 했다.

욕쟁이할망은 한 집에서 살았던 정리를 얼마나 눈물겹게 생각하는지, 나중에 우리가 나와서 살 때도 복자가 그 집에서 낳은 기범이를 업고 나가면 꼭 아이를 씌운 검은 천을 들쳐 들여다보며 얼러 주었고 잘 먹고 잘 크라고 덕담도 욕만큼이나 푸짐하게 했다.

그렇게 욕쟁이할망이 받은 둘째 아들 기범이는 다섯 살이 되도록 제 큰누이 등에서 함부로 내려놓지도 못했다. 그 아이는 젖을 빨 때부터 워낙에 실한 구석이 없었다. 젖 빠는 힘이 약해서 젖꼭지를 놓쳐 아까운 젖이 옷섶에 튀는 게 다반사였다. 아이가 열에 뜨거나 몸이 노랗게 변하면 나는 우선 마음으로 지은 죄가 무서워 혼자 속으로 수없이 가슴을 쳤다. 물속에서 빠뜨려 버리려고 했던 그 아들, 매가리가 하나도 없이 늘상 축축 처져 있었건만 눈망울은 얼마나 또렷하고 말귀는 또 얼마나 빨리 알아듣고 말문도 일찍 트였던지……. 그 나이 또래면 맨발로 흙마당에서 저지레를 하며 뛰어다니고, 먹을 건지 못 먹을 건지 천지분간도 못하면서 아무거나 집어 입속에 쑤셔 넣을 땐데, 다섯 살 넘도록 그 아인 여느 아이들과 달랐다. 방문턱을 짚고 마루로 기어 나와서는 햇볕이 눈을 찌르면 뽀얀 뜨물 같은 얼굴에 눈살을 찌푸리면서 햇볕을 피했다. 다리에 힘이 없어 걷지 못하는 병, 근육이 붙질 않아 도무지 무얼 잡고서도 일어서질 못해 툭 하면 픽픽 쓰러져 버리는 그 애의 다리는 불기에 눅은 고무 같았다.

걷지도 못하고 비실거리는 아이를 눕혀 놓고 굿을 한 번 하긴 했다. 무당을 불러다 병굿을 한다고 온 동네 사람들이 다 보는 데서 하루 내내 푸닥거릴 했지만 차도는 없었다. 오히려 굿을 할 때, 병풍 뒤에서 겁을 먹고 하루 종일 질려 있었던 기범이는 자던 밤에도 진땀을 흘리며 경기를 했다.

하루하루 커 가는 것이 살얼음판을 딛는 것 같았던 기범이는 끝내 얼마 가지 못했다. 기범이의 나이 일곱 살, 고작 이 세상에 나서 그 몇 해를 살려고 내 배를 빌어 세상에 나왔던가. 그렇게 가고 말 자식을 큰 병원 한 번 데려가 보지 못한 아둔한 나를 탓하면서 얼마나 가슴을 찧었던지. 그러나 그것도 잠시였다. 사는 것에 치여 슬픔도 길게 품고 있지 못했다. 내 죄가 많아 그 자식을 보낸 것이려니, 남은 자식들 잘 키워 가면 이 아픔은 또 잊혀지겠지 나는 혼잣속으로만 달랬다. 그러나 내 자식들이 나를 버리고 하나씩 떠날 때는 그런 생각조차 못했다. 그저 목숨이 징그러웠다.

남편이 송판을 구해 와서 관을 짰다. 그 관을 거적으로 덮어 지게에 지고 나갔다. 공동묘지 한쪽에 봉분도 올리지 않고 펀펀하게 묻어주고 돌아온 날 밤엔 비가 어찌나 내리던지, 천둥 번개가 치면서 창호지 문짝에 번갯불이 따닥따닥 튈 때마다 내 가슴에 벼락이 치는 것 같았다. 맨발로 뛰어나가 아이가 누운 흙바닥을 손톱으로라도 긁어서 파내 오고 싶었지만 생각뿐이었다. 나는 기운이 하나도 없이 늘어진 채 누워서 옆에서 하루 종일 울어대는 복자를 사위스럽다고 오히려 나무랐다. 속이 옮은 복자는 제 등판에 붙어 고물거리던 어린 동생의 감촉을 잊지 못했고 눈에 보이는 것마다 궁금증을 참지 못해 손가락으로 가리키며 조잘조잘 물어대던 기범이 목소리가 떠나지 않는다고 했다. 자식은 부모가 죽으면 땅에다 묻지만 부모는 자식이 죽으면 가슴에 묻는다고 했다. 나는 그 어린것을 내 가슴에 묻고 소리 내어 울지도 못했다. 동생들마다 제 등으로 업어 길러내면서 어미 몫을 대신했던 내 첫딸 복자. 배우지 못했지만 어질고 곱고 내겐 더할 수 없이 든든했던 복자가 내 곁을 떠나기 전까지, 나는 내게 닥칠 일들이 내 의지와는 상관없이 운명처럼 온다는 걸 몰랐다. 그랬기에 부실하게 태어나 고생만 하다가 간 기범이를 가슴속에 묻을 수 있었다.

자식은 부모가 지은 전생의 업이라고 했던가. 무엇을 얼마나 잘못했기에 나는 그 많은 자식들을 낳아 놓았고, 또 무슨 업으로 그 자식들을 잃었던가. 언젠가 교회에 다니는 둘째딸 정화가 내게 말한 적이 있다. 하나님은 인간에게 견딜 수 있을 만큼의 고통만 준다고. 나는 그때 딸아이의 말을 이해하지 못했다. 아니 지금도 나는 그 말을 이해하지 못한다. 칠십 평생이 넘도록 그 참척을 다 당하고도 내가 견디며 살아온 것은 그 고통이 견딜 만한 것이어서가 아니라 죽지 못해서였다.

5

기범이를 잃은 후 정신을 못 차리고 술만 마셔대던 남편은 가을 들어 화장으로 선원이 예닐곱 명 되는 '고대구리'를 타기 시작했다. 나는 남편이 돈을 벌어 오리란 기대 같은 건 하지도 않았다. 그저 술독에 빠져 살던 남편이 그나마 배에라도 오르는 날에는 숨통을 틀 수 있을 것 같아 무엇보다 반가웠다. 제 손으로 벌어 계집질을 하든 어쩌든 집에서 볶이지 않는 것만도 다행이라 여겼다.

밤에 출항한 배는 밤새 작업을 하고 이튿날 새벽녘에야 들어왔다. 수십 척의 어선들이 한꺼번에 들어오는 때가 그때였다. 배가 들어오면 어판장은 입찰을 받으려는 사람들과 뱃사람의 식구들, 장사치들로 북적였다. 그물을 터는 일이며, 잡어를 고르는 일, 손질하는 일 모두가 여자들의 몫이었다. 배가 들어올 녘의 어판장은 여자들의 악다구니와 남자들의 고함 소리로 장바닥 못지않게 시끄럽고 복잡했다. 학교에 가야 할 여자아이들이 제 어미를 따라 받아 놓은 생선 배를 따느라 쪼그리고 앉아 일을 하다 보면 학교도 못 가기 일쑤였다. 우리같이 물질을 해 먹고사는 집들은 어판장에서 날품을 팔 틈이 없었지만 그래도 안팎이 실하게 벌지 못하면 밑천이나 재산 하나 없이 사는 살림은 매양 그 타령이었다. 하루 벌어 하루 입에 풀칠하며 사는 사람들이 대부분이었지만 어촌이라 보릿고개에 굶는 집들은 많지 않았다. 부두는 늘 현찰이 오가고 장사치들이 들락거리는 곳이었다. 누구라도 제 몸 아끼지 않고 부지런만 떨면 먹고살 수는 있었다. 거기서 더 억척을 부려야 자식 공부도 시키고 형편도 피지만 뜨내기 많고 싸움과 악다구니가 그칠 날이 없는 것이 이곳 부두의 삶이기도 했다.

부둣가는 늘 흥청망청 시끄러웠다. 특히나 한번씩 고래잡이를 나갔던 포경선이 들어와 큰 거래가 이루어지는 날이면 볼만한 구경거리도 생겼다. 배때기를 허옇게 드러내놓은 집채만 한 고래가 누워 있는 어판장으로 사람들이 새까맣게 몰려들었다. 어른들 사타구니 사이로 고개를 들이민 조무래기들부터 아직도 갓 쓰고 도포자락 펄럭이며 다니는 구식의 늙은이들까지 크흠, 밭은기침을 하며 체면 몰수하고 구경거리에 끼어들었다. 고래의 입찰을 부르는 경매사는 장화발로 고래의 허연 뱃등에 올라타고 알아듣기도 어려운 재빠른 소리로 경매가를 불러댔다. 고래 한 마리는 수십 가지의 부위로 나누어지는데, 팔릴 때도 부위별로 팔리기도 했다. 머리를 잘라내고 내장을 꺼내고 지느러미와 꼬리까지 한 마리의 고래를 제각각 분리하는 데만도 몇 시간이나 걸렸다. 시뻘겋게 뭉텅이가 진 피가 어판장 바닥에 질펀히 고이고 피 냄새가 하루 종일 진동했다. 그렇게 부위별로 잘린 고기는 고래고기를 전문으로 떼어다 파는 장사치들이 큰 시장으로 가져가서 팔기도 했지만 토막고기를 산 장사치들은 앉은자리에서 삶아서 팔기도 했다.

고래고기 경매가 이루어지고 난 뒤면 물이 질척거리는 어판장 입구 양쪽으로 난장이 섰다. 커다란 무쇠 막솥이 걸리고 장작개비가 불티를 날리며 타올랐다. 새벽 작업을 마친 선원들은 번들거리는 비닐 '갑바' 를 입고 장화를 신은 채 난전에 쪼그리고 앉아 막걸리에 곁들여 삶은 고래고기 한 점을 굵은 소금에 찍어 날름 혓바닥에 올려놓고는 오래도록 우물우물 씹어댔다. 고래고기는 열두 가지의 맛을 낸다고 했다. 삶아 놓으면 영락없이 쇠고기 빛깔에 맛도 쇠고기 맛을 내는 것이 있고 하얗게 쑤어 놓은 청포묵처럼 반들거리는 부위도 있었지만 맛을 아는 사람들이 제일로 치는 지느러미는 난전에서는 취급도 하지 않았다. 그러나 군입정하듯이 고래고기를 쉽사리 맛볼 수는 없었다. 뭉툭뭉툭 썬 고기 몇 점이 보리쌀 한 됫박 값과 맞먹었다. 간혹 남편은 누런 기름종이에 기름기가 번들거리는 고래고기 몇 점을 사 들고 들어와 식구들에게 맛을 보이기도 했다.

하지만 그런 좋은 날은 가물에 콩 나듯 했다. 새벽에 배가 들어와 하역 작업을 마친 후에도 남편은 부둣가의 술집에 처박혀 해가 빠질 때까지 들어오지 않았다. 남편은 한번 술이 들어갔다 하면 끝장을 보는 인사였다. 간드러지는 술집 색시들의 젓가락 장단에 녹아나 고생은 고생대로 하고 늘 빈손이었다. 선주집에서 회계를 보는 날이면 어떻게 알았는지 부산집 주인 여자가 외상값을 받으러 왔다. 색시들을 서넛씩 부리는 부산집은 남편의 단골 술집이었다. 머리를 자글자글 볶은 그 여자는 왼쪽으로 앵돌아가게 치마폭을 감친 알록달록한 한복에 붉은 구슬이 주렁주렁한 백을 겨드랑이에 끼운 채 엉덩이를 씰룩거리며 돌아다녔다.

부산집 여자는 한 광주리나 되는 엉덩이를 퍼더버리고 마루에 앉아 돈을 받아낼 때까지 눈썹 하나 까딱하지 않고 버텼다. 남편이 집에 있을 때 와서 받아가든지, 돈이 없으면 술을 주지 말든지……. 이치를 따지고 들어도 술장사 관록이 녹록치 않은 그 여자의 말솜씨를 당해낼 재간이 없었다.

"아지매요, 나는 뭐 물 퍼다 술장시 하는교. 우리 집 아아들도 지 몸땡이 하나로 벌어서 먹고사는데, 고까짓 것 을매나 된다꼬 사람을 박대하고 그라는교."

상판대기가 번질거리도록 분을 처바른 여자는 말도 반들거리며 느직느직 잘도 뱉었다. 내가 부아 난 속을 감추지 못해 화를 내도 그 여자의 언성은 절대로 올라가는 법이 없었다.

"술은 나가 먹었수꽈? 술 먹은 양반 찾앙거넹 받읍서. 난 몰르쿠다게."

"아지매도 참 답답니더. 어느 집 남자락고 안 그러는 줄 아는교. 밤새도록 험한 바다에서 몸 삭쿠고 들어온 사람들 술 한 잔 읎이 우째 사는교. 이 집은 마, 안팎이 주머닐 따로 차고 사나보제. 물질하는 사람들은 돈도 갈쿠리로 긁는다카던데."

외상 장부를 펼쳐 놓고 조목조목 술값을 짚어 가며 여자는 내 말엔 아랑곳도 없었다. 거기다 대고 내가 언성을 높이면 여자는 실쭉 웃는 낯을 하고는 중얼거리듯 뱉었다.

"내사 마 저 왈왈거리는 소리는 당최 무슨 말인지 알아들을 수가 있시야제."

능청을 떨며 눌러앉은 여자를 떼어 낼 재간이 없었다. 결국엔 내 주머니에서 남편 외상 술값이 나갈 수밖에 없었다. 그런 날 남편이 술에 취해 들어오면 겨우 누르고 있던 속이 터지면서 남편에게 싸움을 걸게 되었다.

"어머니, 아무 말 곧지 맙서양. 어머니만 참으민 됩니다양."

술 취한 남편의 건들거리는 발자국 소리가 들리자 복자는 큰일이 날까 싶어 나에게 당부했다.

"무사 집구석엔 기어들어완?"

그러나 나는 남편의 얼굴을 보기가 무섭게 참지 못하고 내질렀다. 복자 말대로 나만 참고 피해 버리면 조용히 넘어갈 수도 있었을 것이다. 저녁밥을 먹던 아이들은 지레 겁을 먹고 슬금슬금 피해 버리고 밥상을 내려다보는 남편의 눈은 험상궂었다. 밖에서 좋게 마신 술, 그러나 남편은 집에 와서는 그걸 좋게 풀 줄 몰랐다. 내 말 한마디에 남편은 냅다 밥상을 걷어찼다. 걷어찬 밥상이 날아가면서 밥그릇이 박살나고, 반찬 국물이 사방으로 튀었다.

"평생을 빌어먹으민 살커라? 무사 밥상은 내처불언?"

부들부들 떨리는 소리로 나는 악을 쓰며 남편에게 대들었다. 성질이 치받치면 밥상을 내걷는 남편의 그 버릇은 늙어서까지도 고쳐지지 않았다. 그런 날 밤이면 아이들은 추운 밖에서 오들오들 떨며 술 취한 아버지가 잠에 곯아떨어지기만을 기다렸고 복자는 깨진 밥그릇과 국물로 질펀하게 된 방을 치우며 소리 죽여 울었다.

이런 일은 남편이 술을 먹고 들어오는 날마다 되풀이되었다. 지긋지긋했다. 불쏘시개는 언제나 나였지만 함부로 사는 남편에게 싸움을 걸지 않으면 살 수 없을 것만 같았다. 잘살아 보자고 고향을 버리고 나온 타관이었다. 우리가 어디 몸 비빌 데가 있으며 빈손으로 다시 돌아갈 데가 있을까. 남편은 그걸 모르는 사람 같았다. 다른 제주집들처럼 악착같이 벌고 아껴서 자식들 공부도 시키고, 논밭도 사고, 자식 달고 들어온 나를 괄시하는 시집 식구들한테도 보란 듯이 살고 싶었다. 하지만 그건 내 생각일 뿐이었다. 나는 만삭에 가까운 몸이 되어도 남들이 물질을 가면 애가 마르고 쉬는 게 아까워서 뒤뚱거리며 물옷 보따리를 짊어지고 나서는데, 남편은 좀체 술에서 헤어나질 못했다. 젊었을 적, 혼자 나와 살면서 술에 찌들어 살았던 때와는 달리 자식이 주렁주렁 달렸다는 걸 남편은 깨닫지 못하는 것 같았다. 그렇게 술 취해 한바탕 난리를 치고 난 다음날이면 남편은 배에 오르지 않았다. 선주들은 몇 번씩 사람을 보내야 배를 타러 나오는 남편을 달가워하지 않았고, 수가 틀린 남편은 이 배 저 배 옮겨 다녔지만 항상 그 끝은 좋지 않았다.

"숙아, 부산집에 강 혼저 니 아방 끄성(데리고) 오라게. 술독에 쳐막형거네 날 져무는 줄도 몰람져."

어느 날, 저녁이 되어도 돌아오지 않는 남편을 기다리다 정숙이에게 심부름을 시켰다. 열 살이 된 정숙이는 고향에서 배를 타고 나올 때 내 품에 안겨 젖을 빨던 아이였다. 덩치는 또래들보다 크고 얼굴에 젖살도 덜 빠져 투실투실한데 숫기는 없어서 남 앞에 나서는 걸 못했고, 마음이 급하면 말을 더듬었다. 그 애는 주전자를 들고 점방으로 술을 받으러 다니는 술심부름보다 아버지를 찾아오라는 심부름을 더 싫어했다.

정숙이는 손가락을 입에 문 채, 마루 끝에 걸터앉아 거꾸로 놓인 고무신을 발로 저지레하면서 꿈지럭거리더니 내가 몇 번이나 잔소리를 하자 마지못해 일어섰다.

일도 하지 않고 집구석에서 놀면서 받아다 주는 술로도 모자라 툭하면 밖에 나가 외상술을 먹고 다니는 못마땅한 남편이지만 그래도 명색이 가장이었다. 끼니때가 되면 더운 밥 지어 남편 몫의 밥그릇을 먼저 아랫목에 묻어 놓아야 식구들이 밥을 먹었고, 남편이 밤이 늦도록 들어오지 않으면 식구들은 뭔지 모를 불안감에 휩싸였다.

"누겔 만나러 나갔시냐?"

신발을 질질 끌며 마지못해 일어서는 정숙이를 물끄러미 보고 있는 복자에게 내가 물었지만 복자는 입을 꾹 다문 채 아무 말이 없었다. 짚이는 구석이 있어서였다. 남편이 동네 소문난 날건달인 양복짜리와 부산집에서 술을 마시더라는 소문은 그때까지도 나만 모르고 있었다. 양복짜리는 미조라사의 견습공이었다. 어디 가위질이나 제대로 할 줄 알면서 그러는지, 기술자 밑에서 헝겊 쪼가리나 자르고 심부름이나 하는 쥐뿔도 없는 주제에 양복을 착 빼입고 거들먹거리며 다녔다.

미조라사는 3층짜리 석조 건물 1층에 새로 생긴 양복점이었다. 양

약국이 들어서고 곧바로 들어왔으니 동네에 양복점이 생긴 건 이 년 전쯤이었다. 그 건물은 동네 한가운데 노른자위에 번듯하게 자리를 잡았는데 담쟁이넝쿨이 사방 벽을 에워싸고 시퍼렇게 올라갈 때는 사람 사는 건물 같지 않게 우중충한 그늘만 짙더니 가게들이 들어와서 불을 밝히니 제 태깔이 났다. 왜정 때 주인인 일본 사람이 배로 석재를 실어다 나르며 지었다는데 해방이 된 후에 주인이 여러 번 바뀌었다. 약국이나 양복점이 들어오기 전에는 외지 사람인 주인이 별장처럼 쓰면서 몇 년을 놀렸는데, 다시 이 동네 유지인 누군가의 손으로 넘어갔다는 소문이었다. 돈 있는 사람들이야 땅이든 집이든 잡아 두면 돈이 되니, 돈 있는 사람 살기는 편한 세상이었다. 그저 어느 시절이고 돈이 무섭지 않은 시절이 있었을까.

미조라사 주인은 나이가 십상 먹어 쉰은 넘어 보이는데 홀아비였다. 굵은 뿔테 안경에 항상 흰 와이셔츠, 검은 양복바지에 조끼 차림이었다. 닳은 가죽 토시를 낀 짧은 팔이며 조끼의 섶이 들릴 만큼 불룩 솟은 배, 턱주가리가 뭉툭한 것이 꼭 내 큰형부를 떠올리게 하는 두꺼비상이었다. 부산에서 양복점을 하다 왔다는데 솜씨가 나쁘지 않은지 읍내까지 나가 옷을 해 입던 사람들이 단골로 드나들었다. 소문에는 전쟁통에 부모 잃고 고아원을 떠돌아다니는 양복짜리를 열여남은 살 먹었을 때부터 데리고 있었다고 한다. 양복짜리는 생긴 건 곱상하니 순순한데 기술을 배우려는 맘은 없는지 조신하게 옆에서 일 도우며 기술을 배워도 모자랄 판에 쓸데없는 일로 나대고 다녀 남의 입에 오르내리니 건달이나 한가지였다. 그런 양복짜리를 좋다 싫다 내색 없이 사고 칠 때마다 뒷갈망을 해주며 데리고 있는 걸 보면 옴두꺼비 같은 양복쟁이가 그 날건달한테 정을 많이 준 모양이었다.

하필이면 남편과 엮일 하등의 이유가 없는 그런 작자와 무슨 이문 날 일이 있다고 술을 마셨을까. 언제나 무슨 일이 벌어지면 등잔 밑이 어두운 법이라고, 동네 사람들 다 알고 떠드는 일을 나만 모르고 있었다.

아무 대꾸도 없이 마당을 멀거니 쳐다보는 복자의 눈에 처마 아래 밝혀 놓은 전깃불빛이 어려 반짝거렸다. 얼핏 물기 같은 것이 어리는 듯 보였지만 나는 언짢은 기색을 감추지 않았다. 넋이 빠진 것처럼 그 애의 웃는 것도 같고 방심한 듯도 한 희미한 표정이 나는 싫었다. 어린것 같으면야 등짝이라도 한 대 후려 패서 정신을 차리게 하고 싶지만 그럴 수도 없었다.

나이 스물이나 더 먹은 저거, 희한하게도 복자는 나와는 딴판이었고 제 동생들과도 많이 달랐다. 첫딸은 아버지를 많이 닮는다더니, 복자는 영락없이 제 고씨 집안 핏줄을 타고났다. 성품도 그래서 세심하고 잔정이 많았지만 무엇에든 덤벼 보려는 큰 욕심도 없었다. 우리 동네에서 모녀가 물질하는 양씨네는 홀어멍으로 고향에서 우리와 같이 나올 때 그 딸이 열다섯 살이었는데 이리로 나와 딸에게 물질을 가르쳤다. 두 모녀가 얼마나 욕심 많고 악착같은지 그 그악스러움은 아무도 따라갈 수 없었다. 양씨네 모녀는 불턱에만 나와 앉으면 아옹다옹했다. 나는 개똥밭에 엎어져 살아도 자식만은 꽃밭에서 곱게 살아 주었으면 하는 게 모든 부모의 마음이었다. 딸은 어미의 고생이 안타까워서 작은 일에도 싫은 소리를 하게 되고 어미는 같이 물질을 하며 벌어먹고 사는 딸의 팔자가 저와 다를 바 없다는 안쓰러움에 남이 못할 소리도 가슴에 못이 박이도록 더 하게 되는 것이었다.

복자가 물질을 하겠다고 따라나서도 내가 말렸을 테지만 복자는 물질을 할 만큼 몸도 실하지가 못했다. 집안일 하며 동생들 업어 키우는 것도 벅차 해서 늘 식은땀을 흘렸다. 그런 저도 나이 먹어 가면서 생각이 있을 테고, 이 시끄럽고 어지러운 집구석에서 벗어나자면 시집을 가는 길밖엔 없을 텐데, 그 애 속에 무엇이 들었는지 나는 도무지 알 수 없었다. 한두 살씩 나이 먹어 가는 딸을 보는 내 마음은 그래서 이래저래 편치 않았다.

그런데 이상한 소리를 들은 건 일전에 보름치 성게 작업한 회계를 보러 기와집에 갔을 때였다. 간조날은 대개 보름마다 한 번씩 돌아오는데, 그동안 작업한 전표를 가지고 가서 현찰을 받아오는 날이었다. 날이 궂어 물질을 못 나갈 때면 기와집에선 간단한 음식을 해서 점심을 먹이기도 했다. 국수를 삶거나 멥쌀가루에 콩을 섞어 범벅을 하거나 웃기로 얹은 떡을 해서 어미를 따라온 아이들까지 배불리 먹였다. 그때만 해도 간조날은 잔치 분위기를 냈다. 서로의 노고를 격려하고 힘을 돋우는 고향 풍속은 기와집할망네서도 변하지 않고 지켜졌다.

"삼춘, 복잔 시집 안 보낼 꺼우꽈? 갸이 올해 나이가 몇인데, 다 큰 비바리를 놈의 입에 오르내리게 허영마씸?"

색색가지 고명을 얹은 잔치국수를 한 그릇씩 앞에 놓고 왁자하게 점심을 먹고 있을 때였다. 여자들은 모이면 그저 말이 많고 시끄러웠다. 적게 번 사람이나 많이 번 사람이나 목돈을 쥐는 날이니 다들 마음이 들떴다.

나는 국수가닥을 말아 입에 넣다 말고 뜬금없이 사람들 앉은 자리에서 그 말을 꺼낸 영춘이를 힐끔 쳐다보았다. 영춘이는 나와 친정 동네가 같다는 이유로 제 딴엔 나를 친동기간처럼 대한다고 무람없이 굴었지만 나는 영춘이에게 속을 안 터놓고 지냈다. 가릴 데 안 가릴 데 천지분간 못하고 말 많은 것도 싫지만 입이 싸고 변덕이 심한 영춘이의 성격이 도무지 내 성격엔 맞지 않았다.

"누게가 복자 말을 고라?"

나는 벌컥 화부터 냈다. 기분이 언짢았다.

"삼동네가 다 알고 있는 일을 무사 삼춘만 모르우꽈? 놈의 말이라 기분은 상할꺼우다만, 놈 탓만 하지 말앙 잘 물어봅써. 아주방이 안 고랍디까? 양복쟁이네마씸, 광필인가 허는 그 총각이 복잘 마음에 두었신디, 아주방을 장인, 장인허곡 따라다니매 술도 사 주고 헌뎅. 무사 없는 말이 나돕니까게."

나는 들고 있던 국수그릇을 바닥에 내려놓으며 영춘이를 빤히 쳐다보았다.

"아이구게 삼춘, 먹던 국시나 혼저 듭서게. 나 말은 복자가 그마치 잘났단 말이우다게. 어디레 내놔도 인물이 빠지우까, 성품이 모질라우까. 그처록허난 눈독 들이는 총각이 한둘이우까게. 삼춘이 다 큰 비바리를 곁에 끼고 시집보낼 생각을 안 허난 곧는 말이우다, 성질내지 맙서양."

말 같지 않은 소리를 들을 땐 귀를 씻으면 그만이라는 생각이 들어대거리를 하려다가 그만두었다. 국수 맛이 뚝 떨어졌다. 요 며칠 사이, 무슨 좋은 일이 있는지 낭창하게 퍼져선 술에 취해 들어오던 남편의 일이 그제야 한 쾌에 꿰어졌다. 순간 말할 수 없이 남편에게로 분한 마음이 옮아갔다.

'이녁 소굽으로 낳은 자식 아니난 함부로 허영?'

입속으로 꾹 누른 말이 불거져 나올 것 같아 간신히 참았다. 복자가 한씨가 아니라 고씨라는 건 우리 고향 사람치고 모르는 사람이 없건만 그랬다.

그런 일이라면 당사자인 복자가 어떻게 아무것도 모를 수가 있을까. 그 날건달이 복자와 무슨 수작이라도 주고받은 적이 있기에 내 남편을 장인이라 부르며 거들먹거리는 게 아닌가. 하지만 복자에게선 어떤 낌새도 채지 못했다. 저녁을 먹고 난 후에 제 동생을 데리고 마실이라고 가는 곳이 기껏해야 학교 앞에서 콧구멍만 한 점방을 벌이고 있는 제 친구 곱사등이 금이네가 전부였다.

"양복쟁이네 총각말이라, 너영 어떵 알암시냐? 순 날건달에 볼 것도 아무것도 어신디."

나는 무슨 말이든 속에 넣고 오래 곱씹는 성미가 못 되었다.

"그 사름 나쁜 사름 아닙니다 어머니."

나이 스물이 넘도록 아무 염도 없이 사는 줄 알았던 내 딸년, 내 말에 대답이라고 나온 말이 그랬다. 둘이서 무슨 수작을 주고받지 않은 다음에야 그런 말이 나올 리 없었다.

"무사 놈의 총각 역성은 들언? 어느제 겪어반? 남우세스러운 줄도 모르고, 이 어멍까지 쏙이멍 연애질했시냐?"

나는 기가 차서 딸을 내몰 듯이 마구 지껄였다. 그러나 복자는 아무런 대꾸가 없었다.

그때 마침 심부름을 갔던 정숙이가 삽짝으로 들어서는 게 보였다. 어둑발이 내려앉은 마당은 사람의 그림자를 희미하게 지워 가고 있었다. 머뭇거리듯 다가온 정숙이는 여전히 손가락을 입에 문 채 아버지가 부산집에서 술을 마시고 있더라고, 모기소리만 하게 기가 죽어 말했다.

"누게랑 술을 마션?"

내가 답답한 마음에 소리를 지르며 다그쳤다. 미련스럽기가 곰탱이보다 더 못한 딸년, 저녁 잡수란 소리를 입도 뻥긋 못 해보고 보나마나 부산집 유리문 앞에서 안을 들여다보며 어정거리다 왔을 게 뻔했다.

"저어, 저어……, 어떤……."

당황한 정숙이가 말을 더듬었다.

"양복짜리란 술 마션? 강 아방 끄성 오란허난 무사 아방은 내뿔고 혼자 완?"

성질이 치받친 나는 냅다 내 발밑에 깔고 있던 고무신짝을 집어던졌다. 복자가 우르르 마루에서 내려서더니 고무신짝을 피해 엉거주춤 서 있는 정숙이를 데리고 방으로 들어갔다.

그날 밤, 고주망태가 되어 들어온 남편을 붙들고 나는 기어이 악한 소리를 내뱉었다.

"술 한 잔에 딸년 팔아먹으난 기분이 어떵허우꽈? 복자는 이녁 자식 아닌고라마씸?"

참 희한한 일이었다. 내가 그렇게 덤벼들어도 남편은 성을 내기는 커녕 평소 안 하던 짓으로 피식 웃기까지 하며 내 얼굴을 빤히 쳐다보았다. 그 얼굴에 떠오른 표정이 아주 낯설었다. 그 낯선 표정이 무언지 알 수 없으면서도 알아질 것 같은, 그런 얼굴이었다. 번갯불을 맞은 듯이 복자를 대하던 남편의 마음이 일순간에 깨달아졌다. 그건 내가 느끼지 않으려고, 보지 않으려고 애써 덮어 두었던 감정인지도 몰랐다. 내 딸년 복자와 내 남편 사이에 내가 함부로 휘젓거나 끼어들 수 없는 마음이, 감정이 있다면 이런 것이리라. 술주정에 휘갑쳐 새끼들을 쥐 잡듯 잡고 내게 손찌검을 하면서도 복자에게만은 그러지 못했다. 특히나 술이 깬 다음날이면 남편은 복자가 눈앞에 있는 것을 어려워했다. 그래서 복자는 제 동생들을 제 자식이나 되는 양 끼고 돌면서 다슴아방(의붓아버지)과 어미인 나 사이에서 겉돌고 있었는지도 모를 일이었다.

남편과의 사이에 어떤 약조가 있었는지는 모르지만, 양복짜리는 그 이튿날 우리 집으로 찾아왔다. 손에는 버젓이 정종까지 들려 있었다.

반죽이 좋아도 정도가 있어야 보는 사람 민망함이 덜하지, 그는 다짜고짜 마루로 올라서며 내게 장모님, 하고 불렀다. 나는 너무나도 어이가 없어 입이 다물어지지 않았다. 복자는 어디로 피했는지 보이지를 않고 기환이 정숙이까지 무슨 구경거리라도 난 양 안방을 기웃거렸다.

그는 우선 나와 남편을 아랫목에 앉혀 놓고 큰절부터 했다. 그리곤 무릎을 꿇고 앉았다.

“장인어른, 장모님! 저 딴말 않겠심더. 복자 씨를 절 주십쇼. 열심히 잘살아 보겠심더.”

재고 말고 할 것도 없이 자르듯이 그는 말했다. 어처구니가 없었다. 술주정뱅이 술 끊고, 아편쟁이 아편 끊는 것보다 어려운 게 개과천선이라는데, 무엇을 믿고 저런 작자에게 덥석 딸을 준단 말인가. 나는 까닭 없이 양복짜리가 싫었다.

“무신 생각으로 복잘 달랜? 우리 복잔 남들광 다른 아이라. 나가 빌어먹고 살아도 복잔 거디(거기)로 시집 안 보낼커라.”

나는 열이 뻗쳐 확확 달아오른 얼굴로 소리를 질렀다. 그보다 더한 말이 목구멍에 걸려 있었다. 부모 형제지간 하나 없는 고아 나부랭이한테 어느 년이 아나 여깄다, 하고 딸년을 선뜻 주겠냐고. 그러나 나는 차마 그 모진 말만은 하지 못했다.

술을 얻어먹을 땐 어땠는지 모르지만 말짱한 정신의 남편 역시 이렇다 할 반응이 없었다. 지난밤에 남편을 붙들고 악한 소리를 한 것조차 어쩌면 남편은 기억하지 못할지도 몰랐다. 무슨 생각인가에 골똘해 있던 남편은 허어, 헛기침을 하며 애꿎게 천장만 바라보았다.

양복짜리가 호기롭게 치고 들어온 것에 비하면 그날의 일은 싱겁게 지나갔다. 나는 자네한테 딸 줄 생각이 추호도 없다고 못을 박았지만 내 말에 양복짜리는 움츠러드는 기색 하나 없었다. 양복짜리가 가고 난 다음에도 뒤숭숭하니 내 마음은 좋지 않았다.

그런데 사람의 마음이란 알다가도 모를 일이었다. 한 번 길을 낸 양복짜리가 하루가 멀다 하고 우리 집을 들락거리는데도 더 이상은 따끔하게 내칠 수가 없었다.

"그 사름한테 시집갈꺼우다 어머니."

어느 날, 복자가 내게 말했다. 무슨 말인가 저 애 입에서 떨어지리란 짐작은 하고 있었지만 그 말에 내 가슴이 철렁 내려앉았다. 나는 씁쓸하고 무언지 모를 분한 생각에 몇 날 며칠을 잠을 못 이루었다.

복자의 혼삿날을 받아 놓고는 그 애가 미워 말조차 제대로 나누지 않았다. 생각할수록 부아가 치밀었다. 아무것도 볼 것 없는 사위 자리, 천애 고아한테 시집가서 살아야 하는 것이 무엇인지 내 딸년, 저 것은 모르지 싶었다. 그저 남자 얼굴 하나 곱상한 거, 그 속에 무엇이 들었는지도 모르고 그것에 홀딱 빠져서 저러는 것이 아닌가 싶었다. 그러나 내가 말려도 복자는 고집을 부렸다. 생전 안 하던 짓이었다. 도대체 저렇게 아무것도 볼 것 없는 날건달 같은 남자한테 어떻게 마음을 빼앗겼기에 시집을 가겠다고 나서는 건지. 얌전하게 집에서 살림하다 중신 들어오면 이것저것 맞춰 봐가며 시집을 보내고 싶은 내 마음을 딸은 조금도 몰라주었다. 눈에 콩깍지가 끼면 옆에서 아무리 콩이야 팥이야 해도 소용없는 일이었다.

내 나이 서른아홉에 스물다섯 된 사위를 보게 되었다. 음력 구월 초닷새, 첫딸을 시집보내는 내 마음이 흐벅지질 않고 불안해서 날을 잡아 놓고 나서는 더 마음을 둘 데가 없었다.

"뒷말 곧지 말앙 잘살아사주, 여자 팔잔 소나이한테 달린 걸 모름시냐? 날 보라게, 이 어멍을 보고도 몰르커라?"

나는 딸이 그런 자리로 시집가겠다는 게 너무 억울하고 분해서 혼인날이 닥쳤는데도 그런 말을 해서 딸을 아프게 했다.

결혼식은 우리 집 마당에서 치렀다. 마당가 화단에 복자가 심어 놓은 국화가 만발하고 날이 맑아서 잔치하기엔 더할 수 없이 좋은 날이었지만 내 마음은 그날까지도 흔쾌해지지 않았다. 신랑 쪽이 워낙 볼 것 없고 단출해서 잔치는 우리 집에서 하는 걸로 그만이었다. 고향에선 아무도 나오지 않았다. 내가 기별을 하지 말자고 했다. 물질을 쉬고 고향 사람들이 모여서 음식이며 잔치 준비를 거들었다. 가문 잔칫날부터 먹고 마시고, 하루 종일 시끄럽고 복작거렸어도 내 마음엔 찬바람만 불었다. 사모관대를 한 신랑은 좋아서 벌어진 입이 다물어질 줄 몰랐다. 희멀건 얼굴에 가진 거라곤 쥐뿔도 없으면서 여자 하나에 목을 매고 문턱이 닳도록 뻔뻔스럽게도 드나들던 날건달 같은 도둑놈. 나는 웃고 있는 사위가 미워 속으로 그렇게 욕했지만, 이제 내 사람이다 생각하니 웃는 낯이 나쁘지만은 않았다.

"그초록 웃단 첫딸 낳을커라."

누군가 신랑의 다물어지지 않는 입을 보고 그렇게 소리쳤다. 연지곤지 찍은 얼굴을 살포시 숙이고 이마에 구슬이 달랑거리는 족두리 그늘이 드리운 복자의 입가에도 엷게 미소가 어려 있었다.

열여덟에 시집가 낳은 딸, 제 아버지가 어떻게 죽었는지, 얼굴도 모르고 자란 저것. 내가 붉은 비단 활옷에 족두리를 쓰고 바람 불던 마당에 서 있던 모습이 떠올랐다. 겨우 가문 잔칫날 처음 얼굴을 봤던 신랑의 모습도 떠올랐다. 뒤주만 한 가마에서 내려 신랑집 마당에 첫발을 디뎠을 때 보이던 눈 덮인 한라산 영봉, 베갯맡을 훑던 그 모진 바람 소리.

신방에 든 딸이 족두리를 풀고 누웠을 그날 밤에, 나는 한숨도 자지 못했다. 잔치 손님을 대접해야 할 남편은 술에 떡이 되어 음식상을 엎지르고, 마당에 엎어진 절구통에 코를 처박아 아수라장을 만들었다. 동네 청년 서넛이 모여들어 남편을 들쳐 메고 나갔다. 어느 집 고린내 나는 허드렛방에서 세상모르고 엎어져 잠이 들었는지……, 잔치마당에 그만한 술주정이기 다행이었다.

아이를 몇씩이나 더 낳고 나이를 먹었어도 내 마음은 하나도 늙지를 않았다. 잊었다고 덮어 두었던 것들이 어느 날 아침, 잠에서 깨면 한꺼번에 되살아나 나를 후려치는 것 같았다. 그런 날은 마른 몸이 아프고 가슴이 절절 끓었다. 사는 건 뜨겁지도 않고 그저 미지근한 물에 발을 담그고 있는 것과 같은데 가슴에 고여 있는 것들이 저들끼리 엉겨서 끓고 끓다가 차갑게 식어 딴딴하게 굳었다. 사는 건 그렇게 조금씩 굳어 가면서 단단해지는 것인가 보았다. 사람의 마음이라는 거, 생각이라는 거, 단단한 가슴속에 뜨거운 그것이 남아 맹물 끓듯 저 혼자 끓다가 식어 가는 것, 그래서 늙어 쭈그렁바가지가 되어도 마음은 푸른 댓잎같이 창창하다 했던가. 댓잎처럼 푸르게 살아서 내 가슴 안에 푸른 바람 소리를 내며 고여 있는 그것이 무엇인지……. 다 큰 딸을 시집보낸 어미가 되었지만 나는 아직 열여덟 그 시절에서 겨우 한 발자국밖에 못 뗀 것처럼 느껴졌다. 거기 피 묻은 형용 그대로 생생하게 남아 모진 세월에 뭉개지며 천천히 녹아나는 것이 내 딸들이 말하던 사랑이라는 것이었는지……. 나는 첫딸을 치우며 그때서야 불현듯이 아픔을 느끼게 되는 그 마음이 무엇인지 어렴풋이 알 것 같았다.

6

사위는 양복점 뒤편에 있는 판잣집 골목에 살림집을 얻었다. 변변하게 모아놓은 돈도 없어 세를 주고 살아야 하는 집이었다. 동네 온갖 쓰레기며 개똥이 나뒹굴고 비가 오면 곤죽이 되어 사람 다닐 길조차 마땅치 않은데 단단한 땅을 골라 가며 어느새 그곳에도 무허가 가건물들이 들어서고 있었다. 그 골목 초입은 여인숙이 길 양편으로 마주보며 자리 잡고 있었다. 약국이며 센추리 미장원, 항구다방도 그때 새로 들어왔고 극장도 생겨났다. 비록 이름나지 않고 동해안 한구석에 처박힌 초라한 어항이지만 풍부한 물산과 기름진 바다의 고기 떼를 따라 이동하는 배들과 들고나는 뱃사람들, 그들을 상대로 먹고사는 장사치들로 마을은 번성하고 활기찼다.

살림이라고 해봐야 밥 해먹을 솥단지와 그릇, 베니어합판으로 짠 장 하나에 이불이 고작이었지만 복자가 제 살림이랍시고 꾸미고 다듬어 놓으니 그다지 볼썽사납지는 않았다. 아무 마련도 없는 저것들이 무얼 해먹고 사나, 내 걱정은 그것뿐이었다. 벌건 대낮에도 속옷 쪼가리들이 마당에 내걸린 여인숙 앞을 지나다니는 것도 민망스러웠지만 담벼락 밑에 토악질해 놓은 냄새와 오줌 지린내가 진동하는 좁디좁은 그 골목길을 매일 지나다녀야 하니 딸네 사는 꼴은 우스웠다.

복자는 이웃한 집 담 밑에 마당이랍시고 터를 일궈 꽃밭을 꾸며 놓았다. 집에서도 하던 짓이었다. 봄이면 꽃삽을 들고 점방을 하는 금이네 뒤뜰로 가서 알뿌리 화초를 떠다 심고 온갖 꽃씨들을 뿌렸다. 족두리꽃과 접시꽃, 분꽃에 백일홍, 해바라기까지 꽃을 피워 우리 집 마당은 울긋불긋 사계절 내내 꽃이 없던 때가 없었다. 돼지 막사가 있는 거름 더미에도 붉은 홍초가 어우러져 피고 변소 앞에도 발 디딜 틈 없이 채송화 씨를 뿌려 놓아 꽃이 피면 노랗고 빨갛고 흰 꽃들에 나비가 날아와 앉았다. 가을 찬 서리가 내리기 전에 그 애는 익은 꽃씨를 받아 한지로 만든 봉지에 담아 벽에 조르르 걸어 놓고 거칠게 쇤 꽃대들을 뽑아 동네 퇴비를 모아 두는 풀밭에 내다 버렸다. 다시 제 계절이 오면 꽃씨를 뿌릴 것도 없이 꽃이 폈던 자리에는 저절로 떨어져 해를 묵은 꽃씨들이 꽃을 피우기도 했다.

화초를 좋아하면 마음이 여리고 그 여린 맘에 병이 들어 꽃이 피었다 시드는 것처럼 시름없이 앓는다고 하는데, 복자 하는 짓이 꼭 그랬다. 하지만 그 애는 그 허름한 판잣집 마당에도 꽃밭을 가꿔 놓고 행복해했다. 복자의 사주궁합은 해와 달이 만나듯이, 땅과 하늘이 만나듯이 살이 앉을 틈이 없을 만큼 부부 금실 좋고 떡방아를 찧듯이 찰떡같은 궁합이라고 했다. 나는 사주쟁이의 입에서 실처럼 술술 풀려나오는 그 말을 믿지 않았지만 그래도 안심은 되었다. 사람의 마음은 약할 땐 한없이 약하기 그지없어서 시뻘건 문양이 그려진 종이 쪼가리 부적 한 장에도 희비애락을 따지고 인생을 거는 것이다. 칼과 활로 액땜을 해도 막을 수 없었던 내 팔자보다야 백번 나았다.

복자를 책임지고 행복하게 한번 잘살아 보겠다고 큰소리를 쳤지만 허튼소린 줄 알고 나는 사위 말을 믿지 않았다. 여자나 남자나 손에 구정물 묻히기 싫어하고 게으른 건 아무짝에도 쓸모없었다. 그런데 사위가 양복점 일을 그만두고 석유집에 취직을 한 것이다. 올백으로 기름 바른 머리를 싹 쓸어 넘기긴 했지만 팔에 낀 가죽 토시며 두른 앞치마에 기름기가 번들거리는 걸 보면 제법 일하는 태가 났다. 석유차가 들어오면 크고 작은 둥근 깡통마다 석유를 채우고 자루가 긴 기름국자를 들고 석유를 받으러 오는 사람들에게 되질을 해서 기름을 팔았다. 그때는 연탄아궁이를 한 집들도 제법 있었지만 연탄을 아끼느라 나무를 해다 밥을 해 먹거나 군불을 넣고 석유 등잔이니 석유곤로에 들어갈 기름만 대두병을 들고 나가 한두 되씩 사다가 쓰던 때였다.

"장모님, 걱정마십쇼. 제가 맏사위 아입니꺼. 장모님 걱정 안 하시게 무얼 해서든 먹고살 자신이 있심더."

목장갑 낀 손으로 콧잔등에 묻은 기름기를 닦아 내며 벌룽벌룽 뜬 목소리로 사위는 그렇게 큰소리를 쳤다. 제 처남이나 어린 처제들한테도 얼마나 끔찍하게 하는지 입에 넣고 굴려도 아깝지 않을 만큼 잘했다. 형이 없이 자란 기환이는 매형을 세상에서 제일인 줄 알고 잘 따랐다. 봄에는 보리밭 그늘에 제 매형과 나란히 앉아 풀피리를 불고 여름밤에는 냇강에 등목도 다니고 천렵도 따라나섰다. 제 매형과 어울려 다니며 어린 눈에는 그저 힘 있고 남 앞에서 거들먹거리는 것이 큰 멋으로 보였을 것이다.

무엇이 그리 좋은지 처갓집 식구들이라면 사위는 그저 싱글벙글했다. 각시가 예쁘면 처갓집 말뚝에도 절한다는 옛말은 그른 것 같지 않았다. 사람이 변하기도 어렵지만 변하는 것도 한순간이었다.

"매형은 순 물렁뼈야. 뭐 한 주먹 했다고 맨날 내 앞에선 헛폼만 잡더니 기름집 주인 아저씨가 야, 하고 부르니까 쪼르르 달려가고, 계산 좀 똑똑히 하라고 머리통을 툭 치는데도 대들지도 못하고 가만히 있던데?"

하루는, 학교 갔다 오는 길에 기름집에 들렀던 기환이가 제 매형을 두고 그런 말을 했다. 친구들에게 자랑을 하려고 잔뜩 벼르고 갔던 모양인데, 그 꼴을 보고는 슬그머니 나와 버린 모양이었다.

"니 매형이 날건달처록 껄렁거리기나 허영은 니 누난 팔잘 망쳐불건디, 너헌티 좋은 구경시켜 주쿠자 그 성질 못 고치고 살민 좋을커라?"

나는 철없는 아들을 나무랐지만 속으로는 언제까지 버틸 수 있을지 걱정스럽기도 했다. 나는 그런 사위를 지켜보는 것이 아슬아슬해서 딸을 볼 때마다 남자는 여자 하기 나름이라고, 무슨 일이 있어도 그저 어르고 달래서 싸우지 말고 살아야 한다고 타일렀다. 싸우는 것도 잦아지면 습관 되고, 비 온 뒤에 땅이 굳는다고 하지만 부부 사이엔 좋을 게 하나도 없었다.

복자는 결혼을 하고 난 뒤에 더 활짝 피었다. 갸름한 얼굴에 희게 살이 오르고 어디 한군데 정신을 빼놓고 있는 듯이 몽롱하던 표정도 싹 가시고 없었다. 장마가 지면 물이 들어와 그릇들이 둥둥 뜨는 부엌에서 밥을 끓여 먹고 기름 작업복을 빠느라 언 냇물에 손이 새파랗게 질려도 무엇이 그 애를 그리 기쁘게 만드는지, 복자는 그걸 불행하다 생각하지 않았다. 저 속없고 철없는 것들, 말짱 겉만 어른인 저것들.

가슴 갈피에 상처로 묻혀 있던 딸이 애틋한 사내를 만나 저희들만 재미나게 살아 준다면 더 이상 바랄 게 없었지만 딸이 살아갈 날을 생각하면 자던 밤에도 내 가슴이 묵직하게 저려 왔다.

복자를 시집보내고 나서 나는 또 임신이 된 걸 알았다. 기범이 밑에 삼 년 터울로 정화를 낳고 더 이상 아이를 낳지 않으려고 몇 년을 조심했는데 또 아이가 들어선 것이었다. 징글맞고 지긋지긋했다. 딸을 시집보낸 마당에 임신이라니. 거기다 입덧을 시작할 때쯤엔 고향에서 나쁜 소식이 왔다. 시어머님이 위독하다는 급전이 온 것이다. 남편이 기환이만 데리고 고향으로 들어갔다. 막내 시누이가 결혼할 때도 남편 혼자서 다녀왔는데 이번에도 내가 들어가지 않으면 말이 날 게 뻔했다. 남편은 시누이가 결혼할 때도 가서 좋은 끝은 못 보고 왔다. 장남이 식구들을 나 몰라라 하고 살았으니 가도 환영은 못 받는 자리였다.

고향에 한 번 다녀오자면 여비며 뭐며 돈이 많이 깨졌다. 그것이 다 빚이었다. 들어간 김에 시어머니의 장례까지 치르고 열흘 만에 돌아온 남편은 인사불성이 되도록 술을 마시고 괜한 일로 트집을 잡아 나를 때리고 욕하고 몰아세웠다. 나는 남편이 그렇게 주정을 하고 성질을 부릴 때마다 죽자꾸나 대들었다. 내가 잘못한 게 뭐 있느냐, 우리가 고향을 떠나온 건 잘살아 보자고 한 것이 아니냐, 당신이 장남 노릇을 못하는 것이 왜 내 탓이냐, 나를 얼굴도 못 드는 나쁜 년으로 만든 건 오히려 당신이 아니냐, 이런 거지꼴로 고향에 가면 누가 우리를 반길 거냐, 당신이 정신을 차리고 살아야 한다고 마구 퍼부었다. 얻어맞아 얼굴이 터지고 시퍼렇게 눈두덩에 멍이 들어도 나는 지지 않고 악을 쓰며 대들었다. 나는 차라리 그렇게라도 얻어맞아 뱃속에 든 아이가 저절로 떨어져 버렸으면……. 이렇게 구차한 중에도 내 뱃속에 아이가 있다는 것이 견딜 수 없었다.

내 신세가 억울했다. 사람 노릇 못한다는 소리 듣고 살 바에야 차라리 인연을 끊고 살면 그뿐이었다. 나는 고향에 대한 미련은 없었다. 다시 쳐다보고 싶지도 않았다. 그렇다고 시집 식구들을 아주 팽개친 건 아니었다. 나도 사람 도리 알고 양심은 있는 사람이었다. 작은언니가 첫아들을 장가보낼 때도, 서울로 간 올케언니가 순영이를 시집보낼 때 몸만 와서 잔치 먹고 가라는 기별이 왔을 때도 돈이 무서워 가지 못했다. 하지만 막내 시누이의 혼사 때는 빚을 얻어 그만큼의 부조는 했다. 그래도 내가 들여다보지 않은 것만 트집 잡아 시집 식구들은 나를 모질다고 욕했다.

나는 더 이상 사는 낙이 없었다. 임신까지 하고 보니 모든 일에 의욕이 없어졌다. 우선 복자 보기가 민망스러웠다. 한 번 지은 죄 두 번은 못 지을까. 이때도 나는 뱃속에 든 것을 어떻게든 떨어뜨려 버리려고 무서운 맘을 먹었다.

그때 읍내에서 우리 동네로 드나들던 산파가 있었다. 연락이 가면 그이는 옆구리에 보따리 하나만 달랑 끼고 동네에 들어와 아이도 받아 주고, 간단한 부인병 시술도 하는 무면허 산파였다. 여자가 아이를 가져 병원에 가는 일은 그땐 돈자랑에 우스운 일이었다. 그 산파는 꽤 잘한다고 소문난 이였다. 거꾸로 선 아이도 돌려서 머리부터 빼내는 기술이 대단하다고 했다.

나는 산파를 찾아갔다. 물질을 하지 못하게 된 궂은날이었다. 가을비가 아침부터 추적거리며 내렸다. 입덧을 하느라 먹지 못한 데다가 비까지 뿌리니 몸에 살이 낀 것처럼 와들와들 떨리고 아팠다. 읍내 장터거리에서 드문드문 집들이 앉은 산 밑으로 한참을 들어가서야 그 집을 찾을 수 있었다. 내가 그곳에 찾아갔을 때 집은 텅 비어 있었다. 그 집 마루에 앉아 추녀 끝에 듣는 비를 멍하니 바라보며 기다렸다. 점심참이 한참 지나자 후줄근한 작업복 차림의 늙수그레한 사내가 들어왔다. 주인이라는 사내는 뉘시냐고 내게 물었다. 술내가 확 끼쳤다. 나는 산파를 찾으며, 어디에 갔느냐고 물었다.

"저 방에 들어가 기달리고 기시소, 고대 오겄지요."

사내는 마루 한쪽 끝에 달린 지게문을 가리키며 말했다. 하지만 나는 그 방에 들어가고 싶지 않아 마루에 앉은 그대로 기다렸다. 방에 들어간 사내는 잠이 든 모양인지 안방에서 코 고는 소리가 마루까지 들려왔다.

산파를 기다리다 해질녘에 돌아오면서 생각했다. 내게 준 목숨이구나, 나를 어미로 삼고 태어날 운명인 아이구나. 그랬다. 나는 두 번 다시 그 집을 찾아가지 않았다. 죽은 기범이를 생각하자 이런 모진 생각을 먹은 내가 끔찍하고 무서웠다. 언젠가 자기를 낳을 때 무슨 태몽을 꾸었느냐고 묻는 정해에게 이 얘기를 한 적이 있었다. 태몽이 다 무어냐, 사는 게 너무 고달파서 널 없애려고 했다, 그때 산파가 마침 집에 있었더라면 넌 아마 이 세상 구경을 못했을지도 모른다고. 그 얘기를 듣던 정해는 내 앞에서 눈물이 글썽글썽한 채 원망이 가득한 눈으로 나를 바라보았다. 끔찍해하는 표정이었다. 그러나 나는 딸애에게 말하지 못했다. 살다 보면 끔찍한 마음을 먹을 일이 어디 그것뿐이겠느냐고.

막내딸을 낳고 난 뒤에 시나브로 월경이 끊기고 다시는 아이를 낳을 수 없게 된 걸 알았을 때, 세상에 여자로 태어날 때 지고 나온 큰 빚을 다 갚은 듯이 후련했다.

7

막내딸을 낳고 난 그 즈음, 고무로 만든 검은 색깔의 물옷을 처음 입게 되었다. 고무옷은 부산에서 들여왔다. 해녀들을 상대로 고무옷만 전문으로 떼다가 파는 장사치가 부산서 기와집을 드나들었다. 젊었을 때 부산에서 물질을 했다는 고무옷 장수 역시 제주 사람이었다. 그때 우리 동네에는 해녀들이 제일 많을 때여서 스무 명 남짓이 물질을 했다. 고무옷 장수는 부산에서 물질하는 해녀들은 전부 고무옷을 입고, 이 옷을 입고부터는 전보다 훨씬 작업량도 많아졌다고 선전했다. 사람마다 품이 달랐지만 고무옷은 자로 재듯이 품을 재는 게 아니어서 대 · 중 · 소, 세 가지 중에서 자기 몸에 적당한 것을 골라 입어야 했다. 고무옷을 입게 되면서부터는 허리에 차는 납띠 따위 부속 장비들도 늘었는데 물에 뜨는 고무옷의 부력을 잡아 물속 깊이 내려가자면 그만한 무게를 눌러 줄 납띠가 필수적이었다.

그때 고무옷 한 벌 값이 쌀 한 가마 값과 맞먹는 큰돈이었다. 현금으로 한꺼번에 치를 수 없는 사람들은 외상을 달거나 나머지 돈을 떨어뜨려 놓고 간조날 회계를 받을 때마다 조금씩 갚아 나갔다. 고무옷 장수 말대로 고무옷을 입고 작업을 하고부터는 전보다 수확량이 훨씬 늘었다. 추운 날 바다에 들어가 작업할 수 있는 시간도 늘었고, 또 옷을 해 입은 돈을 갚고자 더 악착을 떨 수밖에 없었다. 고무옷 역시 해지고 닳아서 몇 년에 한 번씩은 바꿔야 하는 물건이었다. 겨울에는 따뜻해서 더할 나위 없이 좋았지만 피부병이 문제였다. 고무옷에서 생기는 열 때문에 독이 올라 몸이 벌겋게 달아오르면서 심하게 가려움증이 일었다. 피부가 약해서 견딜 수 없는 사람들은 고무옷을 사 놓고도 입지 못해 소중의를 그대로 입고 작업하다가 나중에야 고무옷을 입은 사람들도 더러 있었다.

나는 고무옷 때문에 생긴 피부병으로 여러 해 고생했다. 겨드랑이며 사타구니, 목과 손목, 고무옷이 죄여 드는 곳이 짓물러 살이 헐었다. 그럴 때는 짠물에 전 몸을 헹궈내고 뜨거운 물수건을 얹어 벌겋게 헐거나 부어오른 부기를 달래야 수그러들었다. 하지만 벌어먹고 살자는데 그까짓 피부병 무서워 남들 다 입는 고무옷을 못 입을 수는 없었다. 나중에는 살갗이 우둘투둘 일어나 피부가 보기 흉하게 되어도 고무옷 없이는 물질을 못하게 되었다.

그뿐만이 아니라 고무옷은 무엇보다 입고 벗기가 불편했다. 입을 때도 물을 축여 조심스럽게 입어야 하고, 벗을 때도 양쪽 겨드랑이 밑으로 두 손을 엇질러 넣고 조심스럽게 머리 위로 당겨 올려야 찢어지지 않았다. 옷을 벗다가 찢어진 적도 여러 번 있었다. 찢어진 부위는 쪼가리 고무를 사포로 밀어 공업용 본드로 땜질해서 입었다. 나중에는 새 고무옷을 살 때가 되어도 피부병이 무서워 몸에 익은 헌 고무옷을 땜질해 가며 입었다.

고향에서 나온 지 십 년이 지났지만 사는 건 늘 마찬가지였다. 남편이 일을 하지 않고 놀면서 술만 퍼대고 있으니 일 나갔다 들어오면 속에서 천불이 났다. 희한하게도 우리 동네에 나와 사는 제주집 남자들은 하나같이 바깥일을 하지 않았다. 겨우 돼지를 치거나 물질 나간 여자들 뒤치다꺼리를 한답시고 갯가에 나와 망사리를 건져 올려 주거나 하는 일이 다였다. 육지 사람들은 핀둥거리며 놀면서 여자 등골 빼먹고 산다고 제주집 남자들을 욕했다. 고향에 살 때는 그건 큰 흉이 아니었다. 여자들이 나가서 물질을 하면 남자들은 자연 집안일에 농사일을 했다. 크게 논농사를 짓는 것도 아니어서 남자들이 배를 타지 않으면 섬 안에 갇혀 할 수 있는 일이라는 것이 딱히 여자들이 하는 일과 나눠지지 않았다. 남자가 집안 단속을 하며 살림을 사는 것도, 여자가 나가서 물질을 하는 것도 노동력은 여자나 남자에게 구별 없이 주어졌다. 부모는 자식이 장성하면 장남까지 따로 살림을 내주는 것이 또한 관례였다. 그렇다고 부모가 자식에게 애착이나 욕심이 없어서가 아니었다. 장남, 특히나 아들에 대한 집착은 그 어느 지방 못지않아서 아들 없는 집은 반드시 양자를 들여서라도 조상을 받들게 하는 것이 전통이었다.

하지만 세상은 조금씩 변하고, 남자들은 변하는 세상에 맞추어 따라가지 못했다. 여자들은 뭍으로 나와서도 악착같이 물질하며 사는 건 마찬가지였지만 남자들은 변한 세태에, 그 습속을 버리지 못하고 집구석에서 몽니만 늘어갔다. 나는 남편에게 많은 걸 바라지 않았다. 어차피 여자가 집에 들어앉아 아이 키우는 일이며 살림이나 살 팔자가 아니라면, 술이라도 좀 덜 먹고 조금씩 집안일을 도우면서 살림을 일구는 것, 그것밖엔 바랄 게 없었다. 여자는 그저 남자가 밖에 나가 벌어다 주는 돈으로 살림하는 것만큼 편한 팔자가 없었다. 그래서 나는 복자가 제 식솔들을 위해 밥벌이 제대로 하는, 책임감 있고 부지런한 남자에게 시집가기를 바랐던 것이다. 한데 늘 불안하게 내 가슴을 조마조마하게 했던 노파심이 결국엔 현실로 나타났다.

겨우 일 년 남짓, 그만하면 오래 견뎠다. 박 서방은 기름집 주인 남자와 대판 싸우고는 하루아침에 일을 그만두어 버렸다. 제 성질을 죽이지 못했던 것이다. 하루 일을 끝내고, 그날 장부에 기록한 것과 현찰이 맞지 않는다고 주인이 박 서방을 의심하자 박 서방은 그놈의 성질 값을 한다고 다짜고짜 주인을 뿔난 황소처럼 들이받아 버렸다.

"내가 무슨 짓을 해도 도둑질만은 안 한다."

그때 박 서방은 분하고 억울해서 그렇게 소리쳤다.

시집가서도 복자는 여전히 우리 집 살림을 거의 도맡아 살았다. 내가 밖으로 나다니는 사람이니 살림을 살아 줄 사람도 필요했지만 무엇보다 겨우 백일 지난 막내를 봐줄 사람이 없어서였다. 나는 딸이 친정 살림을 봐주는 대가로 딸네 생활비까지 대 주어야 했다. 일자리를 잃은 박 서방은 전처럼 양복점에 죽치고 앉아 빈둥거렸다. 부두에 나가면 일이 널렸고 배도 탈 수 있겠지만 사위는 도저히 그 일은 성질에 맞지 않는다고 했다. 빗자루를 들고 가게를 쓸거나, 양복쟁이가 자리를 비운 틈에 손님이 오면 맞춰 놓은 물건을 내주는 일 따위로 소일하며 지냈지만 곧 그 일도 싫증을 냈다.

이때 새마을운동이 시작되어 온 동네가 시끄러웠다. 아침마다 동회 회관에선 새마을 노래를 크게 틀어 놓고 통장이 집집마다 돌면서 사람들을 불러냈다. 한 집도 빠짐없이 한 사람씩 빗자루나 삽, 괭이 따위의 연장을 들고 나가야 했다. 남정네들은 물이 고여 썩어 가는 도랑에 토관을 묻고, 홍수 때마다 수해가 나서 논밭을 덮치는 냇가에 제방을 쌓고, 아이들은 마을길을 쓸었다. 집집마다 펌프를 설치하는 운동도 이때 벌어져 여자들은 물동이를 이고 마을 우물까지 물을 길으러 다니지 않아도 되었다.

밤에는 국민정신을 계몽한다며 반상회에 나오라고 해서 연설도 들어야 했다. 무엇무엇 하자는 것이 왜 그리 많았던지, 마치 게으른 소의 궁둥짝을 채찍으로 후려갈기듯이 온 동네 사람들을 일터로, 밖으로 끌어냈다.

동네 청년들은 새마을 청년회라는 것을 만들어 활동했는데, 사위는 새마을 청년회에 들어 완장을 차고 전처럼 동네를 휩쓸고 다녔다. 그때 제일 권세가 있는 건 새마을 청년회였고 그 단장 자리를 놓고 패싸움도 일었다. 그들은 정부에서 무상으로 지급되는 시멘트니 건자재니 이런 것들로 마을 초입의 신작로를 만들고 길을 포장했다. 시멘트 한 포대를 타려고 해도 무엇보다 '백'이 있어야 했다. 사위가 새마을 청년회 일을 보고 있어서 심심치 않게 시멘트며 건자재 따위들을 우리 집에 가져다주었다. 그땐 너나없이 뒷구멍으로 그런 것들을 빼돌리지 않는 집이 없었다.

그런데 우리에겐 생각지도 못했던 일이 닥쳤다. 나라에서 군유지에 살고 있는 사람들에게 그 땅을 매입하라는 것이었다. 고지한 기간 안에 땅을 매입하지 않으면 집을 철거하고 그 땅에서 쫓아낸다고 했다. 동사무소에서 나온 계고장을 한동안 들여다보던 남편은 한숨을 푹 내리쉬었다. 나는 남편 입에서 나오는 한숨 소리에 가슴이 철렁 내려앉았다. 이제 겨우 양식거리 놓치지 않고 살 만한데 땅을 내놓으라니, 풀이 우거져 발도 들여놓기 힘든 땅을 일궈 내 손으로 지은 집인데 집을 부순다니, 눈앞이 캄캄했다. 사람살이가 하나에서부터 열까지 다 돈인데 남편 벌이는 시답잖고 불어난 자식새끼들 먹이고 입히고 가르치느라 주머니에 여윳돈이 고일 새가 없을 때였다. 그런 와중에도 나는 남편 몰래 계를 들고 있었다. 그땐 계(契)가 유행이었다. 푼돈으로 목돈을 만들려는 사람들은 누구나 한두 몫씩 계를 들었다.

나는 아모레 여자한테 계를 들었다. 그 여자는 아모레 마크가 큼지막하게 박힌 노란 유니폼에 화장품 가방을 어깨에 둘러메고 온 동네를 다니면서 화장품을 팔았다. 말재간이며 수완이 보통이 아니어서 그 여자한테 외상 화장품을 쓰지 않는 여자들이 없었다. 다방 레지들이며 술집 작부들, 꾸미고 다닌다 하는 여자들은 모두 그 여자의 단골이었다. 살집이 투실투실한 덩치는 웬만한 남자 못지않아서 조붓하고 조신한 맛은 없는 여자였다. 소문에는 아이를 낳지 못해 시집에서 쫓겨났다고도 하고 첩질하는 남편이 꼴 보기 싫어 이혼을 했다고도 했다. 아무려나 그 여자는 오지랖도 넓어서 무거운 화장품 가방을 들고 다니다가 아무 집에나 들어가 물 한 그릇 얻어 마시며 가방을 풀어놓기 시작하면 그 입담에 한나절 시간가는 줄도 몰랐다. 화장품은 푼돈이고 아모레 여자가 계를 해서 큰돈을 주무른다는 건 알 만한 사람들은 다 아는 일이었다. 물론 계가 위험한 건 사사롭다는 데 있었다. 보증인을 세운 것도 아니고, 법적으로 책임을 져 주는 것도 아니었다. 계주가 마음먹고 작정하기만 한다면 계원들의 곗돈을 몽땅 챙겨 도망가 버리면 그걸로 끝장이었다. 계는 계주와 계원이 서로 믿고 하는 수밖에 없었다.

계주는 계가 탈이 나도 그걸 책임지고 메울 능력도 있어야 했다. 아모레 여자에게는 그만한 능력이 있었다. 그 여자는 해녀들이 계를 들면 의심하지 않고 받아 주었다. 해녀들은 워낙 악착같은 데가 있고 계산이 정확해서 계주를 속 썩이지 않는다고 좋아했다.

하지만 사람이 사람을 속이는 게 아니라 돈이 사람을 속이더라고, 아모레 여자에게 몇 순배나 계를 들어도 한 번도 그런 일이 없었는데, 나중에 그 여자는 천만 원이 넘는 곗돈을 챙겨 달아났다. 칼자루도 오래 쥐고 있으면 그 손아귀에 든 것이 썩는 줄을 모른다고 다들 그 여자를 너무 믿은 게 탈이었다.

이때 나는 처음으로 목돈을 만들기 위해 서너 번 붓던 계를 내렸다. 내가 그때 하던 계는 순번 없이 돈이 급한 사람이 먼저 찍어서 낙찰이 되면 타 먹는 낙찰계였다. 일찍 내릴수록 나중에 부어가야 할 돈에 타 먹은 만큼 이자까지 붙어서 붓기가 힘들었다.

곗돈을 탄 돈뭉치를 누런 종이에 둘둘 말아서 남편 몰래 벽장에 숨겨 놓고 하룻밤 내내 잠도 못 자고 전전긍긍했다. 밤새 머릿속으로 이리 굴리고 저리 굴리고 계산을 해보아도 그 돈으로 집터를 사기엔 역부족이었다. 밤새 잠을 설친 나는 식전에 남편 정신이 말짱할 때 곗돈 탄 얘기를 했다.

"다 빚이우다게. 경해도 어떵허우까? 우리가 타관에 나완 놈의집살이도 해봤신디 자식새끼들 주렁주렁 매달고 그초록 허영은 못 삽니다게. 참, 이녁이 정신을 똑바로 차령거네 살아사허주. 이 돈 들고 가거네 모질라는 돈은 벌엉 갚는다 사정허여봅서. 그 수밖엔 없수다게."

생전 남편 손에서 돈 꾸러미 한 번 받아본 적 없었지만 나는 선뜻 그것을 남편 앞에 내놓았다. 남편은 돈뭉치를 챙기며 아무런 말도 하지 않았다.

그날 일찍 아침을 먹고 면 소재지에 나갔던 남편이 일이 잘 되었는지 웃는 낯으로 돌아왔다. 술을 한잔 걸친 얼굴이었다. 내 공은 없다 치더라도 나는 남편이 일을 미덥게 처리했는지 그것만 염려스러웠다. 문서를 해놔야 하는 그런 일들은 남자들이 알아서 할 일이라는 생각도 들었지만 남편 입장도 세워 줘야 했다. 크고 작은 일에 잔소리를 늘어놓다 보면 그 끝이 꼭 싸움으로 이어졌다. 남편은 늘 내가 자기를 남편 대접을 해주지 않고 무시한다고 생각했다. 일처리가 미더우면 내가 왜 노파심에 남편을 닦달할까. 무슨 일을 치르려면 먼저 술 한 잔이 들어가야 하는 남편과는 그래서 평생토록 아옹다옹 싸움이 그치지 않았다. 그렇게 어렵게 장만한 집문서를 홀라당 남의 손에 넘겨주었다 겨우 다시 찾기도 했지만 그것뿐만이 아니었다. 나는 그저 돈이 생기면 어떡하든지 밭떼기라도 하나 장만하려고 애를 썼다.

학교 옆의 감자 밭만 해도 그랬다. 미역이 풍년인 해여서, 햇미역을 그저 먹으려는 장사치한테 넘겨주지 않고 끼고 있었다. 미역에 분이 피고 오가리가 낄까 봐 보관하는 데 애간장을 다 녹인 물건이었다. 묵은 미역 되기 전에 그놈을 팔아치우려고 면의 오일장에도 지고 나가 팔고, 더러 산촌으로 등짐을 지고 다니면서 판 돈을 허투루 쓰기가 억울해 산 밭이었다. 백 평가웃 될라나. 밭 임자는 그 밭이 남의 밭 사이에 끼어 있어서 쓸모가 없는 땅이라며 싸게 준 것이었다. 말은 내가 맞추고, 돈도 내 손에서 나갔지만 임자를 만나 돈을 치른 건 남편이었다. 그런데 몇 십 년을 밭농사 지어먹던 그 땅을 나중에 건물이 들어설 때 찾지 못하고 잃어버렸다. 남편이 문서를 해놓지 않았던 것이다. 세상에, 그 밭이 우리가 부쳐 먹는 밭떼긴 줄 온 동네 사람이 다 아는데, 눈 뜨고 번연히 빼앗긴 꼴이 되어버렸다. 우리가 농사를 지어먹는 중에도 이 사람 손에서 저 사람 손으로 여러 번 임자가 바뀌었다고 하니, 남 좋은 일만 시키다 만 셈이었다.

집터 사느라 타 먹은 곗돈을 붓느라 나는 쌔가 빠지도록 골탕을 먹었다. 아이들 소풍이며 운동회 구경도 한번 간 적이 없었다. 단옷날마다 해녀들 친목계에서 모은 돈을 가지고 가지가지 음식을 해 들고 약수로 유명한 동네로 나들이를 갈 때도 작업을 못하고 노는 것이 아까워 나는 마음껏 놀지도 못했다. 여럿이 모이면 그 가운데 '꾼'은 항시 있기 마련이었다. 장구 두들기면서 춤추고 노래 부르는 재주들을 지닌 이들은 어찌나 신명나게 한판 놀아대는지, 그런 자리에 가면 나는 꿔다 놓은 보릿자루나 마찬가지였다.

그저 날이 맑고 파도가 잔 날에는 하루도 빠지지 않고 물질을 나갔다. 풍랑이 센 날도 배의 스크루에 감긴 해초를 떼는 일을 해서 돈을 벌었다. 항구에 정박해 있는 배들은 간혹 스크루에 감긴 이물질 때문에 골탕을 먹는 일이 있었다. 그때는 해녀들이 낫을 들고 들어가서 스크루에 감긴 헌 밧줄이나 해초 따위들을 일일이 다 걷어내야 했다.

8

막내딸 정해는 아예 젖을 빨지 않아서 다른 아이들 곱절은 나를 애먹였다. 다른 아이들은 젖이 나오지 않아도 빈 젖이라도 빨려고 기를 쓰고 어미 가슴팍에 달라붙는데 정해는 그렇지 않았다. 배가 고파 칭얼댈 때 젖꼭지를 물리면 그 애는 고개를 뒤로 발딱 젖히고 목젖이 보이도록 울어댔다. 그땐 가루분유도 비싸서 제대로 먹이지 못했는데, 젖병을 보면 아이가 얼마나 환장을 하는지 고무젖꼭지를 물면 놓지를 않았다. 유별난 애였다. 울음밑은 또 얼마나 질긴지, 한번은 밤에 자지도 않고 우는 통에 남편이 그 애를 소쿠리 내던지듯이 집어던져 버렸다. 낮에 물에 들어가 종일토록 일하고 돌아온 뒤에 내 몸은 늘어져서 다 쓰고 난 수세미처럼 진기라곤 하나도 남아 있지 않았다. 아이가 울면 얼러 주지는 못할망정 애 울음소리가 귀에 거슬린다고 성질을 부렸던 것이다. 그래서 나는 자다가도 아이가 깨어 울면 남편이 깨기 전에 얼른 업고 밖으로 나왔다. 잠든 기척이 있어 등에서 잠깐이라도 내려놓을라치면 귀신같이 등에서 떼어내는 걸 알고는 또 울어대서 날이 훤히 밝을 때까지 아이를 업고 잠든 것이 한두 번이 아니었다.

어려웠던 시절, 젖병을 물고 살아서 커서까지 우윳병짜리로 불렸던 정해를 업어 얼러 가면서 키우느라 복자가 고생을 많이 했다. 이미 시집가서 남의 집 사람이 된 큰딸, 아이를 낳게 될 딸에게 나는 부끄러웠다. 어서 복자가 아이를 가져야 박 서방도 정신을 차릴 것인데, 조바심이 일었다.

박 서방은 새마을 청년회 일을 하면서 알게 된 사람과 동업을 한답시고 건자재상을 벌여놓고 실속도 없이 거들먹거리고 다녔다. 제 자본 한 푼 들이지 않고 이름만 얻은 자리, 심부름꾼이나 한가지인 그 자리에 앉은 걸 무슨 큰 벼슬로 아는 모양이었다.

"보라게, 이 사름아. 어떵 앞일은 생각허곡 살암시냐? 혼(한) 살이라도 젊을 적에 정신을 차려사주 어느제까지 놈의 뒤치다꺼리만 헐커라?"

나는 사위가 하는 일이 못마땅해 어느 한날 집으로 불러 작정을 하고 말했다.

"걱정 마시소, 장모님. 쪼매만 기다리면 이 박광필이 크게 한번 일어날 낍니데."

박 서방은 그놈의 말이 앞서는 게 늘 문제였다. 사람이 열 가지 다 좋은 점을 가질 수 없다고, 한두 가지 성에 차지 않아도 내 사람이었다. 복자를 끔찍이 아끼고 위하는 걸 보면 마음이 누그러졌다가도 까닭 없이 불안하고 사위가 못마땅했다.

내 마음이 이렇게 어지러울 때 좋은 일이 생겼다. 복자에게 태기가 생긴 것이다. 나는 그 애의 태몽을 대신 꾸었다. 천도복숭아가 냇물에 둥둥 떠내려오는 걸 물속으로 첨벙첨벙 걸어 들어가 치마폭으로 건져 올렸다. 그런데 꿈에서 깬 뒤에도 이상하게 마음이 개운치가 않았다. 잔털이 보송보송하고 노란 빛깔이 도는 수밀도며 복숭아도 종류가 여러 가진데, 하필이면 천도복숭아일까. 붉고 딱딱한 껍질이 쩍쩍 갈라져 속살이 내비치는 게 꿈을 꾸면서도 야릇해 나는 치마폭에 건져 올린 복숭아를 들고 근심어린 얼굴을 했었다. 내 염량에도 션찮은 물건이라는 생각이 들었다. 복자에게 태기가 있다는 소리를 듣고는 그것이 틀림없는 태몽이라는 생각이 들었다. 그렇다면 이 애 뱃속에 든 아이가 언청이는 아닐까, 사팔뜨기는 아닐까. 그러나 나는 그 애기를 아무한테도 하지 않았다.

여자가 아이를 가지면 달이 차서 낳게 되는 건 정한 이치였다. 차라리 뱃속에 있을 때가 편하다는 말도 있지만 뱃속에 품고 있을 동안의 그 고통도 낳아 기르는 것 못지않았다. 자식을 낳을 수만 있다면 비렁뱅이도 부럽다던 욕쟁이할망도 있었지만 아이를 열하나나 낳아 낳자마자 여섯이나 잃어버린 내 친정어머니도 있었다. 나 역시 여섯이나 되는 아이를 낳았지만 여자에게 임신은 늘 세상이 거꾸로 서는 것 같이 두렵고 한시도 마음을 놓을 수 없게 긴장이 되는 일이었다. 복자가 임신을 한 그때, 나는 아직 내가 폐경기에 접어든 걸 몰랐을 때였으니 사는 게 징그럽다는 생각도 들었다.

복자가 입덧을 해서 아무것도 먹지 못한다는 말을 듣고 전복을 들고 딸네 집으로 갔다. 죽이라도 쑤어 먹여 볼 생각이었다. 저녁때가 가까웠는데도 사위는 집에 없었다. 복자는 노랗게 뜬 얼굴을 하고 자리에 누웠다가 맥없이 일어나 앉았다.

"어떵허영 입덧이 어멍보다 너함저! 움직이지도 못할커라?"

나는 딸애 곁으로 다가앉으며 물었다. 입덧은 병 아닌 병이었다. 곡기는 물론 물 한 모금 못 넘기고 게워내기만 해도 버티기만 한다면 탈없이 순리대로 낫는 게 입덧이었다. 그래서 나는 복자의 몰골을 들여다보면서도 별 걱정을 하지 않았다.

딸네 부엌으로 들어가 생전복을 까서 들기름에 볶아 불린 쌀을 넣고 바쁘게 죽을 쑤었다.

하지만 딸애는 죽 그릇을 보자마자 들기름 냄새가 역겹다며 상을 밀어냈다.

"한 술이라도 떠사주 생목 올라완 못쓴다게. 맨도롱헐(따끈할) 때 호꼼 먹어보라게."

나는 억지로라도 딸에게 한 숟가락이라도 떠먹이려고 했지만 그 애는 입도 대지 않고 도로 누웠다. 그렇다고 내가 그 곁에 지키고 앉았을 수도 없었다. 나는 집에 가서 이것저것 해야 할 일을 생각하자 좀이 쑤셨다.

"참 이상허영마씸. 입덧을 허는디도 자꾸 피가 비춥니다게."

근심이 잔뜩 앉은 얼굴로 복자는 그렇게 말했다. 그러나 이때도 나는 그 말을 대수롭지 않게 여겼다. 몸이 약한 탓이려니 했다. 임신이 되었어도 피가 비치는 것은 자궁이 약한 탓일 수도 있고, 입덧처럼 시간이 가면 가라앉을 줄 알았다.

"박 서방은 어떵헌 사름이라? 각시가 이 지경인디 정신이 졸바로(올바로) 박힌 사름이라!"

나는 딸이 들으라고 신경질을 섞어 내뱉고는 상을 들고 나왔다.

한여름이어서 날카롭게 지는 저녁 빛이 어설픈 판자 쪼가리로 가려 놓은 부엌으로 그대로 들어왔다. 쉬파리가 끓는지 부엌문 밖에서 파리떼가 잉잉대는 소리도 들렸다. 어느 집에선가는 뜨겁게 고인 저녁 공기를 휘젓듯 악다구니를 퍼부으며 싸우는 소리가 들리고 아이들 우는 소리도 시끄럽게 들렸다. 나는 식은 죽 그릇을 그대로 부뚜막에 올려놓고는 바쁜 걸음으로 집으로 돌아왔다.

지금 생각해 보면, 자식을 잃는 건 어미가 무지한 탓이 크다는 생각도 든다. 사람 목숨이 하늘에 매인 것이라고는 하지만, 궁리가 제대로 돌아가는 사람이라면 남이 한 번 볼 거 다시 한 번 더 봐지고, 남이 대수롭지 않게 여길 일도 정신을 차려 보게 되는 게 자식 일이었다. 아둔하게도 나는 딸자식이 더위에 뜬 방 안에 혼자 드러누워 앓고 있는 것을 그저 임신 탓으로만 돌려 버렸다.

한데 입덧도 가라앉지 않고 조금씩 피가 묻어나는 것도 멈추지 않더니 복자는 결국 넉 달이나 된 아이를 핏덩이로 내쏟고 말았다. 그렇게 쏟아버리고 말 거, 사람을 있는 대로 다 잡아 놓아서 얼굴이 반쪽이 된 복자는 몰골이 말이 아니었다. 온전치 못한 목숨이어서 기왕 떨어져 버린 아이, 미련을 갖지 말라고 나는 딸애에게 말했다. 자식은 또 낳으면 될 일이었다. 그러나 나는 그 애가 마음의 병을 얻어 바깥출입을 안 하고 친정조차 소홀히 하고 사는 줄 알았는데, 아이를 담고 있었던 자궁이 썩어가고 있는 줄은 꿈에도 몰랐다. 여름 끝물이어서 이 더위가 가시고 나면 몸도 추스르고 전처럼 아무렇지도 않게 털고 일어날 줄 알았다.

그런 어느 날, 한밤중에 박 서방이 찾아왔다.

"장모님!"

박 서방이 부르는 소리에 놀라 잠이 깼다. 윗도리를 찾아 꿰고 어두운 마루로 몸을 내밀었다. 마루 끝에 앉은 박 서방의 큰 덩치가 마치 한 마리의 거대한 짐승처럼 검은 덩어리로 다가왔다. 방 안의 불을 켜고 마루로 나서자 술내가 확 풍겼다.

"무사, 이 밤중에 어떵헌 일이라? 복잔 어떵허여?"

나는 그때까지도 복자가 어떤 지경인지를 알지 못하고 있었다. 그래서 술을 마시고 오밤중에 찾아온 박 서방에게 짜증스럽게 물었다. 박 서방은 천천히 손바닥으로 마른 얼굴을 쓸어내리며 한숨을 내쉬더니 고요했다. 나는 그런 박 서방을 가만히 지켜보기만 했다. 그런데 박 서방의 어깨가 조금씩 들썩이기 시작했다.

"장모님요, 장모님요!"

꾸부정하니 등판을 숙인 채 나를 두어 번 불렀다. 마루 아래로 검은 그림자가 길게 늘어진 덩치 큰 사내가 부들부들 떨리는 목소리로 나를 부르며 울고 있었다.

"우리 집사람 많이 아픕니데. 이 못난 놈이 지 마누라가 어떻게 아픈지 그것도 모리고, 여태 그것도 모리고……."

박 서방의 울음이 격해지자 내 가슴이 후들후들 떨렸다. 잠에서 깬 남편이 담뱃불을 붙이는지, 성냥 켜는 소리가 들렸다.

"오밤중에 무슨 일이라?"

남편이 밖을 향해 고함을 치듯 물었다.

그 소리에 마치 무너지기라도 하듯 박 서방은 격렬하게 몸을 흔들며 황소울음 같은 소리를 토해놓았다. 내가 어떻게 딸네 집까지 갔는지 그건 내 정신이 아니었다. 질질 끌던 고무신짝이 몇 번이나 뒤집어져 흙탕물에 발이 빠졌다. 바람 한 점 없는 그 궤짝만 한 비좁은 방 안에 복자는 얼굴이 백지장처럼 하얗게 되어 누워 있었다. 세숫대야에 담긴 물수건에서 쉰내가 났다. 나는 그 애가 깔고 누운 얇은 요때기를 손으로 더듬다가 이불을 확 젖혔다. 며칠 전에 들여다봤을 때, 그때 느끼지 못했던 냄새, 방 안에 흥건한 고름 섞인 피 냄새에 말문이 막혔다.

날이 밝기 무섭게 그 애를 박 서방 등에 업혔다. 신작로까지 나가서 겨우 지나가는 트럭을 얻어 타고 읍내 병원으로 갔다. 읍내 병원에서 큰 병원으로 가 보라고 해서 그날로 대구까지 나갔다. 나팔관에 아이가 들어섰던 것이라고 했다. 달이 찰수록 나팔관을 조이던 핏덩이가 저절로 떨어져 나가면서 손을 제대로 쓰지 않아 피고름이 뭉텅이로 고여 있었던 것이라고, 그것이 썩어가는 냄새라고 했다.

병원에 입원을 해서 자궁을 들어내는 수술을 받았지만 복자는 무섭게 야위어 갔다. 태중에 아이가 들기 전에, 이미 자궁 속엔 암 덩어리가 자리 잡고 있었다고 수술을 담당한 의사가 말했다. 암이라니, 기가 막힐 일이었다. 병원에서 치료를 받을 만큼 받고 더 이상 어쩔 수가 없어 복자를 집으로 데려와 건넌방에 자리를 깔았다.

복자가 앓아누웠던 동안, 나는 아무것도 느끼지 못하고 살았다. 계절이 바뀌는 것도, 다른 사람들은 어떻게 사는지도 나는 몰랐다. 내가 무엇을 얼마나 잘못하고 살아서 이런 천벌을 받나, 내 전생의 업이 얼마나 크고 무겁기에 내게 이런 일이 닥치는가, 잠자리에 누우면 억울해서 잠이 오지 않았다. 그래도 먹고 입고 일하고 때로는 나도 모르게 웃게도 되는 것이 사람살이였다. 물옷 보따리를 짊어지고 집을 나오면 나도 모르게 걸음이 빨라지고 집으로 돌아올 때면 나도 모르게 천근같이 걸음이 무거워졌다.

박 서방은 점점 말을 잃어가며 술이 늘었다. 매일 밤 딸애의 머리맡을 지키더니 어느 때부턴가 하루씩 거르기도 하고, 술에 진탕 취해 들어와 '장모님요!' 나를 부르며 서럽게 울다 제풀에 지쳐 코를 골며 잠이 들었다. 그러나 정작 복자는 담담해 보였다. 살이 쑤욱 빠지고 광대뼈가 불거진 그 애의 종잇장처럼 얇아진 얼굴에 퀭하니 뚫린 눈동자엔 아무것도 담겨 있지 않았다.

폭설에 지붕 한쪽이 무너져 내린 겨울을 보내고, 생울타리에 새순이 돋고 마당에 빠작빠작 채송화가 피자 그 애는 방문을 열어 놓고 멀거니 마당을 내다보곤 했다. 그 애가 좋아했던 꽃이, 그 꽃이 홍초였던가. 돼지 막사가 있던 도랑가에 뿌리를 내리고 무섭게 번져 사람 키보다 더 크게 웃자라 붉은 꽃대가 쑤욱 올라오던 붉디붉던 꽃. 한여름 뙤약볕에 꽃이 피어 저녁 바람에 꽃물이 번지듯 노을이 더욱 짙게 달아오르면 그 애 얼굴에 발그레하게 홍조가 묻어났다. 방문턱까지 겨우 기어와 문턱 위에 턱을 고이고 마당을 내다보던 그 애의 막막한 눈빛을 들여다보기가 무서웠다.

복자는 그렇게 꽃을 보고 웃던 얼굴로 편안히 눈을 감았다. 가을비가 온종일 내려 물질을 나가지 못한 날이었다. 사람이 영물이라고 했던가. 제가 난 자리로 돌아갈 날을 어떻게 알았던지, 나 혼자 그 애 머리맡을 지키고 앉았는데, 목욕을 하고 싶다고 했다.

더운물을 방으로 들여 머리를 감기고 팔다리와 손가락 발가락 하나하나까지, 마치 갓난것을 씻기듯 기름기라곤 하나 없이 바싹 마른 앙상한 몸을 깨끗이 닦아 주고 새 옷으로 갈아입혔다. 살 것 같다고 했다. 몸도 가벼워지고 머리도 맑아져서 금방이라도 일어나서 걸을 수 있을 것 같다고 했다. 방문턱을 넘어서기만 하면, 댓돌 위에 올려져 있는 신발을 신고 집으로 갈 수 있을 것 같다고 했다. 뼈를 저미던 고통도, 숨이 밭아 눈조차 뜨지 못할 것 같던 고통도 다 사라져서 마음이 아주 좋아졌다고 그 애는 말했다. 박 서방이 말짱한 정신으로 와서 들여다보고 갔던 그날 저녁나절에 죽을 것 같다고 몸부림쳤을 때와는 달리 그 애는 마음이 깨끗하게 정리되어 있었다. 이때도 나는 그 애가 무엇을 준비하고 있는지, 어떻게 마음을 닫았는지 전혀 눈치 채지 못했다. 혼절하듯 몸이 말리는 고통이 지나간 뒤면 몽롱해져서 집에 가고 싶다는 소리를 했었는데, 엎어지면 코 닿을 데 있는 집을 두고도 친정에 와서 누워 있자니 제 집이 그리워 헛소리를 하는 줄만 알았다.

나는 갓난것을 재우듯 그 애를 다독였다. 그리고 딸애의 옆구리쯤에 머리를 대고 잠이 들었다. 새벽녘이지 싶을 때 잠깐 혼곤한 잠에 빠졌다가 장닭의 첫울음소리에 놀라 화닥닥 깨어 눈을 떴다. 더운물을 끼얹어 놓은 듯 방 안은 후텁지근했고 가을비가 그친 방 밖은 바람 소리조차 없이 고요했다. 나는 어둠 속에서 손을 더듬어 그 애의 머리를 쓸어보고 목까지 끌어다 덮어놓은 이불을 들썩여 그 애의 손가락을 하나하나 만져보았다. 언제 숨을 놓았는지 그 애의 몸에 희미한 온기가 남아 있었다. 스물세 살, 내 품에서, 내 곁에서 한시도 떠난 적이 없던 아이였지만 다섯이나 되는 자식을 낳아 주고도 그때껏 남편의 호적에 동거인으로 올라 있던 내겐 문서에도 없는 자식이었다.

9

복자가 가던 날을 생각하면 지금도 나는 기가 막힌다. 복자를 보내던 날, 좀처럼 풀리지 않던 새벽어둠. 그 어둠 속에 앉아 있는 듯이 맥이 쑤욱 빠지는 것이 가슴이 다 휘둘린다. 장닭이 울고 닭장의 닭들이 홰를 치는데도 마치 누군가가 옭아매기라도 한 듯 날은 왜 그리 더디 밝던지. 마치 그 닭울음소리가 환청인 듯이 들려와 천천히 방문을 열어본다. 뿌옇게 마미산(馬尾山) 지붕을 비껴 내려오는 여명이 아직 마당에 닿기도 전, 마루 끝에서 휑하니 펼쳐진 넓은 마당은 푸른 어둠에 잠겨 있다. 아무것도 심지 않은 텃밭 저만치 둘러 쳐진 낮은 담장으로 사람이 담을 둘러 오는 것이 어렴풋이 보인다. 어두운 새벽에 눈 씻으며 일어나 내 손으로 밥을 끓이고 숟가락 달그락거리는 소리를 들으며 혼자 아침밥을 먹었다. 그리고 천천히 물옷 보따리를 챙겨 문을 잠글 것도 없는 빈 집을 한 번 둘러보고는 물질을 나갔었다. 그게 바로 엊그제 일인데 하릴없이 아픈 무릎만 감싸 안고 보내는 하루가 내겐 더없는 고통이다.

"장모요!"

담장을 에둘러 온 흐릿한 어둠 덩어리가 나를 부르며 마당으로 성큼 들어선다.

"이 아칙에 무신 일이라게."

나는 마루로 나서며 박 서방을 맞는다. 박 서방 손에는 귀 떨어진 플라스틱 바가지가 들려 있다. 생선 비늘이 덕지덕지 붙은 바가지 안에는 팔딱팔딱 뛰는 놀래미 네댓 마리와 잔 가자미가 담겨 있다. 박 서방은 바가지에 담아 온 생선을 수돗가에 내려놓고 바지춤에 손을 슥슥 닦는다.

"날도 붉지 아나신디 배가 들어완? 부두에 나갔당 오는 길인고라이?"

슬리퍼를 끌고 수돗가로 다가가 박 서방이 내려놓은 생선을 뒤적인다. 가자미도 물이 좋아 횟감으로는 그만일 것이다.

"물회해서 아침 드시소. 입맛도 없을 텐데 뭐 드릴 게 있어야지요. 몸은 좀 괜찮는교?"

박 서방은 담배를 빼어 물며 마루 끝에 걸터앉는다.

정수리까지 벗겨진 머리가 뒤쪽으로 허옇게 세어가는 박 서방은 이미 오래전에 인연이 끝난 사람이다. 그 세월이 얼마인가. 같이 늙어가는 처지로 나는 늘 박 서방 보기가 안쓰럽고 민망하다.

하지만 그는 아직도 제주집 고씨네 맏사위 노릇을 한다. 남편이 살았을 적에는 술을 먹고 부두나 길바닥 아무데나 쓰러져 있는 장인을 업어 오거나 리어카에 실어 오고 우리 집에 궂은일이 생기면 맨 먼저 달려왔다. 길에서 만나면 '장모요!' 하고, 박 서방은 꼭 그렇게 나를 부르며 따뜻한 손으로 나무뿌리 같이 늙은 내 손을 한번씩 잡아준다. 박 서방 역시 환갑을 치른 나이에 이마에 주름살이 굵고, 옛날 펄펄하던 기상은 시들었지만 그 골격만큼은 여전해서 허리도 굽지 않고 눈빛도 죽지 않았다. 전쟁통에 부모를 잃고 양복쟁이를 만나 이 타관에 들어와 뿌리를 박았지만 얼마 살아 보지도 못하고 각시를 잃고 먼 이국으로 떠날 때, 나는 박 서방이 이곳으로 다시 돌아오지 않을 줄 알았다. 천지사방 어디에 가서 뿌리를 내리나 한가지일 터였다. 하지만 박 서방은 다시 돌아와 자식을 셋이나 두고 이제는 명실상부한 이 고장의 토박이 노릇을 한다.

"요샌 고기들이 호꼼 잡혐시냐? 바당도 연날 같지 않아부난 헐 것이 있시냐게. 나도 집구석에 앉아서만 옴지락거리난 바깥이 어떵 돌아가는지도 모르고 산다게."

나는 사위와 곁을 두고 저만치 마루에 걸터앉는다.

"마, 말도 마소. 요새 같으면야 누가 지대로 살겠는교. 그기 다 옛말이지요. 한창 때는 어판장이고 동네 골목이고 천지에 발에 밟히는 게 고기 아이였는교. 인제는 마 택도 없니데. 며칠씩 나가서 조업해도 기름값도 몬하고 들어온다니더. 세월 참 마이 변했지요."

박 서방이 먼 산을 보며 혀를 찬다. 내가 언제 좋은 시절을 살아 본 적이 있었던가. 나는 그 잠시 사이에 무참한 생각이 들어 마음이 착잡해진다.

부둣가를 빙 둘러 가며 늘어선 선술집들에 불빛이 번하고 날이면 날마다 젓가락 장단에 뱃사람들이 녹아나던 시절이 있었다. 만선을 기원하며 해마다 올리던 풍어제의 인심이며 들끓던 악다구니마저 사라지고, 부둣가는 어느새 깨끗하게 시멘트로 발리고 낮고 음습한 집들은 싹 헐려서 옛날의 흔적은 찾아볼 수도 없다. 젊은 사람들은 도시로 떠나고 늙고 병든 부모들만 남아 떠난 자식들을 멀리서 바라보고 살지만, 때마다 찾아오는 관광객들과 낚시꾼들의 발길에도 동네는 어딘가 모르게 낯을 싹 씻고 돌아선 옛님처럼 정분난 곳 없이 메말라 있다. 내가 늙은 탓이려니, 한때 젊어 창창하던 기운으로 바라보던 것도 눈곱이 끼고 진물이 흐르는 눈으로 바라보는 그만큼 세월의 장막이 덧앉은 탓이라 생각해 보아도 스산한 마음은 사라지지 않는다.

담배 한 대 피울 짬만큼 앉았던 박 서방은 엉덩이를 털며 일어난다. 그새 발끝까지 다가온 여명이 남은 어둠의 껍질을 훌러덩 벗기자 천지가 개이면서 마미산 꼭대기로 먼동이 발그레하게 묻어난다. 나는 박 서방을 뒤따라 몇 걸음 디뎌본다.

"나오지 마이소. 가자미는 잘게 쪼사서 회해서 드셔보이소. 요샌 횟감도 가지가지 좋은 거 많디마는 그기 마카(모두) 활어차들이 저 포항이고 부산까지 가서 받아오는 거라 별 맛도 없니더. 가실(가을)에는 가자미 물회가 별미아인교. 집사람이 장모님 갖다주라꼬 일부러 따로 골라놨던 거시더."

삽짝으로 나선 박 서방의 모습이 눈앞에서 사라지자 다리에 힘이 쭈욱 빠져나가는 것만 같다. 일없이 저렇게 한번씩 박 서방이 들렀다가면 나는 또 한꺼번에 세월을 떠안는 느낌에 사로잡힌다. 저 사람이라고 속이 없을까. 마당 어느 한 자리 행여 바람에 잘못 떨어진 씨앗이 썩지 않고 꽃을 피우더라도 전에 보던 그 꽃에 비길 수 있을까만, 뒷모탱이 앉은자리에서 사십 년이 넘은 이 집 골목을 들어서자면 저 사람 속에서도 순간순간 물결처럼 밀려오는 것이 있을 것이다.

떡판 같은 등을 후들후들 떨면서 뚝뚝 눈물을 떨어뜨리던 사람. 기별을 받고 달려온 박 서방은 복자가 누운 건넌방 미닫이가 뜯겨져 나가도록 밀어붙이면서 아연해 말 한마디 내뱉질 못했었다.

복자를 화장하고 온 날, 박 서방은 술에 잔뜩 취해 가누지도 못할 몸을 비틀거리며 널마루 조각이 삐걱거리는 이 마루에 앉아 그랬다.

"장모님요! 장모님요! 내가 그 사람 가기 전에 말은 미리 했니더. 우리 후제라도 서로 원망은 하지 말제. 다시 또 만나 살면 된다 그제? 하도 답답고 설버서 안심하라꼬 해본 소리제요. 그런데 그 말 한 지가 얼마나 됐다꼬 내 얼굴도 안 보고, 내 손도 한 번 안 잡아주고 이래 야속하게 가뿌는교. 그 사람이 나쁜교, 내가 죽일 놈인교?"

그렇게 울던 박 서방은 복자가 죽고 일 년 남짓을 세상 다 산 것처럼 술로 세월을 보내더니 돈 벌러 간다며 천리 타향 듣지도 보지도 못한 곳으로 가 버렸다.

10

박 서방이 노무자로 중동에 나갈 때는 온 나라 안에 수출 열풍이 불

때였다. 시골 동네의 젊은 처녀들은 공장에 취직을 한다며 도시로 올라갔다. 뒷집의 행자가 방직 공장에 취직이 되어 갔고 그 애가 같은 공장에서 일할 동네 친구들을 데려가고, 그렇게 연줄을 따라 동네 젊은이들은 봉제 공장, 염색 공장, 편물 공장으로 떠나갔다. 자식들이 주렁주렁 딸려 먹는 입은 무섭고 공부는 더 시킬 형편 안 되는 집 딸들은 초등학교를 끝으로, 기껏 많이 배워 봐야 중학교를 마치고 일하면서 공부할 수 있는 산업체 야간 학교로 갔다. 집집마다 자식들이 예닐곱씩, 그 많은 자식들 하나둘씩 솎아 내듯 돈벌이하러 도시로 보낸 집들이 수두룩했다. 가서 착실히 공장 생활한 딸들은 월급 받은 돈을 집으로 부쳐서 오라비나 남동생 학비를 대기도 했지만 '나쁜 길'로 빠져 아예 고향엔 발길조차 하지 않는 처녀들도 있었다.

우리 집은 여전히 살기가 고달팠다. 나는 복자를 잃은 마음의 상처 같은 걸 오래 담아 두고 있을 여유가 없었다. 앓을 만큼 앓다가 간 아이, 아깝지만 타고난 명이 그것뿐이었다면 어쩔 수 없는 것이라 생각했다. 커 가는 자식새끼들은 입만 벌렸다 하면 돈 달라는 얘기였다. 학교 공납금에 책값, 학용품 값에, 사야 할 것들은 왜 그리 많은지 학교 가는 아이들은 책보를 메고 아침마다 손을 벌렸다.

이제 내가 믿고 의지하는 건 아들, 기환이 하나뿐이었다. 복자와 유독 오누이 정이 남달랐던 기환이는 제 누이가 그렇게 간 것이 매형 탓이기라도 한 양 매형을 원망했다. 어린 마음에도 그렇게 앓다 간 누이가 잊을 수 없이 불쌍했던 모양이었다.

그 무렵 중학교 졸업반이었던 기환이는 말도 잃고 무언가에 불만이 잔뜩 쌓인 얼굴을 하고 지냈다. 학교 공부보다는 잡다한 책에 빠져 공부는 뒷전이었다. 밤을 새워 가며 전깃불을 켜 놓고 공부를 하나 싶어 들여다보면 책상 위에 펼쳐 놓고 읽던 책을 슬그머니 감추기도 했다. 아들이 학교 가고 없는 틈에 아랫방에 들어가 보면 알 수 없는 책들이 더미로 쌓여 있곤 했는데, 내가 아무리 문자에 어둡지만 그게 교과서가 아니라는 것쯤은 알았다.

한번은 무슨 대회엔가에 나가서 상을 탔다며 트로피를 상으로 받아왔다. 커다란 술잔 모양의 금도금을 입힌 트로피 아랫단 나무토막에는 금박으로 뭐라고 글씨가 쓰여 있었다. 그걸 딸들이 내게 들고 와 오빠가 백일장에 나가 장원을 해서 도지사상을 받아왔다고 자랑을 했다. 나는 속으로 아들이 뿌듯했지만 내색하지 않았다. 그런데 그날, 술에 취해 집에 돌아온 남편이 그걸 보자마자 마당으로 집어던졌다. 사내자식이 하라는 공부는 하지 않고 엉뚱한 데 정신을 팔아 허섭스레기 같은 것이나 받아 온다며 노기를 부렸다. 마당으로 나뒹군 트로피는 허리가 댕강 부러져 못쓰게 되었다. 딸들은 아버지가 무서워 그걸 함부로 줍지 못했지만 그 꼴을 본 기환이의 표정이 더 야릇했다. 그 애는 그런 것 따위에는 관심도 없다는 듯, 오로지 아버지의 난데없는 처사에 분을 풀지 못했다. 자식의 마음을 이해해줄 줄 모르는 아버지를 적대시하며 반항심을 잔뜩 품고 저만치 멀어지는 아들을 보는 내 마음이 안타까웠다.

제 아버지와 어긋나는 것이 보기에도 아슬아슬했던 기환이는 읍에 있는 고등학교에 입학하자 학교 근처에다 하숙방을 얻어 내보냈다.

하숙을 하고부터는 부쩍 어른스러워져서 어미지만 내가 막 대하기도 어려웠다. 무릇 집안의 장남으로 밑으로 여동생이 셋이나 되었다. 그래도 누이가 살아 있을 때는 믿는 구석이 있었겠지만 이제는 제 어깨가 무거워진 걸 스스로 깨닫는 듯했다.

하숙방을 얻어 나갈 때 기환이는 내게 약속했다. 열심히 공부해서 엄마의 고생을 덜어 주겠노라고. 나는 그런 아들이 대견하고 눈물겨웠다. 나는 전보다 더 그악스러워졌다. 아들을 가르치자면 돈이 있어야 했다. 정신을 못 차리고 술로 지내는 남편에게 더 이상 바랄 건 없었다. 아들 하나만 훌륭하게 키워 낸다면 세상 부러울 게 없을 것 같았다.

아홉 살에 초등학교에 입학했던 정숙이는 형편이 어려워 중학교에 넣지 못했다. 복자가 누워 있던 동안 내가 물질을 나가면 내 대신 똥오줌을 받아내고 미음을 떠먹이고 뼈만 앙상하게 남은 복자의 팔다리를 주물러 주며 병수발을 했던 정숙이는 그때 이미 맏딸 노릇을 하고 있었다.

나는 열다섯 살 먹은 정숙이를 데리고 친정 올케언니가 있는 서울로 올라갔다.

내 생전 처음 큰 나들이였다. 버스를 서너 번이나 갈아타고 대구에서 서울로 가는 밤기차를 탔다. 이른 아침에 집을 나서 꼬박 하루가 걸려 서울에 도착했을 때는 정신이 혼몽해져 있었다. 정숙이는 차멀미를 어찌나 심하게 해댔는지 얼굴에 핏기가 하나도 없었다. 먹은 것을 죄다 토해내고 속이 볶이는데도 미련스럽게 참아내면서 투정 한번

부리지 않았다. 초등학교를 졸업하고 집안일을 하면서도 중학교에 넣어 달라 떼쓸 줄도 모르던 아이였다. 제 국량에도 이 형편에 중학교에 가지 못할 거라 지레 포기한 것 같았다. 숫기가 없어 남 앞에 나서는 걸 어려워하고 낯선 사람을 보면 말부터 더듬는 아이. 그러나 심성이 무던해서 어디 데려다 놓아도 미운털은 안 박히지 싶은 아이였다.

서울역에 도착해서 올케언니가 편지에서 일러준 대로 전화를 걸자 순영이가 마중을 나왔다. 이십여 년 만에 보는 조카였다. 내 기억 속엔 고향을 떠나던 그때 그 모습만 남아 있었는데, 순영이도 어느덧 중년이 되어 있었다.

"고모 늙어가는 건 생각 안 하고 내 나이 먹는 것만 보여요?"

내가 순영이의 손을 붙잡고 언제 이렇게 나이를 먹었냐고 울먹이는 소리를 하자 순영이가 말끔한 서울말로 웃으며 말했다. 투실투실하던 옛 모습은 싹 가시고 얼굴 살이 쏙 빠진 눈 밑에도 잔주름이 앉아 있었다.

올케언니는 상도동 산꼭대기 비탈진 동네에 살고 있었다. 높고 가파른 돌계단이 끝도 없이 이어졌다. 골목길에는 대문 앞마다 연탄재가 수북이 쌓여 있고, 길가에 바싹 낸 출입문이 열리자 바로 부엌살림과 방 안이 들여다보이는 집들도 있었다. 나는 그 높고 가파른 길을 오르면서 여기가 서울이 맞나 싶은 생각이 들었다. 하지만 한 짬 쉬어 갈 요량으로 언덕바지 꼭대기에 서서 올라온 길을 내려다보았을 때는 과연 서울은 서울이다 싶었다. 몸이 아래로 말릴 것처럼 까마득한 발 아래로 첩첩이 포개진 지붕들이 끝도 없이 펼쳐졌다. 서울역 광장에서 보았던 그 많은 사람들, 높은 빌딩들과 무섭게 내달리는 차들, 머리가 핑핑 돌 정도로 복잡한 서울은 어디서나 사람들과 어깨가 부딪쳤지만 누구나 제 갈 길이 바쁜 사람들뿐이었다. 눈 뜨고 있어도 코를 베어 가는 곳이 서울이라는 말이 실감이 났다. 까딱 정신을 놓았다간 어느 물결에 휩쓸려갈지 모를 성싶었다. 차멀미에 시달릴 대로 시달려서 버짐 핀 얼굴이 샛노래진 정숙이는 생전 처음 타 보는 택시가 한강 다리를 건널 때는 차창에 얼굴을 바짝 붙이고 자꾸만 내 옆구리를 찔러 댔다. 바다를 보고 자란 정숙이도 그렇게 큰 강이 도시 한복판을 가로지르며 흐르는 게 신기했던 모양이었다.

순영이는 꼭대기의 제법 펀펀한 공터를 가로질러 맞은편의 파란색 칠이 된 대문을 열고 들어섰다. 마당 한가운데 박힌 수도에서 고무 함지로 찔찔거리며 물이 떨어지고 있었다. 그 높은 산꼭대기에도 수도가 설치되어 있었다. 우물에서 물을 길어 먹다가 펌프를 설치했을 때 나는 세상에 이보다 더 좋은 게 어디 있나 생각했다. 마중물을 한 바가지 퍼 넣고 젓대로 저어 올리면 콸콸콸 쏟아지는 펌프물이 얼마나 후련한지, 물 긷는 수고 하나만 덜어도 집안일 반은 줄어들었다.

본채와 따로 떨어져 대문 곁에 딴채가 붙어 있고 연탄광이며 장독대도 있는 디귿자 구조의 집은 제법 넓어 보였다. 순영이는 어머니가 이 집에서 세를 살다가 돈을 모아 사기까지 고생이 많았다고 했다. 왜 안 그랬겠는가. 서울로 온 지 몇 년이 안 되어 아직 자리도 잡지 못했을 때 갑작스런 횡액으로 큰오빠가 세상을 떠나 버렸으니……. 큰오빠가 세상을 떠났을 때 와 보지 못한 것이 두고두고 가슴에 맺혀 있어서 집 대문만 봐도 두 눈에 벌써 눈물이 고이기 시작했다.

순영이를 따라 이 산동네까지 굽이굽이 올라올 때는 아닌 게 아니라 속이 편치 못했다. 이 허름한 동네에서 살면서 겨우 밥술이나 먹고 사는가보다 생각했던 것이다. 서울에 올라온다고 몇 달 전부터 미리 준비했던 말린 전복이며 문어, 미역 등속의 짐 보따리를 지고 올라올 때는 그만 속에서 뜨거운 것이 올라와 주저앉고만 싶었다. 그런데 대문까지 버젓이 있는 집에 들어서고 보니 오히려 내 손에 들린 것이 하잘것없게 느껴졌다.

환갑이 넘은 올케언니는 머리만 희어졌을 뿐 허리도 굽지 않고 정정했다. 아담한 체수에 웃는 듯한 인상, 두툼하고 길게 늘어진 귓불을 보고 어머니는 부처상이라고, 저 얼굴에 복이 들었다고 했던가. 올케언니를 보자마자 몸이 후들거리면서 눈물이 쏟아졌다. 복자 생각이 났다. 그것을 잃고, 이제 딸자식을 제대로 키울 형편도 못 되어 이 어린것을 데리고 올라온 내 신세를 생각하니 말할 수 없이 서러웠다. 이미 오래전에 죽은 친정어머니를 보는 것 같고, 세상에 내 살아온 것을 올케언니가 아니면 누가 알아줄까도 싶은 마음에 그렇게 마음 놓고 울었는지도 몰랐다.

그날 밤, 올케언니와 한방에서 잠을 자며 나는 밤새 몸을 뒤척였다. 원래 말이 많지 않고 조용한 성격인 올케언니도 마음이 떠서 잠을 못 이루겠는지 올케언니와 나는 그동안 살아온 얘기를 풀어놓았다. 복자가 그렇게 고생을 하다 저 세상 사람이 되었다고 하자 올케언니는 두 손을 모아 합장하듯 빌며 무어라 입속말로 중얼거렸다.

순영이는 시집간 지 오 년 만에 소박을 맞고 쫓겨 와 올케언니와 한 집에서 살고 있다고 했다. 대여섯 살쯤 된 계집아이가 하나 있었는데, 올케언니 말이 누가 대문 앞에 가져다 둔 업둥이라고 했다.

"야이가 자식을 못 낳아부난 매만 맞고 살다 쫓겨와싱게. 부처님이 살편 업둥이가 들어와신디, 내가 진 업을 저 아이가 받는 건 아닌가 생각혀집니다게. 우리가 오죽헌 세월을 살았수꽈? 이제완 다 소용없는 말이주만 우리가 타고난 세월이 그영헌디(그런데) 어떵허우꽈."

올케언니가 한숨을 내리쉬며 말했다. 우리가 타고난 세월, 그 말이 수챗구멍을 틀어막은 짚북데기처럼 내 가슴을 꽉 메웠다. 차마 입 밖에 내어 말하진 않았지만 올케언니도 그때 일을 생각하는 모양이었다. 끼니 끓일 쌀 한줌 없던 시절, 왜놈들이 다 훑어가고 빈 뱃속 채울 곡식 낟알 한줌 귀하던 그 시절이 지나고 이제 우리가 살 세상이 오는가 싶었다. 미친바람이 불듯 우리 목숨이 누구 손에 달렸는지도 몰랐던 그 세월이 까마득히 잊혀졌는가 했는데, 겨우 삼십 년도 안 된 일이었다.

누가 함부로 그때 일을 입에 올릴까. 그래서 올케언니는 하루도 부처님 전에 단을 쌓고 공덕을 빌기를 멈출 수가 없다고 했다. 가슴 한편에 쌓였던 오래 묵은 서러움이 올케언니를 보자 봇물이 터진 듯 후련한데 이상하게도 묵지근하니 아픈 듯한 머리는 가라앉질 않았다.

이튿날 이른 아침부터 손님들이 왔다. 순영이가 중년 부부인 듯한 사람들을 건넌방으로 안내하고 돌아오자 아침 밥순갈을 놓기 바쁘게 올케언니가 손님들이 든 방으로 건너갔다. 순영이가 내게 올케언니한테 치료를 받으러 오는 사람들이라고 말해 주었다.

"고모도 내려가기 전에 어머니한테 치료 받고 가세요. 어머니 손이 보통 손이어야 말이죠. 입소문이 나서 웬만한 사람들은 다 찾아와요."

순영이 말은 내로라하는 부인네들뿐만 아니라 남정네들도 올케언니한테 치료를 받으러 온다고 했다. 올케언니는 예전부터도 남다른 데가 있어서 쑥뜸이며 부황 같은 것을 잘 떴다. 속으로 뭉친 죽은피를 뽑아내는데, 그게 아무나 할 수 있는 게 아니었다. 어깨너머로 보고 배운다고 다 되는 일도 아닌데, 타고난 재주가 있었다. 친정아버지 밑에서 보고 자란 것도 있었겠지만 남다른 불심에 절간에서 살면서 병 고치는 스님들한테 배운 게 결국은 올케언니가 살아가는 밥줄이 되어 주는 셈이었다.

하지만 간판 없이 하는 일, 한 입 건너 입소문으로 들어오는 단골들이 있으면 얼마나 있을까. 대명천지 그것도 서울이라는 곳에서 이 일로 먹고사는 게 오죽할까 했는데 그도 아니었던 모양이었다.

한 시간이 넘게 걸렸던 손님들이 가고 나자 순영이가 나를 올케언니가 있는 건넌방으로 데려갔다.

방 안에는 한쪽 벽면에 불상을 모신 작은 단이 마련되어 있었다. 양쪽에 촛불이 밝혀진 단 위에는 과일이며 떡, 손님들이 인사치레로 들고 온 음식들이 차려져 있었다. 밖에서 들어오는 먹을 것들은 맨 먼저 불전에 올리고 나누어 먹는데 그래야 식구들이 무탈하다고 했다. 한지로 깨끗하게 도배한 벽에는 옷가지 하나 걸린 것 없이 방은 정갈했고, 미끄러질듯 옻칠을 먹인 반들반들한 방바닥에는 장정 하나 넉넉히 누울 만한 돗자리가 깔려 있었다.

"이디 누워봅서."

올케언니는 싫다는데도 나를 자리에 눕게 했다. 나는 순영이가 시키는 대로 고쟁이만 남게 옷을 모두 벗고 자리에 누웠다.

"물질허는 것이 보통 일이우꽈? 이제 봅서, 온 데 성한 데가 없을꺼우다. 담이 들어 팔 한 짝 못 들어 올리는 사름도, 무릎에 물이 고영 걷지 못허는 사름도 이디 왕 나한테 치료를 받으면 깨끗해집니다게. 속병 들어 심신이 쇠약해진 사름도 내 손을 타면 후련해진다허는디, 사름들한테 나쁘게 허지 않는거난 걱정을 맙서."

내가 엎드려 고인 팔에 이마를 대자 올케언니는 얇은 거즈 같은 천으로 상체를 전부 덮은 다음 손바닥으로 두드리기 시작했다. 힘이 너무 들어가지도 않고 약하지도 않게 북을 치듯 장단을 맞추어 찰락찰락 때리는 손매가 어깨부터 양 팔죽지, 등판과 등허리, 둔부까지 고르게 내 몸을 만지고 지나갔다. 엉키고 맺혔던 삭신의 근육들이 나른하게 풀리면서 졸음이 왔다. 한참을 그렇게 손바닥으로 두드려 묵은 피를 올린 다음 부황단지를 붙였다. 잠깐 깊게, 한잠 자고 일어났더니 지끈거리던 머릿속까지 말갛게 개어 몸이 날아갈 것만 같았다. 부황단지가 떨어진 자리에 피멍이 맺혀 올라온 것이 울긋불긋했다.

"조끄티서 살암시민 오죽이나 좋을꺼우만 사름마다 다 사는 모양새가 다르고 제가끔 몫도 다 다르지 않으우꽈? 난 양 이디 완 벌어먹고 살민서도 고향 식구들 호썰도 잊어불지 않고 삼미다게."

올케언니가 그런 말을 할 때는 내 가슴에서 울컥, 무언가가 올라올 것만 같았다.

치료를 마친 뒤에 올케언니는 꿀에 갠 들깨가루를 한 종지 떠 주며 치료 뒤끝에 먹게 했고, 인진쑥을 꿀에 버무린 환을 따로 한 봉지 챙겨 주었다.

"두고두고 먹읍서. 여자헌텐 쑥만한 것이 어신디, 쑥은 어혈도 삭혀 주곡 찬 몸도 맨도롱허게 뎁혀줍니다. 몸이 밑천 아니우꽈? 몸조섭 잘해사 마음의 병도 사라집니다게. 마음속의 설움도 몸이 몬저 알앙 바까뜨로 드러나는 거우다."

내 치료가 끝난 뒤에도 손님들이 계속 찾아왔다. 단골 손님과 같이 찾아오는 이들도 있고 소개를 받아 주소를 들고 오는 경우도 있다고 했다.

순영이는 내게 정숙이를 데리고 서울 구경을 나가자고 했지만 나는 정신없는 밖으로 다시 나가고 싶은 생각이 없었다.

"왜요, 고모! 나가서 남대문 시장 구경도 하고 맛있는 것도 사 드리고 싶은데……."

순영이가 졸랐지만 나는 그냥 쉬고 싶었다. 정숙이는 순영이의 딸 영아를 졸졸 따라다니며 그새 그 애의 치다꺼리를 해주고 있었다. 탱탱하게 볼따구니가 치올라가도록 양 갈래로 땋은 머리를 하고 있는 영아는 눈이 인형처럼 똥그란 게 내 눈으로 봐도 순영이 속으로 난 자식은 아니다 싶었다.

사람을 가리는지 정숙이가 애를 쓰며 쫓아다녀도 싫다고 내치기만 하는 것이 성깔이 보통이 아니지 싶은데, 순영이는 그런 아이의 투정을 다 받아 주고 예뻐서 어쩔 줄 모르겠다는 듯이 안고 쓰다듬었다.

눈치가 빤한 정숙이는 손님이 올 때마다 제 어미 곁에 붙어서 떨어질 줄 모르는 영아를 어르고 달래 보지만 어설퍼 보였다. 그런 정숙이를 보는 내 마음이 기가 막히고 쓰라렸다. 아무리 내 동기간, 세상에 둘도 없는 올케언니에 조카지만 눈칫밥을 먹어야 할 신세였다.

저녁 무렵이 되어 손님들이 더 오지 않자 밥상머리에서 나는 올케언니와 순영이 앞에 그제야 정숙이 얘기를 꺼냈다.

"자이를 맡아줍서. 참, 나가 물질허영은 아들 한나뿐인 거 가르치기도 어려웡마씸. 자이 아방이라도 정신을 차령 졸바로 살민 몰르쿠다만 아멩해도 술에 잽힌 사름같으우다게. 나 팔자가 사나와부난 어떵허우꽈. 집이 데리고 이서도 보고 배울 게 어선마씸. 언니가 데리고 있당 놈의 집에 보내도 헐 수 없수다게."

정숙이는 자기 얘기가 나오자 밥상머리에서 버릇처럼 손톱을 물어뜯었다.

"아이가 요망지진 못혀도 속은 깊고 착허우다. 놈의 눈 속일 줄도 모르곡 집에서도 드러(오로지) 일만 한 아이난 막 부지런은 허영마씸."

그 말에 정숙이가 눈물이 글썽글썽해져서 고개를 떨어뜨렸다.

"걱정허지 맙서. 조카 아이 하나 못 거둡니까게. 순영이가 알아서 할꺼우다만 자이가 갈 자리가 생기민 좋은 집으로 보냉거네 시집갈 마련은 혀사주 않으우꽈?"

올케언니가 그렇게 말해 주었지만 순영이는 아무 말도 하지 않았다.

그날 저녁을 어떻게 먹었는지, 밥이 코로 들어가는지 입으로 들어가는지도 몰랐다. 고모가 왔다고 장을 봐 와서 고기반찬에 온갖 나물에 순영이가 한 상 그득하게 차려냈지만 밥이 그대로 가슴에 얹히는 것만 같았다. 가르치지도 못하고 제대로 먹이지도 못하고, 좋은 옷 한 벌 못 해 입힌 딸자식을 아무 마련도 없이 이 낯선 곳에 뚝 떨궈 놓고 갈 생각을 하니 가슴이 미어졌다.

집으로 내려오기 전날 밤은 군대 간 막내 조카가 쓰던 문간방에서 정숙이와 같이 잤다.

"숙모님 말씀 잘 들어사헌다. 호썰이라도 놈헌티 해롭게 허는 사름이 아니라. 너도 겪어보민 알겠주만 막 좋은 사름이라. 영아 돌보멍 살림 거들다 보민 좋은 자리로 보내준다허여. 어른 말씀을 잘 들으민 자다가도 떡이 생긴다는디, 딴 맘 품지말앙 좋바로 혀사헌다."

나는 정숙이에게 수십 번 당부하고 또 일렀다. 가슴이 따갑고 목이 메었다. 이런 내 마음을 아는지, 정숙이는 혼자 떨어지기 싫다고, 엄마를 따라 집으로 가겠다는 말은 하지 않았다. 우둔하고 자기 것 챙길 줄 모르고 그저 착하기만 한 저것. 나는 정숙이가 코를 훌쩍거리며 서러움에 울음을 삼키는데도 등 한번 따뜻하게 토닥여주지 못했다. 정을 떼고 가야 정숙이가 이 험한 세상을 살아나갈 수 있지 않을까, 독하게 마음먹었다.

정숙이는 올케언니네서 몇 달을 있다가 흑석동 어느 부잣집 업저지로 들어갔는데 그때부터 남의 집을 떠도는 신세가 되었다. 싫으면 싫다, 아프면 아프다, 말 한마디 제대로 할 줄 모르는 성격에 그저 주인 눈 밖에 나지 않으려고 제 딴엔 가슴 졸여가며 살았을 것이다. 눈칫밥을 먹으며 몸 고생, 맘고생을 하고 산 정숙이는 스물셋에 아무것도 볼 것 없는 남자를 만나 시집을 갔다.

사위는 심성은 착하고 순해 보였지만 배운 것도 없고 어디 등 기댈 데도 없는, 가난한 집안의 홀어머니 밑에서 자란 장남이었다. 신혼 방 구할 돈도 없어 결혼 예물을 할 돈으로 방 보증금을 만들어 사글세 살이를 시작했다. 사위는 공장에 다니고 정숙이는 틈틈이 파출부 일을 다녔다. 둘이서만 부지런을 떨면 그래도 사는 형편이 빨리 필 텐데 보태주지는 못할망정 시집에서 뜯어가는 돈에, 사고치는 시동생에 하루도 편할 날이 없이 살았다. 맏이 노릇한다고 넷이나 되는 시동생, 시누이들 짝 지워 시집장가 보내놓고 나니 덜컥 병들어 누운 시어머니 병수발에 나이 들어서까지도 고생이 끊이지 않았다. 어쩌면 그리도 박복한지, 사돈 양반은 노망이 들어 벽에 똥칠까지 하면서 정숙이 애를 말리더니 산송장으로 병원에서 똥오줌을 받아내게 하면서 여러 달을 버티다가 빚만 잔뜩 지우고 갔다.

이제 생각해보면, 그 앨 차라리 내 품에 끼고나 있을 걸, 남의집살이가 오죽 어렵고 사람을 주눅 들게 하는지 알면서도 떠맡기듯 그렇게 올케언니네 집에 내버리고 온 걸 생각하면 내 발등을 찧고 싶어진다. 웬만해선 사는 게 고달파도 어렵다는 소리, 아프다는 소리 한마디 할 줄 모르는 정숙이도 제 팔자가 기박하다 싶을 만치 억장이 막히면 내게 하는 소리가 있다. 그때 날 서울로 보내지 말고 차라리 물질이나 가르치지. 원망도 아닌 듯이, 제 못난 탓인 듯이 그저 바람 속에 내뱉는 말처럼 그런 말을 할 때면 내 속은 미어진다.

이틀을 묵고 그 다음날 아침 일찍 나는 올케언니네 집을 나섰다. 순영이는 며칠 더 묵었다 가라고 내 옷깃을 붙잡았지만 나는 좀이 쑤시고 갑갑해서 더는 견딜 수가 없었다.

"고모, 꼭 한번 다시 오세요."

서울역까지 배웅을 나온 순영이가 기차표를 내 손에 쥐어 주며 말했다.

하지만 나는 정숙이가 시집갈 때도 전날 시골에서 식구들과 올라갔다가 혼인날 하루만 보고 내려왔다. 그때 머리가 허옇게 센 올케언니를 정숙이 결혼식장에서 본 게 마지막이었다. 그 몇 년 뒤에 올케언니가 세상을 버렸을 때도 나는 정숙이 편에 부조 봉투만 달랑 보내고는 가 보지 못했다. 여비가 아까워서가 아니었다. 그맘때 나는 이미 마음속에 지녔던 그 어떤 것도 하나 남김없이 다 잃어버린 뒤였다. 내가 살아 있는 건 단지 죽지 못해서였을 뿐, 남은 자식들에게도 나는 허깨비였다. 정숙이와 두 딸들에겐 그래서 아무 노릇도 할 수 없었고, 해주지도 못했다.

열다섯 살 먹은 정숙이를 떼어 놓고 기차간에 올랐을 때만 해도 내겐 희망이라는 것이 있었다. 삶이 이토록 모질 줄은 꿈에라도 상상하지 못했다. 사람이 세상에 나서 가정을 이루고 자식을 낳아 그 자손을 바라보며 사는 것이 욕심이라 할 수 없건만, 나는 그것마저도 누릴 수 없었다.

제3부

숨비소리

1

이엿사나 이여도사나 이엿사나 이여도사나

우리 배는 잘도 간다

솔솔 가는 건 솔남(소나무)의 배여 잘잘 가는 건 잡남(잣나무)의 배여

혼저 걸라(가자) 혼저 걸라

우리 인생 한 번 죽어지면 다시 전생 못하나니라

원의 아들 원자랑 마라 신의 아들 신자랑 마라

한 베개에 한잠을 자난 원도 신도 저은(두려운) 데 없다

원수님은 외나무다리 질(길)은 무삼 한질이든고

원수님아 질 막지 마라 사랑 원수난 아니노라

낙락장송 늘어진 가지 홀로 앉은 우녀는 새야

내 님 좋은 영혼이언가 날곳 보면 시시로 운다

타령을 부르는 양씨 아주머니의 차진 목소리는 뱃전에서 허옇게 부서지는 물결에 부딪쳐 흩어졌다. 육순이 넘은 양반이 총기도 좋았다.

꺾임이 없는 매끈한 목소리로 옛날 고향에서 부르던 타령을 한 가락도 틀리지 않고 목청을 높였다. 쟁기로 갈아엎은 것처럼 고물 뒤로 생겨난 갈래 진 물길은 둥그렇게 말렸다가 어느새 흔적도 없이 사라져 그저 너른 바다 망망한 수평선만 아득해 보였다.

> 시집 삼 년 놈의 첩 삼 년 언 삼 년을 살았다마는
> 열두 폭의 도당치매 눈물로 다 여무왔드다(젖었도다)
> 임아 임아 정한 말하라 철구(절구) 뒤에 놈우(절구공이)로 알마
> 임 없이도 날 새히더라 돍새기(닭) 없어도 날 새히더라
> 임과 돍새기 없어도 산다
> 밤에 가고 밤에 온 손님 어느 개울 누겐 중 알리
> 저 문 앞에 청버들 남게(나무) 이름 성명 쓰두멍 가라

해녀들을 태운 동력선이 포구를 벗어나자 축항 끝에서 바다 쪽으로 뚝 떨어지듯 나앉은 붉은 칠의 쌍등대가 저만치 밀려났다. 배가 넓은 포물선을 그리며 뱃머리를 돌리자 목넘에 동네부터 시야의 저 끝에 아른거리는 먼 산자락까지 산기슭에 다닥다닥 올라붙은 갯가 마을이 그림처럼 다가왔다 멀어졌다. 추운 겨울날 배를 빌려서 딴 마을까지 물질을 나갈 땐 입이 얼어붙어 서로 몸을 끌어안듯 붙이고 앉아 말 한마디 할 수 없었다. 솜을 두고 누빈 핫퉁이를 껴입고 귀마개로 귀를 싸고 입으로 들어오는 바람을 손으로 틀어막아도 온몸에 살얼음이 끼는 것 같은데, 겨울 추위 끝나고 창창한 봄날이 이어지면 뱃전에서 맞

는 바닷바람이 시원하기 그지없었다. 같은 일이라도 견딜 만해야 노래도 나오는 법이었다.

> 만조백관 오시는 질엔 말 발에도 향내가 난다
> 무적상놈 지나간 질엔 질에조차 누린내 난다
> 강남가두 돌아나온다 서울가두 돌아나온다
> 황천질은 조반날(한나절) 질이언 가난(가니) 다시 올 줄을 몰라
> 강남 바당 비 지어(몰려) 오건 제주 바당 배 놓지 말라
> 멩지(명주) 바당 씰바람 불엉 넋이 부모 돌아나오게

물옷 보따리를 발치 끝에 저만치 밀어 두고 낙낙한 얼굴로 소리를 뽑던 양씨 아주머니를 딸인 호남이네가 눈을 흘기며 쳐다보았다.

"아이구, 날이 혼나게도(기막히게도) 좋아라."

눈이며 입가에 굵은 주름이 잡힌 양씨 아주머니는 딸이 눈 흘기는 것도 아랑곳없이 거푸 된 숨을 내쉬었다. 홀어멍으로 자식들을 데리고 타관에 나와 딸에게 물옷을 입혀 어렵고 서럽게 살았지만 양씨 아주머니는 흥이 많은 사람이었다. 우스갯소리도 잘해서 불턱에 모여 앉으면 양씨 아주머니의 육담 섞인 농에 모두들 허리를 잡고 웃었다. 서방 살 냄새 맡으며 사는 팔자보다 더 좋은 게 없다고, 아주머니 말끝은 늘 그랬다. 나이 열아홉에 시집가서 스물여섯에 딸 셋만 딸랑 남겨 놓고 남편이 죽자 육십이 되도록 물질밖엔 한 것이 없고, 남은 건 외로움을 달래 줄 타령밖에 없다고 했다.

"이보라게, 호냄이어멍아! 무사 요런 날은 사우가 가시어멍 물질허게 내버려 두언? 게난 호시절도 다 강 봄널엔 꽃구경도 못 허곡 여름 되야 오난 이젠 드러 물질헐 일만 남았다게."

뱃전에 앉아 양씨 아주머니의 노랫소리에 장단을 맞추어 주던 동아리꾼이 호남이네를 부르며 소리를 지르듯 하자 왁자지껄 웃음이 터졌다.

뱃길이 지나가는 해안의 먼 산 잡목 숲에 울긋불긋 흐드러지던 진달래가 그새 지고 녹음이 우거져 여름 기운이 완연했다.

"삼춘, 말도 맙서. 누겐 놀 줄 몰란 물질허래 나왐수꽈? 우리 어멍 장단은 어떵 맞출지 몰라서도 춤을 못 춰마씸."

호남이네의 그 말에 다시 한 번 웃음이 터졌다.

호남이네야말로 팔자 좋은 해녀였다. 신랑이 떡 하니 사진관을 차려 놓으니 악착같은 데가 없어져서 물질도 설렁설렁했다. 날이 좀 궂다, 집안에 볼일이 있다, 계꾼들과 관광을 간다, 제 볼일 다 보고 아쉬울 때야 물질을 나섰다. 호남이아버지가 동네 온갖 일에 참견을 하고 다니니 안에서 챙겨야 할 일도 적잖이 있을 것이지만 내외가 잇속 밝고 계산이 빠른 사람들이었다.

호남이네가 차린 항구사진관 말고도 그 전부터 서울사진관이 있었다. 신작로 초입에서 포구로 흘러드는 냇강을 가로지른 다리가 내다보이는 곳에 자리 잡은 서울사진관은 정원에 숲이 울창한 오래된 일식 목조집이었다. 봄이면 벚꽃이 흐드러지게 피어 꽃비가 내리고 여름이면 온갖 꽃들이 피는 정원을 배경 삼아 사진을 찍어 놓으면 그럴싸했다. 차고 습한 듯한 사진관 내부도 둥근 갓을 씌운 전깃불을 켜면 물속에서 떠오르듯 아늑한 내실이 환하게 살아났다. 비로드 천을 씌워 놓은 장의자와 팔걸이가 고풍스럽고 등받이에 고급스러운 문양이 새겨진 일인용 의자가 놓인, 먼지 티끌 하나 없는 고요한 그 공간은 엄숙함마저 느끼게 했다. 그 팔걸이의자에 의젓하게 앉아 기환이가 독사진을 찍고, 정화와 막내 정해가 벚꽃 그늘에서 어깨동무를 하고 찍은 사진을 서울에 있는 정숙이에게 보냈다.

정숙이한테서는 자주 편지가 왔다. 문자 속은 없는 아이여서 더러 틀린 글자가 섞이기도 했던지 딸들이 정숙이가 보낸 편지를 읽어 주며 저희들끼리 키들거렸다. 동생들이 보고 싶으니 얼마나 컸나 사진이라도 보내 달랄 때가 많았다. 정숙이도 편지봉투에, '사진 입납' 이라 점잖게 써 붙이고 사진을 보내왔다. 한번은 창경원에 주인집 식구들을 따라 소풍을 가서 찍은 사진이 들어 있었다. 정숙이는 나무에 원숭이가 매달려 있는 커다란 우리 앞에 서 있었다. 햇빛이 쨍쨍한 날이었던 모양으로 사진에는 빛이 들어와 한쪽 귀퉁이가 하얗게 바랬고, 이맛살을 잔뜩 찌푸린 그 애의 한쪽 손에는 찬합을 싼 듯한 보자기가 그대로 들려 있었다. 사진 뒤에 볼펜을 꾹꾹 눌러서 쓴 글씨가 '창경원 구경' 이라고 딸들이 내게 읽어 주었다.

막내 정해는 정숙이가 서울에서 옷가지며 학용품 등속을 보내올 때마다 선걸음으로 쪼루루 밖으로 들고 나가 동무들에게 자랑하기 바빴다. 그저 애들은 서울이라면 사족을 못 썼다. 서울은 무엇이든 고급스럽고 남달라 보인다는 뜻과도 같은 말이었다. 사시사철 바닷바람 타면서 크는 아이들에게나, 농사나 짓고 배를 타는 뱃사람들에게나, 동사무소에 앉은 공무원들에게나 할 것 없이 서울은 다 똑같았다.

우리 동네도 '서울'이라는 이름을 단 간판들이 제법 생겨났다. 서울 문턱만 밟아 봤다 하면 전부 서울내기로 둔갑을 해서 서울여인숙에 서울이발관, 서울양복점, 새로 들어서는 가게들뿐만 아니라 하찮은 국밥집조차 서울식당이었고, 작부집도 서울집이 있었다.

서울사진관 양반은 얼굴에 잡티 하나 없이 여자처럼 해끔하게 생긴 남자였다. 그 양반은 타관바치로 사람이 점잖고 사진 찍는 솜씨가 좋았다. 그런데 항구사진관 호남이아버지는 원래가 저짝 동네 사람으로 이곳 토박이여서 발이 넓고 너부데데하게 생긴 것이 반죽도 좋았다. 사진기를 둘러메고 학교 운동회며 아이들 소풍, 잔칫집도 마다 않고 쫓아다녔는데 사진 찍는 솜씨는 서울사진관 양반보다 못했다. 그래도 호남이네가 사진관을 차린 뒤부터는 눈치가 보여서 서울사진관으로 갈 수가 없었다. 호남이네 귀에 그런 소리가 들어가면 한 고향 사람끼리 섭섭하다고 한 소리 할 게 분명했다.

호남이네의 성깔로 봐서는 충분히 그런 소리를 하고도 남았다. 양씨 아주머니와는 달리 호남이네는 털털하고 소탈한 맛이 없었다. 육지 말도 얼마나 똑떨어지게 잘하는지, 토씨 하나 틀리지 않고 금방 돌아서서 말씨도 곧잘 바꿨다. 해녀들은 대개 무리를 지어 생활을 하다 보니 육지 말을 잘 쓰지 못했다. 늘 어울려 다니면서 물질을 하니 이곳 사람들과 십 수 년을 한 이웃으로 살아도 말 토씨는 쉽게 고쳐지지 않았다. 그래서 내 자식들은 나나 제 아버지가 쓰는 제주 말을 따라 쓸 줄은 몰라도 하나 어려움 없이 다 알아먹었다. 그러니 장터엘 가나 어디를 가나 제주 해녀들은 말에서부터 확연하게 표가 났다. 우리가 말을 하면 빤히 쳐다보는 사람들도 있었다. 이 집 저 집 할 것 없이, 제주집들은 그래서 한 묶음으로 싸잡혀 궂은일엔 욕을 먹고, 여자들이 드세고 억세다는 소리도 한 묶음으로 들었다.

해녀들 아홉이 갹출을 해서 빌린 배는 우리가 작업할 동네에 부려놓고 다시 항으로 돌아갔다. 성게 철이 되어 딴 동네로 작업을 하러 갈 때면 십여 리나 되는 꼬불꼬불한 산길을 걷느라 아침부터 힘을 빼면 고돼서 작업을 할 수 없겠기에 해녀들끼리 배를 빌려서 며칠씩 어울려 다니며 작업을 했다.

성게잡이는 해녀들만 하는 건 아니었다. 수부라고 하는 머구리들이나 근해에서 바다 밑을 갈퀴로 싹 훑듯이 작업을 하는 고대구리 어선들도 어른 주먹만 한 붉은 성게를 수십 상자씩 잡아왔는데 여름 한철 작업이었다.

머구리들은 청동 갑옷처럼 생긴 머구리복을 뒤집어쓰고 수심이 삼십 미터가 넘는 곳까지 내려가서 작업을 했다. 대개는 두 사람이 한 조가 되어 작업을 했는데 동력이 없는 배를 노 저어 먼 바다까지 나가서 물위에 띄워 놓고 한 사람이 펌프로 산소통을 저어 공기를 공급해 주어야만 물속에 들어간 사람이 작업을 할 수 있었다. 잘못해서 산소줄이 꼬이거나 너무 깊은 곳까지 들어가 오래 작업을 하다 보면 잠수병에 걸려 몸이 마비가 되기도 하고, 자칫하다간 질식사를 하기도 했다. 위험한 만큼 머구리들은 벌이가 좋았다. 해삼, 멍게, 전복이며 성게까지 머구리들이 지나간 곳은 씨알 하나 남지 않을 만큼 깨끗했다.

해안가의 우묵한 바위틈에서 물옷 보따리를 풀어 고무옷으로 갈아입은 해녀들은 제각각 테왁을 껴안고 바다로 풍덩풍덩 뛰어들었다. 나는 물너울을 타고 오리발을 저어 가며 수경 속으로 들어오는 바다 밑을 훑었다. 어디쯤에서 작업을 할까 머릿속으로는 궁리가 가득했다. 해녀들은 누구나 다 저만 아는 비밀 구역이 한두 군데쯤은 있기 마련이었고 또 아무나 함부로 남의 구역을 침범하지도 않았다. 바닷속도 뭍의 밭과 마찬가지였다. 어제 해 먹었던 자리에 할 것이 또 남아 있을까, 미처 다 하지 못하고 보아 두었던 곳이 이 근처 어디였더라, 가늠해 가며 오리발을 저었다. 운이 좋으면 한 번도 손 안 탄 성게밭을 찾을 수도 있을 것이다.

나는 무리들과 갈라져 물속에 숨은 암초 쪽으로 방향을 잡았다. 풍랑이 없는 날이면 고래 잔등같이 모습을 드러내기도 하는 암초 근처는 근해를 지나가거나 들어오는 배들에겐 위험한 곳이었지만, 그 근처에 성게가 많다는 걸 알고 며칠씩 사이를 두어 가며 나만 해 먹는 곳이기도 했다.

발밑으로 온몸을 꽈리처럼 부풀린 황복 한 마리가 재빠르게 지나갔다. 독을 잔뜩 품은 걸 보니 천적의 습격을 받아 황급히 어딘가로 달아나는 모양이었다. 언젠가 남편이 뱃일에서 돌아올 때 밥을 싸 갔던 군용 도시락 속에 복어 서너 마리를 담아온 적이 있었다. 복어는 육질이 담백해서 맑은 지리를 끓여도 시원하고 무와 미나리 따위를 넣고 매운탕을 끓여도 개운했다. 하지만 복어는 독이 무서워서 손질을 잘해야 했다. 술을 한잔 걸치고 들어왔던 남편은 도시락을 수돗가에 내

버려 둔 채 잠이 들었다. 피들피들 고는 것이 아까워 복어를 손질해서 덕장 한켠에다 널어 두었다. 알과 간, 내장 따위 독이 들어 있다는 속을 핏물까지 깨끗이 훑어내고 널어 두었는데 밤사이 복어 한 마리가 감쪽같이 없어졌다. 아침밥을 하려고 헛간에 땔감을 가지러 들어갔다가 짚가리 속에 죽어 자빠진 고양이를 발견했다. 새끼를 여러 배 낳은 늙은 어미 고양이였다. 솔갈비를 긁어 담다 말고 고양이의 배를 손가락으로 푹 찔러 보았다. 돌덩이를 만진 것처럼 고양이의 배는 딱딱하게 굳어 있었다. 덕장에 널어 둔 복어를 간밤에 그놈이 훔쳐 먹었던 모양이었다.

예상했던 대로 암초 주위 바위틈에 제법 굵은 보라성게들이 드문드문 군락을 이루듯 모여 있었다. 곤두박질을 쳐서 물밑으로 내려가 족대기(손잡이가 짧은 그물 뜰채)로 성게들을 쓸어 담았다. 족대기가 닿을 때마다 곤두선 성게의 굵은 침이 움츠러들었다. 보통 한 숨에 족대기 하나를 가득 채우기가 쉽지 않았지만 성게가 많이 모여 있을 땐 여남은 개나 담을 수 있는 족대기가 꽉 찼다. 이제 막 돋기 시작하는 우뭇가사리와 붉은 산호초, 억세어진 미역귀만 들러붙은 바위틈에 제법 큰 넙치 한 마리가 죽은 듯이 납작 붙어 있는 게 보였다. 테왁망사리에 묶어 둔 소살을 들고 내려왔더라면 잡았을 넙치를 눈앞에서 놓치는 게 아까웠다.

숨을 물고 물 위로 떠오르자 첫 숨 들고 난 가쁜 숨소리가 여기저기서 터졌다. 휘이잇, 휘이-잇, 나는 테왁에 의지해 긴 날숨을 토해냈다. 해녀들의 숨소리는 얼핏 구별하기가 쉽지 않았지만 각각이 다 달랐다. 짧게 여러 번을 연거푸 뱉는 이도 있고, 흡사 풀피리를 부는 듯 날카롭고 가늘게 이어지기도 하고, 새가 우는 듯한 휘파람 소리를 내뿜는 이도 있었다. 내 딸들은 해녀들 여럿이 한곳에 섞여 작업을 해도 숨비소리만으로도 귀신 같이 나를 찾아낼 줄 알았다.

출렁거리는 물살에 뭍의 먼 산이 다가들었다 꺼지고 수경 속에 팥알 같은 물방울들이 맺혔다. 물갈퀴 같은 오리발이 위로 솟구쳤다 사라지며 여기저기서 숨을 물고 다시 물속으로 첨벙 잠수하는 소리가 들렸다. 하루에도 수백 번 물속으로 거꾸로 처박혀 들어가지만 허리에 찬 납덩이처럼 무거운 인생살이는 조금도 가벼워지지 않았다. 그나마 이렇게 물질을 할 때만은 오래 묵은 슬픔도, 가슴 아픈 일들도 잠시 잊히었다. 몸은 고되고 괴롭지만 자식새끼들 먹이고 가르칠 욕심뿐이었다. 나는 힘차게 오리발을 내뻗어 공처럼 둥글게 몸을 말듯이 바닷속 깊은 밭으로 곤두박질쳐 들어갔다.

2

장마가 져서 날이 궂을 때를 빼고 매일같이 물질을 나갔다. 학교에 갔다 온 딸들은 책보를 벗어던지기 무섭게 내가 물질을 하고 있는 동네로 찾아왔다. 더구나 폭염이 한창일 때 알이 굵어지고 속이 꽉 차는 성게 작업은 손이 많이 가는 일이었다. 여름방학을 하면 물질하는 집 아이들은 점심에 먹을 도시락을 싸 들고 인적 없는 십여 리의 산길을 걸어와 제 엄마의 일손을 거들어야 했다. 우리 집 아이들은 성게 철만 되면 지긋지긋해했다. 그래도 성게는 알을 까서 팔아야 돈을 더 받을 수 있기 때문에 해녀들은 식구 수대로 불러내서 성게 까는 일을 했다. 수작업을 할 수밖에 없는 그 일은 가시 돋친 성게를 일일이 칼로 쪼개서 양철로 오려 만든 얇은 숟가락으로 속을 파내 똥창을 골라야 했다. 알은 다시 넓은 양철 냄비에 대못으로 구멍을 숭숭 뚫은 체에 흔들어 가면서 잔똥과 가시를 깨끗하게 일어야 물건이 되었다.

기와집에서는 머구리들이나 고대구리가 작업해 오는 성게들을 피성게째 받아 창고에서 작업을 했다. 시멘트로 벽을 치고 슬레이트를 덮은 기와집 창고는 소리가 우렁우렁 울릴 정도로 안이 널찍했다. 장바닥같이 시끌벅적한 창고 안에서는 밤새 불을 밝혀 놓고 동네 아낙들이나 아가씨들이 하루 품삯을 받으며 성게 까는 일을 했다. 백열등 아래 쪼그리고 앉은 여자들이 고된 몸을 풀려고 부르는 노랫소리와 수다스런 웃음소리가 동네 삽짝까지 흘러나왔다. 그렇게 까서 손질한 알들은 알코올로 꼬들꼬들하게 방부 처리를 해서 참나무로 짠 작은 통에 일일이 나누어 담아 일본으로 수출하는 업자에게 넘기기도 하고 고급 요릿집에 납품하기도 했다.

일손이라곤 정화와 정해뿐이어서 나는 여름내 그 어린것들을 끌고 다녔다. 정화는 손끝이 야무지고 얼마나 빠른지 품삯주고 쓰는 일꾼보다 나았다. 일손 없는 해녀들은 하루 남의 품을 사서 쓰기도 하지만 얼마 없는 벌이에 품삯까지 내버릴 수는 없었다. 물가에 포장을 친 손바닥만 한 그늘은 해가 가는 쪽을 따라 옮겨 가기 때문에 아이들은 쨍쨍한 뙤약볕에 앉아 그 일을 했다. 각다귀는 또 얼마나 극성스러운지,

짠 물가에서 사는 각다귀 떼에 한 번 물리면 살갗이 시뻘겋게 부어올라 손톱으로 마구 긁으면 고름이 맺혔다. 가려움증을 참을 수 없어 침도 발라 보고 민물을 떠다가 씻어도 보지만 사람 피 냄새를 맡고 달려드는 각다귀 떼들은 해가 져도 그 극성이 조금도 누그러지지 않았다.

허구한 날 물가에 나와 사는 아이들 손바닥엔 불그스름한 성게 물이 들어 지워질 날이 없었고 등껍질이 몇 번씩이나 벗겨져 나갔다. 쓰라리고 아파서 밤엔 잠도 제대로 못 자면서 정해는 하루에도 서너 번씩 바닷물 속으로 뛰어들었다. 물이 질질 흐르는 젖은 옷째로 앉아 성게를 까다가 소금기가 하얗게 피도록 옷이 마르면 다시 물속으로 들어가 자맥질을 치다 나왔다. 중학생이 된 정화는 가슴을 오그린 채 쪼그리고 앉아 땀띠가 솟을 정도로 살갗이 짓무르는 데도 물속에 한 번 뛰어들지도 않고 고집스레 일만 했다. 내성적이어서 속에 무슨 생각을 품고 있는지 알 수 없는 애였다. 봄에 정화가 월경을 시작했을 때도 나는 몰랐다. 그 애가 밤에 몰래 수돗가에 나앉아 속옷 빠는 것을 보고 알아차렸는데, 딸을 키우는 어미로서 나는 한 번도 그것을 유념하지 못했다. 부실한 어미였다. 정숙이도 나 몰래 그 일을 겪었을 생각을 하니 갑자기 가슴 한쪽이 아려왔다. 아무리 살기 바쁘고 일에 미쳐 산다고는 하지만 딸을 키우는 어미였다. 먹고사는 데 바빠 딸 가진 어미로 챙겨 주지 못한 게 어디 그것뿐이었을까.

아침부터 점심때가 될 때까지 너댓 시간 작업을 하고 나면 허기가 져서 뱃가죽이 등짝에 붙었다. 고무옷을 입은 채로 햇빛만 겨우 피한 그늘에 앉아 대충 맹물에 만 밥을 한술 뜨고, 아이들이 성게를 깔 동안 다시 물질을 했다. 그렇게 오후 작업을 하고 올라와 산기슭에 물이 괸 옹색한 샘가에서 고무옷을 벗은 몸에 민물 몇 바가지 끼얹어 소금기만 없애고 해가 저물도록 성게를 까야 했다. 일을 마치고 서둘러 집으로 돌아갈 때면 해는 다 저물어 산길은 어둑하고 쓴 물이 올라오도록 속은 타고 입술은 바짝 말라 저녁밥 지을 기운도 남아 있지 않았다.

갯가에서 손질까지 다 마친 성게 알은 기와집까지 들고 가서 저울에 달아 관으로 팔았다. 시세가 좋을 때는 한 관에 만 원까지도 갔는데, 하루 한 관 반 하는 사람도 있고 재주 좋은 상군 해녀들은 하루 세 관까지도 했다.

여름 한철 성게 작업은 며칠 안으로 현찰이 딱딱 들어왔다. 돈이 모이는 재미에 하루 종일 땡볕에서 소금기 젖은 옷으로 일을 하고 난 아이들에게 그렇게 먹고 싶어하던 아이스께끼 한번 맘 놓고 사 먹이지 못했다. 그때는 길쭉한 통에 얼음을 채운 고무 주머니로 입구를 눌러 놓고 껍질도 씌우지 않은 아이스께끼를 동네 점방에서 팔았다. 덜 으깨진 팥 알갱이가 그대로 씹히는 아이스께끼에 아이들은 환장을 했다. 오 원짜리 월남방망이 사탕에, 유리 가루를 뿌려 놓은 것 같은 왕사탕을 입천장이 까지도록 빨아 먹는 게 흔치 않은 군입거리기도 했지만 라면도 별식으로 아이들이 늘 먹고 싶어하던 것이었다. 그때 라면은 궁색한 사람들이 양식을 불려 먹으려고 국물에 밥을 말아 국밥처럼 먹기도 했다. 양식은 집에 있지만 군돈 쓸 여유 없는 집들은 흔히 사 먹을 수 없던 것이기도 했다.

라면은 특히 기환이가 좋아했다. 반공일이 되어 자취방에 쌓아 뒀던 빨래 뭉치를 들고 집에 올 때면 끓여 주려고 라면을 서너 개 사서 부엌 찬장 뒤에 숨겨 두었다가 하나씩 꺼내 놓았다. 석유곤로에 양은 냄비를 올리고 물을 팔팔 끓여 정화가 라면을 끓이고 있으면 라면 냄새를 맡은 정해가 그 곁에 쪼그리고 앉아 떨어질 줄을 몰랐다. 수십 번 뚜껑을 열어 보면서 끓지도 않은 라면 가닥을 건져 먹느라 어느새 반이나 줄어 있기도 했다. 달걀이 있으면 하나 깨뜨려 넣고 고춧가루도 한 숟가락 푼 것을 기환이는 좋아했는데 옆에서 침을 삼키면서 껄떡거리는 동생들 눈치가 보이는지, 기환이는 라면 한 그릇도 온전히 먹지 못했다.

배곯고 살았던 시절이 너무나 지긋지긋해서 자식들 배는 곯리지 않았는데, 아이들은 늘 먹는 것에 환장을 했다. 특히 막내 정해는 식탐이 커서 매번 먹는 걸로 매를 벌었다. 한번은 동짓날 팥죽을 가마솥으로 한 솥 쑤어서 작은 솥단지에 덜어 부엌에 쌓아 놓은 수숫단 속에 감춰 놓고 물질을 갔다. 그런데 저녁에 돌아와 보니 나뭇단 속에 감춰 두었던 팥죽 단지가 텅 비어 있었다. 정해 말고 그런 짓을 할 사람이 없었다. 해가 빠졌는데도 정해는 어디로 숨었는지 코빼기도 보이지 않았다. 저녁참이 되자 얼굴이 새파랗게 언 정해가 슬그머니 기어 들어왔다. 나는 다짜고짜 빈 팥죽 단지를 그 애 발등에 내던졌다. 솥단지가 나동그라지며 요란한 소리를 냈다. 동짓날 내가 물질을 나가자마자 친구들을 불러다 집에서 숨바꼭질을 하면서 텃밭이며 뒤란, 장독대며 온 집 안을 삐대고 다니면서 부엌까지 숨어들어 놀았던 모양이었다. 처음엔 새알만 손가락으로 파먹기 시작하다가 나중에는 부엌에 숨을 때마다 팥죽을 퍼먹었다고 했다. 부아가 난 나는 울먹이는 그 애의 등짝을 사정없이 내리쳤다. 철이 없어도 그렇지 식구들이 하룻저녁은 먹고도 남을 팥죽 한 솥을 다 없앴을까. 차라리 나가서 뒈지지 집구석엔 왜 기어들어 오냐고 악다구니를 질렀다.

"처음엔 한 번만 먹고 말 생각이었지. 그런데 숨을 때마다 조금씩 파먹다 보니까 그만 구멍이 펑 뚫려 버린 거야, 어떻게 메울 수도 없이. 그래서 나중엔 친구들과 같이 숨어서 그거 파먹느라 술래한테 잡히는 줄도 몰랐다니까. 난 아직도 그때 팥죽 맛을 못 잊어. 그만큼 달고 맛있는 팥죽은 내 생전 다신 못 먹어 볼 거야. 엄마한테 매 맞은 것도 아팠지만 그 팥죽 맛을 잊었다면 그때 엄마한테 손찌검 당했던 것도 기억하지 못할 거야."

정해는 커서도 그때 일이 생각나는지 능청을 떨며 그런 얘기를 했다.

그렇게 내게 손찌검을 당하고서도 그 애의 식탐하는 버릇은 고쳐지지 않았다. 밑밥으로 쓰려고 애벌 삶아서 처마 밑 서늘한 곳에 걸어 둔 보리쌀 소쿠리를 내려서 보리쌀을 퍼먹고, 나중엔 생쌀을 훔쳐 입에 물고 잠드는 버릇까지 생겼다. 뱃속에 아귀가 사는지 먹어도 먹어도 그 애는 비쩍 말라 갈비뼈가 드러났고 얼굴에 핀 버짐은 사라지지 않았다.

"지금 생각해 보면 그때 난 배가 고팠던 게 아니라, 날 보아 주고 위해 줄 그런 사랑에 고팠던 거야, 엄마. 우리 집은 다른 집들과 달랐잖아. 아버진 늘 술에 취해 있고, 엄만 비 오는 날 아니면 집에 없고."

옛날 애기를 하며 말끝에 정해는 눈물을 글썽였다.

그렇게 악착을 떨며 살지 않았다면 어떻게 자식들을 키울 수 있었겠는가. 딸애들이 내게 원망 가득한 눈으로 지난 얘기를 할 때면 내 가슴 한쪽이 패면서 코끝이 시큰해져 왔다. 어미는 감정도 없고 눈물도 없는 듯이 생각하지만 자식이 부모의 마음을 헤아린들 얼마나 헤아릴 것인가.

그 시절 먹던 잡곡밥 생각이 나서 딸애들은 몸에 좋다며 잡곡밥을 찾아도 나는 여전히 흰밥이 좋았다. 늙도록 지우지 못하는 가슴에 맺힌 허기가 있기 때문이었다.

"우리 엄만 참 이상해. 나이 든 노인네들은 흰밥은 싱겁고 맛없어서 못 먹겠다고 하더만, 엄만 아무것도 섞지 않은 흰밥만 해서 드시는 게 질리지도 않나 봐."

딸들은 친정에 오면 나 들으라는 듯이 그런 말도 대놓고 했다.

감자에 고구마, 조에 수수, 보리쌀을 섞어 넣고 쌀은 한 주먹밖엔 넣지 않고 가마솥으로 밥을 한가득 하면 우선 흰밥은 남편과 아들 기환이 몫이었다. 기환이가 오는 날은 쌀을 한 주먹 더 보태 밥을 짓는데, 잡곡이 섞이지 않도록 주걱으로 흰쌀밥만 골라 펐다. 그럴 때 딸들은 제 오빠나 아버지가 밥을 먹다 남기지 않나 밥상머리에서 내 눈치를 보면서 아버지와 오빠가 겸상을 받은 옆을 넘봤다. 쌀뿐만이 아니라 입으로 들어가는 음식이 전부 귀한 때였다. 수제비가 쉬어도 물에 헹궈 먹고, 쉰 보리쌀도 아까워 구정물 통에 버리지 못하고 몇 번씩이나 헹궈 밥에 안쳐 먹었다.

그땐 없는 집에서 쌀밥을 먹는 게 흉이었지만 명절 때는 떡쌀을 넉넉하게 담가 놓으면 마음이 흐뭇해졌다. 추렴한 돼지를 잡아 두툼하게 산적을 지지고 시들시들 말린 가자미를 쪄서 저냐를 부치고 치잣물을 노랗게 풀어 부침개를 부쳤다. 떡은 잘해야 일 년에 두어 번 먹는 음식이었다. 명절 때 동네 방앗간엔 떡을 하러 온 여자들이 길 바깥까지 줄을 서서 장사진을 이루었고, 시루 너스레를 서로 차지하려고 아귀다툼을 벌이듯 시끄러웠다. 가지가지 떡을 몇 말씩 하는 부잣집들도 있었지만 증편이나 인절미는 못하더라도 절편이나 백설기, 시루떡은 명절마다 푸짐하게 했다. 달빛이 하얗게 바래고 샛별이 돋는 새벽에야 다 된 떡을 이고 집으로 돌아오면 아이들은 자다가도 벌떡 일어나 마른 목에 떡부터 먹었다. 그렇게 떡을 하면 절편이 돌덩이처럼 딱딱하게 굳고 시루떡 고물에 곰팡이가 필 때까지 아껴가면서 입이 그리울 때 아침밥 하는 솥에 넣고 쪄서 한 달을 먹기도 했다. 고운 보릿겨를 쪄서 만든 개떡도 떡이라고 봄마다 한 번씩 쪄 먹던 보리개떡도 남의집살이 하면서 눈칫밥을 먹는 정숙이 생각에 목이 메었다. 세상에서 가장 서러운 게 눈칫밥인데 밥 한 숟가락마다 눈물이 안 얹힐 수가 있을까. 정숙이는 편지마다 저는 잘 있으니 걱정 말라고 하지만 명절에 주인집 손님치레 하느라고 명절 쇠러 집에 한번 내려오질 못했다. 해 걸러 어쩌다 집에 내려오면 정숙이는 집 안을 속속들이 들춰내어 대청소를 한바탕씩 해놓고 갔다. 진일에 물 마를 날이 없는 손, 엉덩이 놓고 맘 편히 쉬지도 못하는 남의집살이에 기를 못 펴고 살면서도 그 애는 내게 원망조차 할 줄 모르던 숙맥이었다.

가난했던 세월은 갔지만 서러웠던 기억은 가슴에 깊이 남는 법이다. 그보다 더한 일을 겪고도, 자식들을 앞세우면서까지 살아남은 세월이지만 남은 자식들은 또 그들대로 아픔의 몫이 있었을 것이다. 이 촌구석에 앉은뱅이처럼 갇혀 귀도 먹고 눈도 먼 채 산 줄 알지만, 자식이 입 가리고 눈 속이며 좋은 말만 해도 자식의 보이지 않는 그늘을 짐작하고, 자식이 속으로 삼킨 눈물을 가슴으로 아는 게 어미였다.

3

중학생이 된 정화가 여름내 정해를 끌고 물가에 나와 살던 여름이 지나고 가을로 접어들어 우뭇가사리 작업을 하면서 아이들은 잠시 쉴 수 있었다. 겨울 성게 작업을 할 때까지 고된 일에서 벗어난 아이들은 제철 만난 메뚜기처럼 좋아했다.

물질을 하고 돌아오면 몸이 버쳐서 저녁을 먹고 나면 일찍 초저녁잠에 세상모르고 곯아떨어졌다. 아이들은 내가 잠들면 살금살금 집을 빠져나가 남의 집에 텔레비전을 보러 다녔다. 정해는 텔레비전 보는 걸 얼마나 좋아하는지, 제가 가진 머리핀이나 연필 따위들을 그 집 애한테 줘 가며 살살 꼬드겨서 텔레비전을 보고 왔다. 한번은 구미호가 나오는 전설의 고향인가 뭔가를 보고 돌아오던 길에 전봇대에 부딪혀서 얼굴을 갈아 붙이고 앞니 하나가 깨졌다. 그래도 그 애는 밤마다 내 눈을 속이며 텔레비전 보러 다니는 것을 멈추지 않았다. 도무지 천방지축 붙잡아 둘 수 없는 그 애 때문에 속도 많이 상했지만 해괴한 짓도 곧잘 벌여 나를 웃지 않을 수 없게 만들었다. 자식이 여럿이면 그 속도 가지가지라고 했다.

"넌 누게한테서 나왔시냐?"

"어머니 배소곱에서 나왔시난 어머니가 책임집서."

나무라기도 귀찮고 어이없어 그런 말을 하면 정해는 낯짝 하나 안 바꾸고 천연덕스럽게 내 말을 흉내 내서 그렇게 받아쳤다. 자식 때문에 웃고 산다는 말이 그른 말은 아닌 것 같았다.

정해는 눈만 뜨면 텔레비전 타령이었다. 이웃에 겨우 한두 집이던 것이 제법 몇 집이나 텔레비전을 들여놓았다. 두 발이 달리고 빨래판처럼 생긴 미닫이 문짝이 달린 텔레비전은 내가 새로 계를 든 계주 집에도 있었다. 그래서 곗날이 되면 정해는 기를 쓰고 나를 따라나섰다. 동네를 드나들며 다리미며 재봉틀을 팔던 금성사 외판원이 우리 집에도 두어 차례 다녀갔다. 할부로 텔레비전을 들여놓으라는 것이었다. 정해가 안달을 하며 떼를 썼지만 나는 열두 달 할부로 꼬박꼬박 끊어줘야 하는 돈이 무서워 텔레비전은 엄두도 내지 못했다.

음력 구월 중순 들자 아침저녁으로 선득해진 기운에 제법 한기가 느껴졌다. 상강 무렵이었다. 아침밥을 하려고 첫새벽에 일어나면 텃밭에 하얗게 서리가 덮였다. 줄기와 잎이 죄다 시든 늙은 호박이 누렇게 익은 채 받쳐 놓은 볏짚 위에 덩그러니 얹혀 있고, 텃밭 울타리를 돌아가며 심어 놓은 수수와 여름내 따 먹었던 옥수수는 빈 대만 남아 흔들렸다. 해가 떠오르면 마미산 꼭대기로 흰 구름이 걷히며 높고 맑은 하늘이 나타나 점점 드높아졌고 들엔 벼 타작을 하는 탈곡기 소리가 요란했다. 진작부터 오징어잡이에 물이 오른 배들은 제철을 맞아 밤마다 먼 바다에 집어등 불빛을 밝혀 놓았고, 보름 지난 달빛은 그 불빛에 희게 바래는 듯했다.

마당에 내다 놓았던 평상을 처마 밑으로 들이고 해가 기울기 전에 장독의 뚜껑을 덮어 봄에 담근 햇장을 단속했다. 독들은 한낮의 맑고 따스한 햇볕을 빨아들여 골고루 은근히 장을 익혔다.

낮은 한결 짧아지고 밤은 길어졌다. 고되게 들었던 초저녁 단잠에서 깨어 마당에 꽉 찬 새벽어둠을 밟아 가며 집안일을 서둘러 해 놓고 물질을 나갔다.

그런 어느 날 밤이었다. 식구들이 다 잠든 캄캄한 한밤중이었고 나는 고단한 잠에서 겨우 깨어났다. 꿈속에선지 누군가가 부르는 소리를 들은 듯해서였다. 방 안에 불을 켜자 누군가 부르던 소리가 뚝 그쳤다. 밤 열 시가 넘은 시각이었다. 윗도리를 꿰고 방문을 열어 문지방 너머로 고개를 내밀었다.

"아주망이우꽈? 저영마씸, 싯째우다."

어둑한 마당에서 한 덩어리나 되는 어둠으로 서 있던 사람이 다시 입을 열었을 때야, 번갯불에 맞은 듯 그 목소리의 임자가 누군지를 알아차렸다. 동네 사람 누군가가 집을 가르쳐 주고는 삽짝으로 휘적휘적 걸어 나가는 것이 보였다.

당황하고 놀란 가슴이 쉬이 내려가지 않아 그 밤을 나는 앉아서 꼬박 세웠다. 기별도 없이 어떻게 식구들을 모두 끌고 바다 건너 그 먼 길을 왔을까. 육지로 나가서 살아 볼까 싶다는 편지가 오긴 했어도 벌써 봄의 일이었고 나는 그 일을 까마득히 잊고 있었다.

남편의 배다른 셋째 동생, 내가 시집을 갔을 때 열일곱 살이었던 그는 우리가 고향을 나올 때 장가를 들어 갓 한 달이나 지났을 때였는데, 그새 아이들을 주렁주렁 달고 우리를 찾아온 것이었다.

"이젠 어떵허민 좋을커라마씸. 벌어먹젠 해도 빈손으로 나왕 동세가 물질을 헐 줄 아난 물질을 헐거우꽈, 밑천이 있어 장사를 헐거우꽈. 이디 완 살젠헐 땐 무슨 궁리가 있을 거 아니우꽈?"

내 말에도 남편은 아무런 대꾸가 없었다.

기환이가 쓰던 아랫방을 대충 치워 시동생네 식구들을 우선 그리로 들이고 난 후였다. 등에 세 살배기 계집애를 업은 동서와 봇짐장수처럼 커다란 짐을 메고 서 있던 시동생의 바짓가랑이엔 계집애 둘이 겁먹은 얼굴로 붙어 있었다. 방 안에 들어와서도 아이들은 낯설고 놀란 듯한 얼굴로 자꾸만 제 어미의 등 뒤로 숨었다.

"말 좀 고라봅써양?"

나는 답답한 마음에 남편에게 다그치듯 물었다. 남편이라고 자던 밤에 일어나 무슨 대책이 있을 리 없었다. 그래도 시동생이 이 먼 곳까지 살아 보겠다고 나왔을 땐 우리밖엔 믿는 구석이 없을 터였다.

"날고라 어떵허란 말이라?"

애꿎게 담배만 태우고 있던 남편이 버럭 성질을 냈다. 한 살이라도 더 젊은 나이에 육지로 나가 돈을 벌어 볼까 그 궁리로 나왔을 테지만, 타관에 뿌리내리기가 어디 그리 쉬운 일인가. 앞일은 의논도 없이 무작정 길을 나선 시동생네 식구들을 생각하자 눈앞이 캄캄했다.

이튿날 해가 중천에 뜰 때까지 아랫방에선 기척이 없었다. 나는 큰

가마솥에 밥을 한 솥 지어 놓고 시동생네 식구들이 깨기를 기다렸다. 동서는 여독으로 손발이 붓고 오랜 뱃멀미와 차멀미에 지친 아이들은 눈자위가 푹 꺼져 있었다. 피붙이라고, 그것도 고향에서 찾아온 삼촌네 식구를 처음 보는 우리 아이들은 학교에서 돌아와 아랫방 문 앞에서 내내 서성거렸다. 늦은 아침을 먹고 다시 잠이 들었던 시동생네 식구들은 앓듯이 잠에 빠져 그 다음날에야 겨우 몸을 추슬렀다.

동서는 오목조목하게 생긴 얼굴이 가무잡잡하고 말수가 적은 편이었다. 내게 형님이란 소리가 입에 박히지 않아서 그런지 낯을 가리는지, 뚱한 게 별로 살갑게 굴지를 않았다. 몇 년 전 시어머니 초상 때도 들어가 보지 못했으니 내가 손윗동서지만 동서 볼 낯이 없어 이러니 저러니 할 말이 없었다.

고향 사람이 나왔다고 때 이른 저녁부터 마당에 화톳불을 피워 놓고 제주집 남자들은 마당에 모여서 돼지고기 두루치기를 놓고 술을 마셨다. 아이들은 어른들 틈에서 젓가락으로 삶은 골뱅이의 속을 파먹었다. 시동생이 고향에서 나온 지 사흘째 되던 날이었다. 잔칫집같이 북적대고 어지러웠다. 고향 소식에 취한 남자들은 술이 오르자 빈 술 주전자를 흔들어대며 자꾸만 술을 받아 오라고 했다.

"자, 우리 조카애기들, 이디 와 보라. 족은아방이 우리 조카아이 소릴 좀 들어 보고픈디 누게가 소리를 할커라?"

술에 취한 시동생은 마당을 뛰어다니며 노는 정해의 팔목을 붙잡고 둥그렇게 불 가로 모여 앉은 사람들 가운데로 끌어당겼다. 팔목을 잡힌 정해는 내 눈치를 보면서 낯을 찡그리더니 짓궂은 삼촌에게서 빠져나오지 못해 노래를 불렀다. 처음에는 마지못해 하는 얼굴이더니 박수 소리와 추임새에 힘을 얻은 그 애는 어디서 배웠는지 유행가 가락을 늘어지게 뽑아냈다. 좌중에서 와자한 웃음이 터지고 솔가지를 쑤셔 넣은 화톳불에선 나뭇가지 부러지는 소리와 함께 타닥타닥 불티가 날렸다. 정해의 노래가 끝나자 시동생은 주머니를 뒤져 백 원짜리 지전을 한 장 꺼냈다. 그러더니 돈을 반으로 쭉 찢었다.

"자, 요건 학용품을 사곡, 자, 요건 과잘 사 먹곡. 우리 조카는 소리도 잘허곡 요망지게 생겼시난 공부도 열심히 허영 후제 큰사람 되사 헌다!"

술이 취해 기분이 좋아진 시동생은 정해에게 찢어진 돈을 양손에 쥐어 주었다. 나는 돈을 받아 들고 어쩔 줄 몰라 하는 정해를 부엌으로 데리고 가서 그 애 손에서 돈을 빼앗았다. 그리고 반으로 찢어진 지전을 밥풀로 붙여 속바지 주머니에 쑤셔 넣었다.

그 다음날부터 나는 시동생네가 살 집을 구하러 다녔다. 뜨내기 뱃사람들이 많아서 부엌도 없이 잠만 자는 방만 하나 달랑 내주는 집들도 있었지만 웬만한 집들은 잠시 살다 갈 사람들이 들어오면 집만 험하게 된다고 싫어했다.

나는 따따부리네 뒷방이 비어 있다는 걸 알고 그 집으로 찾아갔다. 말이 얼마나 빠른지 속사포 같다고 해서 동네 사람들이 따따부리라고 부르는 골목 끝 집의 그 여자는 암팡진 체구에 눈초리가 쭉 찢어진 게 보통 인상은 아니었다.

따따부리는 해를 넘겨 묵힌 뒷방을 보여 주고는 팔짱을 낀 채 심드

렁한 표정을 지었다. 뜨내기들이 살다 나간 방인데 방을 얼마나 험하게 썼는지 남 주고 싶은 마음이 없다고 하면서도 고쳐서 살려면 살든지 하라고 했다. 남에게 집을 빌려 주면서 자기네 손으로 고칠 생각은 없다는 말이었다. 좁은 뒤뜰로 돌아앉은 그 방은 입구가 병목처럼 좁고 그늘이 진 데다, 사람이 살자면 틀어져서 사이가 뜬 쪽마루며 부엌 아궁이며 손볼 데가 한두 군데가 아니었다.

따따부리와 말을 맞춰 놓고 돌아오자마자 일을 서둘렀다. 남편과 시동생이 며칠이나 따따부리네를 들락거리며 부엌을 고치고 구들을 새로 놓았다. 부엌의 시렁도 짜서 걸고 찬장이며 행색뿐이지만 합판을 사다가 이불장도 짰다. 부엌의 솥단지며 살림살이들은 대강 우리 집에서 쓰던 것을 훑어 가기도 하고 급한 대로 장에 나가 사 오기도 했다.

이사를 하고 나서도 한동안 시동생네 식구들은 우리 집으로 밥을 먹으러 왔다. 아이를 가져 입덧을 하는 동서는 얼굴에 기미가 가뭏게 앉았고 게다가 얼마 겪어보진 않았지만 천성이 게을러터진 성미였다. 이리로 나오면서 고생을 심하게 했던지 입덧이 가라앉지 않아 자리에서 일어나질 못한다고 했다. 얼마나 몸이 고되기에 식구들 아침밥도 챙겨 주질 못하는지, 입덧은 핑계같이 들렸다. 나는 여지껏 해가 떠서 창호지문에 희미한 얼룩만 져도 몸이 들떠서 누워 있질 못했다. 입덧이 아니라 죽지 못할 만큼 아파서 운신을 할 수 없을 때야 모르지만, 여간해선 드러누워 본 적이 없었다.

"몸이 어떵 안 좋완 식구들 밥도 못 해먹엉 살암수꽈?"

집을 얻어 나간 지가 언젠데 매일 아침마다 식구들을 올려 보내는지 못마땅해서 밥상머리에서 시동생에게 한마디 했다. 아이들은 씻지도 않고 머리도 빗지 않은 채 구정물이 졸졸 흘렀다.

"그 사름은 입덧을 시작하민 아기를 낳을 때까지 사름 구실을 못햄마씸. 그게 병이우다."

언짢아하는 내 기미를 눈치 챘는지 시동생이 마누라 역성을 들었다. 그저 제 몸 하나 괴롭지 않게 챙기는 것 말고는 염치도 모르는 마누라를 두둔하는 시동생 말에 나는 속으로 동서를 욕했다.

겨울 무렵부터 시동생은 남의 배를 탔다. 고향에서도 농사지으며 갈치잡이 배를 타던 뱃사람이었다. 젊은데다 붙임성도 좋아서 선주나 같은 배를 타는 뱃사람들이 그를 좋아했다. 남편도 영광호에 기관장으로 올라 있을 때였다. 오징어는 주낙으로 조업을 하는데 뱃사람들이 잡은 오징어를 비율로 따져 한 사람당 얼마씩 기관장 몫으로 내놓았다. 조업이 잘 돼서 오징어를 많이 낚으면 그만큼 기관장 몫도 좋았다. 물론 선주나 선장은 말할 것도 없었다. 주로 작은 어선을 부리는 선주들은 직접 선장질을 하면서 같이 배를 타고 나갔는데, 그들은 수십 년 뱃일에 이력이 난 사람들이었다.

나는 그해 겨울도 성게 작업을 해서 돈을 벌었다. 아침에 나가 대여섯 시간 작업을 하면 짧은 겨울 해는 이내 져서 집으로 돌아오면 저녁때가 되기 십상이었다. 아이들은 리어카를 끌고 마중을 나와 테왁망사리를 실어 갔다. 성게 작업은 민물이 닿으면 못 쓰게 되기에 바닷물을 잊지 않고 꼭 길어 두어야 했다. 귀찮고 힘든 일이었다. 아이들은 커다란 고무통을 리어카에 싣고 갯가로 나와서 살얼음이 얼어 미끄덩거리는 갯바위를 딛고 양동이로 물을 퍼 날라야 했다. 성게 까는 일은 밤에 했는데, 방 안에다 고무 함지를 여러 개 벌여 놓고 일을 했다. 어쩌다 남편이 도와줄 때도 있었지만 수가 틀리면 괜한 트집거리를 잡아 뒤집어엎는 바람에 늘 가슴이 조마조마했다. 겨울 성게는 색깔이 노르스름하고 크기가 밤톨만 해도 알이 꽉 차서 투실투실했다. 밤늦도록 작업한 것을 그날로 기와집에 가서 넘기고 나면 자정이나 되어야 잘 수 있었다.

동삼 내내 동서는 아이들과 집구석에 처박혀 꼼짝도 하지 않았다. 배가 불러오면서 더 힘들어했다. 끼니조차 제대로 챙겨 먹지 못한 동서네 아이들은 입이 헐고 머리엔 부스럼 딱지가 앉고 누런 콧물이 반질거리는 소매 끝은 해져서 볼썽사나웠다. 동서네 큰딸인 안나는 정해보다 한 살 위였는데 전학 서류를 해오지 않아 학교도 다니지 않고 있었다. 그 애들은 하루 종일 우리 집에 와서 정해와 어울려 놀다가 해 저물어 제 집으로 기어들어가서는 동서에게 매를 맞고 다시 쫓겨 오기도 했다.

고향에서 시동생이 나온 그해 겨울에 처음으로 제주에서 화물로 밀감이 왔다. 작은언니네 큰아들이 하는 밀감 농장에서 첫수확을 한 것이었다. 유자처럼 껍질이 울퉁불퉁하고 시큼한 재래종 밀감은 과육이 질기고 속에 굵은 씨가 박혀 있었다. 그것을 커다란 궤짝에 하나 가득 담아 짚동이로 여러 벌 묶어서 화물로 보내왔다.

지금이야 흔해 빠진 게 밀감이지만, 그때 밀감은 구경조차 하기 힘든 귀하디귀한 것이었다. 우선은 기와집부터 제주집들, 한 삽짝에 사는 이웃들까지 일일이 몫을 지어 돌렸다. 물론 기와집에는 제일 좋은 걸로 골라 보자기에 넉넉하게 담아서 보내고 이웃집에는 식구 수대로 다 돌릴 수가 없어 맛만 보라고 서너 개씩 얹어 돌렸다.

아이들은 생전 구경도 해보지 못한 밀감 맛에 환장을 했다. 눈에 보이는 대로 먹어 없애려고 했다. 두꺼운 껍질을 까느라 손톱 밑에 밀감물이 들고 오줌을 누면 오줌줄기가 샛노랬다. 정해가 제 몫의 밀감을 들고 골목으로 나가면 밀감 한 쪽을 얻어먹으려고 그 애 주위에 동네 아이들이 개미처럼 붙어 다녔다. 나는 따로 몇 개 숨겨 두었다가 골아서 껍질이 딱딱해진 밀감을 딸들 몰래 기환이가 입이 궁금할 때마다 하나씩 꺼내 주었다.

그때부터 몇 년 동안 작은언니는 잊지 않고 해마다 밀감을 보내 주었다. 고마웠다. 아들을 장가보내고 살 만큼 살림이 핀 작은언니는 내가 이 먼 타관에 나와 살면서 겨우 끼니나 굶지 않고 사는 걸로 아는지, 화물을 보낼 때마다 내 걱정이 담긴 편지도 한 통씩 부쳐왔다. 고향에 다녀갈 여비가 없으면 올 차비만 해서 빈손으로라도 한번 들어오라고 했지만 나는 결국 그러질 못했다. 작은언니 말년에 며느리를 데리고 관광을 나오면서 이곳에 한 번 다녀간 게 마지막이었다.

제주에서 작은언니가 밀감을 보낼 때마다 이미 돌아가신 부모님이나 오빠들, 영영 소식조차 알 길 없는 큰언니 생각에 가슴이 미어지고는 했다. 삶의 고비마다 한 번도 잊은 적이 없는 피붙이들이었다. 해방이 된 뒤로 소식 한 자 없는 큰언니는 죽었는지 살았는지 알 길이 없었다. 옛날에 사회주의 운동을 했던 이력이 있어서 큰형부가 조총

련에 들었다는 소식을 풍문에 듣긴 했는데 그것마저도 확실치가 않았다. 작은언니 말로는 조총련 단체 사람들이 한때 북송선을 많이 탔다고 했는데, 일본에서 살기 힘들어 그때 이북으로 들어갔을지도 모른다고 했다. 그렇지 않다면 어떻게 이 세월 지나도록 고향에 한 번 다녀가지도 않고 소식도 없겠냐고 했다.

그때만 해도 심심찮게 북에서 간첩들이 내려와 공작 활동을 많이 한다는 소문이 있었고, 우리 동네에도 그들과 내통하는 고정간첩이 있다는 소문이 돌았다. 대오리를 성글게 엮어 짠 커다란 망태를 등에 지고 넝마를 주우러 다니던 넝마주이였는데 한쪽 팔에 쇠갈고리를 한 상이군인이었다. 술도 안 하고 담배도 안 하고 생긴 것도 멀끔한 사람이었는데 냇강 건너 마미산 아래 초막을 지어놓고 살았다. 그 사람이 동네 지서와 군부대 초소들을 염탐하고 군부대 주변의 지형을 알아내기 위해 넝마주이로 위장을 하고 다닌다는 것이었다. 소문이 파다해졌을 때 이미 그 사람은 자취를 감춘 뒤였는데, 지서 순경들과 군인들이 그 초막을 샅샅이 뒤지고 불태운 걸 보면 그 자가 틀림없이 간첩이라는 것이었다. 그러니 조총련 사람이라는 그것 하나만으로도 큰언니를 찾아보리라는 생각은 언감생심 꿈도 꾸지 못했다. 지금까지 살아 있다면 큰언니는 아흔을 바라보는 나이가 되었을 것이다. 어딘가에 살아 있을 것이라는 생각을 버린 지도 오래되었다. 하지만 그 자손이라도 이 세상 어딘가에 살아 있을 거라 생각하면 덧없는 세월에 그저 가슴만 막막해질 뿐이다.

4

말젯아방네가 나온 이듬해 봄에 남편은 느닷없이 배를 사겠다고 했다. 나와는 의논 한마디 없었다. 며칠 동안 시동생과 머리를 맞대고 무슨 꿍꿍이를 꾸미는지 소곤소곤하더니 집문서를 내놓으라고 했다. 어이가 없었다. 해마다 나누어 상환해야 하는 나머지 집터 값을 아직 반도 갚지 못한 때였다. 나는 그 돈을 갚아 가느라 계를 붓고 쌈짓돈을 추접스럽게 아껴 가며 살았다. 그동안 남편은 돈이 생기면 흥청망청 술로 마셔서 없애 버렸다. 딱히 바람을 피워 계집한테 돈을 쑤셔 넣는 것도 아닌데 남편이 번 돈은 모이지 않았다. 남편은 여자가 돈을 벌고 있으니 제 손으로 버는 돈은 써서 없애도 된다고 생각하는 모양이었다. 자연히 살림엔 규모가 없었다. 네까짓 것 여자가 벌어 봐야 푼돈이지, 아나 한번 해 봐라! 남편은 그런 식으로 나를 골탕 먹이는 사람 같았다. 아이들은 연필 한 자루 공책 한 권 값도 다 내 호주머니에서 타 갔다.

나는 죽어도 집문서만은 내줄 수 없다고 악을 썼다. 새끼들 데리고 길바닥에 나앉을 생각이 아니면 다시 한 번 생각해 보라고 우는소리로 빌듯이 말했다. 그러나 남편은 내게 역정을 내면서 온갖 더러운 말로 나를 욕했다. 계집년이 돈 좀 번다고 서방 알기를 우습게 안다, 네가 벌어서 집 샀다고 유세하는 거냐, 남자 하는 일에 사사건건 걸고 넘어져서 내가 여지껏 남자 구실을 못 해 보고 살았다. 아이들 다 잠든 밤에 남편은 내 목을 조르듯이 소리를 질렀다. 남편은 장롱 바닥을 뒤져 삼베 조각에 둘둘 말아둔 집문서를 찾아냈다. 나는 문지방을 타

넘는 남편의 바짓가랑이를 붙잡고 늘어졌다. 남편이 발길질로 나를 걷어차고 엎어진 나를 밟고 방문턱을 넘어갔다. 나는 어두운 방 안에 앉아 귀신처럼 울었다. 가슴이 돌로 찍어 누른 듯이 아팠다.

남편은 원래가 목수였던 사람이었다. 배도 타다 말다 한 사람이 무슨 수로 배를 사서 부릴 것인지……. 배도 아무나 부릴 수 있는 게 아니었다.

남편을 쑤석인 건 시동생이었다. 시동생은 젊은 혈기였고 밑천만 대 준다면 뭐든 할 수 있을 것이라 남편을 꼬드겼을 것이다. 남편은 귀가 얇은 사람이었다. 남이 자기를 추어 주는 말 한마디에 마음이 들떠서 어쩔 줄 모르는 사람이었다. 그러나 내 말은 개가 왈왈대는 소리로밖엔 듣지 않았다. 밖에서는 인심 좋은 사람이 식구한테는 야멸스럽고 인정머리가 없었다.

그때 기를 쓰고 말리지 못한 걸 나중에는 후회했지만 어쩔 도리가 없었다. 집문서는 이미 남편 수중에 들어가 버렸고, 잔소리를 하면 잘못되라고 염불한다며 매만 맞을 게 뻔했다. 나는 남편에게 의지하는 마음을 일체 버렸다. 내 몸 하나 놀려 내 자식새끼들을 거두리라는 생각뿐이었다. 그렇다고 남편이 잘못되기를 바란 적은 없었다. 세상에 어떤 여자가 남편이 잘못되기를 바랄까. 그러나 나는 남편 하는 일이 아무래도 미덥지가 않았다.

남편이 산 고대구리 어선은 십수 년 부리다가 운이 다한 낡을 대로 낡은 배였다. 전임자였던 선주는 그 배로 골치를 앓다가 속 시원히 남편에게 넘겨주었다. 배를 조선소 독에 끌어올려 수리를 하고 칠을 새로 했다. 신영호라는 이름을 달고 고사를 지내던 날, 동서는 벌써 선주의 안주인이나 된 양 좋아서 입이 함빡 벌어졌지만 나는 걱정 때문에 속이 편치 않았다.

우리 집에 뱃사람들이 끓기 시작했다. 하루가 멀다 하고 술국을 끓여 내고 장정들 밥도 해야 했다. 뜨내기로 와서 잠잘 방만 얻어 살면서 배를 타는 장정들은 먹성이 좋고 말이 거칠고 또 술을 그만큼 좋아해서 집안이 하루도 조용할 날이 없었다. 조업을 하지 못해 쉬는 날에도 나는 술손님들을 치러야 했다. 더구나 뱃사람들은 미리 돈을 당겨 쓰고 제멋대로 배를 타지 않고 속을 썩여 멀쩡한 날에도 조업을 나가지 못할 때도 있었다.

배를 부리는 데도 수지타산을 맞춰 봐야 하고, 손해가 날 때는 그걸 메울 여력이 있어야 선주 노릇도 할 수 있는 것이었다. 그런데 남편 머릿속에는 그런 계산이 철저하게 들어 있지 않았다. 그저 운이 좋아 만선을 하게 되면 한꺼번에 그것들이 덮어지리라 생각하는 모양이었다. 그런 면에서는 젊은 시동생이 한술 더 떴다. 내가 지레 앞일을 걱정하면 시동생은 앞으로 모든 게 다 잘 될 테니 걱정하지 말라고 말부터 앞세웠다.

하루하루가 불안하게 지나갔다. 말이 선주고 선장이지, 손에 쥔 건 없는 허깨비나 마찬가지였다. 집문서를 저당 잡은 전주는 집 있는 사람이라 당장 살고 있는 집을 내놓으라고 하지 않았지만 언제 길거리로 나앉을지 알 수 없었다.

이 집터를 닦느라고 얼마나 고생을 했던가. 아랫방을 들일 때는 수

중에 돈이 떨어져 움푹 팬 방바닥에 석유 깡통을 놓고 장작불을 때 가면서 몇 달에 걸쳐 공사를 했었다. 그래도 헛간이 생기고 창고가 지어지고 집이 꼴을 갖춰갈 때마다 고생한 것은 하나도 생각나지 않고 그저 마음이 그득하기만 했다. 처음 가진 내 집, 내 땅. 이걸 사느라고 얼마나 애간장을 태웠던가. 공동묘지 터가 닦여 학교가 들어서고, 그 주변으로 또 집들이 들어서고, 암팡지게 골목도 요리조리 생겨나서 예전의 그 허름하던 뒷모탱이 동네가 아니었다. 집 건물은 보잘것없지만 텃밭을 끌어안은 마당은 널찍해서 어느 방문을 열고 나서나 그득한 맛이 있는 집이었다. 또 기환이가 쓰던 아랫방은 창고 옆에 내달았는데 부엌만 하나 곁들이면 딴살림을 주기에도 딱 좋을 구조였다. 아랫방에선 뒤꼍으로 난 들창을 열면 장골산의 물이 내려오는 골이 시원스레 보였다. 봄이면 진달래 철쭉이 온 산을 뒤덮어 봄꽃 향기가 날아들고, 여름이면 콸콸콸 물 쏟아지는 소리가 들렸다. 겨울에는 물줄기가 그대로 얼어붙어 마치 긴 사다리가 놓인 듯 장관을 이루는 장골산 폭포가 그 방 안에 고스란히 들어왔다.

초여름 들어서 동서는 아들을 낳았다. 막달까지 거의 몸져누워 지내다시피 한 동서는 몸도 힘들게 풀었다. 산파가 하루 낮밤을 꼬박 옆에 붙어 앉아 진땀을 다 쏟아낸 뒤에야 겨우 산도가 벌어지고 아이의 머리가 보였다. 태를 가르기도 전에 자신이 아들을 낳았다는 걸 확인하자 동서는 맥을 놓고 그만 깊은 잠에 빠져 버렸다.

봄에 작업한 최상품 돌미역을 불리고 쇠고기도 한 칼 끊어와 동서에게 먹일 첫국밥을 끓였다. 뿌옇게 쇠고기 국물이 우러난 미역국을 한 상 받쳐 들고 방으로 들어가자 시동생은 좋아서 입이 찢어지게 고맙다는 인사말을 했다.

"아지마님 고생이 많았쑤다. 이제 봅서. 요것이 복덩어리난 우리 신영호도 잘되곡 금방 살림이 일어납니다게 걱정하지 맙서."

강보에 싸 놓은 아기를 들여다보던 시동생이 그런 말을 할 때 나도 진심으로 그렇게 되길 바랐다. 고향에서 고생고생하며 이 먼 타관까지 나와서 한 살림 일구지 못한다면 그게 다 맏이인 내 남편의 부덕으로 돌아올까 봐, 나는 진심으로 그렇게 바랐다. 잘돼서 고향에 살고 있는 시집 식구들한테도 보란 듯이 보여주고 싶은 것이 내 마음이었다.

하지만 눈먼 재수도 붙을 자리 골라서 붙는지, 남편은 기껏 그물을 손질해서 작업을 나가서는 새벽녘에 경비정에 쫓겨 오기 바빴다. 산란기에 접어든 어종들을 몰래 포획하다가 경비정에 걸리면 엄청난 벌금을 물어야 했기 때문에 멀쩡한 그물을 끊어서 바다에 버리고 도망을 오는 것이었다. 선원이 대여섯 명인 소형 고대구리 어선들은 그렇게 경비정에 쫓겨 다니느라 조업도 제대로 하지 못했다. 재수 좋은 배들은 밤에 던져 놓은 그물에 새끼 고래가 걸려 횡재를 하기도 하는데 우리에게 그런 일은 꿈에도 일어나지 않았다.

한번씩 멀쩡한 그물을 잃어버리고 들어온 날이면 남편은 하루 종일 술을 펐다. 기가 꺾인 시동생도 일이 맘대로 안 된다는 핑계로 색시집 뒷방에 처박혀 아예 집에는 들어가지도 않는 모양이었다. 몸 푼 지 달포 겨우 지난 동서가 어떻게 패악을 부렸는지 어느 한 날 조카아이들이 울며 우리 집으로 쫓겨 왔다. 동생들을 데리고 울면서 쫓아온 안나는 맨발이었다. 어깨를 들먹이며 우는 아이들을 다독여 정화에게 맡기고 그 길로 동서네로 달려갔다.

집은 난장판이었다. 밥상이 부엌 바닥에 나뒹굴고 방 문짝이 떨어져 너덜거렸다. 갓난쟁이는 헌 이불에 둘둘 말아 방구석에 밀어 놓고 동서는 두 다리를 뻗고 앉아 울고 있었다. 나는 구석에서 가냘픈 소리로 울어대는 아이를 들쳐 안았다. 포대기를 젖히고 손가락을 입술에 대자 찻잎 같은 혓바닥을 내밀며 배냇짓을 했다. 배가 고픈 모양이었다.

"성님, 이 꼴 봅서. 이처록 살젠 고향을 나왔수꽈? 이디 왕 이 꼴 보고젠 나가 고향을 나왔수꽈? 난 못 삽니다게. 이처록은 못 삽니다게."

동서는 산발한 머리를 흔들어대며 소리쳤다. 같은 여자로 동서가 안타까웠다. 그리고 지긋지긋했다. 이 집안 남자들은 제 여자한테 손찌검하는 게 버릇인 모양이었다. 그러나 나는 무엇엔가 사로잡힌 듯한 동서의 눈길을 피했다. 내 꼴을 보고 있는 듯한 그 끔찍한 몰골이 싫었다.

"물애기 젖부터 멕이라게. 이것이 말을 고를 줄 알암시냐, 눈을 뜨고 이서도 볼 줄을 알암시냐. 어떵 자식새낀 살려야 할 거 아니라!"

나는 아이를 동서 품에 덥석 안겼다. 동서는 아이를 받아 안고 희뜩 돌아간 눈으로 아이를 한 번 쳐다보더니 퉁퉁하게 불은 젖을 아기의 입에 물렸다.

"고향에서도 저영은(저렇게는) 안 했쑤다게. 어시 살아도 우리 어멍 아방 조끄테 사난 영(이런) 험한 꼴은 안 보고 살안마씸. 안나아방은 이디 왕 사름이 변했쑤다. 딴 기집년헌티 붙잡형거네 정신을 못 차련마씸. 집구석을 이처록 만들곡 따시 색시집 뒷방에 들엉거네 마누라 자색 새낀 죽는지 사는지도 몰랑 처자빠져 있을 거우다. 난 이처록은 못 삽니다. 성님이 무신거라 고라도 나 마음은 안 변핶마씸."

뒤집힌 동서의 눈이 다시 한 번 칼날처럼 희뜩 빛났다. 아이가 야물게 어미의 젖을 물고 쪽쪽 빨아대는 소리가 들렸다. 나는 아무 말도 하고 싶지 않았다. 신세타령을 하며 울먹이는 동서의 목소리도 듣기 싫었다.

"촘앙 살민 살아진다. 이 타관에 왕 누겔 믿고 살커라. 소나이란 다 한가진디 안나아방을 믿어사주. 동서가 마음을 단단히 먹엉거네……."

내 말이 끝나기도 전에 동서의 눈에서 굵은 눈물이 뚝뚝 떨어졌다. 나는 부엌으로 나가 엎어진 밥상을 걷고 깨진 그릇들을 쓸어 담았다. 부엌 천장에 덩그러니 걸린 알전구에 날파리 떼가 새카맣게 앉아 있었다.

동서는 이곳 생활에 적응을 못했다. 고향으로 돌아가서 친정 부모 곁에서 살겠다는 말을 입버릇처럼 했다. 갈수록 성격도 날카로워졌다. 나는 동서가 제 남편을 붙들고 싸움을 걸든, 살지 않겠다고 패악을 부리든 참견하지 않았다. 우는 날이 있으면 웃는 날도 있는 법이었다. 마음으로는 동정이 가면서도 왠지 동서 하는 꼴이 못마땅했다.

동서는 병든 사람처럼 집구석에 틀어박혀 배가 들어올 때가 되어도 부두에도 한번 나가보지 않았다. 일 갔다 온 신랑 빨래는 배추 절이듯 몇 날 며칠 물에 담가 놓고, 찬장의 쉰밥엔 구더기가 슬고, 아이들은 거지꼴로 밖에 내보냈다. 씻지 않은 아이들 머리에선 쉰내가 나고 땀

띠에 온몸이 울긋불긋했다. 남자가 집에 마음을 붙이려면 안에서 여자가 살갑게 굴기도 하고 집 안팎도 깨끗이 치우고 입에 맞는 음식이라도 해놔야 할 텐데 동서는 그런 게 없었다.

한번은 따따부리가 일부러 내게 찾아와서 잔소리를 늘어놓았다.

"시상에 내가 살다살다 참 벨놈의 사람을 다 겪니더. 남의 집에 살면서 빗자루를 들고 마당은 한 번 못 쓸망정 지 집구석은 치워야 할게 아인교. 이 푹푹 찌는 여름에 뒤채로 들어서면 지린내가 진동을 하니더. 설거지를 하고 나면 수돗가에 밥풀이 허옇게 말라붙어서 파리가 들끓제, 해만 빠지만 아아들 우는 소리에 마 염장이 상하고 속이 시끄러버서 몬 살겠니더. 어째 그렇게 벌거지가 끓도록 해 놓고도 지 입으로는 밥숟가락이 지대로 들어가는지 사람 성질이 참 희한니더."

따따부리는 숨도 안 끊고 따따부따 내쏘았다.

성게 철에는 물질 다니느라 동서네 집을 들여다볼 여가가 없었다. 눈만 뜨면 우리 집으로 오던 조카애들도 끈 떨어진 신세였다. 동서네 아이들은 짓궂은 동네 아이들의 놀림감이었다. 그 애들이 하는 제주말이 신기하고 희한하게 들리는 모양이었다. 그래서 정해는 늘 그 아이들의 보호자 겸 통역관 노릇을 자처하며 끌고 다녔는데, 정해마저 내가 물질을 나가면 성게를 까러 다니느라 조카애들은 저희들끼리만 어울려 노는 모양이었다.

태풍이 오자 배들은 완전히 발이 묶였다. 내항에 빽빽한 배들은 굵은 닻을 내리고 비바람에 키질을 당하듯 요동을 쳤다. 갯가에 바싹 붙어 선 선창의 집들은 해일이 덮치자 파도에 휩싸이는 집을 버려두고 피난을 갔다.

그동안 남편의 배는 수입이 하찮았다. 작업다운 작업을 못해 만선 깃발을 한 번도 내걸지 못했다. 거의 빈 배로 들어와 그물을 털면 돈 안 되는 잡어들뿐이었다. 배가 묶이면 뜨내기 뱃사람들은 술집이나 가게 뒷방에 모여 돈내기 화투를 쳤다. 여인숙 골목은 시궁창처럼 물이 고여 질벅거리고 그 진흙탕을 밟고 찻쟁반을 든 다방 레지들이 엉덩이를 흔들며 들락거렸다. 배는 묶였어도 포구는 잠들지 않아 술 취한 남자들의 노랫소리와 주먹다짐이 심심치 않게 일어났다. 선창가의 술집들은 밤마다 노란 불빛을 빗속에 뿜어내며 끈끈하고 질탕하게 잠겨들었다.

태풍이 끌고 온 비가 며칠째 계속되더니 기어이 냇둑이 터졌다. 봉화산 발원지로부터 오십천을 따라 수십 리를 내려오던 지류가 항의 포구로 들어와 바닷물과 합쳐지는 곳에서 실밥이 터진 자루처럼 툭 터져버린 것이다. 신작로 안쪽으로 산 아래 펼쳐져 있던 논밭들이 모조리 물에 잠겼다. 마을회관에서는 확성기로 냇둑이 터졌다고 알렸다. 군부대의 장정들과 마을 남자들이 삽과 괭이를 들고 나와 가마니에 흙을 담아 터진 냇둑을 쌓았다. 여자들과 아이들은 물에 둥둥 뜬 가재도구들을 건지고 아궁이에 들이찬 물을 퍼냈다. 이틀을 내리 퍼붓던 비는 사흘째 새벽녘에야 겨우 수그러들었다. 비가 그치고 해가 난 뒤에도 장골산 골을 타고 흘러내리는 물소리가 마치 북을 치듯이 들려왔다. 그 물이 흘러넘쳐 학교 뒤곁에 남은 공동묘지 광중으로 깊이깊이 스며들었을 것이다.

태풍이 물러가자 남편은 뱃사람들을 모아 고기잡이에 나섰다. 그물과 어구를 손질해 배에 실었다. 오징어 배들도 하나 둘씩 모여들기 시작했다. 울릉도에서 오는 배들도 있었고 포항 쪽에서 들어오는 배들도 있었다. 오징어 배들은 하룻밤 작업을 해서 우리 항에 부리기도 했고 모항으로 돌아가기도 했다. 뱃사람들은 누구나 오징어잡이 한철에 한몫 잡을 생각을 단단히 하고 있었다. 이때도 돈을 벌지 못하면 빚이 물린 뱃사람들은 빈털터리로 겨울을 맞아야 했고 그건 배를 부리는 선주들 역시 마찬가지였다. 배가 들어올 때마다 부두엔 사람들로 넘쳐났다. 오징어 배가 들어오면 오징어 따는 작업을 해야 하는 여자들과 그 일손을 도우러 나온 아이들까지, 발 디딜 틈이 없었다. 동네 덕장마다 오징어가 널리고 어디서나 해풍에 오징어가 꾸덕꾸덕 말라가는 비린내가 풍겼다.

우리 배도 거의 매일 조업을 나갔다. 모처럼 남편과 시동생의 얼굴에 활력이 넘쳤다. 오징어 철이 되면서 고대구리의 선원을 구하는 일은 쉽지 않았다. 고대구리는 오징어잡이를 할 수 없었고 선원들은 자연 오징어 배를 타려고 자리를 옮겨가곤 해서였다. 선원들을 구하기 어려워 임시로 며칠씩 배를 타는 사람들을 싣고 조업을 나갔다. 오징어뿐만이 아니라 노가리와 가자미 따위들도 풍년이었다. 간조날이 되면 우리 집은 다시 뱃사람들로 시끌벅적했다. 나는 물질도 나가지 못한 채 뱃사람들의 술국을 끓여야 했고 그 뒤치다꺼리를 해야 했다. 그러나 남편이 신영호에서 벌어들이는 돈은 알차지 못했다. 물량이 많으니 자연 시세가 하락했다. 나는 물질로 내 속주머니를 채우지 못하는 것이 안타까웠다. 가을철에는 전복이나 멍게 해삼 따위로 해녀들의 가윗벌이가 쏠쏠했다. 누가 어느 바다에 들어 하루에 전복을 몇 관이나 했다는 말이 들리면 나는 안타까워서 마음이 조급해졌다.

아침에 배가 들어오면 뱃사람들은 낮에 눈 붙이고 저녁에 도시락과 됫병들이 소주를 싣고 바다로 나갔다. 바다에서 밤을 새야 하는 뱃사람들은 소주병을 옆구리에 꿰차고 살았다. 사고의 사단은 거기 있었다. 그물을 던져 놓고 고물에 앉아 술을 마시던 뱃사람이 고물에서 풀려난 밧줄에 발목이 휘감겨서 익사하는 사고가 났다. 그 사람은 그날 우리 배에 처음 오른 사람이었다. 남편은 지서에 끌려가 조사를 받고 풀려났지만 죽은 사람에게 보상을 해야 할 길이 막막했다. 그보다는 아무도 우리 배에 오르려 하지 않았다. 남편은 폐인처럼 다시 술을 마시기 시작했다. 어려운 일이 닥칠 때마다 남편은 술을 마시고 그 일을 잊어버리려 했다. 남편이 평생 동안 술에서 헤어나지 못한 건 바로 그 나약한 심성 탓이었다. 마당에 걷어 놓은 그물더미에서는 해초 썩는 냄새가 났다. 술에 절어 있는 남편의 몸에서도 그런 냄새가 났다.

한번 잘살아 보겠다고 고향에서 식구들을 끌고 나왔던 시동생은 다시 돌아온 겨울을 채우지 못하고 고향으로 돌아갔다. 나는 우리 아이들에게 안나네가 고향으로 돌아간다는 말을 해주지 않았다. 따따부리네 뒤채에는 급하게 짐을 꾸려, 뒤도 돌아보지 않고 떠난 흔적이 역력했다. 쿰쿰한 냄새가 꽉 밴 방에는 버리고 간 살림살이들이 뒹굴고 솥단지가 팽개쳐진 부엌 아궁이엔 쥐가 들락거렸다. 정해는 그 꼴을 보고 울면서 신작로까지 뛰어갔다. 우리 아이들은 아무도 말젯아방네 식구들이 떠나는 것을 보지 못했다. 아이들이 다 잠든 밤에 왔을 때처럼, 시동생네는 이른 새벽 첫차를 타고 도망치듯이 고향으로 돌아간 것이다.

시동생네가 떠나고 나자 내 손에 남은 건 빚뿐이었다. 나는 술에 취해 정신을 차리지 못하는 남편이 꼴 보기 싫어 정화에게 살림을 맡기고 선수금을 받고 미역 채취 작업을 하러 주문진으로 갔다. 거기서 미역 철이 끝날 때까지 방을 하나 빌려 해녀들 두엇과 밥을 해 먹으며 살았다. 그러고도 몇 년이나 더 벌어서야 빚도 갚고 시동생과 남편이 들어먹은 집문서를 찾아올 수 있었다.

5

내 몸은 쉰도 되기 전부터 망가지기 시작했다. 궂은날 밭에 나가 앉았어도 귀에서는 끊임없이 이명이 들리고 머릿골이 흔들렸다. 하루도 뇌신을 먹지 않고서는 두통 때문에 견딜 수가 없었다. 어금니가 다 빠져 먹는 것도 시원치 않았다. 잘 먹어도 물질하는 근력은 달리기 마련이어서 해녀들은 철마다 추렴한 돈으로 개를 잡아서 보약 먹듯이 고아 먹으면서 물질을 다녔다. 그래도 해녀들은 살이 찌지 않았다. 몸에 진기는 다 빠져나가고 질긴 껍데기만 남아서 꼬들꼬들 말라가다가, 늙어서 물옷을 벗고 나면 송장처럼 해골만 남았다.

그래도 벌어먹고 살 수 있으니 다행이었다. 내 몸뚱어리 하나 부서지는 건 아무것도 아니었다. 세상 어느 부모가 자식에게 이 갑옷 같은 검은 물옷을 입히고 싶을까. 나는 비록 발부리가 닿지 않는 망망한 바닷속을 뒤지고 다니지만 부디 내 자식들은 다르게 살아 주기를 간절히 바라는 마음, 그게 어미 마음이었다.

나는 오로지 기환이, 아들이라고 하나밖에 없는 그 애를 믿고 살았다. 기환이는 내게 더없이 든든한 기둥이었다. 그 애는 늘 나를 애틋해했다. 제 아버지가 술에 취해 난동을 부리며 내게 손찌검을 할 때는 아버지의 팔뚝을 움켜쥐고 눈을 부릅떴다. 그 애는 아버지에 대한 분노 때문에 가슴이 뜨거운 아이였다. 그 애가 찌를 듯한 눈빛으로 제 아버지를 노려볼 때면 가슴에서 뜨거운 것이 올라오면서 그 애가 믿음직스럽기도 하고 엇나갈까 두렵기도 했다.

고등학교 졸업반이 된 기환이는 여름방학 때도 집에 오지 않고 자취방에서 지내며 학력고사 준비를 했다. 나는 기환이가 공부에만 전념할 수 있도록 집안의 궂은일은 덮어 두고 알리지도 않았다. 남편이 무슨 일을 저지르고 다니든 내게 어떤 행패를 부리든 아들 앞에서는 입도 뻥긋하지 않았다. 기환이의 하숙방 주인에게는 철마다 마른 미역이며 문어를 삶아 보내고 하숙비도 밀리지 않고 꼬박꼬박 대 주었다. 나는 그 애가 나를 생각해서 공부만 열심히 하는 줄 알았다. 그렇게 열심히 공부해서 남의 집 아들들처럼 판사가 되든 의사가 되든 무엇이든 될 줄로만 알았다. 그 애가 내 뜻을 거스른 적이 한 번도 없었기에, 내게 말대답을 하거나 내게 거짓된 마음으로 대한 적이 한 번도 없었기에, 누가 보아도 훤하게 잘난 아들이라는 내 생각에 한 번도 먹칠을 한 적이 없었기에 나는 그 애를 굳게 믿고 있었다.

그러나 기환이가 대학 입학 원서를 쓸 때 만난 담임선생 얘기는 달랐다. 잡기에 능한 재주를 가지고 있어 오히려 공부에 방해만 될 뿐, 입시 공부에는 전력을 하지 않아 이 성적으로는 서울에 있는 웬만한 대학엔 발도 붙이지 못할 거라고 했다. 청천벽력이었다. 다른 사내아이들처럼 주먹다짐을 해서 물의를 일으킨 적도 없고, 학교로부터 어떤 불길한 소식도 접해보지 못한 내게 그건 너무나도 뜻밖의 일이었다.

기환이의 담임선생을 만나고 나올 때 넓은 운동장 가의 나무 의자에 한참을 넋을 놓고 앉아 있었다. 다리에 맥이 풀려 걸을 수가 없었다. 그동안 믿고 의지했던 아들에 대한 쓰라린 배신감이 목울대를 넘어왔다. 왈칵왈칵 입으로 들어오는 짠물을 토해내듯 거친 숨을 몰아쉬며 쉽사리 그 자리에서 걸음을 옮기지 못했다.

기환이는 그해 지원한 대학에 낙방을 했다. 나는 장성한 아들 앞에 주저앉았다.

"이제 이 어멍이 누겔 믿고 살커라. 어멍은 캄캄한 바당에 들엉 헤맬 때도 너 생각밖엔 헐 줄 모르는 사름이라."

나는 아들 앞에서 목이 메었다. 기환이는 나를 외면한 채 무릎 사이에 고개를 푹 처박고 아무런 말도 하지 않았다. 기환이의 어깨가 가늘게 떨리는 것이 느껴졌다.

"소나이가 잡길 밝히고 정신을 딴 데 두멍 무슨 일을 헐 수 있시냐. 아무 생각 말앙 공부만 혐시라. 어멍이 물소끄배서 죽을 각오로 사는 거는 다 자식 때문이라. 느영 나영 살 길은 그것뿐이라."

나는 목이 메어 더 이상 말을 할 수 없었다.

기환이는 머리를 박박 밀고 아랫방 방문을 걸어 잠갔다. 나는 딸들에게 아랫방 쪽으로는 함부로 드나들지 못하게 단단히 타일렀다. 그 애의 방은 늘 새벽까지 불이 밝혀져 있었다. 고드름이 얼어붙어 절벽 같던 장골산 계곡물이 녹기 시작하자 보리밭에 이삭이 패고 종달새가 높이 날았다. 온 산에 꽃이 흐드러지자 참꽃 따는 아이들과 산나물을 뜯으러 장골산에 올라간 아이들이 메아리를 부르는 소리가 아득하게 들렸다. 여름에는 빨래 함지를 이고 장골산 빨래터로 올라간 여자들이 나뭇가지 사이에 숨어 멱을 감았다. 나는 하루에 한 번씩 그 애가 처박혀 있는 아랫방을 들여다보았다. 해를 묵혀 분가루가 뽀얗게 핀 고구마 삐대기나 옥수수를 삶아 들여놓기도 하고, 우뭇가사리를 고아 쑨 묵에 갖은 양념을 하고 얼음을 띄워 그 방에 들여놓기도 했다. 그 애는 이따금씩 새벽이슬에 젖어가며 어딘가를 돌아다니다 오기도 했지만 머리칼이 자라면 다시 박박 밀고 방 안에 틀어박혔다. 마음을 다부지게 잡고 공부하는 그 애의 수척해진 얼굴을 보며 가슴 졸였지만, 다시 시험을 치르고 대학에 거뜬히 합격했을 때는 그동안 가슴 졸였던 세상 근심이 다 씻기는 듯했다.

지방대학이지만 국립대학이었다. 기환이는 내 기대를 저버리지 않고 법대에 들어갔다. 나는 아들이 뿌듯했다. 먹지 않고 잠자지 않아도 살 수 있을 것 같았다. 큰 시름을 던 듯 몸과 마음이 날아갈 것 같았다. 물옷 보따리를 짊어지고 집을 나서는데 입에선 저절로 휘파람 소리가 났다.

기환이가 학교 근처에 자취방을 구해 떠나고 나자 집안이 휑한 느낌이었다. 집 떠나 공부할 자식이 걱정되었지만 그 애가 머리를 싸매고 틀어박혔던 아랫방을 지날 때면 공연히 빈 방의 문을 한 번씩 열어 보고는 했다. 그러나 내 마음은 그득한 곳간을 보는 것처럼 든든했다. 마음의 우환을 기환이가 단번에 덜어 주었으니, 그 애가 내게 살아갈 힘을 주었으니, 고된 물질도 힘들다 생각되지 않았다.

그런 어느 날이었다. 날이 궂어 물질을 나가지 못하고 집안일을 했다. 할부로 산 재봉틀을 꺼내 놓았다. 떠다 놓은 천으로 물옷 속에 받쳐 입을 속옷을 본을 대고 오려서 만들고, 남편이 헐렁한 속옷을 좋아해서 내 손으로 남편 속옷도 직접 만들었다. 축축하게 봄비가 흩뿌리고 있어서 불을 켜지 않은 방 안은 어둠침침했다. 전깃불을 아끼느라 문 앞에 재봉틀을 끌어다 놓고 문을 열어둔 채 재봉질을 하고 있었다. 재봉틀 소리에 묻혀 사람 들어오는 기척을 듣지 못했던가. 재봉질을 하다 말고 고개를 드니 마당에 사람이 서 있었다. 눈이 침침했다. 누군가 싶어 눈을 씻고 다시 보았다. 귓가에 맴돌던 빗소리가 돌연 멀어지고 한순간 정적이 찾아왔다.

"장모요, 내시더."

마미산 봉우리로 검은 비구름이 흩어지며 하늘 한쪽 끄트머리가 개고 있었다. 나는 너무 놀라고 믿어지지가 않아서 입만 벙긋한 채 재봉틀 앞에서 내려오지 못했다.

박 서방이 댓돌을 밟고 올라서자 뒤에 서 있던 여자가 따라 마루 곁으로 올라섰다. 우산도 없이 가는 비에 옷이 젖어 있었다.

"이 어떵헌 일이라. 이디로 들어오라게."

나는 허둥대는 걸음으로 마루로 내려서서 박 서방을 맞았다. 뭔가에 맞은 듯 둔해졌던 정신은 한참만에야 돌아왔다. 박 서방 곁에 서 있는 여자는 배가 불러 있었다. 방으로 들어온 박 서방은 굳이 절을 하겠다며 나를 억지로 아랫목에 앉혔다. 엉겁결에 두 사람의 절을 받았다. 이상스럽게도 가슴이 뛰고 나도 모르게 눈물이 고였다. 나는 치마폭을 싸쥐고 코를 풀고 난 뒤 붉어지는 눈가를 꾹꾹 눌렀다. 박 서방이 떠나고 미조라사 양복쟁이도 읍내로 가게를 옮겨간 뒤로 박 서방을 다시 보는 일은 없을 거라 생각했다. 죽은 자식은 내 가슴 밑바닥에 가라앉혔다. 한시도 그 자식을 잊어본 적이 없지만 지나간 인연의 옛사람을 보는 건 가슴 아픈 일이었다.

"장인어른은 어디 가셨십니꺼?"

박 서방이 자리를 고쳐 앉으며 물었다. 예전처럼 스스럼없는 말투였다.

"모르주게. 어디 처박형거네 술이나 마시고 있을티주."

"마, 장인어른 기신 줄 알고 왔는데 안 기시니 저녁답에 다시 와서 인사드리야겠네요."

박 서방이 웃으며 말했다. 빤지르르하게 양복이나 빼입고 다니던 옛날 허연 얼굴의 박 서방은 온데간데없고, 검게 탄 얼굴에 볼은 쑥 꺼지고 몸에 살도 내린 것이 딴사람처럼 보였다. 하지만 이젠 남이었다. 박 서방을 보는 내 마음이 어지러웠다.

마른입이라도 축일 게 있어야 하는데 마땅하게 내놓을 게 없었다. 내가 일어서서 부엌으로 나가려고 하자 박 서방이 괜찮다며 자꾸만 앉아 계시라고 말렸다. 내 눈은 저절로 박 서방 곁에 말없이 앉아 있는 여자에게로 흘깃흘깃 건너갔다. 수수하게 생긴 여자 얼굴에 기미가 잔뜩 앉아 있었다. 산달이 얼마 남지 않은 듯 어깨까지 둥그스름하니 살이 오른 여자의 태를 보면서 그 와중에도 나는 저 태가 딸 가진 모양샌데, 그런 생각을 했다. 여자는 내 눈이 닿을 때마다 얼굴이 붉어져서 고개를 숙였다.

"장모님요, 이 박광필이 이 집 사우라는 거 모리는 사람 있는교? 장모님은 어떨지 모르지만 이 사람을 그 사람 대신이라 생각하면 안 되겠는교. 내도 정해 놓은 데 없는 사람이고 이 사람도 마찬가지라요. 암껏도 없이 몸땡이 하나뿐인 날 믿고 살러 온 사람인데 딸이라 생각하고 받아 주소. 부모 형제지간 한나 없는 사람이라요."

소리 소문 없이 찾아온 박 서방 말은 그랬다. 박 서방은 그동안 중동에 나가 한 삼 년 죽을 고생을 했다고 했다. 모래바람 마셔가며 억척스레 번 돈으로 살림은 차렸지만 마음이 갈 데 없어 터를 잡을 수 없었다고 했다. 작정을 하고 이 동네로 들어왔는데 코앞에 처갓집을 두고 어떻게 사람 행세를 하며 살 수가 있느냐고 했다. 나는 박 서방에게 아무 말도 할 수 없었다. 살기로 작정을 했다면 내가 가타부타 말할 수 없는 노릇이었다. 나는 내 마음속의 어지러움을 내색하지 않으려고 좋은 낯으로 대했다.

박 서방이 돌아가고 난 뒤에 하루 종일 아무 일도 손에 잡히지 않았다. 마치 헛것을 본 듯도 했고, 꿈속에 일을 생시에 겪는 것도 같았다. 저녁이 되어 식구들이 밥상 앞에 둘러앉았을 때도 나는 정신을 다른 데다 빼놓은 사람처럼 마음이 떠 있었다.

그날 저녁 박 서방은 다시 찾아오지 않았다. 이부자리를 펴고 잠자리에 들었다가 일어나 코를 고는 남편을 흔들어 깨웠다. 박 서방이 여기 살러 들어왔다는 얘기를, 배부른 여자를 데리고 왔더라는 얘기를 남편에게 했다. 내 목소리는 어둡게 잠겨 있었다. 남편은 불도 켜지 않은 채 아무 말 없이 담배만 태웠다. 나는 남편에게 죽은 내 딸에 관한 얘기를 다시 해야 하는 것이 너무 괴롭고 힘들었다. 왜 그런 맘이 들었는지, 다시는 남편 앞에서 죽은 복자 얘기를 하고 싶지가 않았었다.

박 서방은 냇강 다리 건너 마미산 아래 단칸짜리 집을 얻어 들어갔다. 철조망을 쳐 놓은 백사장 가까이는 군부대가 들어 있어 근접할 수 없었지만 민간인이 들어갈 수 있는 다리 건너 어름에는 집이 서너 채 있었다. 고적하고 조용한 곳이었다. 해송 숲 사이로 여름이면 해당화 덤불이 우거지고 붉은 꽃이 피어 흐드러졌다. 이따금 흙먼지를 일으키며 군인들을 태우거나 부식을 실은 군용 차량이 드나들었다. 박 서방은 잡초 무성하게 버려진 터를 매만져 덕장을 세웠다. 오징어와 노가리, 가자미를 건조하고 포를 뜬 쥐치에 조미를 해서 건조했다. 쥐치가 지천으로 밟히고 도루묵도 제 값어치를 못하고 발에 밟히던 시절이었다.

박 서방은 여기로 들어와 두어 달 지나서 첫딸을 얻었다. 처음 봤을 때 여자의 배가 볼가진 바가지 같았는데 내 눈썰미가 틀리지는 않았다. 딸애 이름을 연희라 지었는데 나는 몸 푼 지 사흘 지난 그 집에 미역과 전복 몇 마리를 챙겨 들고 갔다. 연희엄마는 박 서방처럼 나를 "엄마요!" 하고 불렀다. 심성이 따뜻하고 진중한 사람이었다. 바쁜 일이 있을 때마다 연희엄마는 어린것을 등에 업고 우리 집으로 달려와 바쁜 일손을 도와주었다. 성게 까는 일을 도우면 그때마다 품삯을 꼭 찔러 보냈다. 남한테 주는 품도 아니고 딸의 품을 빌려 썼으니 살림에 보태라는 뜻이었다. 겪을수록 바지런하고 손끝이 야물고 검소해서 어디 한군데 버릴 데가 없는 사람이었다. 마당엔 뒹구는 살림살이 하나 없이 깨끗하게 해 놓고, 반짝반짝 윤이 나게 닦아 놓은 장독대 주변으로는 꽃나무를 심어 놓아 그 집 마당은 철마다 꽃밭처럼 환했다. 죽은 복자도 꽃을 좋아하던 아이였다. 나는 그 집에 들어설 때마다 가슴이 뭉클하면서도 못에 발이라도 찔린 것처럼 가슴까지 화끈해지며 아팠다. 혈혈단신 형제지간도 없는 고아라 하니 박 서방 말대로 딸처럼 삼고 연희엄마에게 마음을 의지해갔다. 박 서방은 내 딸들에게 처제야, 처제야! 가락을 붙이듯 불러대며 예전처럼 내 집 사위 노릇을 했다. 철이 다 든 아이들은 연희엄마가 낯설고 어려웠겠지만 철없는 정해는 박 서방네를 제 친언니 집처럼 드나들었다. 밥때가 되어도 정해는 연희와 놀면서 그 집에서 저녁을 먹고 올 적도 많았다.

사람이 수수해서 들떠 있지 않고 늘 차분하게 가라앉아 있는 편인데 연희엄마는 몸이 약한 게 탈이었다. 어려서부터 잘 얻어먹지 못한 탓이었는지, 부모 없이 외롭게 자라면서 얻은 마음의 병 탓인지 웃어도 어딘가 한쪽이 그늘져 있는 것 같고, 여간해서는 속생각을 잘 비치지도 않았다. 그래도 그 눈을 보면, 사람을 대하는 몸짓과 수굿한 얼굴을 대하면 그 몸에서 진심이 뿜어져 나오는 걸 느낄 수 있었다. 연희엄마 속에 들어앉은 외로움을 나 역시 외로운 맘으로 들여다보았다. 어쩔 수 없이 그 그늘에 어리는, 죽은 복자 얼굴이 떠올라서였다.

그럴 때마다 나는 마음을 다잡았다. 혹여 내가 빈 마음으로 저를 대하는 것을 느끼고 서운해할까 봐서였다.

연희가 돌 지난 무렵부터 연희엄마는 몸이 아파 자주 드러누웠다. 앓아누울 때마다 한쪽 눈이 창검에 찔린 듯이 아프고 흐려서 앞이 보이지 않는다고 했다. 박 서방이 읍내 약국을 들락거리며 이것저것 약을 구해다 먹이는 것 같았다. 머릿골이 돌로 찧는 것처럼 아파서 눈을 뜨지 못할 때도 있다고 했다. 그러고 나서는 또 어느 날은 멀쩡하게 나다녔다. 누군가는 굿을 해보라고 했다. 약방문조차 듣지 않는 병에는 잡귀가 붙어 있으니 굿밖엔 도리가 없다고 했다. 무당을 불러다 굿을 하던 날 나는 박 서방네 삽짝엔 얼씬도 하지 않았다. 왜 그런 마음이 들었던지 내가 들여다보면 부정을 탈 것 같은 생각이 들었다.

큰굿을 하고 난 뒤 연희엄마는 우리 집에 발길을 끊었다. 무당의 말이 죽은 복자의 혼이 연희엄마에게 씌어 눈이 아픈 것이라고 했다. 복숭아나무 가지를 문 밖에 걸어 두고 사람의 발길을 막고 귀신의 근접을 막으면서 비방을 한다고 했다. 희미하게 파닥거리던 빛을 담아내던 한쪽 눈을 완전히 잃어 그 눈으로 세상을 보지는 못하지만, 굿을 하고 난 뒤에는 창검으로 눈을 찌르던 통증은 가셨다고 했다. 눈앞에 그런 일을 보고도 그것이 귀신의 장난이 아니라고 어떻게 말할 수 있을까. 그 소리를 듣는데 가슴이 뜯겨 나가는 것 같았다. 죽은 내 자식이, 박 서방이 자식 낳고 알콩달콩 사는 걸 해코지한다고 하지 않던가. 세상 어느 부모가 제 갈 곳으로 못 가고 구천을 떠돌고 있다는 자식의 일을 덤덤하게 받아들일 수 있겠는가.

그러고 보면 살아가면서 사람의 염량으로 헤아리지 못할 일들이 종종 있는 법이었다. 사무친 마음이 가득하면 그 염량이 때로는 외곬으로 몰아치기도 해서, 무당의 말처럼 복자가 아직 제 갈 곳으로 가지 못하고 박 서방 곁을 떠돌고 있는 게 아닌가 싶은 생각이 들기도 했다. 지금이야 내가 밟고 살아온 그 세월도, 죽지 못하고 살아온 내 목숨도, 부모 자식 간의 지극한 인연도 제각각 숨탄것들의 몫이 따로 있는 것이구나 생각이 들지만 그땐 내 마음을 종잡을 수 없어 괴롭고 서러웠다.

그때 박 서방은 나를 찾아와 내 집 처마 밑에 앉아 밤새도록 말들이 술을 퍼마시며 내게 목메는 소리로 주정을 했다.

"장모요, 장모요! 내가 그 사람한테 잘못한 게 뭐 있는교."

나는 그를 달래려 하지 않았다. 그저 돌아앉아 주정을 하는 그를 내버려두고 내 가슴속에 끓고 있는 설움을 달랬다.

"그 사람 좋은 데로 가라꼬 천도제도 올렸니더. 인제는 지 갈 데로 가야지요. 내가 연희엄마캉 그 사람 제사는 꼬박꼬박 챙겨 준다 아인교. 좋은 데로 가서 잘 있으라꼬. 이래도 내가 나쁜 놈인교."

말들이 술을 퍼마시고 구부슴하게 기운 몸을 출렁출렁 흔들며 내 집 삽짝을 빠져나간 박 서방은 그때부터 나와 인연이 멀어졌다. 야속하고 무정했다. 어디에도 마음 붙일 자리가 없다는 생각이, 무엇엔가 한껏 휘둘리고 내팽개쳐진 것만 같은 처참한 기분이 쓴물처럼 내 가슴에 고여 내려가지 않았다.

결국 나중에야 큰 병원에 가서 완전히 볼 수 없게 된 썩은 한쪽 눈을 도려내고 개 눈으로 의안을 해서 박았지만 연희엄마가 한쪽 눈만 으로 세상을 보고 살았던 그 몇 년간, 나는 눈이 있어도 보지 못하는 척, 귀가 있어도 듣지 못하는 척했다. 어쩌다 길에서, 어판장에서 박 서방이나 연희엄마의 그림자가 저만치 보이면 먼 길로 돌아다녔고 내 자식들도 그 집 문간에는 얼씬거리지도 못하게 했다.

6

남편은 기환이가 대학에 들어간 그해부터 조금씩 일을 다니기 시작했다. 뱃일을 아예 걷어 버리고 난 뒤 매일 술에 절어 살던 사람이었다. 문짝을 손봐 달라거나 방구들을 놓고 미장을 해 달라는 잔일들이 심심치 않게 들어왔다. 반나절거리도 안 되는, 품삯을 받기 애매한 일엔 담배 한 보루나 술 한잔이 고작일 때도 있었다. 어쩐 일인지 남편은 그런 일도 마다하지 않았다. 커다란 공구 가방에 흙손과 끌, 대패와 톱, 먹통과 조임쇠 따위의 연장을 챙겨 나가는 남편의 귀밑머리가 희끗희끗했다.

그래도 남편이 일을 맡아 나가면 뭉쳤던 속이 뚫리는 것 같았다. 남자는 그저 바깥일을 해야 든든한 법이었다. 아들이 대학에 들어갔으니 나는 남편이 이제 정신을 차리는 줄 알았다. 문짝을 짜는 일만큼은 솜씨가 좋아서 어느 집 일을 맡아 하나 인정을 받았다. 술이 과하긴 해도 그 솜씨가 어디 가는 게 아니었다. 제재소 집 일만 해도 그랬다. 남편이 문짝 짜는 솜씨가 남다르다는 소문을 알고 있어서 그 일을 맡긴 것이었다.

제재소 집이 헌 집을 헐고 새로 이층집을 올리게 된 건 제재소에 불이 난 때문이었다. 제재소 인부들이 담배꽁초를 버린 톱밥 더미에서 불씨가 번져 제재소를 홀랑 태워 먹었다. 다행히 살림집과는 떨어져 있어서 양철을 씌운 제재소만 태워 먹고 불길은 잡혔다. 불길은 사나웠다. 야적해 놓은 나무들과 설날 방앗간에서 쓸 톱밥을 저장해 놓은 헛간이 붙어 있어서 불은 기세 좋게 타올라 제재소가 있던 자리를 검은 숯덩이로 만들었다.

제재소에 불이 나던 날은 온 동네 사람들이 나와 불구경을 했다. 양동이로 물을 퍼다 나르는 사람, 빈손으로 발만 동동 구르는 사람, 너울거리는 불길에 입을 틀어막고 숨을 죽인 사람, 조무래기들과 하다못해 제 집 주인을 따라나선 강아지들까지 제재소를 에워쌌다.

"불 한 분 나고 나믄 인제 마 또 불같이 일어설 끼다. 시쳇말로 한번 불난 자리 불같이 일어난다 안 카나."

불길이 잡혀 피식피식 연기가 피어오르는 것을 보며 남자들은 그런 말을 했다. 이까짓 양철 지붕 둘러씌운 제재소가 불탔다고 망할 집은 더구나 아니었다. 제재소 집은 산판과 정미소를 겸한 방앗간까지 소유하고 있는 이 지방의 유지였다. 도정을 위해 가을에 추수한 볏가마니가 정미소 창고에 그득그득 쌓이고 터 넓은 마당에는 산판에서 베어 온 아름드리 소나무와 목재들이 산더미처럼 쌓여 있었다. 겨울이 되면 동네 아이들은 철망 울타리를 겹겹이 처놓은 개구멍으로 기어들어가 톱밥을 훔쳐 내오거나 소나무의 껍데기를 벗겨왔다. 소나무 껍데기는 불땀이 좋은 땔감이었다. 톱밥이야 돈이 되는 것이니 덜미가 잡히면 난리가 났지만 소나무는 껍데기를 벗겨 놓으면 목재를 켜기도 좋아서 일꾼들은 웬만하면 눈감아 주었다.

제재소 집은 불이 난 김에 단층짜리 낡은 집을 걷어내고, 그 자리에 이층집을 올린다고 했다. 봄에 시작된 공사의 일부를 남편이 맡게 되었다. 문짝을 짜서 달고 미장을 하는 일이 남편이 맡은 일이었다. 물론 남편 혼자서 그 일을 하는 건 아니었지만 남편이 맡은 일이 작은 일은 아니었다. 남편이 제재소 집 일을 맡아 하는 동안 나도 모처럼 사는 게 사는 것 같았다.

제재소 집은 공사를 시작한 지 석 달 만에 번듯한 이층집으로 거듭났다. 입택날에는 동네잔치를 벌였다. 입택은 새집에 살림을 들이고 집 구경을 시키는 잔치였다. 주인집에서는 국수를 삶고 떡을 했다. 뜨내기 거지부터 조무래기들까지 그 집에 들어오는 사람은 누구도 막지 않고 내치지 않고 배불리 먹였다. 국수가 수십 궤짝에다 떡이 몇 말에 동이 막걸리가 수십 말이 나갔다. 입택집에 가는 사람들은 불같이, 비누거품같이 일어나라는 축하의 뜻으로 비누나 성냥을 사 들고 갔다. 나도 성냥 두 통을 들고 제재소 집에 잔치를 먹으러 갔다. 남편은 그날 술이 취해서 잔칫집 마당에서 제재소 인부들과 시비가 오갔는데, 기환이가 그 일을 알고는 불같이 화를 냈다. 아버지 술버릇이 고약한 줄을 알고 또 처음 겪는 일도 아닌데 기환이가 왜 그렇게 무섭게 화를 내는지 나는 알지 못했다.

제재소 집이 입택을 한 그 뒷날이었다. 저녁을 먹으려고 밥상을 차려 놓았는데 기환이가 보이지 않았다. 나는 기환이가 또 다 늦게 바닷바람을 쐬러 나갔나 싶었다. 대학 2학년이 된 기환이는 방학 때 집에 내려와 며칠 묵었다 갈 때도 집에 붙어 있지 않았다. 그 애는 올 때마다 바다에 목말라 있었다. 한밤중에 바닷바람에 축축하게 젖은 머리칼로 들어서는 그 애의 몸에선 눅은 소금 냄새가 났다. 그 애는 어느 때부턴가 나를 바로 바라보지 않았다. 그런 아들이 안쓰러웠다. 무거운 짐을 지고 가야 하는 힘든 길이었다. 하루아침에, 고통 없이 영화를 얻을 수는 없었다. 나는 그 애가 입을 꾹 다문 채 무슨 생각인가에 골몰해 있을 때는 그 애가 혹여 이 길을 포기하지는 않을까 노심초사했다. 그러나 나는 양보하고 싶지 않았다. 내가 살아온 것에 비하면 내 자식들이 사는 세상은 자유롭고 훨씬 더 풍족했다. 자식을 가르치는 것이 내 욕심이라 해도 결국 그것은 내 자식이 살 세상이었고 내 자식이 지니고 누릴 영화였다. 나는 아들이 말은 하지 않지만 그런 내 마음을 누구보다 더 잘 알 것이라 생각했다.

"엄마, 오빠 연애한다아!"

오빠를 부르러 아랫방에 갔던 정해가 촐랑거리며 와서는 내게 일러바치듯 말했다.

나는 놀란 얼굴로 정해를 빤히 쳐다보았다. 아무리 철딱서니가 없다고는 하지만 정해 입에서 그런 소리가 아무 일 없이 그냥 나오지는 않았을 것이다.

"오라방헌티 여자가 이신 걸 어떵 알아? 오라방이 경 곧더냐?"

내가 다그쳐 묻자 옆에 있던 정화가 얼른 눈치를 채고 정해의 옆구리를 쿡 찔렀다. 내 가슴은 벌써부터 콩닥콩닥 뛰고 있었다. 이상하게도 불안한 마음이 갑작스레 나를 휘감았다. 기환이가 나를 감쪽같이 속이고 여자한테 미쳐 딴 데 정신을 팔 수도 있다는 걸 왜 나는 한 번도 의심하지 못했을까. 평상 끝에 걸터앉은 정화는 물이 절벅한 플라스틱 슬리퍼를 발뒤꿈치로 털어내며 내 눈을 피했다. 뭔가를 알고 있는 눈치가 분명했다. 나는 답답하고 불안했다.

"무슨 말인지 혼저 고라보라게. 이 어멍 숨넘어가는 꼴 봐사커라?"

"그게, 그러니까……."

내가 다그치자 정화가 머뭇거리며 말했다.

"은애라고, 제재소 집 언니하고 오빠하고……."

나는 뭔지 모를 것이 한꺼번에 확 깨달아지는 느낌이었다. 그러고 보니 이상하게 짚히는 구석이 있긴 있었다. 생전 나와는 말 한마디 나눠 본 적 없는 그 집 딸이 입택날 손수 내 상에다 국수와 떡접시를 놓아 주며 인사를 했던 거며, 남편이 그 집 인부들과 술상머리에서 언성을 높이며 주정을 부린 일로 기환이가 유난스레 화를 냈던 일이 얼른 떠올랐다. 그때는 아무렇지도 않게 생각하고 지나갔던 일이 애들 얘기를 듣고 보니 별 하찮은 것에도 아귀가 딱딱 맞아떨어지는 것 같았다. 정화 말이 기환이는 제재소 집 딸과 고등학교 때부터 편지질을 했다고 한다. 중학생인 정화는 연애란 비밀스러운 것이라고 제 딴엔 생각했던지 그런 일을 나에게 고자질하지 않았다. 그런데 철딱서니 없는 정해는 제 오빠가 연애하는 걸 알고는 내게 이르고 싶어 입이 근질거리던 참이었다.

“오라방이 그 여자아일 만나러 가시냐? 무사 말을 못햄시냐?”

내가 무섭게 소리를 치자 눈치가 빤한 정화는 발설하지 말아야 할 것을 토해 놓고 그 뒷감당할 일이 겁이 났던지 입을 꾹 다물어 버렸다.

“오늘 밤에 만나자고 오빠가 나한테 쪽지를 줬는데, 그거 심부름하느라고 하루 종일 제재소 집 담 밑에 쪼그리고 앉아서 그 언니가 나오기만 기다렸단 말야.”

정해는 자기가 하는 말이 거짓말이 아니라는 듯이 눈을 째려 뜨고 있는 정화 눈치를 보면서 내게 말했다.

세상이 많이 달라져서 처녀 총각이 드러내놓고 연애질을 하는 세상이지만 이게 남의 일이 아니고 내 자식의 일이다 생각하니 눈앞이 캄캄해져왔다. 기환이는 공부를 해야 할 아이였다. 머리 싸매고 절간에 들어가 공부해도 붙을까 말까 하는 게 고시공부였다. 나는 기환이를 믿고 기둥처럼 기댔다. 학교를 다니면서 고시에 1차 합격이라도 해 놓으면 더없는 일이었다. 문자에 어둡고 세상속이 어둡지만 아들이 가는 길에 대해서라면 내 귀는 활짝 열려 있었고 가슴은 뜨겁게 달아 있었다. 그런데 여자애와 연애질을 한다니 기가 막혔다. 그것도 상대가 제재소 집 딸이라는 말에 가슴이 철렁 내려앉기까지 했다. 제재소 집 딸은 아들 셋인 그 집에서 금지옥엽으로 떠받들어 키운 고명딸이었다.

“함부로 입 놀리지말망 조심허사 헌다. 오라방헌티 하나 좋을 것 없다게.”

나는 우선 정해 입단속부터 했다. 제재소 집 주인 양반은 유세가 대단한 사람이었다. 까딱 잘못해 나쁜 소문이 돌면 내 자식이 남의 집 딸이나 후려내는 후레자식이라는 소리를 듣고 망신살만 뻗칠 게 뻔했다.

그런데 그날 밤, 기환이는 늦도록 들어오지 않았다. 무엇엔가 사로잡히면 정신을 못 차리고 푹 빠져드는 기환이의 심성을 잘 알고 있었다. 강한 듯하면서도 여리고, 여린 듯하면서도 질긴 데가 있는 아이였다. 내 속으로 낳은 자식이지만 그 애가 심중에 무엇을 품고 있는지는 도무지 알 수 없었다. 그래서 품안에 자식이라고 했다. 이제 내 아들이 장성한 청년이 되어 여자 때문에 밤이 늦도록 헤맨다고 생각하자 서운한 감정보다 가슴 한쪽이 차갑게 시려왔다. 딸은 키워 놓으면 남의 집으로 보내 시집살이를 해야 하는 남의 자식이 되는 거지만, 아들 또한 크게 다르지 않다는 생각이 들었다. 아들은 제 여자를 맞으면 그 여자의 것이었다. 내가 강보에 싸인 어린 아들의 불알을 만져 보고 그것을 귀히 여기며 뿌듯해하던 것은 잠시일 뿐이었다. 장딴지에 근육이 불거지고 가슴이 벌어지면서 나는 아들의 냄새조차 제대로 맡을 수가 없었다. 평생을 함께할 제 여자에 비하면 내가 차지할 수 있는 아들의 품은 얼마나 짧고 볼품없는 것인가. 그래서 늙어 꼬부라지면 열 자식보다 쉰내라도 맡을 수 있는 부부가 제일이라고 했다. 기환이가 들어오길 기다리며 문밖 발자국 소리에 귀 기울이는 그 밤이 쓸쓸해 나는 자주 몸을 뒤척였다.

밤 열 시가 넘었을라나, 마당에서 사람 기척이 났다. 기환이가 들어오는 모양이었다. 나는 참지 못하고 자리에서 일어나 대충 옷을 걸치고 기환이 방으로 들어갔다.

"정화가 곧는 말이 무신 소리라? 제재소 집 아이를 만나고 오는 길이라?"

내가 묻는 말에 기환이는 아무런 대꾸도 없었다. 굳은 얼굴이었다.

"어떵 들어간 대학인디 여자랑 연애질이나 험시냐. 이 어멍이 무슨 낙으로 살암신지 영 몰람시냐? 어멍이 이 악물고 사는 것을 너가 더 잘 알 거 아니라?"

내 속으로 낳은 자식, 내 맘껏 할 수 있을 것이라 생각했지만 나는 아들 앞에서 그저 가엾고 힘없는 늙은 여자에 불과했다. 나는 내 눈을 피하는 아들의 눈빛을 길게 노려볼 수 없었다. 아들은 이미 품안의 자식이 아니었다. 남편보다 더 거대하게 짓눌러 오는, 내 위에 군림하는 어떤 존재와도 같았다.

"처녀아이한테 정신을 팔앙은 아무것도 못 햄서. 이 불쌍한 어멍을 방(봐서) 마음을 졸바로 가져사 헌다."

나는 비굴하게 아들을 붙잡고 애원했다. 아들이 끝내 내 뜻을 저버리고 여자에게 엎어져 제 인생을 접을까 봐 두려웠다. 그러나 아들이 당할 수모는 짐작조차 하지 못했었다.

"걱정 마세요."

기환이가 굳은 음성으로 말했다. 그러나 잠자리로 돌아와 누웠어도 마음 깊이 받은 상처, 아들과 나 사이에 커다란 틈이 생긴 것 같은 이상한 감정은 가시지 않았다.

그날 밤, 잠을 설쳤다. 밤새 불에 덴 상처처럼 딱히 어디라고 할 수 없이 몸이 쓰리는 것만 같았다. 자꾸만 한숨이 쉬어졌다. 이튿날도 기환이는 아랫방에 틀어박혔다가 어디를 나가는지 오후에 슬그머니 집을 나가고 없었다. 며칠이나 집에 내려와 쉬었으니 이제 곧 대구로 올라가야 할 아이였다.

하루 종일 마음이 상한 채 뒤숭숭하게 보내다가 저녁을 지을 때쯤 되어서야 정신을 차렸다. 때를 놓치고 있다가 된장찌개라도 끓일 요량으로 된장을 뜨러 장독대로 올라갔다. 여름내 구더기가 끓어서 호박잎을 뜯어다 덮어둔 묵은 된장독엔 그새 호박잎 위에 구더기가 하얗게 알을 슬었다. 구더기를 숟갈로 걷어내고 새 호박잎을 뜯어다 덮었다. 장독을 단속하고 내려서는데 제재소 집 마나님이 큰아들을 데리고 우리 집 마당으로 들어섰다. 제재소 집 큰아들은 마당에 들어서자마자 수돗가에 있던 양은 세숫대야를 발로 걷어찼다. 느닷없이 당하는 일이었다. 밑이 울퉁불퉁한 세숫대야가 장독대 밑에까지 요란한 소리를 내며 굴러와 처박혔다.

"이 집 아들 어딨어? 아들 나오라고 해!"

제재소 집 아들이 소매를 걷어붙이며 소리쳤다. 술을 한잔 한 듯했다. 순식간에 이웃집 사람들이 장독대 담 주위로 모여들어 구경을 했다.

"야야, 이러면 되나. 누워 침 뱉기지. 날랑 가마 있으라 보자, 내 얘기 좀 하꾸마."

제재소 집 마누라가 펄쩍펄쩍 날뛰는 아들을 말렸다. 언젠가는 이런 꼴을 당할 줄 알았지만 느닷없이 닥친 일에 내 가슴은 무섭게 뛰었다.

"무신 일이신디 놈의 집에 왕 행패우꽈?"

구더기를 걷어낸 사발에 담긴 숟가락이 떨그럭거리는 소리를 냈다. 분기에 내 손이 나도 모르게 떨렸다.

"행패라꼬요? 순 배워 먹지 못한 쌍것들 같으니라고. 우리가 괜한 집에 행패 부리러 왔는교? 조신하게 있는 남의 집 딸을 꼬여내 연애질이나 하는 게 순 쌍놈의 새끼나 할 일이지, 에미가 돼 가지고 자식이 무슨 짓을 하고 다니는 중도 모르요? 아나, 판검사. 그거는 뭐 아무나 하는 중 아나? 어린 동생이나 내세워서 우리 아를 불러내고 고따우 행실머리로 무슨 판검사. 거서 그래 막 나오만 내가 오늘 동네 우세 다 샀는데 그냥은 못 참지를."

제재소 집 마누라가 얼굴이 벌게지도록 소리를 질렀다.

"말 한번 잘 고랐쑤다. 손바닥도 곧지 쳐야 소리가 나는 법인디 어디 왕 막말을 하우꽈?"

나도 지지 않고 소리를 질렀다. 이때 제재소 집 큰아들이 마당의 평상을 뒤집어엎고 괴성을 지르며 난동을 부렸다. 영문도 모르고 방에서 나온 정해가 소리를 지르면서 울기 시작했다. 남편이 집에 없기 망정이었다. 남편이 집에 있었으면 무슨 사단이 나도 단단히 났을 것이다. 머리만 쥐어뜯기지 않았다 뿐이지 나는 만신창이가 된 듯했다. 혹여 밖에 나갔던 기환이가 돌아올까 봐 내 가슴이 조마조마하게 졸아붙었다. 난동을 부리다 제풀에 떨어진 제재소 집 큰아들은 그래도 분이 풀리지 않는지 곧 다시 들이닥칠 듯 소리를 질러대며 물러갔다. 온 동네 사람들이 다 구경하는 가운데 내 아들 기환이는 천한 쌍놈의 새끼, 남의 집 귀한 딸을 꼬여낸 천하의 시러베 잡놈이 되고, 입에 담을 수 없는 온갖 욕을 뒤집어썼다. 그것으로 내 수모와 아들의 수모는 끝나지 않았다.

그날 밤 기환이는 제 발로 제재소 집으로 찾아가 그 집 마당에 무릎을 꿇었다. 제재소 집 큰아들이 장작개비를 들고 설치더라고 했다. 나는 보지 못했지만 입 싼 동네 사람들이 내 아들이 그 집 마당에 죄인처럼 꿇어앉아 댁의 딸을 사랑한 죄밖에 없다고 눈물로 호소하며 비는 꼴을 보았다고 전했다. 나는 입이 있어도 벙어리였다. 딸 가진 죄인이라더니, 아들 가진 유세도 아무나 할 수 있는 게 아니었다. 내 아들의 꼴이 부끄럽고 내 처지가 비참하고 억울해서 미칠 것만 같았던 그때의 심정은 아무것도 아니었다. 제재소 집 딸과 기환이의 인연이 그렇게 질길 줄은 몰랐다. 그 곤욕을 당하고서도 기환이는 끝내 그 애를 버리지 못했으니, 그 사랑이 그렇게 무서운 줄을 몰랐으니.

기환이가 대구로 올라가고 나자 나는 어느 때보다 마음이 아프고 허전했다. 아들에 대한 배신감보다 더 깊게 내 가슴을 베는 게 무엇인지……. 사는 게 참 허망하다는 생각이 들었다.

그 일이 있은 후 제재소 집 딸 은애는 대전의 친척집으로 보내졌다고도 하고 제 집 이층 골방에 갇혀 있더라는 소문이 떠돌았다. 그 애를 만나지 못하게 된 뒤로 기환이는 정신을 차리지 못하는 것 같았다. 기환이는 어느 날 밤 느닷없이 내려왔다가 집에도 들르지 않고 동네를 배회하다 사라지곤 했다. 기환이가 차부에서 내리는 걸 본 사람이 있는데도 그 애는 내 앞에 나타나지 않았다. 마음 하나 바꾸면 천당과 지옥이 갈린다는데 기환이는 종이쪽보다 얇은 마음, 그 마음 하나를 어쩌지 못했다.

7

기환이가 대학 3학년이 된 해, 중학교를 졸업한 정화는 부산에 있는 산업체 야간 고등학교에 들어갔다. 기숙사가 딸린 공장에서 낮에는 봉제 일을 하고 밤에는 공부하는 곳이었다. 정화는 책가방 하나와 옷가방 하나만 달랑 들고 부산으로 내려갔다. 여드름이 가라앉은 얼굴엔 깨알 같은 구멍이 도드라져 정화는 늘 낯을 찡그리고 다녔다. 잘 웃지도 않고 속말도 없던 아이. 그 애는 가방 속에 학교 다닐 때 애지중지하던 미술 도구들을 꼼꼼히 챙겨 갔다. 그림에 재주가 있던 아이였다. 사람의 얼굴을 사진처럼 똑같이 그리기도 했고 도무지 무엇인지 알아볼 수 없는 이상한 그림들도 자주 그렸다. 그 애는 붓과 물감 따위를 사느라 내게 수없이 지청구를 먹었다. 그런 정화를 누구보다 아낀 건 기환이었다. 기환이는 자기 때문에 동생이 고등학교에 진학하지 못한 걸 미안해하고 부끄럽게 여겼다. 여자들도 배워야 한다고 기환이는 내게 말했지만 나는 그 애까지 한꺼번에 가르칠 능력이 없었다.

내 살림은 여전히 빠듯하고 형편없었다. 박 서방마저 발길을 끊은 지 오래되었다. 죽은 자식이 지어준 인연 따위야 팔자에는 없는 것이라 생각하고 기환이 하나만 바라보고 더욱 열심히 물질을 다녔다. 일 속에 파묻히면 죽은 자식도 잊히고 살아야겠다는 생각만 들었다. 고된 일 뒤엔 달고 편안한 잠과 허기를 메워 주는 따뜻한 밥 한 그릇, 그것만이 위안이었다.

자취방을 옮긴 기환이는 공부에만 전념을 하는 것 같았다. 그 애는 방학 때도 집에 내려오지 않았다. 아무리 내 속으로 난 자식이지만 망아지처럼 묶어 놓고 내 맘대로 할 수 없다는 것도 그때 알았다. 그 애가 밖에서 무슨 짓을 하는지, 무슨 맘으로 사는지 그 속으로 들어가 보지 않고서야 어떻게 알 수 있을까. 더 이상 나를 실망시킬 일이 무엇이 남았는가. 내가 아들을 믿는 수밖에 없었다.

사 놓은 논 한 마지기 없는 살림에 기환이 밑으로 들어가는 돈이 만만치 않았다. 농사꾼이 자식 하나 대학 공부를 시키려면 농사 밑천인 소를 팔아야 가르칠 수 있다고 해서 대학을 우골탑이라 불렀다. 나는 내 몸이 밑천이었다. 그 밑천을 뼛골이 빠지도록 모질게 부려야만 아들 대학 공부를 시킬 수 있었다. 추운 날 나뭇동가리 몇 개 주워다 불을 피우고 물옷을 벗을 때면 고무옷에 낀 소금기가 버석거리는 소리가 들렸다. 해녀들을 잔뜩 태운 배가 뒤집혀서 배 밑창에 깔릴 뻔한 일도 있었지만 몸으로 당하는 그런 서러움은 견딜 만했다.

기환이 일로 험한 꼴을 당하고 난 뒤부터 남편은 사람이 이상하게 변해가기 시작했다. 날일도 다니지 않고 집구석에서 허구한 날 술타령이었다. 술만 취하면 전쟁에 나갔던 얘기를 하고 또 했다. 열이 뻗치면 윗도리를 벗어던지고 파편이 짓이겨 놓은 살가죽을 쥐어뜯으면서 남편은 소리를 질렀다.

"강 기자들 데려오라게. 나가 할 말이 많은 사름이라. 전쟁에 나강 죽지도 못허영 어떵 산 목숨인 줄 알암시냐? 새카맣게 올라오는 중공군들한티레 수류탄을 퍼붓단 파편에 맞아서도 산 목숨이여 나가. 뽈갱이? 아나 뽈갱이. 전쟁에 나가기 전이도 우리 고향에 날뛰던 뽈갱이 폭도들 잡으레 다닌 사름이라 나가. 죽을 고비마다 귀신처록 펄떡펄

떡 살아난 사름인디 누게가 날 건드령? 날 무시허는 이놈의 세상을 확 엎어 불고 나도 죽어 부크라!"

그 나이 먹어 사내로 태어난 사람치고 전쟁을 안 겪은 사람이 누가 있을까. 전쟁뿐이던가. 우리가 살아왔던 무섭고 어두웠던 시절을 누구라서 함부로 발설할 수 있을까. 어쩌면 우리는 부부로 몸 섞고 자식 낳고 사는 것이 무서웠는지도 몰랐다. 남편이 든 죽창 끝에 설령 내 피붙이가 죽었다 해도 내가 남편에게 그 죄를 따져 물을 수는 없는 일이었다.

나같이 억울한 목숨도 살아 보자고 발버둥치는데, 남자가 되어서, 자식이 줄줄이 딸린 가장이 되어서 어쩌자고 지난 시절을 붙들고 이제 와서 잘못 산 자기 인생에 해찰을 부리려 드는지, 그런 말을 함부로 내뱉을 수 있는 남편이 징그럽고 미웠다. 그럴 때면 나는 남편에게서 아주 낯선 남을 보는 것 같았다. 자식을 낳고 몸 섞고 살아온 세월이 헛것처럼 느껴지는 것이다.

정해는 아침마다 주전자를 들고 술을 받으러 다녔다. 조반 전에 술을 마시지 않으면 남편은 밥숟갈을 들지 않았다. 내가 집에 없을 때는 정해에게 외상술을 받아 오라 닦달했다. 집에서 남편이 하는 일이라곤 돼지 서너 마리를 거두는 일뿐이었다. 남편에게 틈틈이 들어오던 미장일도 끊기고 부두에 나가지 않은 지도 오래되었다. 남편이 왜 바깥나들이조차 않고 사람들을 귀찮아하는지 나는 알 수 없었다. 자식 가진 사람이, 수족 멀쩡한 사람이 남한테 싫은 소리 듣기 싫고 남 밑에서 일하기 싫어 집구석에만 처박혀 있는 게 꼴 보기 싫었다.

자식들은 술 먹는 아버지를 피했다. 가끔씩 집에 다니러 오는 기환이는 그런 아버지를 견딜 수 없어 했다. 그 애는 오래 머물지도 않고 공부한다는 핑계로 곧 대구로 올라가 버리곤 했다. 아들 앞에선 함부로 주정도 못하면서 남편은 그 화를 다 내게로 쏟아냈다. 아들이 아버지를 업신여기는 건 집안에서 여자가 가장을 우습게 보기 때문이라고 억지를 부렸다. 때가 지난 배고픈 돼지들이 꿀꿀거리면 남편은 미친 사람처럼 작대기를 들고 돼지 막사로 들어가 돼지들을 사정없이 후려쳤다. 어떤 날은 장독대의 간장독이 깨져 지린내가 온 마당에 진동했다. 방문짝이 부서져 나간 날은 방문에 거적처럼 담요를 걸고 잠을 잤다. 다음날 새벽이면 남편은 멀쩡한 정신으로 창고에 들어가 문짝을 깨끗이 손봐서 제자리에 맞춰 넣었다. 남편은 술이 들어가지 않을 땐 고요하기 이를 데 없는 사람이었다. 그러나 이미 나이 쉰이 넘어 머리가 하얗게 세기 시작한 남편은 단 하루도 술 없이는 살 수 없었다. 나는 살기 바빴다. 오죽하면 국에다 약이라도 타서 남편의 입을 막아 버리고 싶었을까.

장골산 밑에서 개를 키우며 사는 염씨네 여편네는 술에 절어 사는 남편 국그릇에 남편 몰래 술을 끊게 하는 약을 탔다. 그 약을 먹고 난 후에 술을 마시면 속에서 화약이 터지듯 불이 붙어서 울렁증이 생기고 마른 열이 올라 도저히 술을 입에 못 댄다는 것이었다.

볕이 따뜻하게 오른 한길가 담벼락에 기대앉은 염씨는 전과는 영 딴판인 사람으로 변했다. 진기가 빠져 버린 멍한 눈으로 오가는 사람들을 쳐다보는 게 하루 일과였다. 머리통을 꼿꼿이 들고 있는 것도 힘에 겨운 듯 담벼락에 머리를 기대고 팔은 아래로 축 늘어뜨린 채 사람이 지나가는 발자국 소리를 따라 눈만 움직였다. 초점이 아득하게 쓸려나간 그 눈에 진물 같은 부연 눈물이 어렸다. 간혹 이쁜아! 하고 멍한 소리로 딸의 이름을 불렀다.

어릴 때부터 남순이라는 이름 대신 이쁜이라 불리던 그 애는 초등학교만 마치고 일찌감치 서울로 올라갔다. 처녀 태가 날수록 얼굴빛이 뽀얗게 피는 것이 어찌나 화사하고 물오른 참외처럼 싱싱하던지, 바라보고 있으면 절로 눈이 부시게 잘난 아이였다. 한동안은 명절 때마다 착실히 집에 다니러 오던 이쁜이는 어느 때부턴가는 아예 발길을 딱 끊어 버렸다. 공장에 다닌다는 것은 말뿐이고, 이쁜이가 술집에 나간다는 소문을 동네에서 모르는 사람이 없었다.

"그 빌어처먹을 년이 대갈빡이 굵어지께네 에미 애비도 뒷전이고 사나랑 붙어 처먹는 모양이지 뭐."

이쁜네는 어미라는 사람이 제 입으로 이쁜이 욕을 하고 다녔다. 입이 걸고 막돼먹은 데다 성질이 포악하고 드세서 상종하기가 쉽지 않은 사람이었다. 빗지 않은 머리는 수세미처럼 헝클어져 있고 옷섶은 늘 벌어져 있었다. 몸뻬 허리를 허연 끈으로 질끈 올려 묶어서 복사뼈가 깡똥하게 드러나는데 터서 갈라진 발뒤꿈치엔 때가 새카맣게 끼어 있었다. 개밥을 한 솥 삶아 리어카에 싣고 장골산 밑으로 드나드는 게 그 여편네가 하는 일이었다. 어쩌면 그런 몸에서 꽃 같이 곱고 가녀린 딸자식이 태어났는지, 동네 사람들은 그 여편네만 보면 혀를 찼다.

염씨도 이 동네서 둘째가라면 서러울 술꾼이었다. 바지에 오줌을 지리면서 다니는 건 예사고 술 퍼먹고 도깨비불에 홀려서 다불재 너머까지 끌려갔다가 만신창이 된 몸으로 끌려오기도 수십 번이었다. 낫을 들고 마누라를 죽인다고 쫓아오는 염씨와 온갖 욕을 퍼대며 맨발로 달아나는 이쁜네를 보는 것도 낯선 일은 아니었다. 남편과 멱살 드잡이를 하면서 이쁜네가 발악을 하면 장골산 골짜기가 들썩거렸다.

그렇게 죽일 듯이 싸우며 살던 신랑이 하루아침에 비루먹은 뭣처럼 늘어져서는 세상을 놓고 살자, 이쁜네는 길가에 나앉은 신랑이 눈에 띌 때마다 복장을 쳐 가며 팔자타령을 했다. 아무 짝에도 쓸모없는 인사가 뭐 바랄 게 있다고 그년의 이쁜이는 기다려쌌냐고. 밥 때 들어오지 않는 아이를 찾아가듯이 헐거워진 신랑을 데리고 들어가는 걸 보면 내 마음이 이상해졌다. 생사람 목숨 잡을 수도 있다는데, 모질고 독한 년! 국그릇에 약을 탔다는 이쁜네를 보면 욕지기가 치밀었지만, 내 인생이나 이쁜네 인생이나 크게 다를 것도 없다는 생각이 들었다.

술을 먹으면 포악해지는 건 내 남편도 마찬가지였다. 그러나 수십 번 겪으면서도 그냥 넘어가지지가 않았다. 대거리를 하면 나도 술 먹은 사람과 같아진다는 걸 알면서도 나는 악에 받쳐 남편에게 대들었다. 한번은 남편이 던진 재떨이에 맞아 입술 위가 찢어졌다. 피가 줄줄 흐르는 걸 헝겊으로 싸쥐고 야매집으로 가서 돌팔이 의사한테 상처를 꿰맸다. 실밥이 빠진 자리는 울퉁불퉁하게 두더지가 기어간 자리처럼 살 거죽이 일어서 보기 흉했다. 그때부터는 나는 남편을 완전히 포기했다. 남편이 무서워서가 아니라 상대하고 싶지 않아 피했다. 남편이 술을 먹고 트집을 잡기 시작하면 물옷 보따리를 미리 챙겨 두고 뒷집으로 피난을 갔다.

우리 집 텃밭 귀퉁이를 밟아야만 드나들 수 있는 뒷집은 고향이 함경도인 노인네가 혼자 살고 있었다. 육이오 동란 때 월남해서 전쟁통에 자식 둘이 굶어 죽었다는 그 양반에겐 목넘에 동네로 시집을 간 수양딸이 하나 있기는 했다.

비 오는 날이면 초가지붕의 낙숫고랑으로 노린내기가 떠서 치잣물을 들인 것처럼 노란 물이 고이고, 움푹한 마당은 진흙 곤죽이 되어 징검돌을 밟지 않으면 발도 딛지 못하는 단칸 초가였다. 남편이 해 걸러 한 번씩 가을에 그 집 지붕을 새로 이어 주고 술이나 담배 보루를 품으로 받기도 했는데 그 양반은 돌아가실 때까지 초가집에서 전기도 수도도 놓지 않고 동이로 물을 이어다 먹고 호롱불을 켜고 살았다. 성품이 어찌나 깔깔하고 강팍한지 동네 사람들도 함부로 하지 못했다. 가맣게 염색한 머리를 참빗으로 곱게 빗어 올려 짤뚝한 은비녀로 쪽을 찌고, 옷은 늘 시커먼 물을 들인 무명바지에 홑저고리 차림이거나 겨울에는 그 위에 낡은 털스웨터를 하나 걸치는 게 고작이었다. 얄팍한 얼굴에 이목구비가 깊고 또렷한데 늘 누군가를 경계하는 듯 쏘아보는 눈빛이 예사롭지 않았다. 미역 철에 그 집 마당을 빌려서 미역을 널어도, 좋은 것으로 골라 미역 몇 오리를 내놓고 썼다. 제주에서 밀감이 와서 두어 알 얻어 가져가면, 그 밀감이 말라비틀어질 때까지 아껴서 먹지 않고 놔두는 양반이었다. 남에게 구정물 한 바가지도 그저 주는 법이 없는 그 양반이 믿고 의지하는 건 오로지 돈뿐이었다.

소문에는 그 양반이 돈이 든 항아리를 땅속에다 묻어 두었다는 말도 나돌았다. 돈이 급한 사람들은 그 양반한테 가서 아쉬운 소리를 했다. 나도 아쉬울 때마다 여러 번 돈을 빌려 썼다. 고리 이자가 부담스러웠지만 급할 땐 울며 겨자 먹기로 빌려 쓸 수밖에 없었다. 먹는 것, 입는 것 아껴 가며 그저 돈밖에 모르는 그 양반이 수양딸을 거둔 건 십수 년 전의 일이었다. 이 동네로 들어왔던 동냥아치 아비가 떨어뜨려 놓고 간 아이였다. 나중에 데리러 오마고 했지만 끝내 동냥아치는 다시 나타나지 않았다.

열 살이나 먹었을까. 눈빛이 뭉그러진 것처럼 흐리고 말도 제대로 못하던 어눌한 계집아이였다. 걸레뭉치 같은 옷을 벗기고 부엌에서 물을 데워 씻겼는데 누룽지 일듯 때가 일어나더라고 했다. 그런 것을 학교는 보내지 않고 늘 그 양반이 일하는 데 데리고 다녔다. 고무신에 짚으로 감발을 하고 미끌미끌한 갯바위에 엎어져 김을 긁고 손가락 발가락에 동상이 걸려 가며 어판장에 나앉아 고기 배 따는 일을 했다. 때때마다 물 이어다 밥하고 나무하러 다니고, 또래 여자아이들 책보 메고 학교 다닐 때도 손등이 거북등처럼 트도록 일만 했다. 한 가지 흠이라면 사람이 불러도 냉큼 대꾸하는 법 없이 입을 꾹 다물고 있고, 사람을 바로 쳐다볼 줄도 몰라서 어디가 모자란 듯싶지만 또 일을 할 때는 아무 탈 없이 멀쩡하게 잘도 해냈다.

그런 아이를 시집 보낼 때는 변변한 고리농짝 하나 없이 달랑 이부자리 하나, 처삼촌 산소에 벌초하듯이 대강 해서 보냈다. 그 애가 학교를 다니느라 돈을 없앴나, 일을 남만 못했나, 제 밥벌이는 충분히 하고 살았다. 그 애가 시집간 목넘에 동네 시집도 아무것도 볼 것 없는 집안인데 시어머니가 배운 것 없는 쌍것이라 구박하고 남자가 툭 하면 친정에 가서 돈 해 오라, 때리는 모양이었다. 몸에 시퍼렇게 매독이 올라서 쫓겨 와도 이 양반은 눈 하나 깜짝하지 않았다. 부지런한 덕성에 제 몸도 챙길 줄 모르는 것이 시집살이는 견디지 못하겠는지, 한번씩 그렇게 울며 친정이라고 찾아왔다. 친정에 다니러 와서도 노인네 집안일을 해 놓고 헐거운 보따리 속에 쌀 몇 됫박 챙겨 제 집으로 가서 살다가, 잊을 만하면 또 콧등이 깨지거나 눈두덩에 멍이 들어서 찾아오곤 했다.

그래도 그 애가 있을 땐 사람 사는 훈김이 도는 것 같았는데 시집간 수양딸이 발길을 하지 않으면 불도 켜 놓지 않는 뒷집은 구렁이 소굴처럼 음침하고 적막하기 이를 데 없었다. 사람이라곤 대낮에도 발길을 않는 뒷집에 나는 남편에게 매 맞고 쫓겨 가기를 수십 번이었다. 그 양반 귀는 밝아서 사람 기척이 조금이라도 나면 박달나무 지팡이로 지게문을 휙 열어젖히고는 어두운 마당을 향해 "누고?" 하며 냅다 소리부터 내질렀다.

노인네 방은 군더더기 하나 없이 늘 정갈했다. 방이라봐야 궤짝 위에 이불 두어 채, 시렁 위에 반짇고리, 횃댓보로 덮어 놓은 옷가지 몇 개, 윗목으로 문을 낸 깊은 움 속 같은 도장방이 딸린 게 전부였다.

먼지 한 톨 없이 반질거리는 방바닥은 따스운 구석이 없었다. 부엌에 천장까지 닿도록 나무를 쌓아 놓고도 군불 때는 것이 아까워 불 한 번 제대로 넣지 않고 사는 모양이었다. 그 습습한 방에 노인네가 내준 요때기를 깔고 이불을 덮고 누우면 몸은 천근 같이 까라지는데 마음은 먹장구름이 흐르는 것처럼 어지러워 나도 모르게 한숨이 쉬어졌다. 내가 살아온 날들이 한꺼번에 내 몸을 자근자근 밟고 지나가는 것 같았다. 군말 없고 슬픔이나 기쁨 따위 속내를 내놓지 않던 그 양반도 그런 날 밤이면 내 한숨에 곁들여 잠을 못 이루고 몸을 뒤척였다.

"개똥이네야, 여자는 그저 자식이면 다라. 자식 보고 살아야지 벨 수가 없짜인너. 자식만 있으문 세상 그보다 더 든든한 기둥이 어디 있나. 평생을 살아보이 눈 뜨고 살아도 사는 것 같지 않은 나 같은 사람도 밥숟갈로 목구멍에 밥 퍼 넣고 살고 있는데, 서방이 뭔 대수라."

호롱불도 꺼 버린 캄캄한 방 안에 노인네 목소리가 뱀처럼 척척하게 감겼다. 참은 숨을 내쉬고 들이마실 때마다 이불깃에서 묵은 사람 냄새가 났다.

"개똥이네가 자식 묻고 사는 거는 내가 다 알고 있잖나. 내 말은 안 해도 딴 사람보다 그래서 개똥이네한테 맘이 더 쓰인다. 부모가 지 손으로 자식을 묻는 것만큼 참사가 어딨노. 나는 자식이 안 생겨서 성황당에 빌고 빌어서 첫 자식을 겨우 낳았는데, 첫 자식 들어서고 나니 둘째는 또 쉽더라. 서방은 고향에 있을 때 먼 사상인가가 잘못돼서 전쟁 터지기 직전에 죽고, 거서 살 길이 없으니까 두 자식새끼라도 제대로 살게 할라꼬 전쟁 터지고 나서 죽을 각오를 하고 남으로 넘어왔잖너. 눈보라가 엄청 무서운 겨울이었는데, 어느 놈 총에 맞아 죽을지 몰라 산골로 숨어 다니면서 겨우 목숨만 부지했지. 귀신도 사흘 굶으면 눈에 뵈는 게 없다는데 산목숨이니 칡뿌리 낭구 뿌리 캐서 먹고 남의 밭에 얼어 뒹구는 배추뿌리도 캐 먹고, 흙도 집어 먹었다. 곡식 난

알 한 쪼가리 구겡도 못 해보고, 겨우 입에 물만 축이면서 사흘 낮밤을 헤매고 났더니 열한 살 먹은 큰놈이 돌부리에 발이 채여 푹 엎어졌는데 그 길로 못 일어나. 화전 해 먹고 사는 집에 들어가서 삽을 빌려다 묻었는데 거게가 양양 쪽이었던가. 어딘지 찾아가면 찾아갈 것도 같더만 인제사 세월 참 많이 변해서 가도 소용읎제 싶은기."

노인네는 쉰 음성으로 남의 말하듯 했다. 거기다 대고 차마 뭐라고 얘기할 수 없어 나는 마른 몸만 뒤척였다.

"둘째, 딸아 그거도 아홉 살, 딱 걸바시(거지) 그 아가 우리 집에 들어올 때, 딱 고 나이에 굶다가 죽 한 사발 먹고 죽었잖너. 내가 수양 딸내미 그 아를 거둔 게 다 그런 연유에서다. 가슴이 아파서 고만한 아아들은 쳐다보고 싶지도 않은데, 그만 마 추버서 떨고 있는 걸 보이까 내쫓을 수가 없는기라. 사람들은 내가 불쌍한 아아한테 못되게 한다꼬 뭐라 씨부렁거리는지는 몰라도 정이 들수록 잃어버린 자식새끼들이 생각나서 가슴이 천 갈래 만 갈래로 찢어지는 거 같았구러. 그 마음을 세상 천지에 누가 아나, 암도 모르지."

나는 뼈가 시려서 그 양반 말을 다 들을 수 없었다. 노인네는 일어나 호롱불을 켜고 검은 물들인 머리칼 속에서 삐져나온 허연 머리카락을 손가락으로 훑어 올리며 한숨을 내쉬었다.

"나는 따순 데 누워도 등뼈가 시리고 더운밥을 먹어도 생목이 올라온다. 내가 낙낙한 성정을 지닌 사람이라면 이래는 안 살았을 낀데, 남들이 내한테 침 뱉고 욕해도 나는 이래 살 수배끼 읎짜인너. 내 맘 같은 기 세상엔 없으니. 개똥이네는 태산 같은 아들이 있는데 무슨 걱정이고. 사나 술 먹고 행패부리는 거 자식 보고 참아야지 않나."

귓가에 닿는 노인네의 쉰 음성이 어찌나 무겁고 아리던지, 불빛 아래 앉은 노인네의 그림자가 꼭 헛것처럼 보였다. 그 양반 말마따나 내겐 장승 같이 든든한 아들이 있었다.

뒷집에서 하룻밤 신세를 지고 새벽같이 일어난 나는 남편이 아직 깨지 않은 싯푸른 새벽에 집으로 몰래 들어가서 밥을 지었다. 밀가루 반죽에 소금 간만 해서 반대기를 지어 밥 위에 얹어서 쪄냈다. 밀가루 개떡 몇 개면 물질을 나갈 때 든든한 요깃거리가 되어 주었다. 아궁이 앞에 앉아 급하게 밥을 한술 뜨고, 남편이 깨기 전에 물옷 보따리를 짊어지고 집을 나올 때 내게 남은 건 악밖에 없었다.

8

그해 추석 명절은 특별했다. 모처럼만에 온 식구가 다 모였다. 정숙이가 주인집에서 말미를 얻어 집에 내려온 것이다. 그 애는 청량리에서 안동으로 오는 밤기차를 타고 안동에서 읍내로 들어오는 새벽 첫차를 타고 추석날 아침에야 집에 도착했다. 이제 스무 살이 넘어 나이 꽉 찬 처녀가 된 정숙이. 나는 정숙이를 보자 눈물바람부터 했다. 그 애 손을 잡고 부뚜막에 앉아 한없이 손등을 쓰다듬었다. 손가락 마디가 굵고 넓적한 마당손은 햇빛을 못 보고 산 것처럼 희멀건 얼굴과는 달리 거칠었다. 일복 많은 손이었다. 타고나길 그랬던가, 싶어 새삼스레 가슴이 아렸다.

"어떵 시집은 안 갈 커라?"

내가 슬쩍 운을 떼 보았다. 혹여 중신이 들어오더라도 남의집살이 하는 처지라고 얕보고 함부로 할 것이 아닌가 싶었다. 같은 서울 아래 조카 순영이가 있지만 정숙이는 순영이네와는 발길을 안 하고 사는 것 같았다. 순영이 저도 혼잣몸으로 자식 키우며 살기 어려워서 그러겠지만 나는 순영이한테 섭섭한 게 한두 가지가 아니었다. 아무리 애달프고 아까운 조카라도 섭섭한 건 따로 있었다.

"숙모님은 강 봤시냐?"

"그 집은 가도 썰렁해요. 숙모님이야 늘 한결같은 사람이지만 영아 엄만 얼마나 깍쟁이 같은데. 가고 싶지도 않아요."

"경혀도 자주 들러사헌다. 아멩해도 남과는 다른 사름들 아니라? 섭섭한 게 이서도 경허민 안 된다게. 어떵 순영이고라 중신을 서 보라고 허여? 연애질은 함부로 허지 말라이."

나는 노파심에 정숙이에게 그렇게 말했다. 사람의 일이란, 더구나 자식의 일이란 함부로 장담할 수 없는 것이라고 했다. 연애라곤 생전 모르는 숙맥 같던 그 애. 인물은 좀 빠지고 배운 건 없어도 고생하며 살았으니 저 하나 맘고생, 밥걱정 안 하는 적당한 자리로 시집을 갔으면 바랐던 정숙이도 연애로 만난 남자한테 시집을 갔다. 곰도 구르는 재주가 있더라고, 나는 정숙이마저 제 마음대로 시집을 갈 줄은 몰랐다.

기환이는 추석 전날 내려왔다가 하룻밤 묵고 추석날 점심나절에 대구로 올라갔다. 내려온 김에 한 이틀 푹 쉬었다 갔으면 좋으련만 기환이는 내 말을 듣지 않았다. 수염도 깨끗이 밀지 않아 턱 언저리가 꺼

칠했고 볼도 홀쭉하니 꺼져 있어 몸이 많이 축간 것 같았는데 무언가에 쫓기듯 서둘렀다. 나는 그저 어려운 공부를 하느라 고단해서 그러겠지 생각하면서도 제재소 집 사람들에게 그 봉변을 당하고도 아직 그 집 딸을 잊지 못해 마음 갈피를 못 잡는 것은 아닌가 하는 생각도 들었다. 그러나 그런 눈치는 보이지 않았다. 그 일이 있은 후로 더 이상 그 집과는 상종할 일이 없었다. 똥이 더러워서 피하지 어디 무서워서 피하나. 제재소 집 인종들을 만나도 나는 턱을 꼿꼿이 쳐들었다. 자기 자식만 중하고 남의 자식은 개돼지도 못하게 취급하는 인종들. 자기들도 자식 가진 부모면서 어떻게 남의 자식을 그렇게 짓밟을 수 있나. 내가 이렇게 제재소 집을 욕하는데도 기환이는 자기 심중을 내게 드러내지 않았다. 그래서 속을 알 수 없는 자식은 그만큼 무서웠다.

추석 명절을 쇤다고 시끌벅적했던 집안은 아이들이 하나둘 떠나고 나자 조용하게 가라앉았다. 녹록한 가을볕에 하늘이 높고 날은 물질하기에 더없이 좋았다. 이때는 천초라고 하는 우뭇가사리 마무리 작업을 하는데, 우뭇가사리도 기와집할망네서 전부 매입해서 돌밭에 널어 바짝 말렸다가 화장품 원료로 수출을 하는 품목이었다.

우뭇가사리 작업을 할 때면 기와집할망네 일꾼들이 저울을 메고 해녀들이 작업하는 갯가까지 나왔다. 미어터지도록 우뭇가사리를 쑤셔 넣은 망사리는 더군다나 물을 먹은 것이어서 웬만한 장정 둘은 붙어야 뭍으로 끌어올릴 수가 있었다. 우뭇가사리를 달 때도 저울 눈금 때문에 잦은 시비가 일었는데 저울눈이 그려진 목도를 양 어깨에 걸쳐 메고 끝에 달린 갈고리로 망사리를 찍어 올려 눈금표에 맞춰 추를 놓아

무게를 달았다. 망사리와 추가 평행이 되지 않아 한쪽이 기우듬한데도 대뜸 저울눈을 읽어 버리고 망사리를 내려놓으며 은근슬쩍 넘어가려는 축과, 저울 한 눈금이라도 제대로 받으려는 해녀들과 실랑이가 잦았다. 그런 실랑이 끝엔 꼭 욕이 따라붙어 말싸움이 커지기도 했다.

바다에서 돌아온 나는 물옷 보따리를 풀어 고무옷을 헹궈 빨랫줄에 널어 놓고 평상에 그대로 드러누웠다. 저녁 지을 힘조차 남아 있지 않을 때 잠깐 누웠다 일어나는 그 짬이 죽었다 깨어나는 것처럼 개운했다. 날이 좋고 바다 밑이 맑아서 다른 때보다 우뭇가사리도 많이 채취한 날이었다. 술에 취한 남편은 문지방을 벤 채 잠들어 있었고, 마미산 꼭대기를 물들인 검붉은 노을이 시나브로 사라지며 어둑발이 몰려드는 저녁이었다. 이런 날만 계속된다면, 살 수 있을 것 같았다. 남편이 밖에 나가 돈 벌어 오지 않아도 집 안에서 난리만 치지 않는다면 얼마든지 남편을 견딜 수 있었다.

이때 내 마음은 아무 문제없이 풀어져 있었다. 몸이 나른하게 한없이 아래로 처졌다. 얇은 이불 한 장만 덮으면 더없이 좋겠다는 생각을 하며 아주 얕은 잠 속에서 부대꼈다. 마음이 그득하고 기분이 좋은데 이대로 깊이 잠들어 버리면 안 되지, 일어나야지 싶어 꺼져 드는 정신을 붙잡으려 애썼다. 이때 정해가 평상에 걸터앉으며 내 귀에다 대고 낮은 소리로 "엄마" 하고 불렀다. 그게 꼭 꿈속의 일인 것만 같아 아련했다. 나는 몸을 돌려 누우며 꿈에서 주고받듯 "무사?" 하고 대꾸했다. 말하는 것이 내가 아니고 남의 목소리인 듯 여겨졌다. 내 몸이 천천히 깊은 잠의 뿌리에 가 닿는 듯한 느낌이 들었다. 그것은 흡사 이가 아플 때 진통제를 삼키면 사지가 연기처럼 흩어지던 느낌과 비슷했다. 나는 고단함이 연기처럼 풀어지는 오랜만의 이 평화로운 졸음에서 깨고 싶지 않았다. 그러나 곧 정해가 흔들어 깨우는 바람에 나도 모르게 눈을 번쩍 떠 나를 내려다보고 있는 정해를 올려다보았다.

"누가 찾아왔어 엄마."

그 애가 고갯짓으로 마당 안으로 들어와 멀찍이 서 있는 사내를 가리켰다. 나는 아직 잠에서 덜 깬 채였고 머릿속은 부젓가락으로 쑤시는 듯이 아팠다. 내가 누웠던 자리에서 힘겹게 몸을 일으키자 그때서야 남자가 성큼성큼 걸어 평상 곁으로 왔다.

"어떵 왔수꽈?"

나는 잠기가 묻어 버석거리는 목소리로 낯선 사내를 쳐다보며 물었다.

"예에, 안녕하세요. 저 기환이 학교 친굽니다."

사내가 인사를 했다. 그 소리에 정신이 번쩍 났다. 코르덴 바지에 얇은 점퍼를 걸친 사내는 체구가 좋고, 눈썹이 검고 콧날이 높아서 인상이 강해 보였다.

"우리 기환인 추석 먹곡 대구로 올라가신디 가이를 찾아 이디까지 왔수꽈?"

"아, 집에 내려왔다 갔군요. 여기 내려오면 혹 만날 수 있을까 했는데 벌써 올라갔군요."

사내가 무언가를 생각하는 듯한 얼굴로 고개를 끄덕이며 대꾸했다. 그러더니 내가 자리를 내준 평상으로 다가와 스스럼없이 걸터앉았다.

"여긴 경치가 아주 좋습니다. 부두를 돌아봤더니 배들이 아주 많더

군요. 놀랐습니다. 그저 조그만 어촌인 줄 알았더니……."

붙임성이 여간 아닌 사람이었다.

"바당 있는 곳이서 안 살아봤수꽈? 육지에서만 산 사름들은 갯가에 오민 구경거리 났다고 좋아들 허주만 살긴 막 험한 곳이주게."

젊은 사내와 말을 나누면서도 왜 그런 마음이 들었던지 기환이의 친구 같은 느낌은 들지 않았다. 고등학교 때도 그랬지만 기환이는 동네에서 같이 자란 친구 외에 특별히 친구랍시고 누구를 데려와 본 적이 없는 아이였다.

"우리 기환이랑 한디서 법 공부허우꽈?"

"아, 예에……."

우리가 이런 얘길 나누고 있을 때 남편이 깨어 일어나 앉으며 소리를 질렀다.

"누겐디 이리 시끄루와?"

그때서야 나는 사내를 남편에게 인사시켰다. 사내가 일어나 아직 술기운이 남아 얼굴이 벌건 남편을 향해 인사를 했다. 그새 어둑발이 마당을 덮쳐 사내가 입은 점퍼가 얼룩덜룩해 보였다. 나는 자리에서 일어나 마루 처마에 있는 전깃불을 켰다.

"방이 들어강 더 잡서. 조냑밥(저녁밥) 되민 깨우쿠다."

나는 남편을 달래 방 안으로 들여보내고 사내를 기환이가 쓰던 아랫방으로 데리고 갔다.

"어떵 먼질을 와신디 이 밤에 올라갈 수 있수꽈? 이디서 하룻밤 장갑서."

사내가 고맙다고 내게 인사했다. 나는 서둘러 아랫방을 나와 저녁을 짓기 시작했다. 저녁을 짓는데 자꾸만 마음이 이상했다. 기환이에게 볼일이 있으면 학교로 찾아가서 만날 것이지 집까지 찾아올 일이 무엇일까. 그러다가도 또 구경하러 내려온 김에 기환이가 있나 싶어 찾아왔겠거니, 아들을 찾아온 손님을 박대해서 보내면 벌 받지, 내 머릿속엔 오만 가지 생각들이 엎치락뒤치락했다. 지금 생각해 보면 수상쩍은 구석이 한두 군데가 아니었던 사내를 기환이 친구라는 말 한마디에 덥석 아랫방에 들이고 어떻게 그 사내를 재울 생각까지 했었는지 모르겠다.

내가 밥상을 들고 갔을 때 사내는 기환이가 쓰던 앉은뱅이책상 앞에 앉아 책 나부랭이를 들춰 보고 있었다. 밥상만 놓고 돌아 나올 생각이었는데 나는 그 방 안에 들어가 앉았다.

"혼저 듭서. 우리 사는 거시 이러우다. 기환이왕 한디서 공부하는 친구라는디 내 아들과 한가지 아니우꽈. 맘 펜히 혼저 듭서."

나는 사내에게 밥을 권하며 슬그머니 사내 눈치를 보고 있었다. 사내는 마침 배가 고픈 참이었던지 고봉밥에 숟가락질을 푹푹 해가며 밥을 먹었다.

"어떵 공부허는 거는 힘들지 않으우꽈?"

밥을 먹고 있는 사내에게 내가 물었다.

"법 공부라는 게 다 그렇지요 뭐. 그게 아무나 하는 겁니까. 공부한다고 다 법관이 되는 건 아니지만 그래도 죽자 살자 해야지요. 고생하는 부모님을 생각하면."

사내가 옳은 소리를 했다.

"맞수다게. 아들 한나 있는 거, 잘 되사 헐컨디 막 걱정시루완."

내가 사내 말에 맞장구를 쳤다. 이때도 사내에게서 별다르게 이상한 낌새는 채지 못했다. 그런데 이튿날 아침을 지으면서 아랫방 쪽으로 가 봤더니 문 앞에 있어야 할 사내의 신발이 보이지 않았다. 뒤축이 많이 닳은 가죽 신발이었는데……. 지난밤 아랫방에 이불을 들여주고 나오면서 신발 한 짝이 댓돌 아래로 떨어졌기에 그걸 가지런히 놓아두었던 생각이 났다. 이상한 생각이 들어 헛기침을 하면서 사내를 불러 보았다. 아무런 기척이 없었다. 한참 후에 방문을 열었더니 이부자리는 방 한구석에 말끔히 개켜져 있고 사람은 보이지 않았다. 참 이상한 사람도 다 있다 생각했다. 어떻게 인사 한마디 없이 날이 밝기도 전에 슬그머니 떠나 버렸을까. 아무리 생각해도 무엇에 홀린 것 같이 마음이 찜찜했다.

9

기환이가 구속되었다는 소식을 듣기 전까지만 해도 우둔하게도 나는 내 아들에게 어떤 일이 일어나고 있는지를 짐작조차 하지 못했다. 기환이의 친구라는 사내가 다녀간 지 닷새 뒤에 그 소식을 들고 온 건 뜻밖에도 제재소 집 딸 은애였다. 그 애는 제 부모들 몰래 늦은 밤 조용히 찾아왔다. 내 아들을 홀린 그 애, 그 부모의 서슬과 가당찮은 유세를 생각하면 치가 떨렸지만 그 애를 함부로 내칠 수는 없었다. 그 애 말로는 기환이가 긴급조치9호 위반으로 경찰서에 잡혔다는 것이었다. 학생들이 모여 같이 책도 읽고 토론도 하고, 모의 법회도 열고 하는 동아리였는데, 몰래 하던 그 모임이 탄로가 나서 기환이가 잡혀간 것이라고 내게 설명했다. 차분하게 조목조목 얘기하는 은애의 얼굴엔 어두운 그늘이 어려 있었다. 일전에 기환이를 찾아왔던 낯선 사내 얘기를 하자 은애는 그 친구라는 사내가 필시 경찰에서 보낸 끄나풀일 거라고 말했다. 그러고 보니 이상스러웠던 게 한두 가지가 아니었던 것이 그때서야 깨달아졌다.

"어머니, 너무 걱정하지 마세요. 큰일 아니니까 조사만 받고 금방 풀려날 거예요."

그 애가 나를 안심시키느라 그렇게 말했다.

그러나 그날 밤, 나는 잠을 자지 못했다. 살이 떨리고 무서웠다. 눈앞으로 커다란 돌덩이가 날아드는 것만 같았다. 이튿날 새벽같이 은애를 앞세워 남편과 대구로 올라갔다. 경찰서 유치장에 갇혀 있는 기환이는 그새 얼굴도 많이 수척해져 있었다. 그 애는 나와 제 아버지 얼굴을 제대로 쳐다보지 않았다. 그저 아무 일도 아니라고, 아무 일 없을 테니 걱정 말라고만 했다. 면회가 끝나고 남편이 담당 경찰관을 마주하고 앉았을 때 경찰관이 그랬다. 지금이 어떤 시절인데 그런 빨갱이 모임에 가담하냐고. 그 당시에 나는 긴급조치9호라는 게 얼마나 무서운 올가민지 알지 못했다. 무턱대고 빨갱이로만 몰면 옴짝달싹도 할 수 없다는 것을. 빨갱이라는 죄목 하나만으로도 사람을 쥐도 새도 모르게 죽일 수 있었던 시절은 다 지나간 줄 알았다. 그런데 아직도 그 시절을 한 치도 벗어나지 못했다니. 내 아들, 기환이만은 그런 일과는 아무런 상관이 없는 줄 알았다. 그저 여자 하나에 미쳐 그 날봉변을 당하고 마음을 잡지 못하는 건 아닌가, 두고두고 그 일만 가슴 아팠을 뿐. 아무리 자식은 겉만 낳고 속은 낳지 않는다고 하지만 아들의 가슴속에 무엇이 들었는지 짐작조차 할 수 없었다.

남편은 경찰서에서 나오자마자 술을 마셨다. 올바른 정신으로 버틸 수 없는 건 나도 마찬가지였지만 어쩌자고 그 낯선 도시에서 술을 사정없이 퍼대는지……. 술집에서 겨우 끌고 나와 택시를 타고 간 곳이 기환이의 자취방이었다. 아니, 옳게 말하면 기환이가 잡혀가기 전까지 은애와 부모들 몰래 함께 살았던 방이었다. 변소 문짝만도 못한 출입문이 길가 쪽으로 내달린 낮은 지대의 빈민촌이었다. 곳곳에 쓰레기가 썩어 나는 공터가 있고, 하수구 오물 냄새가 코를 찌르는 곳에 두 아이는 부모들 몰래 방을 얻어 살고 있었다.

“이 호로새끼, 내 손으로 모가질 비틀엉 죽여불티여.”

거기가 어딘지도 모르고 남편은 술주정을 하다 잠이 들었다.

“어떵 부모 눈 쏙이멍 이초록 허영 살았디냐게.”

다리도 펴지 못한 채 구석에 웅크리고 앉아 있는 은애에게 나는 넋이 빠진 소리로 중얼거렸다. 여자와 살며 나를 속인 것이 분하고 믿어지지 않았지만 기환이에게서 떨어질 줄 모르고 붙어 있는 은애를 어떻게 해야 할지 몰랐다. 이제는 내 자식과 따로 생각할 수 없는 아이였다. 그 애는 내 무릎 앞에 앉아 야윈 어깨를 들썩이며 울었다. 집에서 아무리 뭐라고 해도 자기 마음 하나는 굳세다고, 절대로 기환이를 떠날 수 없다며 그 애는 내 앞에서 눈물을 보였다. 나는 내 자식을 깊이 품어 안는 생각으로 그 애를 다독였다. 내 자식을 목메게 생각하는 그 애가 안쓰럽고 고마웠다. 세상이 아무리 찧고 까불어도 내가 이 아이의 마음을 지켜줄 수 있다면, 그것이 기환이도 살고 나도 사는 길이라면, 내가 더 이상 은애를 내칠 수 없다는 생각이 들었다. 이제는 은애가 내 아들 곁에 있어 주어서 기환이 마음을 다잡을 수만 있다면 더 이상 바랄 게 없었다. 그때까지만이라도 그 마음 흔들리지 말라고 나는 은애에게 빌고 싶은 마음이었다.

다행히 기환이는 단순 가담자로 처리가 되어 보름 만에 풀려났다. 긴급조치9호라는 법이 세상에 있다는 것도 모르는 촌무지렁이, 촌구석에 처박혀 그저 물질이나 해 먹고사는 나 같은 것은 기환이가 풀려난 것만 감사할 일이었다.

유치장에서 풀려나 집으로 내려온 기환이는 다시 아랫방 골방에 자신을 가두었다. 아무것도 모르는 내 눈에도 그 애의 깊이 상심한 마음 한 자락이 비어 있는 것처럼 보였다. 기환이는 매일 바닷가로 나가 파도가 들이치는 갯바위에 헛것처럼 앉아 있었다. 비바람 치는 날도, 눈보라 날려 살이 에이는 날에도 파도에 휩쓸려 갈 듯 아슬아슬한 갯바위에 홀로 앉아 먼 바다에 넋을 놓고 있었다. 몸은 있지만 마음은 없는 자식, 어미를 보고 있지만 눈동자에 헛것이 어리는 자식. 사지육신이 멀쩡한 자식이 잡히지도 않고 보이지도 않는 마음, 제 자신 다스릴 수 없는 그 마음을 어쩌지 못해 메말라갔다.

한 번씩 제 부모들 눈을 속여 가며 은애가 기환이를 만나러 왔다. 부모로서 못할 노릇이었다. 내 자식 다친 마음을 챙기자고 남의 자식을 붙잡고 있는 것만 같았다. 은애가 오면 그 애 마음이 다스려지는 것도 같았지만, 유치장에 갇혀 조사를 받으면서 무슨 일을 당하고 나왔는지 입을 꾹 다문 채 한마디도 하지 않는 아들의 속을 나로서는 알 수가 없었다. 그래서 무서웠다. 입을 꾹 다물고 제 속에 깊이 처박힌 자식, 하나밖에 없는 그 아들자식 때문에 사는 날 하루하루가 살얼음같았다. 그런 날들이 천천히 지나갔다. 장골산 계곡물이 얼어붙고 갈퀴로 솔갈비를 긁어낸 헐벗은 숲이 고스란히 드러났다. 몹시 추운 겨울이었다.

이듬해, 설을 쇠기 전에 기환이는 갑작스레 입영 통지서를 받고 입대했다. 얼굴에 살집 하나 없이 깡마른 그 애가 군 생활을 버텨낼 수 있을지 걱정스러웠다. 기환이가 입대하고 며칠 뒤에 입고 들어갔던 옷가지 일습과 신발 한 켤레가 소포로 왔다. 못난 자식 때문에 고생하는 어머니를 대하기가 가슴 아프다고 그 애는 편지에 썼다. 어쩌면 다행이라 생각했다. 군대 3년, 모질고 혹독하게 자신을 단련시키고 나면 세상을 보는 눈이 달라지겠지 생각했다. 저도 세상을 볼 줄 알고 물속을 헤매며 살아 보자고 애 쓰는 어미가 보인다면, 무사히 군 복무를 마치고 새 아들로 내게 돌아오리라 생각했다. 그러나 빳빳한 군복을 입고 연병장을 뒹굴고 있을 아들을 생각하면 가슴이 미어졌다.

나는 정해에게 편지를 쓰게 했다.

"기환아, 어멍이여!"

긴 숨을 내쉬며 그렇게 뱉고 나자 할 말이 떠오르지 않았다. 가슴속에 사무친 태산 같은 말들이 불현듯 하나도 소용없이 느껴졌다. 구구

절절이 이 어미의 마음을 알리고 싶었다. 앞으로 네가 살게 될 세상과 이 험한 시간이 지나고 나면 옛말하며 살 날이 있을 거라고, 총 메고 진흙 밭을 기면서 힘이 들면 불쌍한 어미를 생각하라고……. 머릿속의 말들이 가슴을 쥐어흔들며 자꾸만 콧날이 시큰거렸다. 동그란 밥상 위에 편지지를 올려놓고 연필심에 침을 묻혀 가며 내 말이 떨어지기를 기다리고 있던 정해가 나를 빤히 쳐다보았다. 나는 하염없는 생각에 갇혀 필라멘트가 파르르 떨리는 알전구를 멍하니 바라보았다. 전구의 불빛에 눈이 먼 것처럼 아무것도 보이지 않았다. 내 눈엔 캄캄한 절벽을 기고 있는 아들의 검은 모습만이 어른거렸다. 기환이가 군에 가 있는 삼 년 동안 나는 내 몸이 더욱 부서져라 일만 할 생각이었다. 제대를 하고 돌아오면 기환이는 다시 공부에 매달려야 할 아이였다. 언제 끝날지 기약할 수 없는 것이 법 공부라는 것쯤은 나도 알고 있었다. 그러나 얼마든지 기다릴 수 있었다. 그런 생각을 하면 나도 모르게 힘이 붙었다.

기환이에게선 가끔씩 편지가 왔다. 기합을 받다가 안경이 부러졌다, 책을 몇 권 사봐야 하니 돈을 부쳐 달라는 편지였다. 해병대로 입대한 기환이는 훈련이 혹독하고 군기가 엄하기로 소문난 부대에 자대배치를 받았다. 오죽하면 귀신 잡는 해병이라고 할까. 그 엄한 군기와 기합을 기환이가 잘 견뎌야 할 텐데 나는 늘 걱정을 놓을 수가 없었다. 첫 휴가를 나왔을 때 그 애는 전보다 훨씬 건강해 보였다. 구릿빛으로 탄 얼굴은 강해 보였고 눈빛도 단단했다. 이제 어려운 고비는 다 지났으니, 못 볼 꼴 다 봤으니 더는 궂은일이 안 생기리라 생각했다.

남편과 함께 정해까지 데리고 면회도 한 번 다녀왔다. 닭을 몇 마리 삶고 기환이가 좋아하는 증편과 백설기 사이사이에 누런 설탕과 대추 채를 박은 꿀떡을 했다. 내무반 동기들과 함께 먹을 음식들이었다. 준비한 음식들을 바리바리 이고 첫새벽에 포항으로 올라갔다. 그때까지만 해도 기환이에겐 아무런 문제가 없었다. 군 생활 하는 저도 힘들고 괴롭겠지만 제대해 돌아올 날까지 부모는 자식을 전쟁터에 내보낸 것처럼 가슴 졸이기 마련이었다.

기환이가 군에 간 지 일 년쯤 지났을 때부터는 날이 빠르게 흘러갔다. 눈 딱 감고 기다리면 돌아올 아들이었다. 그런데 그즈음 이상한 소문이 들렸다. 제재소 집 큰아들이 이민을 갔는데 그 집 딸도 같이 데리고 나갔다고 했다. 그 얘기를 들고 온 이는 제재소 집 일가붙인데 그 여편네 신랑이 한때 우리 배를 잠깐 탄 적이 있었다.

"아지매는 암것도 몰르고 있제요. 처녀가 아를 가졌다카이 경천동지할 일 아인교. 그렇다고 딸아를 죽일낀교 어쩔낀교. 다 큰 처자를 강제로 뱅원에 델꼬 가서 얼라를 지우고 마 이참에 임시로라도 끌고 나간기라요. 기환이가 뭐라꼬 안 하든교? 둘이서는 뭐 울고불고 해껬지요. 은애 가도 보통내기가 아인데."

그 여자는 내 눈치를 살금살금 살피면서 걱정인지 비난인지 모를 말을 했다. 그 여자 입에서 나온 말이라면 틀림없는 말이었다. 제재소 집을 드나들면서 궂은 살림을 살아 주고 있으니 그 집 내막은 누구보다 빤했다. 은애가 우리 집에 찾아오는 일은 없었지만 기환이가 근무하는 부대로 면회도 두어 번 다녀온 걸로 알고 있었다. 그 여편네 말을 듣고 있는데 내 얼굴에 핏기가 싹 가셨다. 벌겋게 단 쇠젓가락으로 목구멍을 콱 찌른 것처럼 얼굴이 뜨겁고 숨구멍이 지질렸다. 처녀가 아이를 가진 집안 망신에 감쪽같이 딸을 외국으로 빼돌렸겠지만 그건 내 아들 기환이에겐 더할 수 없이 잔인한 처사였다. 그러나 내가 나설 수는 없는 일이었다.

이 사실을 알고 난 며칠 뒤에 기환이에게서 편지가 왔다. 기환이는 나를 보고 싶어했다. 나는 무섭고 떨리는 마음에 편지를 받자마자 면회를 갔다. 탈영이라도 하겠다고 난동을 부릴 줄 알았는데 그 애는 이상하도록 차갑고 무표정했다. 나를 보는 그 눈에 초점도 흐렸다. 내가 은애 얘기를 꺼내자 기환이는 어머니께 죄송하다고 마른 목소리로 말했다. 기환이의 가슴을 아프게 할까봐 조심스러워 꺼내기도 어려운 말이었는데 그 애가 그렇게 말해 주니 고맙고 안심이 되었다. 하지만 면회실을 나오면서 흘끔 그 애를 다시 한 번 돌아다보았는데, 그 애는 여전히 미동도 없이 면회실의 긴 나무 의자에 앉아 있었다.

그 애를 두고 돌아오면서 뭔지 모를 아린 조바심에 숨조차 크게 쉴 수가 없었다. 무연한 듯 나를 바라보던 기환이의 눈빛, 그때 이미 그 애는 세상을 향했던 제 마음의 문을 완전히 닫아 버렸던 것인지도 몰랐다. 기환이가 보초를 서던 근무지를 이탈해 부대 뒷산의 소나무에 목을 매달았다는 연락을 받은 게 마지막 면회를 다녀온 사흘 뒤였으니까.

10

기환이가 목을 맸다는 전보를 받고 무슨 정신으로 포항까지 달려갔던지…….

장롱 바닥을 뒤져 종이에 싸 두었던 돈을 꺼내어 되는 대로 속바지 주머니에 쑤셔 넣었다. 머리는 산발한 채, 마루 밑에 떨어진 고무신을 찾아 꿰고는 몇 발짝 뗐는데 신이 저절로 벗겨지고는 했다. 울면서 쫓아 나온 정해가 벗어진 고무신 한 짝을 주워 들고 차부까지 따라왔다. 고무신짝을 건네주며 정해가 눈물을 뚝뚝 흘렸지만 내 눈에서는 눈물조차 나오지 않았다.

기환이의 시신은 군부대에서 임시로 마련한 천막 안에 안치되어 있었다. 군복을 벗기지 않은 채였다. 목을 맨 자리가 검붉게 부풀어 올라 있었고 얼굴은 오딧빛이었다. 나는 내 눈알을 후벼 파내 버리고 싶었다. 아니 아들의 시체를 두 눈 뜨고 바라보는 내 눈알을 누가 도려내 주었으면 싶었다. 그러나 나는 아들의 관이 화장장으로 옮겨져 불구덩이 속으로 들어갈 때도 똑바로 쳐다보고 있었다. 차라리 눈이 멀기라도 했으면……. 불꽃이 너울거리며 관을 삼키고 한 점 가는 불꽃으로 사윌 때까지 내 눈은 그 모든 걸 똑똑히 지켜보고 있었다. 나는 정신을 잃지도 않았고, 목 놓아 울지도 못했고, 허방 속으로 푹푹 빠지는 것 같은 빈 껍데기뿐인 내 몸을 누구에게 의지하지도 않았다.

타고 남은 뼛가루는 고왔다. 딸애들이 돌로 빻아 소꿉놀이를 할 때 만져 보았던 분필가루처럼 뽀얗고 꺼끌꺼끌했다. 내게 태산 같았던 자식, 뼈마디가 굵고 어깨가 벌어질 때부터 민망스러워 함부로 어루

만지고 감촉을 느껴 보지도 못했던 아들. 꿀항아리 같은 작은 단지 안에 담긴 한 줌의 재가 전부였다.

나는 미치지 않고 곱게 집으로 돌아왔다. 이틀 밤을 눈 한 번 제대로 붙이지 못했는데 자리에 누워서 눈을 감아도 잠은 오지 않았다. 내가 어떻게 기환이를 두고 집까지 왔을까, 이 모든 일이 믿어지지가 않았다. 누워서 잠깐 정신을 놓으면 멀건 죽 같은 잠에서 가위눌림을 당했고, 머리맡에 앉아 우는 딸들의 울음소리가 귀찮아 그 애들을 밖으로 내쫓았다. 그러나 정신이 말짱해지면 모질고 모진 년! 독하고 독한 년! 내가 나를 욕했다.

남편은 나보다 하루 뒤에 돌아왔다. 나는 남편이 나와 같이 차를 탔는지 어쨌는지 기억하지 못했다. 남편이 나와 같이 오지 않았다는 것을 남편이 돌아온 후에 알았다.

남편의 옷은 넝마처럼 해지고 찢긴 채였다. 바짓가랑이에서 지린내가 진동하고 머리카락에선 역한 토사물 냄새가 풍겼다. 딸들이 제 아버지의 사지를 서로 나누어 붙들고 마루로 끌어올려 옷을 벗기고 발을 닦여 방 안으로 들였다. 술에 떡이 된 그 몸으로 어떻게 그 먼 길을 걸어왔는지, 엄지발가락의 발톱이 빠져 달아나고 없었다.

남편이 돌아온 그날 밤, 박 서방이 내 집으로 찾아와 통곡하며 울었다.

"장모요, 장모요! 내가 죽일 놈이시더."

나는 그가 왜 우는지 이해할 수 없었다. 인연을 끊고 살자, 눈이 있어도 못 본 듯, 입이 있어도 벙어리인 양 살자 했는데, 그렇게 살던 사람이 내 집으로 쫓아와 서럽게 울며 왜 나를 불러대는지 이해할 수 없었다. 그는 복자가 갔을 때처럼 내 집 처마 밑에 앉아 밤새 술을 펐다.

나흘 동안 넋이 빠진 채 누워 있었던 나는 일어나 물옷 보따리를 챙겼다. 딸들이 말렸다. 물옷 보따리를 짊어지고 삽짝을 나서는데 몸이 둥둥 떴다. 허방을 딛고 걷는 듯 현실감이 없었다. 그대로 자리에 누워 있다간 다시는 일어나지 못할 것 같았다. 누가 내 등을 떠밀기라도 하는 듯 혼은 없고 껍데기만 있는 내가 나도 모르게 슥슥 걷고 있는 것처럼 느껴졌다. 희한하게도 동네가 온통 숨죽은 듯 고요했다. 날은 청명하고 바람결은 부드러웠다. 집을 나서서 목넘에 고개를 넘을 때까지 빈집들만 있는 것처럼 온 동네가 죽은 듯 느껴졌다. 내 가슴이 비어 있으니 눈에 보이는 것이 죄다 죽은 듯 보이는구나, 나는 혼자 이런 소리도 멀쩡하게 중얼거렸다. 시월 가을바람에 오솔길의 억새떼가 서걱거리며 흔들리고 길바닥까지 뻗어 내려온 얼크러진 칡넝쿨이 햇볕에 누렇게 쇠어 갔다.

철조망이 뚫린 개구멍으로 기어들어가 무지개골 벼랑 아래로 조심스럽게 내려갔다. 멀리 해안 초소의 우뚝 솟은 망루가 보였다. 갓을 씌운 듯 뾰족한 지붕에 풀로 위장을 한 초소에는 늘 군인들이 지키고 있어서 이곳은 함부로 드나들 수 없는 곳이었다. 움푹한 바위틈에 물옷 보따리를 놓고 고무옷으로 갈아입었다. 무지개골 짬(구역)은 해녀들이 물질을 하려 들지 않는 곳이었다. 겹겹이 에워싼 봉화산의 쌍계곡에서 흘러내린 물이 바다로 떨어지면서 소가 생겨 물살이 휘는 곳이었고 외진 물목이라 낚시꾼들이 실족사하는 사고도 잦은 곳이었다. 옛날 하늘에서 내려온 일곱 선녀가 목욕을 하고 갔다고 해서 무지개골이라 불린다는 얘기도 있을 만큼 소의 파문은 멀리까지 퍼져 나가 물빛이 검푸르렀다.

테왁을 띄워 놓고 오리발을 신었다. 고무모자 위에 올려 썼던 수경을 제대로 내려 쓰고서도 물속으로 뛰어들 염이 나지 않아 멍하니 갯바위에 앉아 있었다. 스티로폼으로 만든 테왁이 저 혼자 물결을 타고 밀려갔다 밀려왔다. 어디선가 나팔이 우는 듯도 한 소리가 희미하게 들렸다. 애달프고 아련한 소리였다. 소리는 마치 환청처럼 내 머릿속에서 울렸다. 나는 한순간 바다로 풍덩 뛰어들었다. 부표처럼 떠 있는 테왁을 껴안고 바다 한가운데 떠서 된 숨을 골랐다. 내 밑으로 지나가는 물고기 떼와 웃자라 넘실대는 해초들 사이 성게가 보였다. 드문드문 멍게가 붙은 바위도 보이고 바위틈 좁은 구멍 속으로 쏘옥 기어들어가는 문어도 보였다. 멍게 하나 주워 올라오면서 울고, 전복 하나, 성게 하나 주워 올라오면서 울었다. 전복이 다닥다닥 붙은 바위를 발견하고는 긴 숨을 물고 곤두박질쳐 들어갔다. 빗창으로 전복을 떼어 족대기에 담고 물 위로 솟구쳐 올라와서는 내가 무엇 때문에 이 물속에서 헤매고 있나 생각하면 다시 슬픔이 차올랐다. 그럴 때는 테왁에 온몸을 의지해 물살에 몸을 맡긴 채 빈 숨을 휘-잇, 휘-이이, 길게 내뿜었다. 망망한 바다 한가운데 아무것도 보이지 않고 수평선 너머로 배 한 척 나타나지 않았다.

어디선가 다급하게 들려오는 호루라기 소리만 없었다면 해가 지는 줄도 모르고 그렇게 내내 바다에 떠 있었을 것이다.

물이 질질 흐르는 테왁망사리를 짊어지고 삐죽삐죽 솟은 자갈길을 걸었다. 오리발을 벗은 발바닥이 못에 찔린 듯 아팠다. 옷 보따리를 숨겨 놓은 무지개골 쪽으로 걸어가는데 멀리서 군인 둘이 나를 마주 보며 걸어왔다.

"아주머니, 여기서 작업하시면 안 된다는 거 모릅니까?"

내 쪽으로 다가온 그들이 위협하는 목소리로 소리쳤다. 그들 중의 하나가 총을 바로 세우며 한 손으로 내 어깨에 멘 망사리를 끌어내렸다. 재수가 없으면 망사리 속에 든 해산물을 모두 뺏길 수도 있었다. 나는 붉은 눈으로 군인들을 빤히 올려다보았다.

"지금 비상사태라는 것 모릅니까. 누구 마음대로 여기 들어와 작업하라고 했습니까?"

귀에 물이 들었는지, 밀랍으로 막아놓은 한쪽 귓구멍이 멍멍해서 그들의 말이 잘 들리지 않았다.

"무사 경험수꽈? 날 심어가젠? 심어갑서. 나는 이제 죽어도 한이 없는 사름이라마씸."

나는 죽은 아들을 생각했다. 뼛가루가 든 항아리를 받아든 그 순간부터 내 가슴에 은결이 들어 사리처럼 맺혀 있던 아들의 얼굴, 하얗게 지워진 듯 아득하던 아들의 얼굴이 그들의 얼굴 위에 또렷이 겹쳐졌다. 내 눈에 독기가 서렸던지 망사리를 이리저리 흔들어 보던 군인이 내 발부리에 망사리를 휙 던졌다.

"어서 나가십시오. 지금이 어떤 때라고."

나는 망사리를 집어 어깨에 짊어졌다. 군인들이 내 뒤를 따라왔다. 나는 옷 보따리를 챙겨들고 가파른 벼랑길을 기어올랐다. 벗지 못한 고무옷에서는 물이 질질 흐르고 벼랑에선 돌무더기가 쏟아져 내렸다. 왜 그런 생각이 들었던지, 군인들에게 몰려 철망 밖으로 쫓겨나면서도 하나도 두렵지 않았다. 그들이 총부리를 내 가슴 앞에 바짝 겨누고 금방이라도 방아쇠를 당길 듯이 위협할 때도 그랬다.

내가 나흘을 누웠다 물질을 나갔던 그때가 마침 대통령이 총에 맞아 죽은 다음날이었다. 그러나 내 아들이 죽었다는 것 외에 내겐 아무것도 중요하지 않았다. 내 목숨마저도.

에필로그

"으이구, 모진 놈!"

아들 생각에 사로잡히면 나도 모르게 가슴이 죄인다. 그리움도 다 말라 이젠 원망밖엔 남은 것이 없다. 그 원망마저도 덤으로 얹혀 산 내 인생에 아무짝에도 소용이 없지만, 아주 없어지지도 않는다. 살아서 못할 일이 무엇이 있다고, 입이 열 개라도 죽어버리면 그 마음 하나 발설할 수 없는 것을.

먼저 간 내 자식들은 하나같이 사무친 마음을 짐짝처럼 내게 지워놓고 갔다. 살아 있는 것이 죽은 것보다 더 못했던 세월. 늙고 병들어도 내 마음 안에 갇힌 세월들은 하나도 늙지를 않아 때때로 진창 속에 처박힌 이 마음이 징그럽다.

박 서방이 새벽에 가져온 가자미를 다져 물회를 해서 밥을 한 술 뜨고, 씻을 것도 없는 설거지를 해치우고 집단속을 하고 나자 더 이상 시간이 흐르지 않는다. 촐랭이할망이 그렇게 어이없이 가고부터 시간에 대한 감각도, 계절에 대한 감각도 자꾸만 무뎌진다.

딸들은 내가 물옷을 벗어 자기들 속이 다 시원하다고 말하겠지만 아들이 죽고 나서부터 나는 물질을 하다 죽어지면 그게 내 복이라 생각했다. 내가 무슨 정신으로 사시사철 고무옷을 입고 물속으로 들어가 전복을 따고 미역을 캐고 성게를 잡았는지. 그저 된 숨 물고 곤두박질쳐 물속으로 들어가면 수경 속에 눈물이 번져 바다 밑이 제대로 보이지 않았다. 그렇게 어이없이 갈 줄은, 제 손으로 생목숨을 끊을 독한 놈일 줄은 차마 몰랐었다. 얼마나 마음이 사무쳤으면 평생 물속에서 곤두박질치며 산 어미를 버리고 갈 생각을 했을까.

천으로 된 작은 손가방을 들고 집을 나선다. 무릎 관절에서 뼈가 갈리는 소리가 들리는 듯하다. 자다가도 무릎을 톱으로 썰어 내듯 하는 통증에 눈을 뜨면 날이 샐 때까지 뜬눈으로 보내게 된다. 딸들은 부쩍 무릎 통증을 호소하는 내게 인공 관절을 대는 수술을 하자고 성화지만 살날이 얼마나 남았다고 몸에 칼을 댈까. 물질을 다닐 때도 여전히 무릎은 아팠지만 물속에서 느끼는 통증은 뭍에서와는 달리 무르고 연했다. 뭍에 있을 때 곱절로 느껴지던 고통도 물속에서는 씻기듯 편안했다. 테왁을 껴안고 물너울을 타고 바다 한가운데로 나가다 보면 일없이 애 끓고 서럽던 생각들이 물이랑 속에 묻혀 뒤로 물러났다. 그렇게 씻어내지 못했다면, 억울하고 아프기만 한 세월을 어떻게 살아냈을까.

마른 땅을 디딜 때마다 내 몸이 한쪽으로 기운다. 나도 모르게 입에 선 된 날숨소리가 터진다. 숨소리도 늙어 바람이 빠지듯 맥없이 잦아든다. 느릿느릿 빨래를 치댈 때도, 앉은뱅이처럼 손바닥 힘으로 옮겨 다니면서 방바닥에 걸레질을 할 때도, 방문 너머 푸슬푸슬 찰기를 잃은 허전한 텃밭을 내다볼 때도, 나도 모르게 숨비소리가 터진다. 내 숨소리를 내 귀로 또렷이 듣고 느낄 때는 코끝이 시큰하게 울린다.

"휘유우우—"

나는 나도 모르게 입속에 고인 숨을 되게 뿜어 올리며 버스가 다니는 찻길로 올라선다. 검은 콜타르를 잔뜩 쏟아부어 새로 깔아 놓은 번들번들한 도로는 인적 하나 없이 고요하다. 끈적끈적한 콜타르가 묻어나올 듯한 길이 시월의 여린 햇살을 빨아들이고 있다. 버스 표지판 하나가 달랑 서 있는 한길 가에 자리를 잡고 앉아 멍하니 차가 나타날 쪽을 쳐다보고 있다.

차부에서 출발한 차는 동네를 한 바퀴 돌아 바닷길을 끼고 해안 마을 굽이굽이를 돈다. 예전엔 장골산 골짜기 목넘에 고개를 넘자면 나무뿌리를 타고 흐르는 수맥이 흩어져 있어 물이 찔꺽거리고 신발이 곤죽이 되었다. 그 가파른 골짜기를 올라서서 허리를 펴면 배들이 정박해 있는 항구며 바다에 떠 있는 듯이 보이는 우뚝 솟은 대밭산(竹山)과 마미산 아래 해송 숲에 들어앉은 군부대 너머 아득한 수평선이 한눈에 들어왔다. 해안가를 둘러싸고 있던 철조망이 걷힌 지 오래고 마을에 주둔했던 군부대들도 십리 밖으로 빠져나가고, 드문드문 초소들의 흔적만 남아 있지만 예전엔 군인들 천지였다.

안개 짙은 새벽에 군홧발을 쩔렁거리며 마을 순찰을 돌던 어린 군인들. 그들은 동짓날이나 정월 대보름이 되면 군용 들통을 들고 집집마다 돌며 팥죽과 찰밥을 걷어 가고, 김장철에는 김장김치를 얻으러 다녔다. 하급 장교들은 동네 처녀들과 눈이 맞아 콧구멍만 한 방 한 칸 빌어 살림을 차렸다가 임기가 끝나면 여자를 버리고 도망가기도 했었다. 학교 앞에서 점방을 벌여 놓고 코흘리개들을 상대로 학용품이며 과자를 팔았던 복자 친구 곱사등이 금이가 하사와 눈이 맞아 살다가 뱃속에 다섯 달 된 아이를 품고 농약을 마신 것도 이미 오래전의 일이다. 목에 딱 붙은 손바닥만 한 얼굴이 얼마나 해사하던지, 웃기 잘하고 심덕이 좋아서 제 몸이 그런 처지와는 다르게 밝게 살 아이였는데 몹쓸 길을 가고 말았다.

주유소 모퉁이를 돌아 나오는 버스가 보인다. 제재소 집이 헐리고 한동안 공터로 남아 있던 자리에 주유소가 들어선 건 몇 년 되지 않았다. 제재소 집 큰아들이 이민을 가고 몇 년 뒤에 제재소 집은 방앗간과 산판, 제재소를 몽땅 팔아치우고 서울로 옮겨 갔다. 사람의 마음이라는 거, 비바람에 바윗덩어리가 녹는 것만큼이나 쉽사리 흩어져 버릴 수 없다고 생각했던 그 마음이라는 거, 그것도 살아 보니 믿을 게 못 되었다. 들리는 소문에는 미국에서 얼마 못 살고 돌아온 은애는 시집을 가서 서울 어딘가에서 잘살고 있다고 했다. 한때는 그 애 때문에 기환이가 죽었구나 싶어서 참 많이도 원망했었다. 하지만 이제는 그 아이에 대한 미움이나 원망조차 부질없는 일이다 싶어진다. 그 아일 잊을 수 없는 혹독한 아픔 때문에 내 아들이 죽었다 해도 산 사람은 그 마음의 반도 알 수 없을 테니, 죽음이 산 세월의 전부를 가져가 버렸으니…….

나는 무르팍에 손을 짚고 힘겹게 자리에서 일어선다. 버스가 완전히 몸체를 드러냈을 때야 눈앞에서 일렁거리던 희뿌연 햇살이 걷히는 듯 환해진다. 아들 기환이의 얼굴이 그 햇살 속에 희미하게 흔들린다. 기환이가 죽고 삼 년쯤 지났을 때였던가. 기환이가 쓰던 아랫방을 고치고 부엌을 달아 세를 놓으려고 공사를 할 때였다. 이 사람, 저 사람 방을 달라는 사람들이 많았다. 그때는 타지에서 들어온 뱃사람들도 사글세를 많이 살았고, 다방 레지들도 방을 얻어 잠만 자고 방값은 후하게 쳐줬다. 공사는 남편 손으로 직접 했는데, 잔손 가는 일은 내가 다 거들어야 했다. 방구들을 뜯던 날이었다. 기환이가 보던 책이나 지녔던 물건들, 졸업 앨범들도 유품을 태울 때 모두 없애서 하나도 남은 게 없는 줄 알았는데 장판 밑에서 기환이의 사진이 여러 장 나왔다. 남편이 아마도 그걸 챙겨서 아무도 몰래 장판 밑에 묻어 두었던 모양이었다. 군에 입대해서 처음 찍은 사진이라고 보내온 독사진과 고등학교 때 친구들 여럿과 어깨동무를 하고 찍은 교복 입은 사진, 남편이 새어머니 초상을 치르러 기환이만 데리고 고향에 들어갔을 때 한림부두에서 찍은 사진도 있었다. 까까머리에 커다랗게 열린 눈과 쫑긋 선 귀, 열다섯 무렵의 아직 세상 아픔과 고통을 알지 못하던 때의 아들의 사진. 열다섯, 열여덟, 스물이 넘어 사내 티가 완연한 그 애가 마치 나를 빤히 쳐다보고 있는 것만 같았다. 그 사진들을 남편 몰래 반짇고리 속에 감춰 두었다. 그런데 어떻게 그 사진들이 반짇고리에 든 걸 알았는지 어느 하루 술에 취한 남편이 모두 아궁이 속에 집어넣고 불을 질러 버렸다.

자식한테고 나한테고 평생 따스운 말 한마디 건넨 적 없는 무뚝뚝했던 남편. 술만 아니면 멀쩡하기 그지없던 남편은 기환이가 죽고 나서는 거의 사람 구실을 못하게 술을 마셨다. 말년에는 중풍에 치매까지 겹쳐서 삼 년을 송장처럼 방구석에 누워 지냈는데, 남편은 죽을 때까지 아무것도 기억하지 못하는 어린아이처럼 살다가 갔다. 그렇게 세상 모든 것 다 내려놓고 원망도 없이 간 것이 차라리 남편에겐 복이었다. 술 없이 멀쩡한 정신으로 살기엔 남편에게도 이 삶이 버거웠을 것이다. 지금이야 술로라도 억한 심정을 달래려 했던 남편을 이해하지만 내 가슴을 숱하게 찢어 놓고 애꿎은 자식들 가슴엔 씻지 못할 아픔을 새겼다.

속력을 줄이며 다가온 버스는 저만치 앞질러 가서야 멎는다. 덜덜거리며 서 있는 버스를 향해 절뚝거리며 걸음을 서두른다.

"아이구 엄마요, 병원 갈라꼬 나왔는교?"

차창 밖으로 고개를 내뺀 연희엄마가 더디게 걸어오는 나를 보고 소리를 지르더니 버스 앞문까지 쫓아 나와 허둥대는 내 손을 잡아 안으로 끌어올린다.

"일보레 나감시냐?"

연희엄마 옆에 자리를 잡고 앉아 숨을 고르며 묻는다. 가슴에서 따갑게 올라오는 피리 소리 같은 날숨이 쉬 가라앉질 않는다.

"버스 타고 나갈 일이 있으만 연희아버지 새북에 갔을 때 이르지 그랬는교. 다리도 올찮은 양반이 어짤라꼬 고집은 피워쌌는지. 이럴 때 자석 부려 먹지 언제 쓸라꼬요."

내 말에 대답은 잘라먹고 연희엄마는 어린애에게 하듯 나를 나무란다. 자식이라는 말, 그 말을 들을 때마다 가는 세월이 무참하게도 아직도 가슴이 설컹거린다. 쉴 새 없이 깜빡이는 의안은 아예 초점이 없지만, 항시 어긋나 있는 듯 희뜩한 그 눈을 나는 똑바로 쳐다볼 수가 없다. 평생을 저 눈 때문에 약을 먹어야 하고, 인공 눈물을 넣어 주어야 하고, 반쪽밖엔 보지 못하고 살면서도 누가 뭐래도 연희엄마는 내 움딸 노릇을 했다.

"엄마요. 요새도 물에 들어갔던교?"

연희엄마는 걱정스러운 얼굴로 나를 쳐다본다. 그 마음 쓰는 것이 언제라도 고맙다.

"쉬었단 허젠허난 몸도 말을 안 듣곡 눈도 베리지도(보이지도) 않곡, 물질은 이제 설러부런. 여름에 막냉이 왔을띠게 손님들한티레 대접할 거라도 호썰 할카 하고 들어간 뒤로는 고무옷은 창고에 처박아뒌게. 아시날도(어제도) 텃밭 호썰 멘나난 아팡(아파서) 좀을(잠을) 못 잤다게."

"마, 인제는 물일이고 밭일이고 할 생각일랑 하지도 마소. 여름에 막내 동생 왔을 때 엄마 걱정을 마이 하디더. 내사 마 미안해서 엄마한테 할 말도 없니더. 덕장 일 다니느라 바빠싸서 자주 들여다보지도 몬하고. 그래도 올 때마다 동상들이 우리한테 인사하러 꼬박꼬박 오는 거 보면 참 고맙게 생각하니더. 날 언니라 생각하께네 집에 내리올 때마다 찾아오지요. 내가 동생들한테 해준 기 아무껏도 없는데."

"무사 그런 말을 곧냐게. 어멍 애 쓰멍 사는 걸 누게가 몰라? 귀영머리가 희어 손주도 봐신디 우리 아이들 눈치 보지 말앙 살아사주. 말만 고라도 막 고맙다게 어멍아."

"참, 엄마도 무슨 그런 소릴 하는교. 동상들이 어디 남인교. 그런 소리 더는 마소. 세상 천지에 내가 동상이 어딨고 엄마라꼬 부를 사람이 어딨는교. 원 없이 엄마 소리 해가면서 사는 것도 다 내 복이시더."

연희엄마는 두꺼운 손으로 내 손등을 문지른다. 나는 좌석 등받이 깊숙이 몸을 묻고 조였던 허리끈을 풀어 놓은 것처럼 편안한 마음으로 창밖을 내다본다. 목넘에 고개는 납작하게 깎여 더 이상 산이랄 수도 없는 오르막길에 지나지 않지만 차창으로 다가드는 바다는 벼랑 아래 펼쳐졌던 옛날 그 바다와 하나도 다를 게 없다.

힘들고 어려웠던 시절에는 고개마저 왜 그리 높고 길은 험했던지. 보라성게가 제철인 여름 한철에는 목넘에 바다도 기와집할망이 입찰을 받아 놓은 짬이어서 우리 아이들은 이 고개를 지긋지긋하게 넘어 다녔다. 성게 까는 작업을 하고 돌아올 때면 해가 다 간 저녁이었다. 발부리만 말갛고 먼 데서부터 어둠이 들기 시작했다. 그러다 고개를 숙이면 어느새 어둠은 캄캄 절벽 발부리를 집어삼켰다. 뒤에 따라오는 아이들은 몇 발짝 걷다 엄마! 하고 부르고 또 몇 발짝 걷다가 엄마! 하고 불렀다. 아이들의 등에 멘 짐에서는 성게 깔 때 썼던 얇은 알루미늄 그릇들이 부딪치는 소리가 났다. 어둠 속에서 엄마! 하고 부르는 소리가 들려도 나는 걸음을 늦추지 않았다. 빨리 가서 기와집에 성게를 넘겨주고 저녁을 지을 생각에, 집안일 생각에 몸이 뜨고, 술 먹고 처자빠져 있을 남편 생각에 가슴이 답답하고 머릿속이 묵직했다. 내가 힘에 겨워 휘이잇, 휘파람새 같은 날숨소리를 내뿜으면 그림자도 지워진 내 뒤를 따라오던 아이들은 그 소리로 내가 있는 거리를 가늠

하곤 했다. 고개를 굽이굽이 돌아도 보이지 않던 마을의 불빛. 목넘에 고개 너럭바위에 올라서면 그때서야 막혔던 숨이 터지면서 등에 멘 물옷 보따리의 무게가 일순 가벼워지곤 했다.

이 고개를 넘나들던 시절은 그래도 젊었다. 다리에 힘이 살아 있고, 등에 멘 삶의 무게도 악착같이 견디면 이겨낼 수 있었다. 젊은 시절 고향을 떠나와 정착한 낯선 타관에서 그래도 믿고 의지할 구석이 있었다. 열여덟에 시집가 낳았던 내 첫 자식, 열한 살의 어린 복자를 믿고 타관으로 나왔다. 복자가 커서 시집을 갈 때는 궂은일 다 잊고 이제 제대로 살 날만 남았다고 생각했다. 인생이란 것이, 사람살이란 것이 무에 대수랴. 바라보지 못할 곳은 쳐다보지 않고, 내 발밑에 우글거리는 뻘밭을 매면서 살아가자면 옛말하며 살 날이 있을 것이다, 생각했다.

남편의 호적에도 올려주지 못했던 내 딸, 복자. 그 애가 세상을 버렸을 때 나는 또 내가 살아야 할 이유를 악착같이 물었다. 어금니에 물린 혓바닥 같은 내 아들, 내 자식들……. 더러운 내 팔자에 속고 또 속으면서도 더 이상 빼앗길 것이 내 목숨밖에 없다는 걸 알았을 때, 나는 아무것도 담은 것이 없는 빈 몸뚱어리, 헛것뿐이었다.

"엄마요, 오래 사시소."

꿈결인 듯싶게 나른한 귓가에 연희엄마의 목소리가 들린다.

내 딸들도 그런 말을 한다.

"엄마, 오래 사세요."

그럴 때마다 나는 딸들에게 욕을 한다.

"이 어멍은 죄가 많아부난 죽지도 못할커라. 벽에 똥칠허멍 귀신처록 살아도 그것이 사는 거라? 이 어멍더러 혼저 죽으랭 빌라."

내가 그런 말을 할 때 딸들은 서글픈 얼굴을 하고 나를 안타깝게 쳐다본다. 내가 산 세월들을 자식들이 알 리 없지만, 남은 자식들은 또 그들 몫의 아픔이 있었을 것이다. 자식들이 내게 말 못한 아픔을 내가 어미의 본능으로 짐작하고 가슴 아렸듯이 어쩌면 내 자식들도 자식의 본능으로 어머니가 살아온 고통스런 시간들을 저희들 몸에, 저희들 삶에 나름대로 새겼을 것이다. 늙은 몸 저 밑바닥에 뿌옇게 가라앉은 지난 시절의 망령들이 한꺼번에 되살아날까 봐 나는 부르르 몸을 떤다. 연희엄마가 떨리는 내 손을 꼭 잡아준다.

"날더래 오래 살앙 무신 걸 더 보란 헨?"

그러나 입속으로 중얼거리듯 하는 내 말을 연희엄마는 못 들은 듯하다. 오래 살아서 더 볼 게 남았던가. 깊은 숨을 내쉬며 지그시 눈을 감는다.

버스는 요동도 없이 매끄럽게 포장된 바닷길을 달린다. 눈을 뜨지 않아도 버스가 굽잇길을 돌 때면 내 몸은 여기가 어디쯤인가를 감지한다. 늙어 가는귀가 먹고 틀니를 빼면 시커먼 구멍뿐인 몸뚱어리에 지난 시절의 기억들이 내 살을 파먹으며 산다. 어느 땐 올렛담 너머로 아득한 고향 앞바다가 출렁이는 것이 보이고, 한라산을 씻고 내려온 뒷숲의 바람 소리가 머리맡을 훑는다. 뜨거운 꿈속, 얼굴을 알아볼 수 없는 망령들이 춤을 추며 일어서는 밤마다 잠을 깨면 머리맡이 춥고 온몸이 떨리던 기억들 속에 아프고 괴로웠던 시절들만 있었을까.

눈에서 멀어진 것들은 마음에서도 하염없이 멀어져 다만 한 장의

흑백 사진보다도 못하게 흐릿하게 새겨진 고향, 내가 태어나고 자랐던 섬……. 나는 한 번도 그곳으로 돌아갈 마음을 먹은 적이 없지만 내가 새로 뿌리를 내리고 산 이곳 역시 나에게나 남편에게나, 내 자식들 모두에겐 또 하나의 섬이었다.

| 해설 |

물질적 근원에 밀착된 삶의 언어

황광수

장편소설에서 과거를 돌이켜 보게 하는 동기는 사건의 발단과는 전혀 다른 성격을 지닌다. 거기에는 긴 시간 속에서 다양한 요소들이 서로 뒤얽히고 용해되면서 서서히 하나의 꼴을 갖추게 된 모종의 결정성이 작용하고 있다. 현기영이 『지상에 숟가락 하나』에서 "지금 나에게는 오늘의 밝은 태양보다 망각된 과거가 더 중요하다"고 말한 데에서도 그러한 현상이 엿보인다. 그러한 동기에는 더 이상의 생성이 이루어질 수 없는 어떤 한계에 대한 회상 주체의 자각이 작동하고 있다. 『숨비소리』 화자의 현재 의식에도 남아 있는 것은 한 생의 종말로서의 '죽음' 뿐이라는 의식의 반사막 같은 것이 존재한다. 이 작품의 '프롤로그' 에는 더는 물옷을 입지 못하는 화자의 "죽을 일만 남은" 막막한 시간 속으로 불쑥 날아든 사진들—화자가 물질을 막 끝내고 뭍으로 오르는 순간에 찍힌—로 인해 잠을 못 이루고 자신의 생을 돌이켜 보게 하는 동기가 서술되어 있다. 그렇지만, 닫혀 있는 미래를 의식할 수밖에 없는 화자의 현재의 삶에 비추어 보면, 그 사진들은 화자의 회상을 이끌어내기 위해 작가가 마련해 놓은 최소한의 소설적 장치일 뿐이다. 어쨌든, 화자는 "죽어서

나 다시 찾아가 보리라 생각했던 그곳, 이미 오래전에 가슴에 묻어 버렸다고 생각했던 고향 섬이 내 눈앞에"(17쪽) 떠오르는 심리 현상을 맞이하게 된다. 그렇게 떠오르는 그녀의 과거는 죽어서나 찾아가겠다고 묻어 버렸을 만큼 깜깜한 암흑에 감싸여 있다.

그 암흑은 빛을 반사하는 거울 효과를 빚어낸다. 이 말은 단순한 반어적 표현이 아니라 실재하는 물리적 현상이지만, 인간의 비참한 현실이 불러일으키는 심리적 효과—여기에는 독서 효과도 포함된다—에 대한 비유로 쓰일 수도 있는 것이다. 어두운 밤, 불 켜진 실내에서 창 쪽을 바라보면 유리 표면에 허옇게 떠오르는 자신의 얼굴에 소스라치게 놀랄 때가 있다. 그것은 유리와 대상 사이의 거리만큼, 어둠 깊숙이, 허깨비처럼 떠 있다. 그러다가 방 안이 어두워지거나 밖이 환해지면, 그 상도 가뭇없이 사라진다. 그 어둠 속 존재들의 배후에는 엄청난 파괴력을 내장한 폭력성이 잠복해 있지만, 그것을 인식할 수 없는 이 소설 속 화자의 의식은 자신이 걸어온 길만을 오롯이 비추고 있다. 그 길은 축소되거나 연장되지 않고, 그녀의 회상은 날아오르거나 건너뛰지 않는다. 먼 과거로부터 한 발 한 발 톺아 오는 화자를 따르는 동안 우리의 의식은 온갖 관념들과 허상들을 덜어내며 서서히 물질적 표면으로 닻을 내리게 된다. 그 표면은 화자의 의식이 가닿을 수 없는 광막한 어둠 속에 잠복해 있던 폭력적인 힘들이 불쑥불쑥 드러나는, 그래서 힘없는 인간들의 삶이 갈기갈기 찢길 수밖에 없는 장소이다. 화자는 자신의 생활 영역 밖으로는 한 번도 이탈해 본 적이 없기에, 그녀의 몸속에는 그러한 폭력의 흔적들이 고스란히 새겨져 있다. 그래서 그녀의 한뉘는 그 자체로서 한

시대의 역사 · 관습 · 남성의 폭력에 대한 정직한 증언이 되고 있다.

화자에게 닥쳐오는 불행한 일들은 파도처럼 끊임없이 밀려오기에, 때로는 참담한 사건들의 파노라마처럼 보인다. 그러나 이러한 사실은 사건의 발단-전개-종결로 이루어지는 서사에 초점을 맞추기보다는 한 인간의 몸과 의식에 새겨진 폭력들을 통해 한 시대를 증언하려는 작가의식의 소산이다. 그래서 "무서웠던 그 세월, 한 번도 입 밖에 내본 적 없던 얘기 (중략) 내 자식들에게도 입을 연 적 없는 얘기"(15쪽)를 하면서도, 화자는 좀처럼 격정에 휩쓸리지 않는다. 이러한 현상은 작가가 제공하는 언어 체계와 사건들이 발생한 시간과 회상의 시간 사이의 거리에서 비롯되고 있다. '프롤로그'에서 화자는 "왜정 시대에 태어나 사태를 겪고 젊은 날 겨우 목숨 부지한 제주 사람들은 누구라도 그 시절에 원한 없는 사람이 없었다. 사돈의 팔촌까지 갈 것도 없었다. 촐랭이할망처럼 온 식구가 몰살을 당하고 혼자만 살아남은 사람들도 수두룩했으니. 그때 혼자되어 육지로 떠돌면서 고생하며 산 얘기는 책으로 엮으면 몇 수레나 실어갈 거라고 말하던 사람이 촐랭이할망이었다"(13쪽)고 회고한다. 그러니까 이 작품은 수만 명도 더 될 그들의 이야기들 가운데 하나를 담고 있는 셈이다.

화자가 태어난 때는 대공황이 자본주의 세계를 휩쓸었던 1929년이고, 태어난 곳은 육지의 권력에 의해 끊임없이 수탈당한 제주도의 북쪽 해안에 위치한 '논깍'이라는 마을이다. 화자는 열일곱 살에 해방을 맞이한 후 '왜정 시대'보다 더 무서운 수탈과 폭력에 시달리다가 열여덟에 시집을 간다. 4·3사건이 일어나 '산 폭도'와 토벌대 사이에서 빚어진 무서운 참화 속에서 살아남은 화자는 가끔 자신이 왜 미칠 수조차 없는지 의아해하기도 한다. "아들의 시체를 끌어안고 시어머니는 혼이 나가 버렸다. 마을 남자들이 남편의 시신을 메어다 뒷밭 기슭에 묻었다. 시어머니는 손톱이 달아난 갈퀴 같은 손으로 귀신처럼 아들을 묻어 놓은 흙을 파 헤집었다. 그러나 나는 미쳐 버릴 수도 없었다. 차라리 시어머니처럼 혼이라도 나가 버렸으면 싶었다. 멀쩡한 정신으로 남편의 죽음을 받아들이기가 어려웠다. 내 나이 고작 스무 살이었다."(105~106쪽) 화자는 4·3사건에 뒤이어 한국전쟁을 겪은 후, 경상도 남쪽 해안으로 이주하여 박정희 시대가 끝날 무렵까지 첫 남편의 죽음, 자식들의 잇단 죽음, 끈질기게 따라붙는 가난으로 숨 돌릴 틈도 없이 생존의 극한상황에 내몰리고 있다. 게다가, 제주의 전통적 관습과 무관하지 않은 남편의 폭행과 경제적 무능으로 인한 생활고 속에서 가족들의 생계까지 혼자서 떠맡고 있다. 이런 남편이 '고대구리 어선'을 사겠다며 집문서를 가지고 나간다. "나는 문지방을 타 넘는 남편의 바짓가랑이를 붙잡고 늘어졌다. 남편이 발길질로 나를 걷어차고 엎어진 나를 밟고 방문턱을 넘어갔다."(242~243쪽) 육지에 와서 낳은 아들도 또 다른 차원에서 화자에게 남편 못지않은 폭력을 행사한다. '사랑'이나 '행복' 같은 감정을 지녀 본 적이 없는 화자가 "이제 내 아들이 장성한 청년이 되어 여자 때문에 밤이 늦도록 헤맨다고 생각하자 서운한 감정보다 가슴 한쪽이 차갑게 시려왔다"(270쪽)고, 연애하는 아들의 감정을 이해하지 못하는 것은 지극히 당연해 보인다. 사랑하는 여자가 부모에 의해 강제로 해외 이민을 가게 되자, 군복무 중인 아들은 목을 매 자살하여 싸늘한 시신으로 어머니를 맞이한다. “나는 아들의 관이 화장장으로 옮겨져 불구덩이 속으로 들어갈 때도 똑바로 쳐다보고 있었다. 차라리 눈이 멀기라도 했으면……. (중략) 나는 정신을 잃지도 않았고, 목 놓아 울지도 못했고, 허방 속으로 푹푹 빠지는 것 같은 빈껍데기뿐인 내 몸을 누구에게 의지하지도 않았다.”(301쪽) 이 대목에 이르면, 해녀인 어머니가 아들을 대학에까지 보낸다는 사실 자체가 하나의 역설처럼 느껴지며, 자신의 삶과는 차원이 전혀 다른 딴 세상으로 아들을 떠나보내는 것이라는 생각이 엄습해 온다. 나흘 동안 누워 있다가 다시 물옷 보따리 짊어지고 삽짝을 나서는 그녀는 “눈에 보이는 것이 죄다 죽은 듯”(303쪽) 보이는 심리 상태에 빠진다. 아들 생각이 날 때면, 그녀는 가슴을 죄어오는 통증을 느끼면서도 “그리움도 다 말라 이젠 원망밖에 남은 것이 없다”(308쪽)고 마음속으로 말한다. 이러한 정신적 공황 상태에서도 그녀의 노동은 지속된다.

> 멍게 하나 주워 올라오면서 울고, 전복 하나, 성게 하나 주워 올라오면서 울었다. 전복이 다닥다닥 붙은 바위를 발견하고는 긴 숨을 물고 곤두박질쳐 들어갔다. 빗창으로 전복을 떼어 족대기에 담고 물 위로 솟구쳐 올라와서는 내가 무엇 때문에 이 물속에서 헤매고 있나 생각하면 다시 슬픔이 차올랐다. 그럴 때는 테왁에 온몸을 의지해 물살에 몸을 맡긴 채 빈 숨을 휘-잇, 휘-이이, 길게 내뿜었다.(304쪽)

악천후로 불가피하게 작업을 쉴 수밖에 없는 날을 제외하고 하루도 빠짐없이 육십 년 가까이 해 온 물질로도 물리칠 수 없는 것이 가난이었다. 그녀는 단 한 번도 쌀밥을 마음껏 먹어 보지 못했기에, 몸에 좋다고 딸이 권유하는 잡곡밥을 한사코 기피한다. 그것은 단순한 심리적 외상이라고는 말할 수 없을 만큼 그녀의 감각과 생리를 사로잡고 있다. 그녀의 삶은 다양한 폭력들에 무방비 상태로 노출된 채 어떠한 희망도 들어설 여지가 없을 만큼 늘 생존의 벼랑 끝으로 내몰려 왔다. '물질'은 자연 그대로인 바닷속 깊이 자맥질해 들어가서 터질 듯한 숨을 억누르며 해산물들을 건져 올리는 것이라는 점에서 그녀는 생산—이러한 말조차 무색할 만큼 자연에 밀착해 있지만—의 최전선에서 벗어난 적이 없지만, 화자는 왜 살아야 하는지조차 모르는 채 생명을 부지하고 있을 뿐이다. 그러기에 화자는 쉰도 못 되어 몸이 망가지기 시작했고, 늙어서 물옷 벗고 나면 해골만 남는 다른 해녀들처럼 칠순을 넘긴 그녀에게 남은 것은 병든 몸뿐이다. 이러한 화자에게 유일한 인간적인 위안거리는 죽은 큰딸의 빈자리에 들어와 '움딸' 노릇을 해 주는 연희엄마이다. 의지가지없는 고아 출신인 여성에게서 인간적인 정을 잠시 느껴 보는 것 이외에 화자에게 남겨진 것은 아무것도 없다.

『지상에 숟가락 하나』에서 현기영은 자신이 자전적 소설을 쓰게 된 동기를 이렇게 밝히고 있다. "이 글을 쓰면서 보람을 느낀다면, 잊혀진 과거로부터 기적처럼 다시 태어나는 그러한 순간들 때문이다. 이 글을 쓰는 행위가 무의식의 지층을 쪼는 곡괭이질과 다름없을진대, 곡괭이 끝에 과거의 생생한 파편이 걸려들 때마다, 나는 마치 그때 그 순간을 다시 한 번 사는 것처럼 희열에 휩싸이는 것이다." 과거를 돌이켜 보며 희열을 느끼고 있기에, 현기영의 작품에는 곳곳에 서정적인 묘사들이 빛을 발하고 있다. 그러나 『숨비소리』에서 자연에 대한 묘사는 극히 제한되어 있다. 이 작품에서 자연에 대한 묘사가 꽤 길게 적극적으로 이루어지고 있는 대목은 해안 마을에서 산골 마을로 시집가던 날 험난한 미래를 예고하듯 거세게 불어오는 '바람'과 관련되어 있다.

> 동짓달 초닷새, 먼 바다를 허옇게 뒤집으며 불어오는 날 선 바람은 광목 찢어지는 소리를 냈다. 그 바람에 천지가 뿌옇게 흐렸다. (중략) 어느 마을의 모퉁이 길에선가 당집의 늙은 당산나무 가지가 독교의 지붕을 후려치는 소리에 놀라 잠시 멈추기도 했다. 왜 그때, 올케언니가 베갯속에 넣었다는 부적과 칼과 활이 들었다는 붉은 주머니가 떠올랐을까.(73쪽)

> 늘 듣던 바닷소리가 들리지 않는 밤이 낯설었다. 들바람이 돌아 내려간다는 우묵한 산간의 한가운데, 스무 채 남짓한 집들이 패를 짓듯 몇 채씩 들어앉은 마을 뒤로는 허연 눈을 고깔모자처럼 뒤집어쓴 한라산 영봉이 어두워지는 구름 위에 떠서 아득하게 보였다. 잎 털린 나무숲을 훑고 내려오는 첫날밤의 숭숭한 바람 소리, 그 바람 소리는 한라산이 품고 있는 높고 낮은 오름들을 훑고 내려와 서걱거리는 햇이불과 베갯머리에 스며들었다.(77쪽)

앞의 예문은 거칠게 불어오는 바람을 통해 미래에 대한 불길한 예감을 드러내고 있고, 뒤의 것은 바닷소리가 들리지 않는 산골에서 맞이한 첫날밤의 낯선 느낌을 묘사하고 있다. 그러니까 이러한 대목들 역시 자연현상을 빌어 화자의 심리를 묘사하고 있을 뿐이다. 화자의 고통스러운 심리에 초점이 맞추어져 있는 대목들은 언제나 폭력과 맞닿아 있다. 그러기에 화자의 고통이나 낯선 심리에 대한 묘사는 그 자체가 폭력의 가혹성에 대한 묘사일 수밖에 없다. '산 폭도'와 토벌대 사이에 끼어 남편 죽고 집이 불타고 시어머니가 불 속으로 뛰어드는 참혹한 일을 겪고 갓난아이와 함께 살아남았을 때 화자는 심리적 파탄의 임계점에 달한다. "사람이 어떻게 모진 일을 한꺼번에 당하고도 정신이 온전하게 붙어 있을까. 나는 붙어 있는 내 목숨에 내 손으로 밥숟갈을 떠 넣고 아이 똥오줌을 가려 주고, 젖을 물리고, 우는 아이를 어르면서도 내가 산목숨이 맞는가 싶어 미친 사람처럼 혼자 흐물흐물 웃기도 했다."(115쪽) 화자가 가장 낯설어하는 것은 자신의 '산목숨' 그 자체일 만큼, 그녀의 생존에는 모종의 강제력이 작용하고 있다. 앞의 예문으로 보면, 그것은 아마도 젖먹이 아이일 것이다.

화자가 겪은 폭력의 기억들은 잠시의 여유만 생겨도 그녀의 의식 속으로 침투해 들어와 열에 들뜨게 한다.

> 사람에게 생각할 마음의 여유가 생긴다는 것, 가만히 묶인 채 도리 없이 무언가를 생각나게 하는 시간이 닥치면 가슴이 먹먹해서 어쩔 줄을 몰랐다. 내 머릿속에 잡귀가 들끓지 못하게 가루가 되도록 몸을 놀리며 살아온 세월, 그 세월이 녹록하게 풀어져 이렇게 힘없이 늙은 것을 생각하면 허망했다.(112~113쪽)

> 잊었다고 덮어 두었던 것들이 어느 날 아침, 잠에서 깨면 한꺼번에 되살아나 나를 후려치는 것 같았다. 그런 날은 마른 몸이 아프고 가슴이 절절 끓었다. 사는 건 뜨겁지도 않고 그저 미지근한 물에 발을 담그고 있는 것과 같은데 가슴에 고여 있는 것들이 저들끼리 엉겨서 끓고 끓다가 차갑게 식어 딴딴하게 굳었다.(167쪽)

이처럼 무엇으로도 보상받을 수 없는 참담한 삶이 존재하게 된 데에는 중첩된 역사적 · 사회적 조건들과 폐쇄적인 사회의 남녀불평등 구조가 동시에 작용하고 있다. 역사적 조건의 중심에는 4·3사건이 자리 잡고 있는데, 미국의 입장에서 보면 그것은 이차대전 이후 확장되는 공산주의의 영향력에 대한 봉쇄정책이 실패로 돌아가자 롤백 작전(잃은 것을 되찾으려는 적극적인 공세 작전)으로 전환한 이후에 이루어진 최초의 성공 사례로 꼽힌다. 제주 해안을 철통같이 봉쇄하고 기자들의 접근도 불허한 채 중산간 마을에 불을 지르고 함포사격까지 가한 무차별적인 '폭도' 사냥으로 제주 인구의 3분의 1에 가까운 사람들이 희생되었다. 그리고 그 여세는 한국전쟁을 거쳐 베트남전쟁까지 이어진다. 한국전쟁의 원인을 외적 원인과 내적 원인으로 구분하고 후자를 한반도 내부의 이념적 갈등이라고 지적하는 경향이 있지만, 여기에는 용어상 매우 심각한 왜곡이 내재해 있다. 미군 진주 이후 최초로 실시된 여론조사에서 한반도 주민의 78퍼센트가 좌파 이념을 지지한 것으로 드러났지만, 이것은 이념에 대한 지향이라기보다는 정당한 삶의 요구에 지나지 않은 것이었다. 일제에게 빼앗긴 농지를 되찾고 가혹한 소작료로부터 벗어나려는 농민들의 기본적인 요구, 그리고 일본인 노동자의 3분의 1에 해당하는 저임금에 시달렸던 노동자들의 정당한 분배에 대한 요구에서 비롯된 것일 뿐이다. 이와는 달리, 반민족 행위자들은 해방 이후 미국과 독재 권력에 협력하며 자신들에 대한 비판자들을 '빨갱이'로 몰아붙였기에, '이념 갈등'이란 사태의 진상을 왜곡하는 잘못된 용어일 뿐이다. 지금까지 우리가 '이념 갈등'이라고 말한 것의 실제 내용은 정당한 삶을 요구하는 민중과 그것을 참혹하게 짓밟아 버린 기득권 세력 사이의 갈등이었을 뿐이다.

다양한 폭력들의 진원지를 간파할 수 없는 화자가 폭력적인 상황에서 벗어날 수 있는 가능성은 존재하지 않는다. 그녀에게 실낱같은 희망이 있었다면, 대학까지 진학하게 된 아들이 어머니의 고통을 깊이 이해하는 것일 터인데, 그 역시 그러한 자각에 이르기도 전에 넘어설 수 없는 계급적 장벽에 부딪쳐 난파되고 만다. 이 작품에는 리얼리즘 소설에 요구되는 '전망'은 그림자조차 어른거리지 않는다. 작가의 시선이 이름 없는 한 여인—어쩌면 실제 모델이 있을 것이다—의 비참한 삶에 결박된 나머지 다른 삶의 가능성조차 내비치지 못하고 있다는 점에서 이 작품은 얼마간 자연주의적 한계를 드러내고 있다. 그러나 어떠한 가능성도 존재하지 않은 상황 속에 섣불리 전망을 불어넣는 일은 자칫하면 '나'라는 소설적 오브제를 객관적 조건에서 떼어내 낯선 존재로 왜곡하는 결과를 빚어낼 수도 있을 것이다. 이런 점에서 보면, 이 작품에서 차원의 이탈 없이 리얼리즘의 이상을 실현하는 일은 불가능해 보인다. 이 여인의 삶에 '전망'을 요구하는 일은 그녀에게 또 다른 차원에서 자기

부정을 강요하는 가혹 행위가 될 수도 있기 때문이다.

이 작품은 전적으로 일인칭 화자의 직설화법에 의존하고 있지만, 독자들은 한 가닥의 희망의 빛도 투사되지 않는 어둠 저편에서 자신의 허상들이 망령처럼 떠오르는 것을 경험하게 된다. 이것은 고통스러운 경험일 수 있지만, 자본주의 소비문화의 허위성에 침윤된 우리의 내면세계를 뚜렷이 되비쳐 볼 수 있는 소중한 경험이기도 하다. 우리는 흔히 삼인칭 소설에 내재된 작가의 시선에 '객관적'이라는 형용사를 덧붙이지만, 홍명진이 내세우고 있는 일인칭 화자의 자기 삶에 대한 회고는 삶의 물질적 조건에 밀착되어 있기에, 역설적이게도, 그 어떤 삼인칭 소설 못지않은 객관성을 빚어내고 있다.

화자가 살아낸 참혹성은 다른 부분과의 비교가 불가능할 만큼 그녀의 삶 전체에 편재되어 있다. 제삼세계 페미니즘을 연구하는 오카 마리가 자신의 책[1]에서 거듭 강조하고 있듯이, 현재의 시간 속으로 도래하는 상처의 기억에는 치명적인 폭력성이 내재해 있다. 그러나 『숨비소리』에서 이루어지고 있는 화자의 회상은 과거로 거슬러 오르는 의지 작용과 함께 작가의 언어로 매개되고 있기에, 상처의 기억이 화자의 현재 의식을 치명적으로 교란시키는 일은 일어나지 않는다. 어쩌면, 이 작품의 화자에게 자신의 참혹성을 되비쳐 볼 수 있는 다른 삶의 경험이 부재하다는 사실도 한 가지 원인이 되었을지 모른다. 회상과 전혀 다른 기억은

---

1) 오카 마리 지음, 김병구 옮김, 『기억 · 서사』, 소명출판, 2004.

사건이 발생한 당시의 감각을 고스란히 간직하고 있다. 화자가 다른 고장으로 이주하게 된 데에는, 제주에서 살면서도 한라산 쪽을 바라볼 수 없었던 그 엄청난 상처의 기억으로부터 도주의 의미도 내포되어 있다. 그녀가 미쳐 버리거나 죽어 버릴 수조차 없었던 것은 자식들을 먹여 살려야 하는 의무감과 출렁이는 바다 물결이 그녀의 고통을 위무해 주는 요람의 기능을 해 주었기 때문이기도 하다. 그러나 그보다 더 본질적인 이유는 죽음을 생각해 볼 만한 심리적 여유조차 가져 볼 수 없을 만큼 그녀의 삶 자체가 너무도 각박했기 때문이다. 이러한 사실들은 오카 마리가 기억의 폭력성이 얼마나 가혹한 것인지를 예시하고 있는 발자크의 「아듀」라는 중편소설을 보면 좀 더 분명해진다. 이 작품의 주인공 슈테파니의 삶에는 화려했던 과거와 기억상실을 강요하는 전쟁에 대한 기억의 폭력성이 공존하며 대치해 있다. 사교계의 꽃이었던 슈테파니는 나폴레옹 전쟁에 종군했다가 적군에게 입은 심리적 외상으로 인해 미쳐 버려서, 옛날의 애인 필립을 알아보지 못한다. 필립은 그녀의 기억을 회복시키기 위해 두 사람이 헤어졌던 장면을 거대한 세트로 재현하지만, 기억이 회복되는 순간 그녀는 '아듀' 라는 말을 남기고 죽어 버린다. 기억상실은 상처받은 주체의 육신을 생존시키기 위한 심리적 방어기제이기에, 기억의 회복은 육체의 죽음으로 귀결될 수밖에 없다는 것이다. 그렇지만 『숨비소리』의 화자는 미쳐 버릴 수조차 없기에 현실과 기억에 내재해 있는 이중의 폭력에 무방비 상태로 노출되어 있다.

뿌리 없는 환상을 좇는 문학들, 소비문화에 침윤된 허위의식과 믿을 수 없는 심층으로 도피하는 문학들, 그리고 난해한 작품을 선호하는 비

평가들의 칭찬 속에서 물질적 근원을 상실해 가고 있는 문학들과의 대비적 관점에서, 이 작품은 각별한 의미를 지니고 있다. 이 소설은 사건들이 발생하는 표면을 저인망처럼 훑고 있지만, 고무옷의 부력을 상쇄하기 위해 해녀들이 허리에 차는 납덩어리처럼 무겁게, 온갖 종류의 헛것들로 부박해진 우리의 감성을 물질적 근원으로 끌어당기는 중력을 지니고 있다. 그래서 독자들은, 화자가 바다 밑바닥에 서식하는 생명체들을 건져 올리듯이, 삶의 물질적 근원에 맞닿은 지점에서 잉태되는 물질적 감각들을 새롭게 맞이하게 된다.

내 안의 당신

첫 문장을 쓰기 시작했을 때가 떠오른다. 병든 어머니를 안방에 모셔 놓고 어린것들 둘은 작은방에 몰아넣고 부엌에 이불을 깔고 살았다. 바람 맞받아칠 창도 없는 좁은 지하 셋방이었다. 푹푹 찌는 한여름에 어머니는 밤새 앓고 나는 식탁 옆에 둔 컴퓨터 책상 앞에 앉아 글을 썼다. 내가 글을 쓰는 동안 앓다가 깬 어머니는 바느질을 했다. 윗도리의 주머니를 꿰매고 멀쩡한 속곳도 벗어 바느질 솔기를 따라 꿰매면서 자꾸만 실을 꿰어 달라 했다. 눈 어둡고 정신이 흐린 어머니가 보챌 때마다 실을 아주 아주 길게 꿰어 주었다.

어머니의 육성이 담긴 카세트테이프가 우연히 내 손에 들어오게 되어 이 소설을 쓸 마음을 먹었다. 카세트에서 흘러나오는 어머니의 목소리는 낯설었다. 낮고 칙칙한 목소리로 독백하듯 풀어놓는 어머니의 이야기는 담담했지만 내 가슴은 불에 덴 듯 뜨거웠다. 문맹인 어머니는 말을 가졌고 나는 문자를 가졌지만, 어머니가 하고 있는 말이 무엇인지 헤아리기가 쉽지 않았다. 깊은 밤에 카세트 속의 어머니와 마주하고 앉은 나는 자주 한숨을 쉬거나 어깨를 떨며 속울음을 삼켰다. 정지 버튼을 눌러 놓고 멍한 눈으로 천장만 쳐다보기도 했다. 90분짜리 카세트테이프 속엔 한 여자의 일생이 고스란히 담겨 있었다. 수없이 되감기를 해 가며 어머니의 이야기를 들었지만 내가 가진 서푼짜리 문자로 풀어내는 일은 턱도 없는 일이라 생각했다. 장님이 코끼리를 만지듯 더듬거리며 글을 썼다. 점자를 찍듯이 자판을 한 자씩 눌러 가다가 내가 왜 이 짓을 하고 있는가, 나 자신에게 묻고 또 물었다.

어머니가 뇌졸중으로 쓰러져 병상에 누웠을 때 자주 어머니와 눈을 맞추었다. 언어중추 신경이 손상되어 말을 잃었지만 눈빛만은 또렷했다. 어머니의 눈빛이 무언가를 말하고 있었지만 나는 알아듣지 못했다. 기껏해야 종이 기저귀나 갈아드리고 욕창이 생기지 않게 누운 자리를 바꿔 주는 일이 고작이었다. 어린아이처럼 변해 버린 어머니와 눈을 맞출 때마다 어머니 몰래 들었던 카세트테이프 속의 이야기가 떠올랐다. 불행하게도 어머니의 눈빛은 날이 갈수록 흐려졌다. 맥박이 둔해지고 호흡이 가빠졌다. 석 달 동안이나 어머니는 코에 연결해 놓은 호스로 유동식을 받아먹었다. 간병인을 붙여 두고 병원을 오가면서도 쓰던 걸 멈출 수는 없었다. 그리고 어머니가 돌아가시기 직전, 초고에 마침표를 찍었다. 원고 파일을 전자우편함에 처박아 놓고 어머니의 장례를 치렀다. 칠십구 년의 일생. 몸 받아 이 세상에 와서 육십여 년을 해녀로 살았던 어머니의 생은 한줌 재로 마감되었다.

이사를 하고, 고장 난 냉장고를 바꾸었다. 무심한 시간에 묻혀 계절들이 지나갔다. 어머니의 첫 기일이 다가올 때까지 전자우편함에 잠재워 둔 원고 파일을 잊고, 어머니마저 잊고 살았다. 삶이 힘들어 주저앉고 싶을 때도 있었고, 나도 모르게 목젖이 보이도록 웃을 때도 있었다. 때로는 문득문득 호주머니 속에 꼭꼭 숨겨 두고 내놓지 않던 어머니의 덧버선 한 짝이 떠올랐다. 이 글을 쓰기 두 해 전, 처음으로 제주 4·3항쟁 기념식에 다녀온 적이 있었다. 한림으로 가는 버스 안에서 내 옆자리에 앉은 할머니는 자꾸만 내게 말을 붙였다. 나는 할머니의 말을 한마디도 놓치지 않고 알아들을 수 있었다. 그건 내 어머니, 아버지가 평생을 버리지 못한 말이었고, 숨결이었다. 그 말이 따뜻해서 처음 보는 할머니의 손을 잡고 낯선 길을 물었다. 제주도는 아버지와 어머니의 고향일 뿐 내게는 생면부지의 땅이었다. 어머니가 살아서는 다시 딛고 싶지 않다던 그 섬에서 나는 아직도 현재진행일 수밖에 없는 역사가 날것으로 살아 숨 쉬고 있다는 걸 깨달았다. 비단 내 육친만이 아닌 우리의 어머니와 아버지 그리고 형제들……. 거친 바람 속에서 웅웅거리는 그들의 숨소리를 들었다. 어머니가 잊고자 한 그들 역시 역사 속에서 영원히 살아 있을 것이라 생각했다.

어머니가 감추어 버린 덧버선 한 짝을 찾는 마음으로 묻어 두었던 원고를 꺼냈다. 퇴고를 하는 내내 카세트테이프에서 풀려나오던 어머니의 어둡고 칙칙한 목소리가 떠나질 않았다. 다정다감하진 않았지만 어머니는 최선을 다해 당신의 생을 사랑했다. 고통스런 시간을 살아내면서도 가슴 깊이 묻어 둔 그리움을 한 톨도 버리지 않은 여인이었다. 아픔 없이는 사랑할 수 없음을 어머니는 내게 가르쳐 주었다. 순간순간 삶을 사로잡았던 걱정과 고통이 들끓지 않았다면 내 안에 숨 쉬고 있는 당신을 다시 만나지 못했으리라.

첫 책을 내려니 두려움이 앞선다. 더구나 어머니 없는 이 세상에 어머니의 이야기를 내놓는 일은 죄스럽기까지 하다. 살아 계실 때 단 한 번도 사랑한다는 말을 바친 적 없는 무정한 딸을 멀리서 지켜보고 계실 부모님께 이 책을 바친다.

2009년 새해 첫날에, 홍명진